HOMO ECONOMICUS

호모 에코노미쿠스, 인간의 재구성

1판1쇄 | 2018년 12월 28일

지은이 | 노지승, 오은하, 이상록, 이용화, 장제형, 황병주

펴낸이 | 정민용
편집장 | 안중철
편집 | 강소영, 윤상훈, 이진실, 최미정

펴낸곳 | 후마니타스(주)
등록 | 2002년 2월 19일 제300-2003-108호
주소 | 서울 마포구 양화로6길 19, 3층 (04044)
전화 | 편집_02.739.9929/9930 영업_02.722.9960 팩스_0505.333.9960

블로그 | humabook.blog.me
트위터, 페이스북, 인스타그램 | @humanitasbook
이메일 | humanitasbooks@gmail.com

인쇄 | 천일문화사_031.955.8083 제본 | 일진제책사_031.908.1407

값 18,000원

ISBN 978-89-6437-320-0 94800
       978-89-6437-319-4 (세트)

이 도서의 국립중앙도서관 출판시도서목록(CIP)은 e-CIP홈페이지(http://www.nl.go.kr/ecip)와
국가자료공동목록시스템(http://www.nl.go.kr/kolisnet)에서 이용하실 수 있습니다.
(CIP제어번호: CIP2018041252)

INU 후마니타스 총서 | 01

호모 에코노미쿠스

HOMO ECONOMICUS

인간의 재구성

노지승 · 오은하 · 이상록 · 이용화 · 장제형 · 황병주 지음

후마니타스

서문

이 책은 자본주의와 인문학의 관계에 대해 깊이 탐구하고자 하는 여섯 명의 인문학자들에 의해 기획·집필되었다. 돈과 자본주의에 대한 저자들의 견해가 서로 완전히 일치하는 것은 아니지만, 문학과 역사학 전공자들인 이 책의 저자들에게는 대학 또는 연구기관에서 자신들의 학문 분야를 가르치거나 연구하면서 자본주의 사회에서 인문학을 공부한다는 것은 무엇이냐는 질문에 매일 부딪치며 살고 있다는 공통점이 있다. 저자들은 물론 거의 모든 연구자들은 모든 것이 돈으로 측정되고 평가되는 삶에 대해 비판적이면서도 정작 돈 없이는 생존이 불가능한 인간 조건을 인정하며 살 수밖에 없다.

이른바 자본주의에 대해 가장 비판적이면서도 자본주의사회에서 가장 쓸모없는 것으로 치부되기도 하는 '인문학'에 이르러서는 자본주의에 대한 비판과 체제에 대한 연루는 가히 이중 구속의 상황이라 할 만하다. 대학과 학문이 자본의 지배를 받고 그 어느 연구자도 자본의 힘을 부정할 수 없는 상황에서 인문학 연구자들도 예외는 아니다. 인문학 연구자들도 강의는 물론 집필 노동 등의 대가로 삶을 영위해 가면서 좀 더 안정된 직장과 유리한 연구 조건을 찾는다. 무엇이 더 안정된 환경인지, 연구에 유리한 조건인지를 측정하는 표준화된 방식은 바로 '돈'이다. 그렇게 강의·집필·연구·행정 등으로 마련된 돈으로 밥을 먹고 여행을 하고 아이들을 키우면서 동시에 연구자들은 인문학의 상상력과 발상을 낡고 쓸모없는 것이라 생각하게 만드는 자본주의에 대해 비판하는 글(논문)을 쓴다.

결국 이 책을 집필한 연구자들의 자본주의에 대한 문제의식은 바로 우리 자신을 경제적 인간, 즉 '호모 에코노미쿠스'Homo Economicus로 명명하며 시작되었다. 고전주의 경제학에서 합리적이고 이성적인 경제적 주체를 일컫는 이 말을 이 책에서는 다소 중의적인 방식으로 전유하고자 했다. 이 책에서 호모 에코노미쿠스는 경제적 합리성을 추구하며 돈으로 표상되는 교환가치를 중요시하는 인간상이지만, 그 조건 안에서 그리고 그 조건에 매여 있으면서도 동시에 그것으로부터 해방을 꿈꾸고 작은 유토피아를 간헐적으로 만들어 가려는 충동을 가진 현대인들의 운명적 몸부림까지 포함하고자 했다. 짐멜(지멜)이 돈이 모든 것을 무차별적으로 만들고 평준화하지만 동시에 돈이 부여한 영혼 구제의 가능성을 이야기한 것[1]은 이 책에 다음과 같은 시사점을 부여한다. '비루하게 번 돈으로 너 스스로를 해방시켜라.'

이런 문제의식을 통해 이 책은 19세기와 20세기 한국과 서구의 텍스트들에서 그런 호모 에코노미쿠스들을 발견하고 그 초상을 그려내고자 했다. 18세기 벤저민 프랭클린의 정신을 강박적으

---

1 김덕영, 『게오르그 짐멜의 모더니티 풍경 11가지』, 길, 2014, 90쪽.

로 내화한 로뱅송 크뤼조에, 19세기의 사무직 노동자인 바틀비, 그리고 식민지 자본주의의 비천한 노동자들, 개발 독재 시대의 자본주의 체제에 길들어 가는 한국인들이 그들이다. 이들에게서 저자들은 자본주의적 삶의 방식과 그것이 초래한 인간상의 모습을 발견할 수 있었다. 이 책을 쓰는 과정에서 우리에게는 이 시대에 논문을 써 연구비를 받거나 연구비를 먼저 받고 그것을 논문으로 갚으면서 혹은 강의와 행정 업무를 월급과 맞바꾸면서 '인문학' 연구자로 자처하며 살아가는 우리의 해방 혹은 구원의 가능성을 생각해 보자는 꽤 야심 찬 기대도 있었음을 이 기회에 고백하고자 한다. 글을 쓰는 스타일은 서로 달랐고 분석 대상으로 삼은 시대와 텍스트도 제각각이었지만 말이다.

* * *

이 책은 크게 서구의 텍스트와 한국의 텍스트를 대상으로 한 글로 나눌 수 있다. 오은하, 이용화, 장제형의 글이 유럽과 미국의 문학, 역사적 텍스트에 기반하고 있다면 노지승, 황병주, 이상록의 글은 한국의 문학과 역사적 자료들에 기반하고 있다. 오은하, 이용화, 장제형의 글은 인천대학교 인문학연구소에서 간행하는 학술 저널『인문학연구』에 발표된 글들을 수정·확장했고, 노지승, 황병주, 이상록의 글은 각각『구보학보』,『상허학보』,『사학연구』에 게재된 글을 바탕으로 수정했다.

오은하의 글은 영국의 새로운 시민계급이자 근면하고 자조하는 근대적 개인의 대표적인 인물형이라 할 수 있는 로빈슨 크루소와 그 로빈슨 크루소를 개작한 20세기 미셸 투르니에 소설 속 로뱅송 크뤼조에를 교차하면서 중상주의 시대에 낙관적이었던 경제적 주체의 상이 투르니에의 개작 속에서 어떻게 내적 강박을 통해 분열적 모습으로 그려져 있는지를 설명하고 있다. 특히 원작에서 프라이데이로 불리던 방드르디에 대해 로뱅송이 집착한 것은, 서구 제국주의의 또 다른 얼굴인 호모 에코노미쿠스적 인간형이 끝없이 지배 대상인 타자를 필요로 하는 분열적 상태였음을 드러낸다고 이 글은 말하고 있다. 그러면서 이 소설은 다른 한편으로는 이런 분열적 모습을 보이는 데 그치지 않고 서구가 쌓아 올린 경제적 주체의 상으로부터 탈주하는 모습까지를 포함해 다루고 있다고 오은하는 분석하고 있다.

오은하의 글이 서구 제국주의와 경제적 주체상이 서로 깊게 연루되어 있으며 제국주의의 분열적 모습이 곧 경제적 주체의 분열이기도 하다는 점을 지적했다면, 이용화의 글은 19세기 허먼 멜빌 소설 속 인물인 필경사 바틀비가 보여 준 신자유주의에 대한 저항의 정신을 분석하고 있다. 19세기 중반은 신자유주의 시기로 명명된 20세기 후반에서 멀리 떨어져 있는 듯 보이지만 바틀비가 일했던 월 스트리트가 19세기에 이미 미국 경제의 허브로 도약했다는 점을 고려해 보면 이 소설에 체현된 멜빌의 문제의식은 현대를 살아가는 경제적 주체들의 문제를 정확히 예견하고 있다고 할 수 있다. 특히 "prefer not to"로 표현되는 바틀비의 저항 방식에 대해 소설의 화자가 깨달은 바는, 개인은 자기 이익의 극대화를 위해 최적화된 자유를 소유한다고 믿고 살아가지만 실상은 체제가 설정한 환경에의 전면적이고 자발적인 복종을 통해 죄수로 살아갈 뿐이라는 현대인들의 아이러니한 존재 방식이다.

바틀비가 일했던 19세기 월 스트리트가 자본주의의 완성된 형태를 구현하는 공간, 즉 경제적 주체상이 완결된 이후의 풍경이라면, 1930년대 식민지 조선에서 호모 에코노미쿠스란 아직 완결되지 않고 형성 중인 상태에 머물러 있다. 노지승의 글은 호모 에코노미쿠스의 얼굴을 바로 초기 자본주의 상태라 할 만한 1930년대 식민지 조선에서 발견한다. 1930년대 서울 청계천 주변을 배경으로 『천변풍경』의 저자 박태원은 당시 사회주의가 이념적 주체로 호명하지 않았던 또 다른 종류의 노동자들인 가사 사용인, 여급, 10대 보조 점원 등의 삶을 자세히 묘사하고 있다. 이 노동자들은 고립된 각자의 작업장에서 일하며 무엇이 자신들에게 이익이 될 수 있을지를 나름의 방식으로 계산하며 살아가고 있다. 이 소설은 각자의 방식으로 삶을 궁리하고 있는 이들을 통해 행복이란 무엇인지를 질문하고 있다. 당시에 세태소설이라 불린 이 소설에서 행복이란 합리성을 추구한 이후에 얻어지는 결과라기보다는 합리성에 근거를 둔 설계의 과정과 설계 자체에 있다. 즉 이 소설은 여급 '기미꼬'와 같이, 모든 것을 합리적으로 계산하며 살아감으로써 자본주의에 잘 적응하고 있는 경제적 인간상을 비교적 긍정적으로 평가하고 있는데, 이런 긍정적 평가는 아직 충분히 근대화되지 못한 식민지 조선 사회, 즉 초기 자본주의 시대의 낙관적 시선을 반영하고 있다.

노지승의 글이 1930년대 식민지 조선의 자본주의를 살아가는 인간군을 그려낸다면 황병주과 이상록의 글은 각각 1970년대와 1980년대 한국으로 우리를 데려간다. 박정희 개발 독재 시대와 뒤이은 신군부 정권은 한국적 자본주의의 원형적 모습을 간직한 시대이다. 특히 황병주의 글은 1970년대 박완서의 소설에서 한국 사회의 무의식을 현재까지 떠받들고 있는 '이른바' 중산층의 욕망과 불안을 읽어 내면서 호모 에코노미쿠스의 한국적 환영이 어땠는지를 적나라하게 밝히고 있다. 중산층들, 부르주아들이 윤리·문화 등의 내적 콘텐츠를 확보하지 못한 상황에서 소유적 인간으로만 규정되고, 소유와 화폐의 축적으로 자신들을 입증하려 할수록 오히려 주술적 세계를 소환하는 재再주술화 과정을 겪게 된다. 황병주는 박완서의 소설 텍스트가 이런 한국적 환영을 비판하면서도 동시에 자본주의의 미덕을 잘 내화했음을 밝히고 있다.

황병주의 글에서 1970년대 한국 중산층의 신경증을 발견할 수 있었다면, 이상록의 글은 1980년대 호모 에코노미쿠스로서의 중산층들이 87년 민주 항쟁과 노동자 대투쟁을 거치면서 정치적 주체로 전화되기도 했던 지점을 주목하면서, 1980년대 중산층의 자유주의가 갖는 양면성을 고찰하고 있다. '잘살아 보자'는 박정희 정권의 집단 성장론적 구호는 1980년대에 접어들어 경쟁 사회 속에서 '남보다 더 잘살아야 한다'는 개인주의적 욕망으로 전화되었고, 이런 욕망은 평등에 대한 정치적 요구와 직결되었다. 이런 욕망의 주체였던 중산층들은 권위주의 체제가 그들의 자유주의를 제약하고 있으며 자유주의적 공정성을 심각하게 침해하고 있다고 인식할 때 정치적 주체인 호모 폴리티쿠스로 변화될 수 있었다. 이들의 요구가 '호모 에코노미쿠스'로서의 삶에 대한 '호모 폴리티쿠스'로서의 저항이었다는 점에서, 이 글은 87년 체제의 자유주의적 한계를 암시하고 있다.

가장 마지막에 수록된 장제형의 글에서 이 책은 19세기 초에 설립된 독일의 훔볼트 대학으로 날아간다. 단연코 이 글은 이 책에서 가장 문제적인 글이라 자평할 수 있는데, 그것은 이 글이 현재 한국 대학이 앞다투어 호모 에코노미쿠스를 양성하려고 자처하는 상황을 비판하면서 대학의 위기, 즉 학문의 위기가 비단 21세기 한국만의 문제가 아니었음을, 그리고 이런 학문의 위기 상황에서 어떤 방향으로 나아가야 할지를 훔볼트 대학의 설립 이념과 그 동시대인들의 학문론과 대학론을 통해 직접적으로 알려 주기 때문이다. 그 결과 이 글은 학문의 보편성이란 무엇이고 대학의 자기 목적성의 논리란 무엇이며 그리고 대학이 추구해야 하는 '유용성'이란 무엇인지에 대한 근거를 제시하고자 했다. 이 글은 중세 시대부터 뿌리내리고 있던 독일의 대학이 프랑스혁명, 나폴레옹의 침공 등 역사적 대변혁기였던 1800년 세기 전환기에, 대학의 절반 이상이 사라져 버린 위기 상황에서 어떻게 거듭났는지를 말하면서 현재 한국 대학에 대해 뼈아픈 비판을 가하고 있다.

* * *

이 책에서 아쉬운 점은 서구와 한국 그리고 19세기에서 20세기에 걸친 여러 방대한 시공간의 텍스트들을 다루면서, 각 시대와 사회에 대한 본격적인 비교 문화사적 시각을 담지 않았다는 점이다. 이런 비교 문화사적 시각은 이 책의 저자들이 이후에 좀 더 본격적으로 고민해야 하는 부분이다. 예컨대, 자본주의의 코어 중 코어라 할 수 있는 미국과 유럽 사회의 차이라든지, 19세기의 초기 자본주의적 욕망과 20세기 후반의 후기 자본주의적 욕망 그리고 서구 제국주의와 식민지의 자본주의, 개방적이고 리버럴한 사회의 욕망과 억압적인 개발 독재 체제 내에서 촉발되는 욕망 등의 차이들이 그것이다. 무궁무진한 예를 들 수 있지만, 비교 문화사적 시각은 매우 방대한 연구가 필요하며 이후에 후속 연구가 진행된다면, 지금과는 다른 방식과 체계로 진행되어야 할 것이다.

이런 한계들이 있고 애초에 우리가 기대한, 자본주의 체제 내 인문학의 구원과 해방의 가능성을 이 책이 충분히 발견했다고 보기도 어렵지만, 이 책은 기획부터 발간까지 많은 분들의 성원에 힘입어 간행되었다. 그런 성원이 오히려 우리의 희망이 되었음을 저자들은 인정하지 않을 수 없다. 특히 이 책의 기획과 간행 기간 내내 인천대 인문학연구소의 소장으로서 이 총서 간행에 결정적 역할을 해주신 인천대 국어국문학과 송원용 교수께 감사드린다. 그리고 당시 상임 연구원으로서 학술 세미나 개최와 학술지 업무를 헌신적으로 뒷바라지하신 인천대 독어독문학과 목승숙 교수께도 감사드린다. 이 밖에도 개성이 강한 인문학자들의 협업 가능성을 믿고 지지해 주신 인천대학교 인문대의 모든 교수님들께 감사의 말씀을 전하고자 한다. 모든 것을 한 권의 책에 완벽하게 담을 수 없지만 하나의 책은 다음 책의 씨앗이 된다는 점에서 한 권의 책은 늘 임시적이지만 모든 것이자 전부는 아닐지, 이 책을 마무리하며 생각해 본다.

2018년 12월

노지승, 오은하, 이상록, 이용화, 장제형, 황병주

로빈소나드로 보는 호모 에코노미쿠스 표상 :

다니엘 디포와 미셸 투르니에

오은하

1. 들어가며

장 자크 루소는『에밀 또는 교육론』을 쓰면서 에밀에게 처음 읽힐 책으로 다니엘 디포의『로빈슨 크루소』를 선정한다. 무인도의 로빈슨 크루소처럼 스스로를 고립된 인간의 입장에 두어야 "편견을 넘어 자신의 판단을 사물의 진정한 관계에 따라 정리"할 수 있다는 이유에서다.[1] 로빈슨 크루소 이야기는 기존의 삶과 단절하는 '난파'라는 계기, 그리고 사회생활을 떠나 홀로 있을 수 있는 '섬'이라는 공간을 제공한다. 사회의 압력, 제도의 규제, 타인의 시선으로부터 모두 벗어난 곳에 홀로 남은 사람의 모습은 인간

---

[1] 장 자크 루소 지음, 이용철·문경자 옮김,『에밀 또는 교육론 1』, 한길사, 2007, 327쪽.

의 주체성 문제를 비교적 독립적으로 탐구할 수 있게 해주는 실험실일 것이다. 지난 300여 년 동안 수없이 양산된 로빈슨류 작품들, 일명 '로빈소나드'Robinsonade들은 이 상황을 다양한 인간 관찰과 실험의 장으로 활용했다.

『로빈슨 크루소』는 특별히 호모 에코노미쿠스로서 인간의 모습을 부각하는 데 크게 기여했다. '자연 상태의 인간', 즉 무인도에서 생존을 위해 모든 자원을 동원해야 하는 로빈슨 크루소에게는 자연, 노동, 기술 등의 자원을 효율적으로 배분하는 일이 주된 관심사일 수밖에 없고, 이런 모습은 경제적 본능을 인간의 유일하거나 가장 중요한 행동 동기로 보고 이익을 위해 합리적으로 행동한다고 가정된 호모 에코노미쿠스 모델을 구성하고 정당화하는 데 유용했기 때문이다.

수백 편 이상의 유사한 소설들 가운데서도 로빈소나드 장르에 획기적인 전환점을 가져왔다고 평가받는 미셸 투르니에의 『방드르디, 태평양의 끝』 Vendredi ou les limbes du Pacifique(1967)은 이제까지 주로 원주민 프라이데이(방드르디)를 전면에 내세운, 탈식민주의 주장을 담은 텍스트로 받아들여지거나, 또는 철학적 관점으로 연구되었다.[2] 디포의 『로빈슨 크루소』(1719)가 거의 언제나 자본주의 성립기에 일어난 경제적 변화 속에서 합리적 경제주체인 개인

---

2 이 소설에 쏠린 철학적 관심에는 '타인 없는 세계'라는 주제로 이 소설을 해설한 질 들뢰즈의 영향이 크게 작용했다(질 들뢰즈 지음, 이정우 옮김, 「미셸 투르니에와 타인 없는 세상」, 『의미의 논리』, 한길사, 1999, 474~499쪽).

의 탄생이라는 인간관의 발전과 관련해 해석되는 반면, 『방드르디, 태평양의 끝』은 출간 당시의 사회적·경제적 배경과 결부되기보다 인류학적·신화적 비평의 대상이 된 경우가 대부분이었다.

그러나 『방드르디, 태평양의 끝』에 대한 존재론적이거나 신화적인 해석도 물질과 노동의 문제와 결부된 경제적 인간의 주체성을 고려하지 않고서는 제대로 이루어지지 못할 것이다. 디포에서 시작된 '로빈소나드'의 다른 기획들이 투르니에의 작품에 이미 형태와 의미를 부여하고 있다는 측면을 간과하지 않기 위해서는, 또 작품이 출간된 1960년대의 독자들이 이 책에 보낸 열광적인 반응을 설명하기 위해서는 『로빈슨 크루소』의 지배적 독법인 경제적 인간의 탄생과 『방드르디, 태평양의 끝』을 대면시키지 않을 수 없다. 자본주의적 질서가 성립되던 시기의 『로빈슨 크루소』와 '시장 전체주의' 체제로까지 자주 규정되는,[3] 20세기 후반 사회에 되살려진 로빈슨 이야기인 『방드르디, 태평양의 끝』은 호모 에코노미쿠스 주체성이라는 문제와 관련해 서로를 비추는 거울일지 모른다는 생각에서 이 연구는 시작된다.

---

[3] 도정일, 『시장전체주의와 문명의 야만』, 생각의 나무, 2008; 알랭 쉬피오 지음, 박제성 옮김, 『필라델피아 정신: 시장 전체주의를 넘어 사회적 정의로』, 한국노동연구원, 2012 참조.

2. 로빈슨 크루소 : 노동하고 축적하는 합리적 개인

혼자 남은 로빈슨 크루소가 당면한 과제는 생존이다. 무인도에서 살게 된 인간은 누구나 배고픔의 위협이나 자기 보존 욕구에 구속되어 물질적 제약을 극복하는 일에 몰두할 수밖에 없을 것이다. "인간을 가장 순수한 형식으로 자연과 맞서게"[4] 한다고 흔히 말해지는 이 이야기는 생존을 위한 로빈슨 크루소의 분투가 성공하는 과정, 다시 말해 자연을 자신의 물질적 목적에 맞게 정복하는 과정을 그린다.

『로빈슨 크루소』의 독자가 느끼는 즐거움의 가장 큰 원천은 축적과 노동이다. 소유는 인간의 근원적 욕구에 속하고, 손에 넣은 산물을 비축하는 일은 우리에게 안도감을 준다. 노동 자체가 주는 즐거움 또한 보편적이며 초역사적이다. 로빈슨 크루소에게서 "땅을 파고 빵을 굽고 식물을 심고 움막을 짓는 이 단순한 일들이 얼마나 진지한가. 그리고 손도끼, 가위, 통나무 등 그들 단순한 물체가 얼마나 아름다워지는가"라는 버지니아 울프의 감상은 이 책의 성공 이유를 잘 설명한다.[5]

그런데 로빈슨 크루소의 활동 안에는 인간의 유구하고 자연적인 속성, 즉 필요에 따른 노동과 그 안에서 느끼는 기쁨, 소박한

---

4 하이든 메이슨, 「로빈슨의 항해 이야기와 18세기 영국의 로빈슨류 작품들」, 리즈 앙드리 외 지음, 박아르마 옮김, 『로빈슨』, 자음과모음, 2003, 123쪽.

5 버지니아 울프 지음, 박인용 옮김, 「로빈슨 크루소」, 『이상한 엘리자베스 시대 사람들』, 함께읽는책, 2011, 87쪽.

생존 영위 등을 초과하는 요소들 또한 발견된다. 가령 축적에 대한 강박이 그렇다. 무인도에서 식량을 축적하고 거주 공간을 마련하는 일에 집착하는 것은 당연한 일이지만, 로빈슨의 행동을 추동하는 강력한 동인인 '축적의 기쁨'은 생존을 위해 필요한 그날의 식량과 잠자리를 구하는 데 그치지 않고 '물건에 대한 편집증'으로 보일 만큼 사물들을 쌓아 올리는 일 자체에 집중하는 데 이른다.[6] 노동이 그 자체로 절대적인 중요성을 띤다는 점도 그렇다. 섬은 풍요로운데도 로빈슨은 자연이 주는 산물을 채취하는 데 만족하지 않고 새로운 '생산'을 가능하게 해줄 농업과 목축 등의 노동을 끊임없이 행한다. 흔히 근면과 절제는 외부의 감시, 인정 욕구 등 사회적 요인이 초래하는 것으로 여겨지는데, 로빈슨에게 규율은 인간관계 바깥에서도 한 치의 흔들림 없이 작동된다. 생존 걱정을 덜게 된 뒤에도 곡식과 도구와 물건을 쌓아 올리는 일, 사회의 압박을 벗어나서도 문명 생활의 지속을 위해 분투하는 일, 이는 무인도라는 환경 자체가 자연스레 만든 경제적 인간의 원초적 성격을 초과한다.

『로빈슨 크루소』는 '아무것도 없는' 상황에 놓인 사람의 이야기로 흔히 생각되지만, 무인도에 표류한 로빈슨은 실제 완전히 혼자가 아니다. 난파한 배에서 챙긴 물품들만이 아니라, 그가 체현

---

6 리즈 앙드리 외, 『로빈슨』, 26쪽. 어떤 이는 『로빈슨 크루소』를 "집 꾸리기와 살림살이의 서사시"라 부른다(이언 와트 지음, 이시연·강유나 옮김, 『근대 개인주의 신화』, 문학동네, 2004, 220쪽에서 재인용).

하고 있는 지식과 기술, 그것을 사용하는 방식 역시 로빈슨이 떠나온 사회에서 익힌 것이다. 그런데 그가 속한 '집단 전체의 삶의 산물'에는 단지 '인간 생계의 수단과 방법에 대한 지식과 기술'[7]만 있는 것이 아니다. 인간 사회와 분리된 무인도에서 살게 된 인간 역시 그 자신이 자라난 공동체의 문화로 말미암아 몸에 밴 습성과 사고방식을 그대로 지닌 채 생활한다.

이제까지 『로빈슨 크루소』 독법에서는 로빈슨이 체현한 이 습성과 사고를 해설하는 일이 중심 위치를 차지했다. 이 가운데 우리의 주제와 관련해 중요한 의미가 있는 몇몇 경향을 추리면 다음과 같다.

먼저 '노동의 윤리화.' 로빈슨이 쓰는 '일지'에는 그가 수행하는 노동에 대한 계획과 과정, 그리고 결과가 빼곡히 쓰여 있다. 노동을 제외한 다른 부분은 신神에 대한 명상이 차지하는데, 이 명상은 회의나 원망이 아니라 회개와 다짐으로 채워진다. 방랑벽으로 인해 아버지와 하느님을 거스른 죄를 회개하고, 자신을 인도하는 신의 뜻을 믿고 기도하며 노동을 하겠다고 다짐하는 것이다. 이와 관련해, 막스 베버가 설명하는 프로테스탄티즘의 윤리, 즉 노동을 종교적 의무로 내재화한 윤리관을 로빈슨의 내면에서 감지하는 것은 자연스럽다. 사실, 디포 자신도 섭리주의providentialism

---

7 이는 베블런이 생산을 개인주의의 개념들로만 설명하려는 경제학 이론들에 반대하며 '공동체의 무형 자산'을 강조하기 위해 쓴 표현이다(소스타인 베블런 지음, 홍기빈 옮김, 「자본의 본성에 관하여 1: 자본재의 생산성」, 『자본의 본성에 관하여 외』, 책세상, 2014, 15~49쪽).

와 자유 경제 활동에 기초한 시민사회 등장 사이의 연관을 적극적으로 설파한 지식인이었다.[8] 보편적인 노동 욕구에 대한 믿음, 게으름에 대한 증오는 디포의 글에서 언제나 중심에 있었으며,[9] 이는 노동이 의무인 동시에 보람이 되는 로빈슨의 강한 노동 지향성으로 연결된다. 이런 정서는 노동을 필요악으로 보고 이를 되도록 피하려는 노동관과는 전혀 다른 것이다. 근면성, 생산적 노동의 가치에 대한 믿음이 신에 대한 궁극적 믿음과 어떻게 합쳐지는지는 소설 속에서 명확하게 해명되지 않지만, 한편으로 기독교 신앙, 다른 한편으로는 노동에 대한 믿음이 로빈슨에게서 공존하며 둘이 서로를 강화하는 것은 분명하다.

두 번째 특징은 이성과 기술에 대한 전적인 믿음이다.

---

8 디포는 자본주의에 토대한 근대 시민사회가 인간의 가능성을 최대한 살릴 수 있을 뿐만 아니라 신의 뜻에도 완벽하게 일치한다는 신념을 가지고, "개인의 자유로운 경제활동에 기초한 부르주아 시민사회의 등장"이 "섭리주의의 신조와 완전히 부합한다는 것"을 많은 팸플릿을 통해 일반 대중에게 알리고, 설득하려 한 인물이다(영미문학연구회 엮음, 『영미문학의 길잡이 1: 영국문학』, 창작과비평사, 2003, 196~197쪽).

9 "나태하게 놀고먹는 삶은 행복이나 편안함이 아니다. 근로는 삶이고, 나태와 게으름은 죽음이다. 바쁜 것이 생기 있고 즐거운 것이다. 아무 할 일이 없다는 것은 기운 빠지고 의기소침한 일이며, 한마디로 말해 나쁜 짓과 악마에게만 적합한 일이다"[*A Plan of the English Commerce*, Shakespeare Head (ed.), p. 52, Frank H. Ellis (ed.), *Twentieth Century Interpretations of Robinson Crusoe: a Collection of Critical Essays*, Englewood Cliffs, N.J.: Prentice-Hill, 1969, p. 98에서 재인용. 번역은 필자]. 이런 생각은 당시 금욕적 프로테스탄티즘에서 공유된 생각이다. 예를 들어, 디포보다 조금 이른 시기에 활동한 리처드 박스터의 설교집은 노동을 "신이 규정한 삶 일반의 자기 목적"으로 보며, "노동 의욕의 결핍은 은총 받지 못한 상태의 징후"임을 강조한다(막스 베버 지음, 김덕영 옮김, 『프로테스탄티즘의 윤리와 자본주의 정신』, 길, 2017, 337~338쪽).

이성이야말로 수학의 본체요 원천이니 이성의 도움으로 모든 것을 수식으로 표현하고 면적을 구하고 또 합리적으로 판단만 한다면, 누구라도 조만간 온갖 제작 기술의 대가가 될 수 있다.[10]

여기서 로빈슨이 말하는 '이성'은 수학이나 기술과 연결되는 계산적이거나 도구적인 이성을 의미한다. 로빈슨 크루소를 계산적 합리성을 체현한 상업가로 제시하는 에피소드는 수없이 등장한다. 실제로, 숫자와 도량형에 대한 로빈슨의 집착은 놀랍다. 책의 어느 면을 펼쳐도 양과 시간과 거리 등이 끊임없이 측정되고 어림된다. 기록과 통계에 의존한다는 점도 두드러진다. 난파선에서 가져온 짐의 품목별 목록을 작성하고 재산 목록을 만들어 철저히 효율적으로 관리하는 것은 기본이다. 무인도에 난파한 뒤 자기 상황의 '나쁜 점'과 '좋은 점'을 "부기 장부의 차변과 대변처럼" 비교한 대차대조표를 작성하고(94쪽), 식인종과 전투가 벌어진 이후에도 사망자와 부상자를 종류별로 분류해 냉정하게 계산하고 정리한다(322쪽). 인간관계를 묘사할 때는 언제나 어음, 등기부, 정산, 회계 관계, 소득, 결산 등 거래와 연관된 어휘가 대거 등장한다. '자기 이익'을 추구하는 것 자체는 인류의 천부적 이기심으로 유구한 것이지만, 오늘날 우리에게 당연하게 여겨지는 계산적 합리성은 복잡한 기술을 통해 얻을 수 있는 것이다. 막스 베버가

---

10 다니엘 디포 지음, 류경희 옮김, 『로빈슨 크루소』, 열린책들, 2011, 97쪽(이하 해당 작품에 대한 인용은 본문에 쪽수로만 표기한다).

"경제행위의 수단에서 생활양식 전체의 원리"로 변화했으며 "자본주의의 본질을 규정"한다고 설명한 계산성[11]에 기초한 합리성의 기술을 갖추기 시작한 근대인의 모습을 로빈슨 크루소는 보여준다.

세 번째는 로빈슨 크루소가 "공동체를 매개로 하지 않은 절대 개인"[12]이라는 점이다. 이때 개인주의는 낭만주의적인 개인의 독특성과 유일성에 대한 찬양과 연결된 것이 아니라, 사회의 필요 없이 자족하는 개인, 사회에 대해 생각할 필요가 없는 고립된 개인을 의미한다. 로빈슨 크루소는 철저히 자기중심적인 주체이다. 그가 고독을 쉽게 이겨내는 것도 그가 애초에 공동체의 인간이 아니었기 때문일 것이다. 실제로 그는 홀로 남겨진 자신의 상황에 오히려 만족한다.

> 나는 이런 모습으로 아주 편안하게 살았다. 마음을 하느님의 뜻에 완전히 복종시키고 나 자신을 전적으로 그분의 섭리의 처분에 맡기니 더없이 평온했다. 이처럼 편안하고 평온하니 내 삶은 오히려 사람들 사이에 섞여 살 때보다 더 행복했다. 사람들과 어울려 재미나게 살지 못한다는 이유로 마음이 슬퍼지려 할 때면 나는 스스로에게 이렇게 자문하곤 했다. 나처럼 자신의 생각들과 대화를 나

---

11 막스 베버, 『프로테스탄티즘의 윤리와 자본주의 정신』, 374쪽.

12 최정운, 「새로운 부르주아의 탄생: 로빈슨 크루소의 고독의 근대사상적 의미」, 『정치사상연구』 Vol.1(1999), 26쪽.

누면서, 그리고 불현듯 터져 나오는 기도를 통해 하느님과 대화를
나누면서(물론 이건 내 희망이었다) 사는 것이, 속세의 인간 사회에
서 사람들과 마음껏 즐기면서 어울려 사는 것보다 더 행복한 삶이
아니냐고 말이다(185~186쪽).

정서적 유대감에 대한 욕구가 이렇듯 희박한 이유는 물질적인
효용 계산이 언제나 그의 최우선 관심사이기 때문으로 보인다. 그
에게 모든 인간관계는 자신에게 이익이 되는지, 그렇지 않은지로
구분된다. 이익이 되지 않는 상대에게는, 그를 물리쳐야 할 경우
가 아니면, 무관심하다. 타인에게 감사나 신뢰를 느끼는 경우는
자신의 재산을 지켜 주거나 조력을 제공할 때뿐이다. 재산을 맡아
준 포르투갈인 선장이 보여 준 신의에 감동해 눈물을 흘리면서도,
회계 원칙에 따라 그에게 영수증을 써주는 일을 잊지 않으며(385
쪽), 해적들에게 끌려가 노예가 되었을 때 탈출을 도운 무어인 소
년 슈리를 자신을 구한 선장에게 돈을 받고 넘긴다(52쪽). 이해관
계를 넘어선 애정이나 따뜻함, 유대감에 대한 욕구는 그에게서 거
의 찾아볼 수가 없다. 그의 감수성은 경제적 동기와 물질적인 것
들에만 반응하는 듯 느껴진다.[13]

---

13 "물론 크루소가 순전한 호모 에코노미쿠스 이상은 아무것도 아니라는 것은 틀린
말이지만, 그가 경제적 동기에 지배까지는 받지 않더라도 그것에 매우 민감하다는
데에는 의문의 여지가 없다. 그의 감수성은 오로지 물질적인 것들에만 반응한다.
그래서 그는 실리적이고 효율적으로 일하며 그 결과들을 꼼꼼히 기록한다"(이언
와트, 『근대 개인주의 신화』, 227쪽).

한동안『로빈슨 크루소』에 대한 지배적 독법이던 '식민주의 비판'과 관련해서도, 그 근원을 위와 같은 로빈슨 크루소의 당대적 정체성에서 찾을 수 있을 것이다. 지도 그리기, 공간의 조직화, 자원의 투자, 법과 제도의 제정을 통해 공간을 지배하고 문명화하는 주인공은 당시 시작된 식민지 건설의 정신을 충실하게 구현하고 있으며, 로빈슨이 실제로 거둔 성취는, 말하자면 섬에 식민지를 건설하고 비유럽인을 노예화한 일이다.[14] 타인들을 그 사람 자체로서가 아니라 자신의 개인적 이득을 위해 이용할 수 있는 자원으로 판단하거나 상품으로 취급하는 로빈슨의 일관된 경향, 그리고 여기에 앞서 말한 '근면한 노동'과 '이성과 기술'의 중요성에 대한 신뢰가 결합하면, 그 기준을 체화하지 않은 원주민들은 계도해야 할 열등한 노동력으로 보이는 것이 논리적 귀결이기도 할 것이다. 따라서 기술과 과학을 매개로 생산력을 발전시키고 자연을 정복해야만 하는 상태에서 해방된 서구인(로빈슨)이 그 '진보' 상태를 야만인(프라이데이)에게 이식·교육·강요하는 것은 자연스러운 수순인 듯 나타난다. 로빈슨이 비유럽인을 대할 때마다 내비치는 인종주의와 서구 중심주의는 노골적이다. 하지만 인종주의적 편견 자체를 문제 삼는 일은 지엽적 비판에 지나지 않을 것이다.『로빈슨 크루소』에 나타나는 식민 사상과 인종주의는 세계와 타자를 대하

---

14 에드워드 사이드는 기독교와 영국을 위해 신세계를 통치하고 개간하는 해외 확장의 이데올로기를 담은 로빈슨 크루소가 영국 소설의 시초라는 점이 의미심장함을 지적한다(에드워드 사이드 지음, 김성곤·정정호 옮김,『문화와 제국주의』, 창, 2001, 143~144쪽).

는 서구 근대인의 주체성 자체에 비추어 설명해야 할 문제이다.

　위와 같이 자기 이익이라는 관점으로 모든 것을 판단하며 도구적 이성을 동원해 끊임없이 노동하는 로빈슨 크루소의 모습은 한 집단의 일반적인 성격을 추출해 둔 표본과도 같아 보인다. 『로빈슨 크루소』는 한 인간, 즉 디포의 개인적 작품이라기보다는 "한 종족이 익명으로 내놓은 산물과 비슷"[15]하다는 평가가 적합해 보인다. 근면성·합리성·실용성과 조화된 프로테스탄티즘, 자본축적 욕망, 식민주의 등의 성격을 공유한 집단은 로빈슨이 속한, 그리고 다니엘 디포가 속했으며 열렬히 옹호하기도 한, 당시 영국의 새로운 중간계급이었다. 『로빈슨 크루소』의 첫 문장은 "나는 1632년 요크시의 양갓집에서 태어났다"이며, 소설 초반부는 안분지족을 설파하는 로빈슨의 아버지[16]와 모험을 통한 부의 획득을 꿈꾸는 청년 로빈슨 사이의 욕망의 차이를 그리는 데 집중된다. 즉 안주하던 중간계급이 그 아들 세대에 와서 모험적 발전을 추구하는 근대적 부르주아로 변모하는 시대적 상황이 이 작품이 탄생하게

---

15 버지니아 울프 지음, 박인용 옮김, 『보통의 독자』, 함께읽는책, 2011, 55쪽.
16 "아버지는 이런 일들이 내게는 너무 과분한 일이든지 아니면 나와 너무 어울리지 않게 천박한 일이든지 둘 중 하나이며, 내 신분은 중산층 혹은 흔히 불리듯이 하층의 상류층 신분이라고 말씀하셨다. 아버지께서는 당신의 오랜 경험에 비추어 깨달은 사실에 의하면 바로 이 중산층 신분이야말로 세상에서 가장 편하고 인간의 행복에 가장 적합한 신분이라고 말씀하셨다. 즉 중산층은 육체노동으로 먹고사는 하류층 사람들의 노동과 고통, 그들의 비참한 불행과 고생을 경험할 필요가 전혀 없으며, 상류층 사람들의 오만, 사치, 야망, 질투 같은 것들로 난처한 지경에 처할 필요도 전혀 없다는 것이었다"(11쪽).

된 배경이다. 작품이 제시하는 로빈슨의 모델은 당시의 지배적인 인간형을 그렸다기보다는 발전하던 "자본주의적 세계에서 '승자' 가 되기 위해 요구되는 특질과 능력을 극명히 예시"[17]한 것에 더 가까울 것이다. 또는 아직 스스로에 대해 확신하지 못하던 부르주 아계급이 자신들의 능력과 도덕적 정당성에 대한 자부심을 갖도 록 도와 준 "부르주아 신품종"을 예시한다고 말할 수도 있겠다.[18] 이처럼 그는 인간 본성의 자연적 구현이 아니라 누구보다도 강하 게 자기 시대와 결부된 인물이다.

무인도에 고립된 로빈슨 크루소 플롯에는 생존을 위해 물질적 제약을 극복해야 한다는 당위와 이를 위해 합리적인 계산을 통해 행동하는 속성이라는 두 층위가 있다. 당위적 조건에서 인간의 보 편적 속성을 이끌어 내는 데는 큰 비약이 있지만, 목적 합리적으 로 행동하는 인간의 전형으로 흔히 거론되는 "고립된 경제 인간 '로빈슨 크루소'"[19]는 경제적 인간의 모델로서 각광을 받았다.[20] 경

---

17 근대영미소설학회, 『18세기 영국소설강의』, 신아사, 1999, 183쪽.

18 "전대미문의 시련을 극복한 크루소는 고독한 삶에서 외로움을 타지 않고, 철저한 노동 윤리를 본능으로 만들고, 공포와의 투쟁에서 용기를 얻은 이를테면 부르주아 '신품종'이었다"(최정운, 「새로운 부르주아의 탄생」, 12쪽).

19 막스 베버, 『프로테스탄티즘의 윤리와 자본주의 정신』, 357쪽.

20 아담 스미스로부터 시작된 고전경제학파에서 19세기 말에서 20세기 중반까지 이 어진 신고전파를 거쳐 오늘날 오스트리아학파에 이르기까지 근대경제학, 또는 주 류 경제학은 로빈슨 크루소의 상황, '희소성이라는 상황에 맞닥뜨린 고립된 개인 의 선택'이라는 전제 위에서 확립되었다. 신고전주의 학파와 함께 경제주체는 합 리적이고 이기적이라 가정된 개인이 되었고, 무인도에 고립된 경제적 인간(무인도 에서는 누구나 경제적 인간이 될 수밖에 없으므로)은 미시경제학의 공식적 방법론

제학에서 로빈슨 크루소 모델은 한편으로는 사회적 맥락을, 다른 한편으로는 윤리적 문제를 배제할 수 있게 해주는 강력한 기능을 한다. 살아가기 위한 물질적 토대가 절대적으로 중요한 것이 당연한, 필요의 원리가 지배하는 섬은 "사익을 추구하는 부르주아가 진보의 능동적 동인"이 되는 탁월한 장소이다.[21]

3. 로뱅송 크뤼조에 : 자기 강요와 회의 사이

로빈슨 크루소의 성향과 행동을 극단적으로 강화하면 벤저민 프랭클린(1706~90) 같은 후손이 될 것이다. 근면, 절제, 철저한 자기 관리의 대명사인 벤저민 프랭클린은 막스 베버가 근대 부르주아 인간형의 전형, 프로테스탄티즘 윤리의 본보기로 꼽은 인물이다. 베버는 '자본주의 정신'이란 무엇인지 설명하기 위해 프랭클린의 다음과 같은 말을 인용한다.

(정교한 가정들을 설정해 최소한의 인간과 재화만 고립시키고 벌이는 다양한 '게임')이 되었다. 역사적·사회적 맥락을 지운 보편적 호모 에코노미쿠스 모델을 인간 본성으로 본 방법론적 개인주의는 이후 지속적으로 확대된 끝에 결혼·출산·범죄·약물 중독 등 모든 인간 행동을 '개인의 합리적 선택'을 통해 설명하는 개리 베커의 행위 경제 결정론에 이른다(Gary S. Becker, *The Economic Approach to Human Behavior*, University of Chicago Press, 1976 참조).

21 Marthe Robert, *Roman des origines et origines du roman*, Gallimard, coll.Tel, 2006, p. 147.

시간이 돈임을 명심하라. …… 돈은 그 본성상 번식력과 생산력이 있다는 것을 명심하라. 돈은 돈을 낳을 수 있고 그 새끼는 더욱 많은 돈을 낳을 수 있으며 이런 과정은 지속된다. …… 5실링의 가치에 상당하는 시간을 무익하게 탕진하는 사람은 5실링을 잃는 것이며 5실링을 바다에 던져 버리는 것과 마찬가지이다. 5실링을 잃는 사람은 단지 그 금액만 잃는 것이 아니라 그것을 사업에 이용해 벌 수 있는 모든 것 — 이는 젊은이가 노인이 되면 막대한 금액으로 늘어날 것이다 — 을 잃는 것이다.[22]

가장 중요하게 강조되는 교훈은 돈은 끊임없이 증식하는 성격을 가졌다는 점이다. 현재는 미래의 화폐 증식이라는 목적에 철저히 종속되어야 한다. 시간을 포함한 모든 가치는 돈을 벌기 위한 수단이 된다. 나태함은 절대적으로 거부된다. 계산에 따라 면밀하게 미래를 예측해 가며 부를 끊임없이 축적하되, 물질적 탐욕보다는 종교적 기원을 갖는 윤리적 의무감에서 부를 추구하는 독특한 금욕적ascetic 인간형. 이런 근대 부르주아의 초상을 벤저민 프랭클린은 압축적으로 보여 준다.

미셸 투르니에의 『방드르디, 태평양의 끝』에서 무인도의 로뱅송 크뤼조에[23]가 초기에 의존하는 모럴은 명시적으로 벤저민 프랭

---

22 베버가 인용한 벤저민 프랭클린의 글에서 발췌해 재인용(막스 베버, 『프로테스탄티즘의 윤리와 자본주의 정신』, 72~74쪽).

23 투르니에 작품 속의 로빈슨 크루소를 지칭하기 위해 프랑스어 발음(로뱅송 크뤼조에)을 따라 '로뱅송'으로 부르기로 하겠다.

클린이 말하는 금욕·노동·진보·축적·기술 등이다. 로뱅송은 어린 시절 아버지가 암기하도록 시켰던 프랭클린의 문장을 상기하며 자신의 경험을 프랭클린이 말한 도덕률의 경구로 수렴시킨다.[24] 『방드르디, 태평양의 끝』의 배경을 로빈슨 크루소의 난파로부터 100년 후로 설정[25]한 것은 18세기 중반에 큰 영향을 끼친 벤저민 프랭클린을 도입하기 위해서가 아닌가 싶을 정도다. 즉 디포의 시대에 성장하던 '자본주의 정신'이 이미 정착한 이후의 로뱅송을 그리려 했던 것이다.[26]

디포와 투르니에의 작품을 나란히 놓고 볼 때 형식적으로 가장 크게 변한 것은 이야기의 역사적 특수성을 지웠다는 점이다. 무인도 전과 후 길게 나열된 (전체 분량의 5분의 1가량을 차지하는) 로빈슨의 다른 상업적 모험 이야기들은 삭제되고, 당시 '영국 중간계급'의 성격과 관련한 설명도 체계적으로 지워졌다. 또한 작품 제목에 들어간 '림보'limbes라는 단어, 즉 세상의 끝, 주변부, 유예 공간 등을 상기시키는 이 단어는 작품이 사회적 측면을 배제하고 진공 상

---

24 미셸 투르니에 지음, 김화영 옮김, 『방드르디, 태평양의 끝』, 민음사, 2003, 170~172쪽(작품 인용은 이 번역본을 따르되 문맥에 따라 부분적으로 수정했다. 이하 『방드르디』로 표기).

25 디포의 크루소는 1659년 9월 30일에 무인도에 도착하고, 투르니에의 크루소는 1759년 9월 30일에 상륙한다.

26 벤저민 프랭클린 역시 디포의 영향을 받기도 했다. 디포의 저서 『프로젝트론』을 자신의 사고를 전환하는 데 중요한 영향을 미친 책 두 권 가운데 하나라 말할 정도였다[원용찬, 「대니얼 디포와 로빈슨 크루소 2: 자본주의 여명기에 나타난 원시적 자본 축적의 모습들」, 『인물과사상』 2014년 4월호(통권 192호), 159쪽].

태에서 보편적인 인간 조건에 집중하는 인상을 준다. 그러나 작품이 사회적 내용을 직접적으로 지시하지 않아도, 로빈슨과 같은 고립 상황에 처한 투르니에의 로뱅송이 생존 문제를 해결하고 자기 자신을 생각하는 방식에서, 1967년과 그 이후의 독자들은 자신들의 습성과 감수성을 발견할 수 있다. 『방드르디, 태평양의 끝』은 비록 그 설정은 과거이지만 자본주의 경제가 인간 세상의 비전으로 이미 자리 잡은 이후를 살아가는 현대인의 눈으로 재해석한 로빈슨 크루소 서사이다.

로빈슨 크루소적인 면모가 변주되는 소설 초반부, 강박적인 노동과 생산의 규모는 더 커지고 더욱 엄격한 금욕주의가 로뱅송을 지배한다. 그런데 디포에게서 금욕적인 노동과 축적 모델이 로빈슨의 성공을 이끄는 유용하고 긍정적인 가치로 그려졌다면, 투르니에에게서 프랭클린의 규범은 이중적 의미를 띤다. 겉으로는 절대 긍정해야 할 듯 제시되는 자성과 다짐이 너무 전형적이고 완고하게 표현되어 오히려 풍자적으로 보이는 것이다.

후일을 위하여 남겨 두리라. 후일을 위하여 …… 이 단순한 두 마디 말 속에는 얼마나 많은 약속들이 담겨 있는가! 갑자기 나에게 너무나도 자명하게 나타나 보이는 것은 시간과 싸워야 한다는, 다시 말해서 시간을 포로처럼 사로잡아야 한다는 필요성이다. 내가 그날그날 목적 없이 살고 되는대로 내버려 두면 시간은 손가락 사이로 새어 나가고 나는 나의 시간을 잃는다. 나 자신을 잃는다. …… 나의 달력을 재정립함으로써 나는 나 자신을 되찾은 것이다. 이제부터는 한 걸음 더 나아가야 한다. 이 처음 추수한 밀과 보리의 어느 한 알도 현재 속에 탕진되어서는 안 된다. 그것은 송두리째 마치 미래를 향한 용수철과 같이 되어야 한다. ······ 이제부터 다음의 규칙을 준수하겠다. 일체의 생산은 창조이며 따라서 좋은 것이다. 일체의 소비는 파괴이며 따라서 나쁜 것이다(『방드르디』, 185~186쪽).

로뱅송에게서 시간은 그냥 흘러가는 것이 아니고 전투를 치러서 복속시켜야 하는 존재로 생각된다. 안주해서는 안 되고, 끊임없이 더 나은 미래를 향해 나아가야 한다. 체계적으로 계획된 노동과 분투를 다짐하는 로뱅송의 일지는 현대인들이 '프랭클린 다이어리'를 기록하며 자기 통제의 기술을 발휘하는 모습을 연상시킨다. 또한 현재를 잃어서는 안 된다고 자신을 다잡는 기저에는 미래의 생산을 위해 바쳐야 할 시간을 낭비하지 말아야 한다는, 부의 축적과 투자에 대한 다분히 자본주의적인 강박이 느껴진다. 앞서 인용한 벤저민 프랭클린의 격언을 그대로 반복하는 듯한 로뱅송의 생각은 단선적인 진보의 개념과 미래를 위한 생산과 재투자의 반복이라는 태도에 기반을 둔 자본주의 정신을 표현한다.

그런데 지금 그가 놓인 환경은 축적이 의미를 잃은 상황이다. 무인도에서 아무리 많이 생산해 축적해 보았자 자본이 되지 못하며, 로뱅송 자신도 이에 대한 안타까움을 토로한다.[27] 그러나 '부

---

27 "사실 여기서의 나의 상황은 매일같이 배 가득히 타고 신세계의 해안에 발을 내려딛는 내 동포들의 상황과 상당히 유사하다. 그들 역시 부의 축적이라는 윤리에 순

의 축적은 윤리'며 '시간을 잃는다는 것은 범죄'라는 관념이 보편적 당위라는 생각이 워낙 강력하기에, 그것이 모든 의미를 잃은 상황에서도 새로운 상황에 맞는 삶을 찾는 것이 아니라 축적이 의미 있던 시기의 '윤리'에 걸맞은 습속을 지키기 위해 로뱅송은 자기를 다그친다.

이런 태도는 축적 규모가 일정한 범위 내로 제한되었던 로빈슨 크루소와도 뚜렷한 차이를 보인다. 로빈슨의 축적은 어디까지나 자신의 미래 사용 가능성을 위한 것이었다.

> 그러나 오직 내가 사용할 수 있는 것만이 가장 가치 있는 것이다. …… 우선 세상의 모든 좋은 것들은 우리에게 효용 가치가 있는 만큼만 좋은 것이지 그 이상은 아니라는 것이다. …… 세상에서 가장 탐욕스러운 수전노 구두쇠라 할지라도 나와 같은 처지에 놓였더라면 탐욕이라는 악덕을 깨끗이 치유할 수 있었으리라(176~177쪽).

디포의 『로빈슨 크루소』에는 사용가치가 중요하다는 감수성과 개인의 탐욕이라는 악덕에 대한 전통 사회의 경계가 남아 있다.

응해야 한다. 그들에게도 역시 시간을 잃는다는 것은 범죄이며 시간의 재산을 축적하는 것은 근본적인 미덕이다. 축재하라! 그런데 바로 여기서 다시금 나의 비참한 고독이 상기된다! …… 아메리카의 식민은 끝까지 계획된 과정을 후회 없이 추진할 수 있다. 왜냐하면 그는 그의 빵을 팔 것이고 그가 금고 속에 쌓아 두게 되는 돈은 축재한 시간이요, 노동일 것이기 때문이다. 그러나 불행하게도 나의 경우 나의 비참한 고독은 내게도 부족하지 않은 돈의 혜택을 박탈해 간다!"(『방드르디』, 75쪽).

이로 인해 로빈슨은 '이 정도면 되었다'는 안도감을 가질 수 있었지만, 로뱅송에게는 만족이 있을 수 없다. 로빈슨의 태도가 생산물을 자본화하기보다 단기적인 이익에 더 관심이 있는 중상주의적 입장을 반영한다는 것은 『로빈슨 크루소』 평자들이 공통적으로 지적하는 점이다. 이에 반해 미래의 이윤을 위해 재투자되지 않는 부富에 대해 로뱅송이 느끼는 조바심과 안타까움은 로빈슨 시대의 모험적 상업가와는 또 다른 기업가 정신을 드러낸다. 정체되어서는 안 된다는 로뱅송의 강박은 로빈슨이 말하는 '탐욕'과는 성질이 다르다. 로뱅송은 "그 자체를 위해 존재하는 자체적인 추진력을 갖으며 개인들을 그 자체의 맹목적인 발전의 도구로 이용"하는 무언가에 사로잡힌 것 같다. 테리 이글턴의 표현인 앞 문장의 '무언가'의 자리에 대부분의 현대인들은 망설임 없이 '자본'을 넣어 읽을 것이다.[28]

개인을 압박하는 거대한 구조 안 경쟁에서 도태되지 않기 위해 자본주의사회 속 인간은 자신을 몰아붙일 수밖에 없다. 그런데 제

---

[28] "자본주의의 가장 강력한 폐단 가운데 하나는 우리의 창조적인 에너지를 사실상 순수하게 실용적인 문제에만 투여하도록 우리를 강제한다는 것이다. 삶의 수단이 목적이 된다. 삶은 살아가기 위한 물질적 토대에 놓여 있다. 21세기에 삶의 물질적 구조가 석기시대만큼이나 규모가 거대해야 한다는 것은 경악스럽다. 남성과 여성을 노동 위기에서 벗어나게 하는 데 최소한 어느 정도는 관심을 기울일 수도 있는 자본은 그러는 대신 자본을 더욱 축적하는 일에 몰두한다. …… 의지와 마찬가지로 자본은 일차적으로 그 자체를 위해 존재하는 자체적인 추진력을 갖으며 개인들을 그 자체의 맹목적인 발전의 도구로 이용한다"(테리 이글턴 지음, 강정석 옮김, 『인생의 의미』, 책읽는 수요일, 2016, 167~168쪽).

도의 압력, 사회적 인정 투쟁, 타인과의 경쟁, 이 모든 것의 바깥에 있는 로뱅송을 여전히 몰아가는 힘은 어디서 오는가? 무인도는 기적적으로 풍요롭고 안전한 땅으로 설정되어 있어서, 생존을 위한 끝없는 노력에 매달려야 할 필요도 없는데 말이다.

그는 '버지니아호'에서 물려받은 쌀자루에 감히 한 번도 손을 대 보지 못했었다. 열매를 다시 맺게 할 희망도 없이 그것을 소모하고 어쩌면 수세기 동안의 수확이 잠들어 있을지도 모르는 그 자산을 덧없는 즐거움으로 탕진한다는 것은 그가 저지를 수 없는, 전형적인 범죄였다. 도대체 그는 그런 범죄를 육체적으로 실천에 옮길 수가 없었을 것이다. 공포에 질린 그의 목구멍과 위장은 살해당한 그 곡식의 단 한 숟가락도 소화해 낼 수 없었을 것이다(『방드르디』, 141쪽).

로뱅송은 미래의 증식 가능성 때문에 현재의 즐거움을 누릴 수 없다. 앞서 베버가 인용한 프랭클린의 말에서 보았던, 미래의 가능성 대신 현재를 선택하는 것은 윤리적 죄악이라는 생각이 로뱅송에게서 강하게 드러난다. 그런데 이는 스스로 포기하기 이전에 '육체적으로' 실천에 옮길 수 없는 일로 설명된다. 애초에 그의 몸이 소화를 거부할 것이기 때문이다. 새로운 수확을 얻을 수 있는 곡식을 먹어 버린다는 쾌락의 가능성을 로뱅송은 '범죄', '공포', '살해' 등의 극단적 어휘를 사용해 표현한다. 로빈슨에게서 회개와 노력의 원동력이었던 자본주의 정신은, 로뱅송에게서는 말 그대로 체화되어, '육체적으로' 로뱅송의 다른 가능성을 막는 제2의

천성이 된 것이다.

　로빈슨에게는 노동이 그 자체로 기쁨이었다. 그는 투여한 노동의 결과로 거둔 축적과 자신이 쌓아 올린 질서정연한 세계에 대한 만족감을 느낄 수 있었다. 그런데 로뱅송에게 노동은 자기 강요의 성격이 강하다. 물질적 '필요'에 대한 강박과 '노동'이라는 절대적 가치의 구속, 무인도에서 로뱅송의 일상은 이 두 가지에 결박되어 있다. 경제적인 것이 전부인 일상을 벗어나는 시간은 노동력 재생산을 위한 일들을 제외하면 일지 쓰기로 채워지지만, 위에서 보듯 일지 쓰기 역시 생산적 주체가 되도록 자신을 다잡으려는 목적이 강하다. 자연을 통제하고 섬에 인간적 질서를 강요하는 행동은 로빈슨과 로뱅송에게서 동일하게 나타나지만, 로뱅송을 행동하도록 추동하는 것은 로빈슨에게 있던 자연스러운 확신 대신 끝없는 긴장과 불안감이다.

　그 결과 로뱅송은 로빈슨에게서는 찾아볼 수 없던 심리적 위기를 겪는다. 주기적으로 회의와 무기력이 찾아들고, 침잠과 포기, 나태와 수동성의 시간이 뒤따른다.

　그는 땅바닥에 코를 처박은 채 닥치는 대로 아무것이나 먹었다. 그는 엎드린 채 변을 보고, 자신의 따뜻하고 물렁물렁한 배설물 속에서 뒹굴었다. 그는 점점 자리를 옮기는 일이 드물어졌고 몸을 움직였다가는 곧 진창 속으로 되돌아오곤 했다. 그곳에서 그는 육체를 잊어버렸고 진창의 물기와 따뜻함에 싸인 채 중력으로부터 해방되었다. 한편 고여서 썩은 물에서 발산되는 독 때문에 그의 정신은 몽롱해졌다(『방드르디』, 48쪽).

진창 안에서 로뱅송은 자신의 육체가 느끼던 중력으로부터 해방된 듯 느낀다. 육체corps, 즉 한편으로는 먹이고 보살펴야 할 인간의 자연적 조건, 다른 한편으로는 노동의 도구로 조이고 다그쳐야 할 수단에 전적으로 구속되어 살던 그는 한순간에 그 긴장을 거부해 버리는 것이다. 그때 로뱅송의 상태는 사회화 이전 어린아이의 상태이거나 문명화 이전 야만의 상태이다. 즉 일시적인 퇴행이다. 주기적으로 나타나는 이런 충동은 진창·계곡·들판 등 자연에 굴복하거나 자연과 직접 결합하는 형태를 띠고, 그 안에서 성적 융합을 꿈꾸거나 탄생 이전의 자궁 속으로 회귀한 듯한 안온함에 빠진다.

그리고 이런 행동에 매번 뒤따르는 것은 더 준엄한 자기 심판과 규율의 부과이다.

진창은 나의 패배이며 나의 악덕이다. 나의 승리는 절대적인 무질서의 다른 이름에 불과한 자연적 질서에 항거하여 내가 스페란차에 강요해야 마땅한 도덕적 질서이다. 여기서 중요한 점은 단지 생명을 부지하는 것만이 아님을 이제 나는 안다. 생명을 부지하며 살아남는다는 것은 곧 죽음을 의미한다. 인내력을 가지고 잠시도 쉬지 않고 건설하고 조직하고 정돈해야 한다. 일체의 중지는 일보 후퇴이며 진창을 향한 한 걸음이다(『방드르디』, 62쪽).

노동의 노예가 되었다가 퇴행에 가까운 도피와 도취의 여가에 빠지는 진자 운동은 현대인의 일상을 반영한 것이라 해도 지나친 과장은 아닐 것이다. 도피의 유혹은 강하고, 그에 따라 거부도 더 집요해져야만 한다.

노동에 대한 강박이 가져오는 피로의 근원에는 정체되는 것에 대한 극도의 두려움, 나태가 가져올 퇴행에 대한 공포가 있다. 로뱅송이 집착하는 '합리화된 시간'에 대한 생각이 이를 잘 보여 준다. 로빈슨 크루소도 말뚝에 금을 그어 날짜를 표시했고 그럼으로써 섬의 생활을 수량화할 수 있는 시간 속에 위치시켰지만, 로뱅송은 한 발 더 나아가 물시계로 시간을 기계적으로 측정한다. 그는 인간의 질서에 따라 섬이 지배됨을 상징하는 이 측정에 위안과 자랑스러움을 느낀다.[29]

이제부터는 내가 깨어 있건, 잠을 자건, 글을 쓰건, 요리를 하건 나의 시간은 기계적으로, 객관적으로, 거부할 길 없이 완벽하고 정확하게, 통제 가능한 방식으로 똑딱거리는 소리에 의하여 논리화된다. 악의 힘에 대한 나의 승리를 정의해 주는 이 형용사들에 나는 얼마나 굶주려 왔던가! 나는 내 주위의 모든 것이 이제부터는 측정, 증명, 확인되고 수학적이고 합리적으로 되기를 요구한다(『방드르디』, 81쪽).

---

29 "그가 밤이건 낮이건 함지 속으로 떨어지는 이 규칙적인 물방울 소리를 들을 때면 시간은 그의 의지와는 관계없이 어두운 심연 속으로 미끄러져 가는 것이 아니라 이제부터는 규칙화되고 지배되고 장차 섬 전체가 그렇게 되려 하듯이 오직 한 인간의 정신력에 의하여 길들여지게 된다는 자랑스러운 기분을 느꼈던 것이다"(『방드르디』, 66쪽).

'측정, 증명, 확인, 수학적이고 합리적'으로 주위의 모든 것을 통제할 필요성은 '악에 대해 승리하기 위해'라는 기독교적 언사와 나란히 있다. 통제되지 않은 힘을 '악'으로 보는 데서 심연에 빠질 위험에 대한 강박이 느껴진다. 그런데 홀로 있는 인간, 사회를 벗어나 있는 사람을 엄습하는 '악'이란 무엇일까?

강한 이분법 속에서 그 '악'은 죽음처럼 자신의 생명력을 해치는 모든 것을 포괄하는 것 같다. 진창은 '추억'과 '과거', "그토록 매혹적인 부드러움으로 나를 부르는 석관처럼 니스[바니시]가 칠해진 그 죽음 속"으로 비유된다.[30] 진창과 같은 계열인 바다 역시 '유혹, 함정, 아편, 광기의 심연, 죽음'으로 보인다. 본능과 감정에 좌우되는 비합리적 행동을 떨치고 '제한된 약속들과 준엄한 교훈들', 운명을 통제하고 일하고 고독을 받아들이는 일로 나아가야 한다.[31] 로뱅송에게 합리적 행동의 가장 큰 적은 감정적으로는 과거에 대한 향수와 그리움, 본능적으로는 성性과 죽음과 자궁 회귀 욕망이다.

----

30 "나는 잠시 걷잡을 수 없이 감미롭게 밀려오는 추억과 싸우다가 나의 과거, 저 아무도 살지 않는 박물관, 그토록 매혹적인 부드러움으로 나를 부르는 석관처럼 니스가 칠해진 그 죽음 속으로 빠져들어 가버렸다"(『방드르디』, 68쪽).

31 "그는 자리에서 일어나 바다를 바라보았다. 벌써부터 태양의 첫 번째 빛살들이 못처럼 꽂혀 있는 저 쇠붙이 같은 벌판은 유혹이요 함정이요 아편이었다. 까딱만 하면 그 바다는 그를 더럽히고 나서 광기의 심연 속에 밀어 던지는 것이었다. 죽지 않으려면 그것에서 헤어날 수 있는 힘을 되찾지 않으면 안 되었다. 섬은 그의 등 뒤에 제한된 약속들과 준엄한 교훈들로 가득 찬 채 광대하고 순수하게 펼쳐져 있었다. 그는 자신의 운명을 손안에 거머쥘 것이다. 그는 일할 것이다. 더는 꿈꾸지 않고 저 거부할 길 없는 자신의 아내인 고독과 한 몸이 될 것이다"(『방드르디』, 53쪽).

로뱅송의 환각과 퇴행의 욕구 이면에는 자기통제에 대한 반발심과 우울이 느껴진다. 로뱅송이 느끼는 회의감과 갈등은 로빈슨의 무감함과 가장 큰 대조를 이룬다. 주된 요인은 노동을 대하는 두 사람의 태도에서 찾을 수 있다. 로빈슨에게 노동은 사회적이지 않았지만 그 자체의 기쁨을 주는 것, 곧 호모 파베르의 성격을 간직하고 있는 것이었다. 『로빈슨 크루소』가 대중적으로 성공한 큰 요인도 "기본적인 경제적 과정들이 치유적인 여가 활동으로 전환"[32]되는 모델을 제공한 데 있다. 반면 로뱅송의 일지에서 노동의 즐거움은 찾아볼 수 없다. 그에게 노동은 강제가 사라지는 순간 멀리하고 싶은 것이지만, 노동하지 않는 순간 닥칠 퇴행과 죽음의 길을 피하기 위해 스스로 압박하고 강제해야 하는 무엇이다. 다시 말해 로뱅송에게 노동은 일하고자 하는 자연스러운 추동력의 결과도 아니고 부의 축적과 목표에 대한 강한 의욕과 희망으로 동기화된 것도 아닌, 관성과 불안으로 지탱되는 의무이다.

무엇이 이 차이를 낳는가? 한편에는 종교의 영향이 있다. 로빈슨 크루소에게서 삶의 의미에 대한 회의 같은 생각은 떠오르지 않는다. 로빈슨의 실용적이고 현세적인 태도는 역설적으로 삶의 의미에 대한 갈등을 신에 의탁했기 때문에 가능한 듯 보인다. 자신의 일을 철저하고 합리적인 방식으로 수행하는 것이 '신의 도구'로서 자신을 보는 사람의 당연한 태도일 것이다. 반면 로뱅송에서 종교의 영향력은 현저히 약화된다. 습관적으로 성경을 읽기는

---

32 이언 와트, 『근대 개인주의 신화』, 222쪽.

하지만, 로뱅송의 신앙은 형식적이다. 그는 자신을 신의 도구로 보기보다 스스로의 욕망과 감정에 집중한다. 믿음이 주는 안도감도 찾아보기 힘들다. 다른 한편, 자본주의 체제의 발전 단계가 다른 데서 오는 차이가 있을 것이다. 자본주의 여명기에 태어난 로빈슨은 타고난 자리에 안주하지 않고 물질적 소유와 정복을 확대하고자 하는 강한 내적 열망이 있었고, 이 어쩔 수 없는 내적 열망을 따라 상업적 모험에 뛰어들었다. 반면에 로뱅송에게서 이윤을 얻기 위한 국제무역과 항해는 이제 욕망에서 추동된 가슴 떨리는 모험이 아니라 당연히 해야 하는 의무 같은 심상한 일이다. 성장, 팽창, 정복에 대한 열의, 높은 성취 가능성이 주는 강한 희망은 더는 없다.

로빈슨의 경우 구원은 신의 은총의 문제였으므로 자기 구원은 문제가 되지 않았다. 그에게는 '신의 섭리에 의해 구원받은 탕아'라는 자기 정체성에 대한 신뢰가 있었고, 노동에 일관된 의미를 부여하는 종교적 신념 체계는 그의 모든 활동을 설명해 주는 절대적으로 의지할 수 있는 모럴이었다. 신에 대한 전적인 의존에서 오는 그의 평화로운 마음은, 청교도주의는 "삶의 '의미'에 대한 모든 문제를 완전히 배제"할 수 있게 해주었다는 막스 베버의 설명을 예증하는 듯하다.[33] 그러나 『방드르디, 태평양의 끝』의 배경으로 설정된 18세기 중반은 세계를 움직이는 힘을 신의 섭리가 아닌 인간 이성에서 찾는 경향이 이미 힘을 얻은 계몽주의 전성기

---

33 막스 베버, 『프로테스탄티즘의 윤리와 자본주의 정신』, 191쪽.

였다. 경제 인간을 정신적으로 지탱해 주었던 신앙이라는 축이 신뢰성을 상당히 잃은 상황은 이 글이 출간된 20세기 중반 독자들에게는 더 자연스럽게 받아들여졌을 것이다. 로뱅송에게 구원은 이제 은총이 아니라 자신의 의지와 근면에 있을 것이고, 따라서 그에 반하는 나태는 '죄악'이 된다. 신의 뜻을 전적으로 받아들이는 로빈슨이 규율에 복종하는 근면한 노동자의 모습을 보여 준다면, 절대적으로 신뢰할 수 있는 규율이나 명령이 없는 로뱅송에게서는 스스로 자기통제와 자기 계발을 하는 주체의 모습이 보인다. 1960년대 초가 인간을 계발되어야 할 '인적 자원'human capital 개념으로 바라보는 관점이 본격화한 시기[34]임을 상기한다면, 당대의 독자들은 자기 경영과 자기 착취에서 쉽게 벗어나지 못하는 로뱅송의 모습을 매우 잘 이해하고 나아가 쉽게 수용할 수 있었을 것이다.

　맹목적 발전 추구와 이를 위한 노력에 '의미'를 부여해 준 서사에 대한 믿음이 약화되었을 때 남은 것은 체화된 습속이며, 이를 벗어나는 데 대한 불안이다. 로뱅송이 방드르디의 사고방식과 생활양식을 해체해 문명 세계에 어울리는 인간으로 재구성하려는 과정에서도 강박적 불안이 감지된다. 쓸모 있는 노동력으로 만들기 위해 로뱅송은 방드르디에게 규율을 부과하고, 그것을 몸에 새

---

[34] '인적 자본' 개념을 대중화시킨 개리 베커의 『인적 자본』이 출간된 것이 1964년이었다(Gary S. Becker, *Human Capital: A Theoretical and Empirical Analysis, with Special Reference to Education*, University of Chicago Press, 1964).

기도록 단련시키고 폭행도 서슴지 않는다. 로빈슨의 경우에는 그럴 필요조차 없었다. 프라이데이는 복종하는 완벽한 하인이었고, 로빈슨은 자신이 프라이데이에게 '교육'하는 바의 유익함에 대한 전적인 신뢰가 있었기 때문이다. 반면 방드르디는 로뱅송의 모든 예측과 기대를 벗어나는 돌출적 존재이며 로뱅송이 부과하려는 질서 속에 편입되지 않는 존재이다. 완성형이었으므로 내적 고뇌가 필요 없던 로빈슨이 자연스러운 노동과 기도로 만족스러운 일상을 채웠던 것과는 달리, 로뱅송은 자신을 혼돈에서 구원하려 분투해 왔다. 무질서는 정체되고 퇴행하고자 하는 욕구를 낳고 이는 죽음과 닿아 있으므로 벗어나야만 하는 것인데, 방드르디의 폭소와 나태와 불복종은 무질서를 다시 불러오려는 불길한 힘으로 느껴진다. 로뱅송이 길들이려고 발버둥치는 것은 방드르디만이 아니라 자기 자신이기도 하다.

죽음을 예감하게 하는 허무를 떨치기 위해서는 삶의 '동기'를 만들어 내야 하는데, 그것이 어려울 때 남는 것은 퇴행 욕구와 그 욕구에 대해 다시 느끼는 공포, 떨쳐 내고자 하는 강박이다. 문명의 길을 "복종과 노동의 길"로 부르는 아도르노와 호르크하이머의 글은 마치 로뱅송의 진자 운동을 묘사하는 것 같다.

인류는 자아, 즉 동질적이고 목적 지향적인 남성적 성격이 형성될 때까지 자신에게 가혹한 짓을 행해야 했다. 이는 어느 정도 모든 사람들의 유년기에 반복된다. 자신을 유지하려는 노력은 자아의 모든 단계에 달라붙어 있으며, 또한 자아 상실의 유혹은 그 유지를 위한 맹목적 결의와 짝을 이룬다. 자아가 정지되는 행복감을 맛보는 대가로 죽음 같은 잠에 빠지게 하는 마약과 같은 도취는, 자기 유지와 자기 절멸을 매개시키는 가장 오래된 사회적 장치 중의 하나로서 매 순간 자신의 한계를 넘어서 살아남으려는 자아의 시도이다. 자아를 상실할 것 같은 불안, 자아를 잃어버림으로써 자신과 다른 삶과의 경계가 지워져 버릴 것 같은 불안, 그리고 죽음과 파괴에 대해 느끼는 두려움은 매 순간 문명을 위협하고 있는 '행복의 약속'과 짝을 이룬다.[35]

사회 속 인간은 기존 정체성을 지탱하는 사회문화적 요소들에 파묻혀 공허를 망각하고 살 수 있겠지만, 외부적 요인이 사라진 무인도에서 로뱅송은 홀로 오디세우스의 길을 가기가 점점 힘들어짐을 느낀다. 그러나 정체성의 해체는 곧 비인간화와 광기를 유도하는 세이렌의 유혹처럼 느껴지기 때문에 격렬하게 저항하지 않을 수 없다.

이 딜레마를 벗어나게 해줄 '우발'은 방드르디라는 완전히 새로운, 낯선 주체성과 함께 시작된다. 로뱅송은 방드르디를 어린아이, 서양어와 문명을 배워야 할 학생, 순종하는 하인 등 디포의 소설에서 프라이데이가 그랬듯 순수한 야만인의 전형으로 보려 했지만, 이런 인식으로 포착되지 않는 방드르디는 로뱅송에게 혼란을 가져온다. 방드르디로 인한 혼란이 절정에 달할 때 일어난 '대

---

35 테오도르 W. 아도르노·M. 호르크하이머 지음, 김유동 옮김, 『계몽의 변증법』, 문학과지성사, 2001, 66~67쪽.

폭발'이라고 하는 단절은 로빈슨과 로뱅송이 결정적으로 갈라지는 계기가 된다.

4. 무인도, '새로운 왕국' 또는 '또 다른 섬'

방드르디가 일으킨 폭발 사고로 이제까지 쌓아 올려 왔던 모든 것이 한순간에 사라진 뒤, 문명과 미래라는 이름의 지배가 공백 상태가 된다. 로뱅송은 그 자리를 채울 수 있는 새로운 삶의 모습을 방드르디라는 '모델'을 통해 배우며 완전히 변모한다. 어느 날 자신을 다시 인간 세계와 연결해 줄 화이트버드호가 나타났을 때, 로뱅송은 선원들의 물질적 욕망, 약자에 대한 거친 행동 등에 혐오감을 느끼고, 문명사회를 "피폐와 먼지와 폐허의 세계"(『방드르디』, 307쪽)로 느낀다. 로뱅송이 선원들을 보며 생각하는 바는 대량 소비 사회에 진입하던 1960년대에 본격적으로 나온 물질주의에 대한 비판들(조르주 페렉의 『사물들』이 1965년에, 장 보드리야르의 『소비의 사회』가 1970년에 출간되었다)을 떠오르게 한다. 그러나 로뱅송이 근본적인 거부감을 느낀 이유는 더 깊은 곳에 있었다.

그러나 무엇보다도 그의 비위에 거슬리는 점은 이 문명되고 지극히 고상한 사람들이 순진할 정도로 태연스럽게 과시하고 있는 거칠음, 증오, 탐욕이 아니었다. …… 로뱅송이 볼 때 악惡은 그보다 훨씬 더 깊은 데 있었다. 그는 마음속으로 그 사람들 모두가 열에 들뜬 듯이 추구하는 것으로 보이는 여러 가지 목적의 어쩔 수 없는 상대적 성격이 바로 악의 바탕이라 비판하고 있었다. 왜냐하면 그들은 모두 목적을 추구하고 있었고, 그 목적이란 어떤 획득, 어떤 부富, 어떤 만족 따위였다. 그렇지만 무엇 때문에 그 획득, 부, 만족을 추구한단 말인가? 물론 그 어느 누구도 그에 대하여 대답할 수는 없을 것이었다(『방드르디』, 303~304쪽).

이런저런 목적을 추구하는 단선적 시간을 살고 있는 사람들의 모습에서 로뱅송이 느끼는 반발심은 그 목적의 '상대적 성격'에 기인한다. 왜, 무엇 때문에 그 목적을 추구하느냐고 물었을 때 답할 말을 찾지 못하는 사람들에 대한 비판은, 절대적인 목적을 갖지 못했음을 탓하거나 궁극적 이유를 내놓아야 한다고 요구하기 위함이 아니다. 그들이 무엇인지 모를 목표를 바라보며 삶을 무한히 미래로 유예시키고 있음을 지적하기 위한 것에 가깝다. 어떤 목적을 향해 '열에 들뜬 듯이' 끊임없이 달려가지 않으면 팽창할 수 없는 근대 자본주의의 질주에 휩쓸려 가던 사람들이 갑자기 멈춰 서서 '무엇 때문에?'를 묻는다면, 그것은 질주의 이유를 해명하기 위해서가 아니라 질주의 의미 없음을 드러내기 위해서일 것이다.

그러나 로뱅송은 자신의 생각을 입 밖에 내지 않는다. 무인도에서 자신이 깨달은 바를 돌아가 사람들에게 알리는 대신, 귀환을 거부하고 섬에 머무르겠다는 선택을 한다. 자신이 극복해야 할 상대는 선원들이 아니라 그들이 대변하는 사회, 공리주의에 따라 움직이는 사회 전체일 것이고, 이는 자신의 내면에 담긴, 아직도 다 씻어 내지 못한 것이기도 하다. 그는 의미 없는 추구로 움직이는 사회를 바라보면서, 자발적으로 바깥에 머무르기를 택한다.

이 선택과 함께 『방드르디, 태평양의 끝』은 『로빈슨 크루소』와 결정적으로 다른 길을 간다. 디포의 로빈슨에게 무인도는 대항해 싸울 적敵도 경쟁자도 없는 공간이었고,[36] 따라서 "아버지가 사라져 모든 관계와 과거에서 해방"된 곳, "철저한 무인지경의 왕국에서 아주 순결하게 스스로 탄생"할 수 있는 공간이었다.[37] 그에게는 조난 자체가 해방의 수단이었고, 이 정신적 섬나라를 지배하고 여기에 자신의 왕국을 건설하기만 하면 되는 일이었다. 로빈슨 크루소는 무인도에서 사는 법을 배우고 성숙한 지배자이자 성공한 부르주아로서 귀환하고, 이후 섬은 로빈슨의 "플랜테이션 농장"이 된다. 소설이라는 장르의 기원을 자신의 기원인 부모와 투쟁하며 자기 세계를 구축하고자 하는 인간의 원초적 환상에서 찾은 마르트 로베르는 디포의 『로빈슨 크루소』를 현실에서 도피해 다른 세계를 창조하려는 '업둥이형' 소설의 경향을 대표하는 예로 사용한다.[38]

---

36 "나는 누릴 수 있는 모든 것을 다 가진 사람이었고 내 모든 영지의 영주였다. 아니, 마음만 먹으면 나 자신을 내가 소유한 전 지역을 지배하는 왕이나 황제라고 부를 수도 있었다. 내겐 적수도 없었고 경쟁자도 없었다. 통치권이나 지배권을 두고 다툴 사람도 없었다"(176쪽).

37 마르트 로베르 지음, 김치수·이윤옥 옮김, 『소설의 기원과 기원의 소설』, 문학과지성사, 1999, 122~123쪽.

38 아이들이 성장하면서 실제 부모를 부정하고 사회적 지위가 더 높은 사람들을 부모로 대체하고자 하는 상상에 프로이트는 '가족 로맨스'라는 이름을 붙였다. 아버지와 어머니를 모두 부정하는 경우와, 모성이 확실함을 알게 되면서 아버지만을 높이는 경우가 있다(지그문트 프로이트 지음, 김정일 옮김, 「가족 로맨스」, 『성욕에 관

반면에 로뱅송에게 아버지로부터의 해방이나 탈주는 의미가 없다. 로빈슨에게 아버지는 변화하는 세계에 뛰어들지 못하도록 막는 전통과 관습을 상징하는 것이었지만, 로뱅송에게 억압은 아버지 형상을 띠는 것이 아니라 자기 강요로 인한 강박증의 형태[39]를 띤다. 아버지에게서 달아나 섬으로 온 것만으로 왕이 되는 데 충분했던 로빈슨과는 달리, 로뱅송은 외부적 요인이 삭제된 무인도에서조차 스스로에게 규율을 부과하고 심리적 압박에 시달린다.

따라서 『방드르디, 태평양의 끝』은 『로빈슨 크루소』와 달라지는 후반부부터, 다시 말해 사회를 거부하고 내 안에 자리한 기존 사회의 산물을 모두 씻어 내고자 하는 욕망을 선택할 때 진정으로 시작된다. 그리고 이 선택은 자신의 기원인 『로빈슨 크루소』, 그리고 그것이 표현하는 세계관 자체를 부정하는 일이다. 패러디를 선택하면서부터 이미 작가는 자신의 세계를 건설하고 지배하고자 하는 로빈슨 크루소의 욕망이 "내부로부터 잠식되어 붕괴해 버리는" 소설을 쓰겠다는[40] 아버지 부정의 결심을 밝혔다.

한 세 편의 에세이』, 열린책들, 2004, 199~202쪽). 마르트 로베르는『소설의 기원과 기원의 소설』에서 프로이트의 이 개념을 활용해 소설의 계보를 오이디푸스 이전의 낙원으로 회귀하기를 열망해 도피나 환상을 통해 다른 세계를 창조하려는 '업둥이형' 소설과 오이디푸스 투쟁을 수락하면서 아버지의 법에 맞서기 위해 세상으로 뛰어드는 '사생아형' 소설로 정리한다.

39 "…… 헌장의 준수, 형법의 이행, 스스로에게 가하는 형벌, 잠시도 쉴 사이를 주지 않는 엄격한 일과 시간표의 실천, 그의 생활의 가장 중요한 행위들을 에워싸는 의식, 쓰러지지 않기 위하여 자신에게 강요하는 관습과 규제의 그 모든 코르셋 ……" (『방드르디』, 99쪽).

40 "나는 자신의 의도가 얼마나 터무니없는 것인가를 로빈슨 스스로가 깨닫게 되는

로뱅송은 자신이 벗어나고자 하는 것을, 자신을 끌어당기는 '중력', 자신의 피 안에 스민 힘으로 표현한다.

태양이여, 나를 중력에서 해방시켜다오. 짙은 체액을 내 피에서 씻어 내다오. 낭비와 맹목으로부터 나를 지켜 주지만 내 젊음의 도약을 꺾고 삶의 환희를 꺼뜨리는 체액을(『방드르디』, 270쪽).

세상에 자신을 묶어 놓는 중력, 낭비와 부주의라는 경제적 인간의 관점에서 본 악덕에서 멀어지게 하는 중력은 안전하고 이성적인 삶을 살게 해주지만, 젊음의 도약, 삶의 기쁨을 빼앗는다. 사물의 원인과 결과, 수단과 목적에 전념하는 일은 '효용'을 늘려 줄지 모르지만 효용과는 근본적으로 다른 열정이 들어설 자리는 지워 버린다.

그렇다면 어떻게 스스로에게서 자유로워질 수 있는가? 로뱅송의 변화의 시작은 '공백'을 만드는 데 있었다. 섬에 질서를 부여하던 물시계가 잠시 멈추었을 때, 로뱅송은 문명적 시간의 구속에서 자유로운 '또 다른 섬'une autre île의 존재를 처음 발견하고 그 순간

소설, 그것이 터무니없는 짓이라는 느낌 때문에 그의 건설 사업이, 이를테면 내부로부터 잠식되어 붕괴해 버리는 그런 소설을 쓰고 싶었어요. 그리고 나서 드디어는 방드르디가 불쑥 나타나서 모든 것을 완전히 다 무너뜨려 버리는 그런 소설을 말입니다. 이렇게 함으로써 백지 상태 위에서 새로운 언어, 새로운 종교, 새로운 예술, 새로운 유희, 새로운 에로티즘을 만들어 낼 수 있는 것입니다"(Michel Tournier, "Tournier face aux lycéens", *Magazine littéraire* No. 226, p. 20).

을 '무죄의 순간'moment d'innocence이라 불렀다. 그러나 그 공백은 잠시의 휴식일 뿐이었다. 좀 더 근본적인 변화는 로뱅송이 체험한 다른 삶, 즉 어떤 획득, 어떤 부, 어떤 만족 따위를 다른 목적을 위해서가 아니라 그 자체로 즉각적으로 가지고 느끼는 삶의 체험에서 왔다. 거처의 폭발이라는 우발적 사건 이후 로뱅송은 방드르디와 함께 하는 무상의 유희, 도구가 아닌 몸의 체험, 퇴행과 동물화가 일어나지 않는 자연과의 접촉 안에서 이 '다른 삶'의 가능성을 예감한다. 이제까지는 중력에서 해방되기 위해서는 비인간화로 하강하는 길밖에 없다고 생각했으나 탈인간화로 상승하는 공기의 세계도 있음을 어렴풋이 느끼는 것이다. 결국 그는 욕망을 '태양적인 것'으로 바꾸어서 중력으로부터 해방되려 한다. 작가 투르니에가 그리려 했다는 "전혀 새로운 세계"[41]는 인간 조건을 초월하는 신화적 이미지로 표현된다.

　그러나 이 단절은 의도만큼 완벽한가? 『방드르디, 태평양의 끝』은 로빈슨 크루소가 아닌 '야만인' 프라이데이(방드르디)를 내세운 제목이 이미 선언하듯, 『로빈슨 크루소』가 중심에 두었던 모든 것, 즉 서구·문명·백인 등에 대한 타자를 내세워 기존의 가치를 전도시킨다. 따라서 이 패러디 소설과 『로빈슨 크루소』 사이의 관

---

41 "내가 관심을 가진 것은 …… 비인간적인 고독으로 인하여 한 인간의 존재와 삶이 마모되고 바탕에서부터 발가벗겨짐으로써 그가 지녔던 일체의 문명적 요소가 깎여 가는 과정과 그 근원적 싹쓸이 위에서 창조되는 전혀 새로운 세계를 그려내는 것이었다"(Michel Tournier, "Le Vent Paraclet", *Romans suivis de* Le Vent Paraclet, Gallimard, coll.Bibliothèque de la Pléiade, 2017, p. 1467).

계는 반박, 비판, 부정으로 쉽게 정리되어 버리는 경향이 있었다. 그런데 사실 로뱅송의 일탈과 원작 사이의 관계는 간단하지 않아 보인다. 문학적 아버지를 부정하는 일은 사실 부정하고자 하는 아버지의 영향력 안에서 움직이는 일이며, 그 아버지의 영속성을 확인하는 일이다.[42]

로뱅송이 말하는 '전혀 새로운 세계'를 구성하는 성적 자유로움, 육체의 해방, 자연적이고 생태주의적인 삶에 대한 동경 등은 우리에게 낯설지 않다. 여기에는 이듬해 일어나는 68혁명의 보헤미안적 반항의 분위기가 있다. 한 꺼풀 벗겨 보면 낭만주의적 고독, 그에 어울리는 배경이 된 자연의 세계, 개인이 자유롭게 통제하는 노동의 미덕 등 『로빈슨 크루소』의 성공을 만든 요소들이 모두 『방드르디』 안에도 있다. 더 의미심장한 것은 소설의 마지막 '죄디'('목요일'을 의미)의 등장이 이 세계에 부성의 이미지를 도입한다는 점이다. 방드르디가 떠났다는 사실에 절망하던 로뱅송은, 섬에 몰래 남은 소년 수부 죄디와 함께 다시 희망을 얻는다. 방드르디에게 나쁜 아버지였던 로뱅송은 방드르디보다 한층 더 어린 죄디에게 좋은 아버지가 되고자 할 것임이 암시된다. 그리고 죄디

---

42 이는 피에르 마슈레가 쥘 베른의 로빈소나드 소설 『신비의 섬』(1875)을 분석하면서 강조한 바다("옛 책은 현실을 묘사하는 데만 쓰이는 것이 아니라 그 현실을 구성하는 요소이다. …… 일시적으로는 옛 인간이 새로운 인간의 시도를 위태롭게 하는 것 같지만, 사실은 옛 인간이 새로운 인간을 깊숙이 규정하는 것이다. …… 책이 책의 힘을 빌리고, 결국 이전 것의 승리로 끝난다는 것은 현재의 현실이 그것을 구성하는 역사에 대해 종속적인 관계에 있음을 의미한다." 피에르 마슈레 지음, 윤진 옮김, 『문학생산의 이론을 위하여』, 그린비, 2014, 324쪽).

와 함께 로뱅송이 새로 만들어 갈 '완전히 새로운 세상'은 뜻을 같이하는 동질적인 소집단이 사회 바깥에서 고립된 채 사는 세상이다. 당시 전성기였던 히피 공동체를 연상시키는 이 자발적 은둔주의는, 무인도만이 가능하게 해주는 사회의 삭제라는 점에서 다시 『로빈슨 크루소』와 만난다. 사회는 디포의 로빈슨에게도 그다지 중요한 문제가 아니었다. 홀로 남겨진 것을 축복이라 생각한 앞선 인용문에서도 보듯 로빈슨에게 사회는 필요악으로 여겨졌다. 로빈슨의 아버지가 아들에게 중간계급으로서 편안하고 유쾌한 삶을 살라고 충고할 때 문제가 되는 것도 오직 개인적 삶의 안락일 뿐, '나와 내 주변 사람'을 넘어서는 전망은 들어설 자리가 없다. 로뱅송에게서도 '사회'라는 단위에 대한 전망이나 애착은 찾아볼 수 없다. 타인의 의미를 철학적으로 숙고하는 로뱅송이지만, '사회적인 것'은 그의 사고 지평에서 지극히 희미하다. 이처럼 자족하는 개인의 신화라는 측면에서 『방드르디, 태평양의 끝』은 『로빈슨 크루소』를 충실히 뒤잇는다.

문명과 사회 둘 모두에서 벗어나고자 하는 욕망의 표현은 사회를 배제하고 문제를 개인의 변화라는 문제틀 내부로 축소시킨다고 비판받을 소지가 있다. 또한 『방드르디, 태평양의 끝』이 제시하는 신화적 해결책에서 탈문명 이후 어떤 주체성이 가능한가 하는 '이후'의 모습을 이 작품에서 찾는 데 집중한다면 공허함을 느낄 수 있다. 그러나 『방드르디, 태평양의 끝』의 의의는 유토피아의 모습을 그리는 것이 아니라 특정한 형식의 주체성을 실천적으로 거부하는 '단절'을 그리는 데 있으며, 이 점에서 로뱅송은 로빈슨과 다름없는 업둥이의 전형이다. 로빈슨의 '표류'가 기원으로부터 탈출하고자 하는 업둥이의 목적을 이루어 주었다면, 기원이 외부가 아니라 이미 내면에 자리 잡은 로뱅송의 경우 무인도에 불시착한 계기가 아니라 귀환을 거부하고 무인도에 남기를 선택하는 행위가 가족 로맨스적 환상을 구성한다. 아버지와 정면 대결을 하자면 세계로 나가 타자들과 맞부딪쳐 투쟁해야 할 것이지만, 로뱅송의 업둥이적 꿈은 사회적 변화를 추구하는 데 있지 않다. 그의 최대 목적은 우리를 옭아매는 목적-수단 틀에서 빠져나가는 데 있다.

『로빈슨 크루소』는 '새로운 왕국'을 그리는 데 작품 전체를 바치지만, 로뱅송의 '또 다른 섬'은 작품이 끝난 뒤 올 것이다. 『방드르디, 태평양의 끝』이 다루고자 했던 것은 단절 자체이며, 단절의 지극한 어려움과 절박함이었다.

5. 결론

『로빈슨 크루소』는 이득에 따라 움직이는 경제적 합리성이 인간 행동의 본질임을 증명하는 텍스트로 오랫동안 사용되었다. 『방드르디, 태평양의 끝』은 이 이야기를 다시 쓰면서, 경제적 합리성이란 최근 몇 백 년간 지배적이 된 습관일 뿐이며 그것도 스스로를 억압하는 부자연스러운 습관이며, 이에 대한 저항이 이미 커지고 있음을 보였다. 로빈슨이 선구적 호모 에코노미쿠스로서 선입견을 뚫고 남들에 앞서 모험적으로 행동해 큰 부와 성공을 거뒀다면, 로뱅송은 각성한 경제 인간들의 무한 경쟁 속에서 자신을 다그쳐야 했다. 로뱅송 이야기는 경제 인간이 '경쟁 인간'으로 재편되던 시기의 독자들을 향한다. 경쟁의 완전한 외부를 상정한 무인도 이야기는 지친 인간들이 휴식을 꿈꾸는 공간이 되지만, 사회로부터 벗어났다고 해서 안식이 간단히 오는 것은 아니다.

『로빈슨 크루소』를 이해하기 위해 여러 차례 언급한 『프로테스탄티즘의 윤리와 자본주의 정신』 마지막 부분은 자본주의 정신이 헤게모니를 장악하고 난 세계를 살아가는 사람들의 운명에 대해 이렇게 말한다. 근대적 경제 질서의 강력한 우주는 "그 추진력에 편입된 모든 개인들의 생활양식을 — 비단 직접적으로 경제적 영리 활동에 종사하는 자들의 생활양식뿐만 아니라 — 엄청난 강제력으로 규정하며, 아마도 그 마지막 톤의 화석연료가 다 타서 없어질 때까지 규정하게 될 것"이라고.[43] 벗어날 수 없는 절대적 구속처럼 느껴지는 이 '쇠우리'에서 벗어난다는 것은 로뱅송의 분투가 보여 주듯 이렇게도 난망한 일이다.

보편화된 호모 에코노미쿠스 정체성의 군림과 그에 대한 저항, 탈주 욕망을 보여 준 로뱅송의 서사는 기존 질서의 해체와 새로운 사회 생성의 문제가 아니라 사회를 벗어난 새로운 주체성이 가능한지의 문제를 제기한다. '과거의 오래된 사유 프레임 바깥으로 어떻게 나갈 수 있는가'[44] 하는 질문이 드높아질 무렵, 로뱅송은

---

43 막스 베버, 『프로테스탄티즘의 윤리와 자본주의 정신』, 365쪽.
44 프랑수아 에발드는 이를 68혁명의 여파 안에서 프랑스 사람들이 갖고 있던 가장 큰 질문이라 말했다[게리 베커·프랑수아 에발드·버나드 하코트 지음, 강동호 옮김, 「게리 베커와 자본주의 정신」, 『문학과 사회』 Vol.27 No.3 (2014), 문학과지성사, 405쪽].

새로운 주체성을 생각하기 위해서는 현재의 존재 방식을 의도적으로 거부하는 일이 선행되어야 한다고 말한다. 현 상태를 유지하고 강화하는 외부의 압력이 사라진 곳, 경쟁이 공백이 된 무인도는 우리가 기존의 습성과 문화에서 벗어날 수 있는지를 시험할 수 있는 공간이었다. 그곳에서 로뱅송은 공기나 태양처럼 인간이 착취하고 개발할 수 있는 자연의 이미지에서 가장 멀리 떨어진 근원적인 자연, 인간이 그 실체를 움켜쥘 수 없는 자연을 이정표로 삼아 목적을 벗어난 충족의 길을 따를 것이다.

참고문헌

게리 베커·프랑수아 에발드·버나드 하코트 지음, 강동호 옮김, 「게리 베커와 자본주의
　　정신」, 『문학과 사회』 Vol.27 No.3 (2014), 문학과지성사, 401~439쪽.

근대영미소설학회, 『18세기 영국소설강의』, 신아사, 1999.

다니엘 디포 지음, 류경희 옮김, 『로빈슨 크루소』, 열린책들, 2011.

리즈 앙드리 외 지음, 박아르마 옮김, 『로빈슨』, 자음과모음, 2003.

마르트 로베르 지음, 김치수·이윤옥 옮김, 『기원의 소설, 소설의 기원』, 문학과지성사,
　　1999.

막스 베버 지음, 김덕영 옮김, 『프로테스탄티즘의 윤리와 자본주의 정신』, 길, 2017.

미셸 투르니에 지음, 김화영 옮김, 『방드르디, 태평양의 끝』, 민음사, 2003.

버지니아 울프 지음, 박인용 옮김, 『보통의 독자』, 함께읽는책, 2011.

＿＿＿＿, 『이상한 엘리자베스 시대 사람들』, 함께읽는책, 2011.

소스타인 베블런 지음, 홍기빈 옮김, 「자본의 본성에 관하여 1: 자본재의 생산성」, 『자본의
　　본성에 관하여 외』, 책세상, 2014, 15~49쪽.

에드워드 사이드 지음, 김성곤·정정호 옮김, 『문화와 제국주의』, 창, 2001.

영미문학연구회 엮음, 『영미문학의 길잡이 1: 영국문학』, 창작과비평사, 2003.

원용찬, 「대니얼 디포와 로빈슨 크루소 2: 자본주의 여명기에 나타난 원시적 자본축적의
　　모습들」, 『인물과사상』 2014년 4월호(통권 192호), 150~161쪽.

이언 와트 지음, 이시연·강유나 옮김, 『근대 개인주의 신화』, 문학동네, 2004.

장 자크 루소 지음, 이용철·문경자 옮김, 『에밀 또는 교육론 1』, 한길사, 2007.

지그문트 프로이트 지음, 김정일 옮김, 「가족 로맨스」, 『성욕에 관한 세 편의 에세이』,
　　열린책들, 2004, 199~202쪽.

최정운, 「새로운 부르주아의 탄생: 로빈슨 크루소의 고독의 근대사상적 의미」,
　　『정치사상연구』 Vol.1 (1999), 9~51쪽.

테리 이글턴 지음, 강정석 옮김, 『인생의 의미』, 책읽는 수요일, 2016.

테오도르 W. 아도르노·M. 호르크하이머 지음, 김유동 옮김, 『계몽의 변증법』,
　　문학과지성사, 2001.

피에르 마슈레 지음, 윤진 옮김, 『문학생산의 이론을 위하여』, 그린비, 2014.

한국사르트르연구회, 『카페 사르트르: 사르트르 연구의 새로운 지평』, 기파랑에크리,
　　2014.

Bouloumié, Arlette, *Vendredi ou Les limbes du Pacifique de Michel Tournier*, Gallimard, coll.Foliothèque, 1991.

Deleuze, Gilles, "Michel Tournier et le monde sans autrui", *Logique du sens*, Les Editions de Minuit, 1982, pp. 350-372 (질 들뢰즈 지음, 이정우 옮김, 「미셸 투르니에와 타인 없는 세상」, 『의미의 논리』, 한길사, 1999, 474~499쪽).

Ellis, Frank H. (ed.), *Twentieth Century Interpretations of Robinson Crusoe: a Collection of Critical Essays*, Englewood Cliffs, N.J. : Prentice-Hill, 1969.

Robert, Marthe, *Roman des origines et origines du roman*, Gallimard, coll.Tel, 2006 (마르트 로베르 지음, 김치수·이윤옥 옮김, 『기원의 소설, 소설의 기원』, 문학과지성사, 1999).

Tournier, Michel, *Vendredi ou les Limbes du Pacifique*, Gallimard, coll.Folio, 1990 (미셸 투르니에 지음, 김화영 옮김, 『방드르디, 태평양의 끝』, 민음사, 2003).

_____, "Tournier face aux lycéens", *Magazine littéraire* No. 226.

_____, "Le Vent Paraclet", *Romans suivis de* Le Vent Paraclet, Gallimard, coll.Bibliothèque de la Pléiade, 2017.

「필경사 바틀비」에 나타난

호모 에코노미쿠스적 삶에 대한 멜빌의 고찰

이용화

1. 서론

허먼 멜빌의 작품 가운데 1853년에 발표된 「필경사 바틀비」(이하 「바틀비」로 약칭)만큼 다양한 해석과 반향을 불러일으킨 작품도 드물 것이다. 1920년대 시작된 멜빌 부흥 운동 이후[1] 지속적으

---

1 멜빌(1819~91)은 20대 초반 포경선 선원 생활 도중 배를 탈출했을 때 우연히 몇 달간 폴리네시아 원주민들 사이에서 거주한 경험을 토대로 1846년 낭만적 모험소설 『타이피』*Typee*를 출판해 선풍적인 인기를 불러일으켰고 일약 미국에서 가장 촉망받는 젊은 작가로 떠올랐다. 이후 몇 년간 『오무』*Omoo*(1847), 『마디』*Mardi*(1849), 『레드번』*Redburn*(1849), 『화이트 재킷』*White-Jacket*(1850) 등의 이국적 해양 소설과 철학적 알레고리의 색채를 담은 소설을 연이어 발표하며 작가로서의 입지를 다져 나갔다. 그러나 1851년 출판된 『모비 딕』*Moby-Dick*으로 인해 멜빌은 출판 시장에서 참담한 실패를 맛보았다. 이 소설은 희랍 영웅들과 셰익스피어 비극의 주인공들을 방불케 하는 강력한 의지와 비장한 정신세계를 가진 포경선 선장 에이허브가 자신의 다리 한쪽을 앗아간 거대한 흰고래 모비 딕을 좇으며 생사를

로 관심을 끌어 온 그의 대표작 『모비 딕』에 비해 비교적 뒤늦게
주목받기 시작했으나, 「바틀비」는 20세기 중반부터 현재에 이르

넘어선 사투를 벌이는 복수극을 이야기의 기본 축으로 하고 있다. 그러나 멜빌은
에이허브가 이끄는 배의 선원이자 젊은 플라톤주의자를 자처하는 화자 이스마엘
의 입을 빌려 이 소설을 온갖 심오한 철학적 견해와 종교적 관점은 물론 문헌학,
항해술, 고래학까지 접목시킨 한 편의 방대한 철학 논문이자 백과사전 같은 작품
으로 만들어 냈다. 탁월한 언어 구사, 고전과 신화에 대한 기발하고 절묘한 인유,
놀랍도록 독창적이고 깊이 있는 사유에도 불구하고 소설, 드라마, 수필, 철학 담론
등의 다양한 장르를 자유자재로 넘나드는 형식적 파격과 불경스러운 내용 때문에
이 작품은 개신교 중산층이 다수를 이루었던 당대의 독자들 사이에서 터무니없이
이질적이고 형편없는 졸작으로 받아들여졌다. 이듬해 출판한 『피에르』Pierre마저
평론가와 대중에게 철저히 외면당하면서 멜빌은 작가로서의 명성에 치명적 타격
을 입었다. 멜빌은 1850년대 몇몇 문예 잡지에 일련의 단편소설을 발표했을 뿐
1857년 출판한 『컨피던스 맨』Confidence Man을 끝으로 소설 출판을 중단하고 뉴욕
세관의 하급 관리로 일하며 생계를 이어갔기 때문에 1891년 사망할 무렵에는 대
중에게서는 완선히 잊힌 작가가 되고 말았다. 제1차 세계대전을 전후하여 새로운
강대국으로 급부상한 미국은 당시 세계 무대에서 인정받기 시작한 정치적·경제적
지위에 걸맞은 문화 강국으로서의 국가 정체성을 확립하기 위한 포석의 일환으로
자국 문학의 독창적이고 주체적인 예술적 성과를 발굴하는 과제에 심혈을 기울이
고 있었다. 이런 상황에서 칼 밴 도렌Carl Van Doren과 레이먼드 위버Raymond Weaver
등 멜빌의 천재성과 그의 작품의 진가를 알아본 일부 야심 찬 평론가들이 1919년
멜빌 탄생 100주년을 맞아 그에 관한 논문과 전기를 출판하게 되었고, 1924년에
는 그의 뛰어난 유작 「수병 빌리 버드」Billy Bud, Sailor를 발간하면서 멜빌은 미국 문
학사에서 매우 중요한 위치를 차지하는 작가로 화려하게 부활했다. 이후 1930년
대와 1940년대 예일대에서 멜빌에 관한 박사 학위논문 수십 편이 한꺼번에 쏟아
져 나왔고 이 논문들의 저자들이 20세기 후반까지 멜빌 비평에서 철저하고 헌신적
인 연구를 수행하며 뛰어난 멜빌 전문 학자들을 끊임없이 양성했다. 그 결과 오늘
날 멜빌은 랄프 왈도 에머슨Ralph Waldo Emerson, 헨리 데이비드 소로Henry David
Thoreau, 너새니얼 호손Nathaniel Hawthorne, 월트 휘트먼Walt Whitman 등을 넘어서는
위대한 작가로 추앙받고 있으며, 특히 『모비 딕』은 미국 문학이 낳은 최고의 소설
로 인정받고 있다.

기까지 유수의 문학 평론가들과 사상가들이 다양한 관점과 이론을 대입해 읽어 보는 문제작 중의 문제작으로 일약 부상했다. 이는 무엇보다도 멜빌이 이 작품을 통해 19세기 중반 이미 미국 경제의 허브로 도약한 월가를 무대로 하여 어느 변호사 사무실에서 여러 인물들이 펼치는 업무 수행과 그 과정에서 드러나는 인간관계의 문제적 양상들을 비판적 견지에서 선명하게 포착하고 있기 때문이며, 아울러 당시의 자본주의 체제와 그 구성원들이 겪었던 문제들에 대한 작가의 비판 의식이 현대인들의 존재 방식을 고찰함에 있어서도 여전히 유력하고도 생생한 의의를 지니고 있기 때문이라 할 것이다.[2]

이런 이유로 기존의 많은 평론가들은 「바틀비」에서 멜빌이 재현하는 19세기 중반 미국 자본주의사회의 병폐를 진단하는 데 집중해 작품을 해석해 왔고 주로 마르크스주의의 영향을 받아 노동자로서 바틀비의 신분에 큰 의미를 부여했다.[3] 그런데 바틀비와

---

[2] 카프카의 「변신」처럼 시대를 앞선 주제 의식과 등장인물의 독창성으로 인해 이 작품이 현대의 독자들에게 그다지 이질적이지 않게 느껴지는 것 또한 주지의 사실이다. 특히 2011년 월가 점령 운동Occupy Wall Street 기간에 뉴욕 월가에 위치한 주코티 공원Zucotti Park에 운집한 평범한 노동자 계층인 수만 명의 시민이 빈부 격차 해소를 요구하는 시위의 일환으로 이 작품을 낭독한 사례가 시사하듯이, 「바틀비」는 20세기뿐만 아니라 21세기에도 정서적으로 깊은 공명을 일으키고 있다. 「바틀비」는 "2008년 시장 붕괴 사태를 초래한 살인적 재정 폭거 양상으로 치달으며 내부가 곪아 썩어 가는 자본주의에 거울을 들이대는"[Nina Martyris, "A Patron Saint for Occupy Wall Street", *The New Republic* October 15, (2011)] 작업에도 매우 유용하다는 점이 입증되었다는 것이다.

[3] 가령 루이스 바넷을 비롯한 20세기 중·후반의 평론가들은 바틀비를 소외된 프롤레

화자의 관계가 기본적으로는 노동자와 고용주로 설정되어 있는 것이 사실이나 그 측면에만 초점을 맞출 경우 바틀비라는 수수께끼 같은 인물이 독자에게 환기시키고 고민하게 하는 바를 축소할 위험이 있다. 최근의 평론들은 신자유주의 체제하에 시장의 경쟁 원리를 내면화하고 예속화된 자기 관리 주체로 살아가는 현대인들의 문제점을 진단하고 그 대안적 삶을 모색하는 데서 「바틀비」가 보여 주는 대안적 존재 방식에 집중해 다양한 비평적 성과를

타리아의 전형으로 간주한다. 바넷에 따르면 바틀비는 화자가 대변하는 합리성에 바탕을 둔 자본주의사회의 억압 가운데서 자신에게 강요된 노동의 가치와 자신의 존재 양태가 얼마나 무의미한지를 인식하고 이에 대해 부정적 단언으로 저항하지만 체제 전복으로까지는 나아가지 못하는 한계를 지닌 인물이다. Louise K. Barnett, "Bartleby as Alienated Worker", *Studies in Short Fiction* 11 (1974), pp. 379-385. 하워드 프랭클린은 그런 한계에도 불구하고 바틀비가 "신비하고 낯선 방식의 파업, 즉 무언의 연좌 농성"을 통해 결국 "월가의 존립 기반 자체를 위협"하는 데까지는 성공한다고 주장한다. Howard Bruce Franklin, *The Victim as Criminal and Artist*, New York: Oxford Univ. Press, 1978. 제임스 윌슨 역시 이 작품을 "미국 자본주의를 가장 통렬하게 비난하는 작품 중 하나"로 간주한다. James C. Wilson, "'Bartleby': The Walls of Wall Street", *Arizona Quarterly* vol. 37 (1981), pp. 335-346. 좀 더 최근에 바바라 폴리는 이 작품을 "합리화된 자본주의 경제에서 점증하는 노동의 소외를 그린 초상화"로 평가한다. Barbara Foley, "From Wall Street to Astor Place: Historicizing Melville's 'Bartleby'", *American Literature* vol. 72 (2000), pp. 87-117. 유사한 관점에서 19세기 미국 자본주의의 한계와 뉴욕의 사무 노동자들의 삶을 중심으로 이 작품을 분석한 최근의 국내 논문으로는 김은형, 「"언덕 위의 도시"의 구조적 한계: 「필경사 바틀비: 월가의 이야기」를 중심으로」, 『근대영미소설』 19권 3호(2012), 근대영미소설학회, 5~36쪽; 황은주, 「리듬, 도주, 소진: 「필경사 바틀비」와 19세기 뉴욕 사무 노동자」, 『미국학』 39권 2호(2016), 서울대학교 미국학연구소, 123~146쪽; 장정윤, 「허먼 멜빌의 「필경사 바틀비」와 후기근대사회의 '바틀비적 삶의 가능성'」, 『안과밖』 28권(2010), 영미문학연구회, 259~276쪽 등을 들 수 있다.

이루었다. "바틀비"에 특별히 주목한 현대의 대표적인 사상가로는 슬라보예 지젝Slavoj Žižek, 질 들뢰즈Gilles Deleuze, 조르조 아감벤Giorgio Agamben을 꼽을 수 있다. 이들은 어떠한 상식적 이해도 초월하는 바틀비라는 인물이 표상하는 정치적·철학적 의미를 포스트모더니즘의 시대를 살아가는 현대인의 시각에서 밝혀내는 데 초점을 맞춘다.[4]

이 글은 멜빌이 「바틀비」에서 그려내는 19세기 중반 미국 자본주의사회의 모습이 포스트모더니즘 시대를 살아가는 현대인의 존재 양태를 비판적으로 이해하는 데 특히 유용하다고 주장하는 많은 평론가들의 견해에 동의한다. 다만 바틀비라는 인물에만 초

----

4 지젝은 바틀비를 20세기 초의 문화적·사회적·역사적 지형에 위치시키며 자유주의와 전체주의에 맞서 정치적 혁명을 지속적으로 수행할 수 있는 교두보를 확보하는 인물로서의 가능성을 논의한다. 지젝에게 바틀비는 굳이 하나의 계급을 대변하지 않더라도 이미 "탈본질화"를 달성한 존재로서 그와 동일한 계급이나 계층에 속한다고 느끼는 주체들에게 이런 탈본질화의 가능성을 통한 타자와의 관계를 변화시킬 수 있는 모습을 제공하는 하나의 전범으로 수용된다. 바틀비의 역설적 실체가 가지는 의미와 그의 역할과 관련한 작품의 미학적·철학적 독창성과 잠재적 함의는 들뢰즈의 "근원적 존재"와 아감벤의 "비실천적 잠재력" 논의에서 보다 설득력 있게 드러나고 있다고 볼 수 있다. 이 세 비평가들의 해석을 일목요연하게 비교 정리한 글로는 Armin Beverungen and Stephen Dunne, "'I'd Prefer Not To': Bartleby and the Excesses of Interpretation", *Culture and Organization* vol. 13 (2007), pp. 171-183 참조. 바틀비에게서 현대인의 대안적 존재 방식을 찾고자 하는 이들과는 달리 한병철은 바틀비에게서 강박적으로 자기 점검과 통제를 하며 끊임없이 경쟁 원리에 따라 살아가며 소진되어 가는 현대인의 모습을 발견한다. 한병철은 「바틀비」를 아감벤이 논의하는 바와 같이 "'탈창조'Ent-Schöpfung의 이야기가 아니라 탈진Erschöpfung의 이야기"로 읽어야 한다고 주장한다. 한병철 지음, 김태환 옮김, 「바틀비의 경우」, 『피로사회』, 문학과지성사, 2012, 55~64쪽 참조.

점을 맞추기보다는 화자가 그 어떤 해석의 틀에서도 벗어난 채로 존재하는 바틀비와의 조우를 통해 자본주의사회의 현실 속에서 인간으로 살아간다는 것이 무엇을 의미하는가에 대해 갖게 되는 고민과 깨달음에도 합당한 비평적 관심을 기울일 필요가 있음을 보여 주고자 한다. 필자는 노동자와 고용주의 관계를 넘어선 바틀비와 화자의 관계를 논의함에 있어서 계급 이론에 바탕을 둔 마르크스주의 경제관보다는 미셸 푸코가 『생명관리정치의 탄생』에서 신자유주의적 경제체제와 그 작동 원리를 논의하며 적용하는 호모 에코노미쿠스라는 개념이 더욱 유용할 것이라고 판단한다. 푸코에 따르면 신자유주의 체제하에서 인간의 모든 행위는 기본적으로 주어진 여건 아래에서 최대한의 합리적인 이익을 추구하는 경제행위로 간주될 수 있고, 그런 경제행위가 주체로서의 인간이 형성되어 가는 과정을 결정한다. 푸코는 이런 경제적 인간을 호모 에코노미쿠스라 명하며, 이 인간형을 자신이 속한 경제적 환경이 허용하는 범위 내에서 주어진 역할을 자발적 의사로 경쟁적으로 수행하는 "현저하게 통치하기 쉬운"eminently governable 존재로 이해한다.[5]

　19세기 중반 미국 월가의 자본주의 전개 양상이나 당시 월가의 중심에 위치한 변호사 사무실에서 드러나는 인간관계를 논의하는 데 20세기 중반 이후에 본격적으로 발전된 신자유주의 경제

---

5 미셸 푸코 지음, 오트르망(심세광·전혜리·조성은) 옮김, 『생명관리정치의 탄생』, 난장, 2012, 270쪽.

관을 적용하는 것은 일견 시대착오적 발상으로 보일 수도 있을 것이다. 그러나 멜빌은 이 작품에서 마르크스주의적 경제 이론이나 고전적 자유주의 경제 이론만으로는 설명되지 않는, 자본주의 체제 내에 존재하는 주체들의 다층적 경제행위와 상호 통치 방식을 날카로운 통찰력으로 포착한다. 특히 멜빌은 바틀비가 등장하기 전까지 화자와 필경사들이 스스로를 경쟁의 주체이자 투자의 대상인 인간 자본으로 인식하고, 체제 내 환경을 최대한 활용해 스스로의 기업가로 살아가는 모습을 예리하게 묘사한다. 이 같은 작품 해석의 필요성에 따라 이 글은 화자가 바틀비와의 관계를 통해 인간이 존재하는 방식에 대해 의문을 던지고 인간 존재 의미에 대한 인식을 변화시켜 가는 과정을 푸코의 호모 에코노미쿠스 개념을 활용해 면밀히 분석하고자 한다. 체제의 이념과 속성을 무비판적으로 수용하고 자기 자신의 기업가로 살아가던 화자는 바틀비를 만나기 전까지는 경쟁을 조장하는 체제가 승인한 자기 통치성의 원리에 입각해 철저히 호모 에코노미쿠스로 살아가는 모습을 보였지만 체제에 대한 바틀비의 저항을 목도하며 자신 역시 이면으로는 근원적·절대적 자유를 갈망하는 존재라는 사실을 깨닫는다. 그러나 화자는 이와 동시에 체제 내의 개인은 자유에 대한 그와 같은 갈망에도 불구하고 궁극적으로는 호모 에코노미쿠스로 살아갈 수밖에 없는 예속화된 존재라는 인식에 도달하고 이와 같은 복합적인 인식의 연장으로 인간의 존재 양태에 대해 다시금 근원적 질문을 던지게 된다.

2. 변호사의 월가 사무실 : 호모 에코노미쿠스들의 존재 공간

『생명관리정치의 탄생』(1979년 강의록)과 관련해 푸코는 자신의 과제가 "우리 문화에서 인간이 주체로 형성되는 여러 양태들"을 연구하는 것이라고 밝히고 있다.[6] 이 과제와 관련해 그는 1960년대 이후 신자유주의 경제 이론의 발전에 핵심적인 역할을 한 시카고학파의 관점에 지대한 관심을 표명한바, 이 관점에 따르면 다양한 차원에서 이뤄지는 대부분의 인간 행위는 합리성에 입각해 효용을 극대화하기 위한 경제활동으로 간주된다. 푸코는 특히 시카고학파의 선두 주자였던 게리 베커와 유사한 입장에서 경제적 활동이 전통적 의미의 생산·소비·교환 등에 국한되지 않는다고 보았다. 신자유주의적 관점에서 볼 때, 인간의 모든 행위는 근본적으로 어떤 목적을 달성하기 위해 한정된 자원을 유용하고 효율적으로 사용하려는 합리적 행위이며, 소비 활동조차도 단순한 교환 활동의 일부에 그치는 것이 아니라 스스로의 만족을 생산한다는 점에서 기업 활동과 같은 생산의 측면을 내포하기 때문에, 사회 혹은 체제 내에 존재하는 모든 주체는 소비자인 동시에 생산자인 기업가로서의 호모 에코노미쿠스로 재정의되어야 한다는 것이다.[7] 푸코에 따르면 고전적 의미에서의 호모 에코노미쿠스는 "교

---

6 Huber L. Dreyfus and Paul Rainbow, "The Subject and Power", *Afterward to Michel Foucault: Beyond Structuralism and Hermeneutics*, Chicago: University of Chicago Press, 1982, p. 208 재인용.

7 David Newheiser, "Foucault, Gary Becker and the Critique of Neoliberalism", *Theory,*

환하는 인간"으로서 "자기 자신, 자신의 행동과 행동 방식에 관한 유용성"을 특징짓거나 규정하는 "필요에 입각해" 진행되는 "교환 절차 내에서의 쌍방 중 한 사람"을 의미했지만, 신자유주의적 경제체제를 논의할 때 호모 에코노미쿠스는 "자기 자신의 자본"이자 "자기 자신의 생산자"이며, 또한 "'자기'의 소득 원천"으로서의 "자기 자신의 기업가"라는 완전히 새롭게 변모한 존재를 의미하게 되었다.[8]

나아가 푸코는 이런 역할과 기능을 하는 호모 에코노미쿠스가 체제에 의해 통치당하는 방식을 새로운 관점에서 파악한다. 그는 특히 주체성subjectivity의 형성 과정에서 권력과 지식이 체제regime와 끊임없이 긴밀한 상호작용을 하는 가운데 개개인의 구체적 삶의 방식과 사회 환경의 설정에 결정적 영향력을 발휘한다고 보았다. 그리고 개별 주체가 참여하는 시장 환경은 효용과 이익의 극대화를 추구하는 유무형의 위계질서, 언어 사용, 감정 표현 방식, 상식과 합리성에 근거한 기대와 가정에 따른 행동 양식과 통치 방식을 통해 다양한 층위로 구축된다고 보았다. 그 결과 통치 대상으로서의 주체는 자기 투자와 자기 관리를 통해 자발적으로 경쟁력을 유지하는 것이 존재 방식의 사활적 관건이 되는 시장 원리를 내면화하고, 급기야는 체제가 설정한 시장 환경과 통치 방식에 자발적으로 참여해 자신의 이익을 극대화하기 위해 분투한다.

Culture & Society vol. 33 (2016), pp. 3-21.

8 미셸 푸코, 『생명관리정치의 탄생』, 319~320쪽.

이 같은 새로운 통치 형태가 효율적으로 기능하려면 개별 주체들이 경쟁적인 전략들 사이에서 선택할 수 있는 상당한 수준의 자유가 보장되어야 하는데, 푸코는 사실 그런 자유의 작동 방식은 이미 "18세기에 형성된 새로운 통치술"을 특징짓는 자유주의의 일환으로서 형성되어 "통치 이성"에 필수적인 요소로서 신자유주의 체제에까지 이어져 왔다고 본다. "새로운 통치 이성은 자유를 필요로 한다. 따라서 새로운 통치술은 자유를 소비한다. 즉 체제가 자유를 생산하고, 조직한다"는 것이다.[9] 특히 이런 자유는 명령의 형식으로 주어지기보다는 오히려 개별 주체가 "자유로울 수 있기 위한 조건들의 관리와 조직화"[10]의 형태로 작동하기 때문에 개별 주체는 체제에 예속된 채 경쟁에 참여하기 위해 통치 이성에 의해 생산되고 조직된 자유를 스스로 더욱 적극적으로 소비할 수밖에 없다. 개별 주체에게 한계·통제·억압·강요·의무 등을 명시적으로 설정하고 규율과 처벌 기제를 통해 작동하는 기존의 권위주의적 통치술과는 달리, 자유주의와 신자유주의 체제는 표면상의 자유와 권리를 강조하면서도 이를 통해 더욱 적극적이고 자발적 복종을 이끌어 낸다. 체제에서 "내적 규제"internal regulation는 어느 한쪽에서 일방적으로 설정하는 것이 아니라 지배의 주체나 대상 간의 "상호작용"transaction에 의해 그 한계가 설정된다.[11] 다시 말

---

9 같은 책, 101쪽.
10 같은 책, 101쪽.
11 같은 책, 35쪽.

해 일련의 "충돌, 합의, 상호 양보"를 포함한 서로 간의 행위에 의해 "해야 하는 일과 하면 안 되는 일"이 결정된다는 것이다.[12] 그 결과 신자유주의 체제는 기존의 통치 수단을 직접 사용하지 않으면서도 더욱 효율적인 통치를 하는 것처럼 보인다. 심지어 호모 에코노미쿠스는 표면상으로는 그 나름의 방식으로 체제 내에서 다양한 갈등을 유발하고 체제에 저항하는 모습을 보일 수도 있다.

그러나 실은 자신이 이미 속한 체제에 더욱 철저히 소속되기 위해 자발적으로 스스로의 선택을 합리화하며 각자 저마다 감당할 수 있는 수준과 방식으로, 즉 체제가 구축해 놓은 환경이 허용하는 범위 내에서, 일탈적인 모습을 보이는 정도로 타협점을 찾으면서 선택의 자유를 향유하거나, 그것이 불가능할 경우에는 스스로를 체제의 환경에 최적화하기 위해 노력하는 것 외에는 별다른 대안이 없다. 푸코는 신자유주의가 국가주권을 행사해 개인의 신체를 제어하거나 공권력의 개입을 통해 행위 자체를 통제하기보다는 통치행위 자체가 사회적 조건과 "환경에 작용을 가하고" 그 "환경의 변수들을 체계적으로 변형"[13]해 가는 방식을 통해 개별 주체를 "현저하게 통치하기 쉬운" 존재로 예속시킴을 강조한다. 결과적으로 신자유주의는 사유재산을 지속하는 것만이 아니라 자본주의 내의 부의 분배를 안정적으로 가능하게 만드는 방식으로서 기능하며 동시에 호모 에코노미쿠스의 자발적이고 경쟁적 복종을

---

12 같은 책, 35쪽.
13 같은 책, 372쪽.

조장하는 환경의 조성을 통해 시장과 환경에 대한 적대감, 우발적이거나 이질적인 요소 및 사회적 불안정을 제거해 가고자 하는 새로운 형태의 자본주의라고 볼 수 있다.

바틀비가 등장하기 이전 화자의 변호사 사무실은 신자유주의 체제의 이런 이념과 속성에 충실히 부합하는 면면을 여러 층위에서 드러낸다. 그중에서도 사무실 직원 세 명의 존재 양태는 특별히 주목할 필요가 있다. 사무실에는 터키Turkey와 니퍼즈Nippers라는 별명을 가진 두 필경사와 진저넛Gingernut이라는 별명의 사환 하나가 있다. 이들 모두는 자신이 변호사에게 제공한 노동의 대가로 임금을 받는 노동자로서 변호사 사무실이라는 경제 공동체에서 그들의 자기 정체성은 기본적으로 고용인이라 할 것이다. 그러나 화자가 그려내는 세 인물의 모습은 그렇게 단선적으로만 제시되어 있지 않다. 저마다 다른 인적 자본을 갖춘 노동자로서 이들은 자신이 소유한 적성, 능력을 투자해 임금을 받는 자기 자신의 기업가, 생산자, 소득의 원천으로도 기능하며 자기 자신이 투자의 대상이자 투자의 주체로 그려지기 때문이다. 후일 법률가가 되겠다는 동기에서 주급 1달러를 받으며 "법학도, 사환, 청소부"[14] 역할을 수행하는 12세 소년 진저넛을 포함해 이들 각자의 업무와 지위에는 자신의 현재와 미래에 대한 최적화된 선택과 투자가 반영되어 있고, 이들은 모두 가능한 범위 내에서 자신의 능력과 시

---

14 Herman Melville, "Bartleby, The Scrivener", *Melville's Short Novels*, New York: Norton, 2002, p. 9. 이하 이 작품에서 인용할 때는 괄호 안에 쪽수만 표기함.

간을 소득의 원천으로 삼아 이를 투자해 이익을 거두는 개인 사업가로서의 행위를 제 나름으로 수행하고 있다. 특히 젊은 필경사 니퍼즈의 경우 전통적 임금노동자의 모습에서 벗어나 스스로에 대한 투자를 지속하며 개인 사업가로 기능하는 새로운 경제적 인간의 전형적 면모를 보인다. 화자에 서술에 따르면, 자신이 법률 문서를 직접 작성하는 법률가의 지위를 누리고자 하는 "병적인 야심"을 지닌 그는 변호사 사무실에서의 필경이라는 본업을 수행하는 가운데 종종 개인적으로 법원에서 다른 업무를 처리하기도 하고 심지어 "감옥"도 출입하며 자신만의 "고객들"을 별도로 챙기고 부수입을 올린다(7쪽). 그러다 보니, 니퍼즈는 채무를 안고 살아가면서도 "신사다운"(7쪽) 정갈한 옷차림과 몸가짐을 유지하려고 애쓴다. 환갑이 가까운 화자와 거의 동년배이자 이들 가운데 가장 연장자인 터키 역시 나이가 적지 않음에도 "정오 이전에는 줄곧 가장 빠르고 꾸준한 사람"으로 "대단한 양의 일을 완수"하는 가운데 자신이 화자에게 "여러모로 무척 소중한 인물"이라는 것을 입증함으로써 자신의 일자리를 최대한 유지해 간다(5쪽).

이와 같이 변호사 사무실의 노동자들은 스스로의 자본 투자 및 경쟁의 원리를 주체적으로 수용하는 경제적 인간으로서의 삶을 추구하지만, 이들이 누리고 활용하는 자율성과 자유는 여전히 피고용인으로서의 근본적인 한계점을 드러낼 수밖에 없다. 가령 니퍼즈는 자기 책상의 높이에 "끝없이 불만"(7쪽)을 느끼고 계속해서 책상 높이를 조절하고 자신의 자세를 바꾸어 보면서 단조로운 일을 지속적으로 반복하는 데 따른 불편을 조절하고자 힘쓴다. 그러나 화자가 언급하듯, 이 문제의 근원적 해법은 "필경사의 책상을 완전히 치워 버리는 일" 외에는 없다(7쪽). 다시 말해 니퍼즈가 자신의 고통에서 벗어나는 방법은 필경업 자체를 중단하는 것인데 이는 터키의 경우도 마찬가지다. 그러나 필경 노동을 중단한다는 것은 이들에게 자신들이 지금까지 투자하고 익혀 온 가치와 기술을 포기하고 경쟁력을 상실한 채 퇴출된다는 것을 의미하기 때문에 전혀 현실적인 대응 방안이 될 수 없다. 개별 주체들이 저마다 마치 자유로운 선택에 의해 이 공동체에 참여하는 것처럼 행동하고 있지만, 실상 그들은 체제 내의 경쟁 원리와 시장 환경을 벗어나서 생존할 수 없는 것이다.

중요한 점은 그럼에도 이들이 스스로 자유를 생산하고 소비하는 주체라고 믿고 체제 내에서 자신에게 주어진 역할을 자발적으로 수행한다는 것이다. 필경사들은 자신의 의지와 무관하게 확립된 통치 방식을 수용하지 않을 수 있는 자유가 없기에, 그들은 통치의 객체 혹은 대상일 수밖에 없다. 그러나 이 엄연한 존재 조건과는 무관하게 이들은 체제의 통치 방식을 자발적으로 수용한 가운데서도 그 방식을 나름대로 재구성해 가며 자신의 필요와 욕구에 맞게 전유할 수 있는 자유가 있다고 믿으며 그 자유를 적극적으로 '행사'하고자 한다. 앞서 살펴본 바와 같이, 이런 믿음은 규범의 내면화가 아니라 시장 원리의 내면화를 통한 자발적 복종과 자발적 통치를 전제로 한 신자유주의 경제체제를 수월하게 가동시키는바, 놀라운 것은 이 같은 신자유주의의 메커니즘이 19세기 중반의 월가 사무실에서 드러난다는 점이다. 여기서 자기 자신의 기업가로서 이 노동자들이 지닌 자유는 생산과 소비가 동시에 진행된다는 이중성과 더불어 일종의 연기演技 혹은 수행performance의 성격을 함께 지닌다. 신자유주의 체제에서 개별 경제주체는 이렇듯 연출된 통치 방식을 무의식적으로 숙지한 가운데 정해진 방식에 따라 주어진 역할을 연기하는 것이다.

이런 관점에서 보면, 터키와 니퍼즈가 오전과 오후로 나누어 각자의 괴팍한 성격을 발휘하는 희극적인 설정도 실은 체제 내에서 전체적인 업무의 효율성 자체는 유지하면서도 일정한 자율의 여지 속에서 스스로 자유를 생산하고 소비하는 가운데 역할 수행과 관련된 최소한의 합리적 접점을 찾아가는 호모 에코노미쿠스들의 모습을 단적으로 보여 주는 예라고 할 수 있다. 두 필경사는 암묵적으로 자신들의 파행적 행위를 공동체가 용인할 수 있는 수준으로 설정하고 분배하는데, 고용주인 화자도 이런 업무 분배 방식을 "이 상황에서는 아주 자연스러운 배분"(8쪽), 즉 용인할 수 있는 수준으로 받아들인다. 만일 한쪽의 비능률적 행태가 온종일 이어진다거나, 양쪽 모두의 파행적 업무 수행이 오전이나 오후 한 때에 집중된다면, 경제 공동체의 효율적 유지에 치명적 타격을 입히게 될 것이다. 그리고 그런 경우 통치의 주체이자 대상으로서의 개인 기업가들은 자신들이 속한 공동체인 사무실을 잃고 궁극적으로는 체제 내에서의 존재 기반도 잃게 될 것이다. 그러나 터키와 니퍼즈의 저항은 결코 그 단계로까지 나아가지는 않는다. 대신 오전과 오후의 업무 시간을 나누어 번갈아 가며 괴팍한 성격을 발산하고 그들 나름의 방식으로 모종의 태업에 가까운 저항을 이어 간다. 자신들이 필사한 법률 문서의 분량에 따른, 다시 말해 개인별 성과에 따른 급여를 받으며 생활하는 두 필경사는 이 과정에서 어떤 구체적 경제적 이익을 이끌어 내거나 시장의 조건을 변화시키지 못하기 때문에 실질적으로는 체제가 보장한 매우 제한적인 범위 내에서만 자유를 누리면서도 자신들은 스스로가 필요한 만큼 자유를 생산하고 소비한다는 근본적 착각에서 벗어나지 못한다. 그 결과 그들은 만족할 만한 수준의 자유를 허용한다고 스스로가 맹신하는 체제에 더욱 철저히 참여하기 위해 자발적으로 노력하게 되는 것이다. 결국 개별 주체의 작은 저항의 몸짓이 오히려 체제의 원활한 작동을 담보하는 쪽으로 기능하고 복무한다는 역설이 확인되는 셈이다.

변호사 사무실의 피고용인들은 태업뿐만 아니라, 그들의 고용주인 변호사와의 갈등 관계를 통해서도 자신들이 속한 경제체제에 자발적으로 협조하고 나아가 체제를 더욱 공고하게 만든다. 고전적 자본주의 이론의 시각에서는 고용주와 피고용인 혹은 자본가와 노동자를 명확하게 구별하지만, 신자유주의 체제에서 그런 위계 관계의 설정은 기능적이고 명목적인 차원에 그친다. 실제로는 구성원 모두가 지위에 관계없이 체제에 예속된 채 각자의 역할 수행을 하기에 개별 주체에게 열린 자유와 선택의 폭 역시 극히 제한적인 것이다.[15] 고용주와 피고용인 사이에 드러나는 의식적

---

15 신자유주의 정치학에서는 "금융 자본의 영역을 넘어서 모든 일상적 관계에 이르기까지 '기업가', '투자', '리스크'라는 개념의 일반화가 이루어지기 때문에 착취라는 사실 자체가 무의미해졌으며 …… 자본가와 노동자 사이의 대립과 간극 역시 주체의 존재 양식, 즉 새로운 주체성이 발전함에 따라 사라졌다"고 본다. Jason Read, "A Genealogy of Homo-Economicus: Neoliberalism and the Production of Subjectivity", *Foucault Studies* no. 6 (2009), p. 32.

차원의 갈등과 저항마저도 체제에 대한 자발적 협조의 일부임을 극적으로 보여 주는 예로 화자와 터키 사이의 관계 양상을 들 수 있다. 터키가 오후에 중요한 법률 문서를 함부로 취급하고 자주 실수를 저지르자 화자는 터키에게 오전에만 근무하는 것이 어떻겠냐고 제안한다. 터키는 자신이 화자의 이해관계에 도움이 되는 존재임을 화자에게 납득시켜야만, 즉 자신의 유용성과 경쟁력을 충분히 입증할 수 있어야만 화자의 사무실에서 계속 일하고 싶은 자신의 의사를 관철할 수 있다는 것을 익히 잘 알고 있다. 이런 맥락에서 그는 스스로를 화자의 "오른팔"(6쪽)이라 칭하며 자신과 화자 사이의 위계적 관계를 주지시키는 동시에 자신의 오전 근무가 유용하다면 오후 근무 역시 "필수 불가결"하다는 점을 강조한다. 사실 화자 역시 터키의 오전 근무가 자신에게 매우 유용하다는 것을 인정하고 있고 애당초 터키가 그 점을 내세워 오후 근무에 따른 수입을 쉽사리 포기하지 않을 것이라는 사실을 인지하고 있다. 따라서 터키의 근무를 줄이고 싶다는 화자의 압박과 그에 대한 터키의 반응은 기본적으로 양측에 허용된 역할 수행의 차원을 벗어나지 않는다. 일종의 태업으로 볼 수 있는 터키와 니퍼즈의 "기벽"에 대한 화자의 반응도 같은 맥락에서 이해할 수 있다. 화자가 그들의 기벽을 용납하는 것은 그의 관대함의 발로라기보다는 그들이 자신의 사업에 도움이 되는 "매우 가치 있는 인물"(6쪽)이거나 "매우 유용한 인물"(7쪽)이라고 여기기 때문이라고 해야 할 것이다. 결국 변호사 사무실에서는 이렇게 촘촘히 짜인 이해타산의 관계망으로 인해 주체의 재량권과 행동 양식의 선택 범위에 있어 고용주와 피고용인 간의 간극은 명확하지 않다. 현저한 손실과 질서 파괴를 감수하지 않고서는 피고용인과 고용주 모두 쉽사리 고용 관계나 인간관계를 변경할 수 없기 때문에 양쪽 모두가 상대방에 의해 통치되는 결과가 나타나는데, 이런 상호 통치의 양상이야말로 체제의 강고한 작동을 담보한다.

화자가 자신을 "현저하게 **안전한** 사람"an eminently **safe** man(4쪽)으로 소개할 때 그 안전이라는 것도 체제를 위한 것으로 이해될 수 있다. 작품 서두에서 화자는 "편한 삶이 최고"the easiest way of life is the best(4쪽)라는 삶의 철학을 내세우며 삶을 쉽고 편하게 만드는 데 가장 기본이 되는 요소들로 부와 명성, 그리고 체제의 안정을 꼽는다. 그는 자신의 최대 미덕으로 "신중함"prudence과 "체계성"method을 들며 자신의 최대 고객으로 당대 미국 최고의 갑부로 알려진 존 제이컵 애스터John Jacob Astor로부터 받은 "현저하게 안전한" 인물이라는 평가를 일생의 자랑으로 여기고 이를 자신의 변호사 영업을 위한 큰 자산으로 삼는다(4쪽). 흥미롭게도 화자는 자신을 통치의 주체 혹은 중간 관리자로 간주하고 자신이 그에 상응하는 상당한 권력과 자유를 소비하고 있다고 믿는다. 그러나 앞서 살펴본 바와 같이 고용주로서의 화자와 피고용인으로서의 필경사들 사이의 차별성은 기실 명목으로만 존재할 뿐, 화자 역시 체제 내에서 주어진 역할을 충실히 수행하는 동시에 체제의 통치에 자발적으로 복무한다. 화자는 단순히 부유층의 법률 업무를 안전하게 수행하는 것만이 아니라, 그 역할을 수행하는 과정에서 철저히 체제의 이익과 안정을 위해 봉사하기 때문에, 그가 사무실을 관리하고 피고용인을 다루면서 스스로가 누리고 있다고 믿는 통치의 자유 역시 체제에 복종하는 한 과정일 뿐이다. 따라서 화자가 스스로를 가리켜 그토록 자랑스럽게 들먹이는 "현저하게 안전한"이라는 말은 아이러니하게도 실상 푸코가 신자유주의 체제 내의 인간을 정의하기 위해 사용한 "현저하게 통치하기 쉬운"이라는 어구와 일맥상통한다. 화자 역시 전형적인 호모 에코노미쿠스와 다름없는 바, 결국 관대하고 신중하고 체계적이며 안전한, 따라서 통치하기 쉬운 화자의 모습은 상당 부분 자신의 본성과는 별도로 주어진 환경 속에서 이익의 최적화를 추구하기 위해 필요에 따라 지속적인 투자의 형태로 형성된 가면에 불과하다. 주어진 가면을 자발적으로 쓰고 살아가는 화자의 경우 그의 자기 정체성 역시 상당한 수준의 자기기만을 수반할 수밖에 없다. 화자가 자기 정체성을 형성하는 방식과 그 허구성은 바틀비와의 관계에서 적나라하게 드러난다.

3. 호모 바틀비, 호모 에코노미쿠스가 아니기를 원하다

자본주의 경제체제 논리를 초월해 존재하기에 이 작품에서 유일하게 호모 에코노미쿠스라 불릴 수 없는 인물인 바틀비는 화자가 내재화해 수행하는 존재 방식을 전면 거부한다. 그는 사무실에서의 첫 사흘 동안 "말없이, 창백하게, 기계적으로" 엄청난 양의 필사를 하며 체제에 가장 잘 순종할 것 같은 모습을 보인다. 화자가 그의 두드러지게 차분하고 침착한 성격이 다른 두 필경사들의 괴팍한 성격을 통제하는 데 "유익하게 작용할 수도" 있을 것이라고 믿을 정도였다(9, 10쪽). 그러나 얼마 지나지 않아 화자는 바틀비가 자신이 속한 체제를 지탱하는 상식과 관행의 틀을 전혀 인정하지 않는다는 것을 깨닫기 시작하고, 자신조차 바틀비라는 인물이나 그가 초래한 상황을 통제할 수 있는 자율성과 힘을 전혀 가지고 있지 않다는 사실을 점차 절감하게 된다.

바틀비를 '현저한 통치 불능의 인물로'eminently ungovernable 만드는 요인 가운데 많은 평자들이 주목한 그만의 특유한 화법이 있다. 모든 상황에서 그는 자신의 입장을 단지 "안 그러고 싶습니다" prefer not to라고 선호도를 제시하는 형태로 표현한다. 그러나 화자의 반문에서 드러나듯 이것은 본질적으로 체제가 설계한 환경, 즉 시장 논리의 일부로서 "관행과 상식"common usage and common sense(12쪽)에 따라 자신에게 부과된 "요구"(9쪽)를 일언지하에 거부하는 것으로, 결국은 "하지 않겠다"will not(15쪽)는 자신의 의지를 관철하는 것이다. 바틀비는 일견 교환, 경쟁 및 통치 방식에 참여하지 않겠다는 자신의 의지를 적극적으로 개진하는 대신 소극적·부정적인 방식으로 상대의 요구를 거부하는 것처럼 보인다. 그러나 마치 자신은 별다른 선택권이 없고 구체적 요구를 하는 상대방의 처분을 기다리는 것에 불과한 것처럼 말함으로써 체제가 구축해 놓은 게임의 규칙과 통치 원리를 완전히 거부할 수 있다. 그러하기에 모든 면에서 철저히 호모 에코노미쿠스로 살아가는 화자는 자신이 고용한 바틀비와의 갈등 국면에서 그를 통치하는 데 실패할 수밖에 없다. 반면에 바틀비는 물리적으로 화자의 사무실에 거하면서도 체제의 경제 원리, 가치, 상식, 합리성의 기반과 관습이 수용되기 이전의 차원에 존재한다. 그 결과 화자가 서술하듯이 바틀비는 주변 인물들에게 자신이 보이는 일련의 "낯선 기벽, 특권, 그리고 전대미문의 예외"를 "암묵적"으로 "인정"하게 만들고 점차 화자와 그의 사무실을 자기 자신이 설정한 존재 조건을 바탕으로 지배하기 시작한다(16쪽).

바틀비가 보이는 이런 통제 불능의 행태에 대한 화자의 첫 반응은 긴장과 갈등을 최소화하는 것이다. 화자는 업무 수행에서 자신의 통치를 받기를 거부하는 바틀비의 행위에 놀라고 당황하는 와중에도 바틀비의 언행을 다양한 관점에서 해석하고 수용하려고 노력한다. 이 과정에서 주목할 점은 화자가 추구하는 효용이 금전상의 효용만이 아니라 감정상의 효용도 포함한다는 것이다. 화자의 타자에 대한 표면상의 배려심을 포함해 전통적으로 비경제적인 것으로 간주되는 일체의 감정적 반응마저도 철저히 투자와 이익의 관점에서 파악하는 호모 에코노미쿠스적 사고를 체현하고 있다. 따라서 타자에 대한 그의 배려심도 얼핏 보이는 만큼 인간적인 체취를 담고 있지는 않다. 화자가 어느 일요일 교회에 가는 길에 자신의 사무실에 잠시 들렀다가 거기서 기거하며 생강 케이크만으로 연명하는 바틀비의 모습을 보고 "이 불쌍한 친구"에게 다함없는 연민을 느끼며, 여전히 그를 "자신에게 유용한 자"useful to me라고 애써 자위하는 장면도 이런 맥락에서 이해할 수 있다(13쪽). 즉 바틀비의 비위를 적절히 맞추어 주는 것이 오히려 "별다른 비용을 들이지 않고 감미롭게 자기 행동을 정당화할 수 있도록"can cheaply purchase a delicious self-approval 해주고 결국은 이것이 자신에게 "달콤한 양심의 한 편린"a sweet morsel for my conscience으로 작용할 것이라며 자신의 행동을 저비용 고효율의 합리적인 투자라고 여기는 것이다(13쪽).

그러나 이런 각고의 노력과 자기 합리화에도 불구하고, 마침내 바틀비의 존재가 자신이 속한 체제의 통치 방식을 뒤흔들고 기업가로서의 자신의 권위와 위치에 대한 통제 불가능한 위협으로 이어지자 결국 화자는 바틀비를 해고하고 내쫓으려는 시도를 한다. 바틀비를 두고서 상식과 이성적 기대를 벗어나 제멋대로 사는 비정상적인 필경사라고 비난하던 사무실의 다른 구성원들이 너나 할 것 없이 모두 부지불식간에 이런저런 기회를 통해 "~하고 싶습니다"I'd prefer라는 표현을 "입에 붙여 쓰게" 되자, 화자는 바틀비의 존재 방식과 화법이 자신의 사무실에서 확산되어 구성원들의 "사고방식까지 뒤흔들어 버릴" 만한 수준에 이르렀고 자신마저도 이미 바틀비의 이런 "일탈"에 의해 정신이 이상해져 가는 것 같다고 "두려워하기"에 이른다(20쪽). 마침내 화자는 기회를 보아 이 체제 전복적인 상황의 근원적인 요인인 바틀비를 제거해야겠다는 결심을 굳히는데, 이는 이질적 요소의 침투에 인해 체제의 균열 조짐이 보일 때면 언제나 체제에 대한 적대 요인을 배제하고 제거해 가려는 기득권 세력의 전형적인 자기 보호적 대응 방식이라고 볼 수 있다. 그러나 이질적 존재를 제거하려는 화자의 계획은 상식과 합리성을 근거로 살아가는 호모 에코노미쿠스로서의 자신의 한계와 바틀비의 "선호"preference로 인해 완전히 실패로 끝난다. 화자는 바틀비의 기행으로 인해 자신이 업계에서 누려 오던 신중하고 안전하며 체계적인 변호사로서의 명성에 금이 가자 바틀비가 자신에게는 이제 견딜 수 없을 정도로 짐스럽고 고통스러운 존재라고 결론짓는다. 화자는 바틀비에게 얼마간의 돈을 쥐어 주며 떠날 것을 정중하게 요청하면 그가 자신의 상식적인 요청과 합리적인 기대에 부응할 것이라고 가정했지만 바틀비는 이 요청마저도 거부한다. 이에 화자는 결국 여기서 중요한 것은 자신이 바틀비가 떠날 것이라고 자신이 "가정했는가"assumed보다는 바틀비가 "그렇게 하고 싶어 하는가"would prefer so to do의 여부임을 깨닫는데, 이는 화자 자신이 내린 결론대로 바틀비는 타인이나 체제의 "가정에 의해서보다는 자기 하고 싶은 대로 사는 사람"more a man of preferences than assumptions이기 때문이다(23쪽). 이 작품이 묘파하는 경제적 인간의 본성과 그 한계와 관련해 화자의 깨달음이 보여 주는 바는 기대나 전제를 포함한 "가정"의 개념은 합리적 경쟁을 통해 최대의 이익을 추구하는 체제의 환경을 유지하는 데 기여하는 반면, "선호"의 개념은 체제의 통치 원리를 송두리째 부정하고 위협한다는 것이다. 자신이 타인의 삶에 영향을 끼치는 무엇인가를 적극적으로 하고 싶다는 자유를 주장하거나 누군가에게 무엇을 해달라고 요청하는 대신 타인이 요구하는 무언가를 받아들이고 싶지 않다는 의사를 부정적이고 소극적인 선호의 방식으로 내세우는 것은 경쟁 원리와 규율의 내면화를 통해 구성원의 자발적 예속화를 추구하는 체제에는 치명적인 위협일 수밖에 없다. 특히 바틀비처럼 특정한 이익을 원하지도 않고 잃을 것이 아무것도 없는 인물이 주장하는 선호는 그 인물이 의미를 부여하는 이해관계가 실질적으로 체제의 영향력을 통해 체제가 원하는 방식으로 관리되거나 통제되는 범위를 벗어나 있다는 점에서 절대적인 자유와 주체화로 이어진다. 이런 절대적인 차원의 자유는 주어진 체제 내부에서 자발적 복종과 피被통치를 존재의 근본적인 조건으로 받아들이고 살아가는 호모 에코노미쿠스들이 스스로 향유한다고 믿는 명목상의 자유와는 근본적으로 다르기 때문에 바틀비의 선호 추구는 화자를 더 깊은 고뇌의 나락으로 떨어뜨린다.

화자는 "가정"보다는 "선호"를 추구하는 바틀비를 이해하려는 노력의 일환으로 도덕적·철학적·종교적 해답을 구하는 데까지 이르는데, 이 역시 체제가 승인하는 방법과 가치 체계에 최대한 의지해 상황을 해결하거나 적어도 합리적 설명을 구하려는 시도에 불과하다. 오히려 이 시도를 통해 화자는 제도나 규범으로서의 도덕과 형이상학마저도 경제체제의 일부로 포섭되어 작동하고 있으며 자신이 호모 에코노미쿠스로서 체제가 허용하는 테두리 내에서 최적화된 기능적 역할만을 수행하며 살아가도록 철저히 예속화된 삶을 살아가고 있다는 것을 깨닫는다. 이런 맥락에서 화자가 자신이 충분히 이해하지 못하고 도움을 줄 수도 없는 바틀비의 상태를 보며 "내가 그의 육신에 자선을 베풀 수는 있지만 그가 육신으로 인해 아픈 것은 아니다. 고통 받는 것은 그의 영혼이며 그의 영혼에는 내 손길이 미치지 못한다"라고 고백하는 장면은 매우 의미심장하다(19쪽). 화자가 지금까지 알던 육체적·물질적 차원의 인류애는 세속적인 차원의 형식적 인류애에 불과하며, 그것은 호모 에코노미쿠스로 살아가는 데 필요한 요소로 체제의 개입과 승인을 거친 형태로만 그 가치와 의미가 수용되기 때문에 예속화되지 않은 상태로 존재하고자 하는 주체적 인간이 희구하는 본질적 존재 가치와는 다른 것이다.

이후에도 사무실을 떠나기를 거부하는 바틀비에게 화자가 그의 권리에 대한 의문을 제기하는 것도 동일한 맥락에서 해석될 수 있다. "자네가 무슨 세속적 권리를 가졌기에 여기 머무르겠다는 건가?"What earthly right have you to stay here?(25쪽)라는 화자의 질문에는 체제의 승인을 얻지 못한 개인은 "세속적 권리"를 정의하고 행사하는 주체가 될 수 없다는 전제가 담겨 있다. 사무실 공간이라는 "자산"property을 소유하지 않은 바틀비가 "임대료"rent나 자신의 "세금"taxes을 낸다거나 하는 "세속적" 혹은 "지상의, 이 세상의" 의무 이행을 거부하고 있기 때문에, 다시 말해 호모 에코노미쿠스로서의 존재 방식에 부응하고 있지 않기 때문에 그가 그 공간에 존재할 수 있는 권리가 없다는 점을 분명히 하는 것이다(25쪽). 반면에 지금껏 자신이 이 공간을 떠나고 싶지 않다는 의사를 표명하는 대신 이 공간을 떠나라는 화자의 요청에 "그렇게 하고 싶지 않다"라는 말만 되풀이하던 바틀비는 이 대목에 이르러서는 자신이 타인의 경제 공간을 침범하고 있다는 인식 자체를 가지고 있지 않다는 점을 분명히 하기라도 하듯 아예 화자의 질문에 대한 대답 자체를 거부한다. 이를 통해 바틀비는 자신이 호모 에코노미쿠스로서 체제 내에 존재한다는 사실을 부정한다. 바틀비는 호모 에코노미쿠스로서 의무를 수행함으로써 자신이 화자의 사무실이라는 공간에 머무를 "세속적" 존재 권리를 인정받는 대신 자신이 그런 의무와 권리 관계 이전에 자유 의지와 선호를 내세울 수 있는 하나의 인간으로서 이미 현존한다는 사실 그 자체만으로도 그 공간 내에 존재할 자격이 있다는 점을 드러낸다. 이를 통해 그는 자신이 "시장 원리를 내면화한 자기-경영의 주체"[16]로서의 경제적 인간으로 존

---

16 사토 요시유키 지음, 김상운 옮김, 『신자유주의와 권력: 자기-경영적 주체의 탄생과 소수자-되기』, 후마니타스, 2014, 55쪽.

재하기 이전에 인간으로서 존재할 권리가 있다는 것을 주장한다.

이런 바틀비의 주장은 비록 사회적으로 받아들여지지는 않더라도 존재 공간에 대한 화자의 인식에는 중요한 변화를 가져온다. 바틀비의 수동적 저항을 감당하지 못한 화자는 바틀비를 남겨 둔 채 자신의 사무실을 옮기지만, 얼마 지나지 않아, 이전 사무실의 건물주와 새로운 세입자의 요구에 따라, 여전히 그 건물을 떠나기를 거부하는 바틀비를 접견한다. 화자는 자신이 제안하는 어떤 직업과 대안도 받아들이고 싶지 않다는 바틀비에게 마침내 그가 하고 싶은 것을 찾을 때까지라도 자기와 함께 지내자고 제안하며 "이제 나와 함께 집에 가지 않겠나? 그러니까 내 사무실이 아니라 내가 사는 집으로 말일세"will you go home with me now — not to my office, but my dwelling라고 묻는다(30쪽). 모든 측면에서 "현저하게 통치하기 쉬운" 호모 에코노미쿠스로서의 역할을 충실하게 수행해 온 화자의 입장에서 이는 매우 파격적인 제안이다. 근본적 관점에서는 화자의 사무실이 있는 월가만이 아니라 화자의 집이 있는 미국 사회 모두가 화자가 속한 체제의 일부라고 봐야 할 것인바, 호모 에코노미쿠스로서의 자아 정체성을 발전시켜 온 화자도 이 점을 익히 의식하고 있을 것이다. 그럼에도 화자는 적어도 이 시점에서만큼은 인간에게 있어서 체제 내에서 경제행위를 수행하는 업무 공간인 "사무실"과 업무 외의 비경제적 행위를 수행하는 사적 공간인 자신의 "집"이 별개의 영역으로 존재할 수 있다고 믿는 것처럼 보인다.

비록 바틀비의 거절 탓에 화자의 "사무실"과 "집" 사이의 구별이 별다른 의미를 갖지 못하게 되지만, 이로 인해 화자는 스스로가 통치할 수 없는 이런 상황을 더는 감당하지 못하고 순간적인 도피를 선택해 사무실도 집도 아닌 중립 지대로 여겨지는 뉴욕 근교와 외곽 지역을 혼자 사륜마차를 몰며 도망치듯 쏘다닌다. 화자의 도피는 체제와 함께 발전시키고 수용해 온 기존의 공간과 통치 방식 자체로부터의 도피이자 그동안 내재화하고 체화해 온 존재 방식으로부터의 도피나 다름없다. 화자 스스로는 이제 "건물 주인과 세입자들의 요구"에 관해서나 "바틀비에게 호의를 베풀고 그를 무례한 박해로부터 보호"하고자 하는 "자신의 욕망과 의무감"에 관해서나 자신이 "할 수 있는 모든 일"을 다했다고 느낀다 (31쪽). 그러나 화자는 이런 "시도가 양심적으로는 정당화"되는 것 같았지만 "실상은" 자신이 "바랐던 만큼 그리 성공적이지는 못했다"고 고백한다. 사실 화자는 체제의 명령이나 요청을 따르기를 거부하는 바틀비가 "아무리 이해하기 힘든 괴짜"(32쪽)처럼 보일지라도 그는 결코 평범한 무뢰한이나 부랑자로 낙인찍어서 사회에서 격리시킬 만한 존재가 아니라는 것을 확신하고 있다. 화자는 자신의 경험을 통해 알게 된 바틀비는 오히려 "더할 나위 없이 정직하며 깊은 연민의 정을 불러일으키는 사람"(32쪽)이라고 단언하며 호모 에코노미쿠스로 살아가고 싶지 않다는 바틀비와 같은 존재 역시 체제 내의 공간을 차지할 권리가 있다는 점을 간접적으로나마 수긍한다. 이 과정에서 화자는 자신은 누구인가, 어떤 공간에 속한 인간인가, 그리고 인간이란 무엇인가를 질문하게 되면서 마침내 인간 존재의 의미와 존재 방식에 대한 깊은 의문을 품게 된다. 그리고 평생 호모 에코노미쿠스로 살아온 자신의 모습을 돌아보는 가운데 근원적이고 무의식적 차원에서 공적 공간과 사적 공간, 경제행위와 비경제행위 사이의 차이를 고민하게 된다. 결국 화자가 이런 고뇌의 순간에 공적 공간과 사적 공간 어느 쪽에도 속하지 않는 제3의 공간으로 일시적으로나마 이동한다는 것은 나름대로 호모 에코노미쿠스라는 현상적 존재에 속박되지 않고 삶의 절실한 열망과 고뇌를 온몸으로 생생하게 느끼는 실존에의 근원적 욕구를 소유하고 있었다는 것을 드러낸다고 하겠다.

비록 화자는 체제가 구축해 놓은 환경이 통치하는 지역으로 귀환할 수밖에 없지만, 이런 인식의 전환을 통해 경제적 인간과 비경제적 인간 사이의 중립지대를 넘나들게 되는데, 그는 바틀비가 목숨을 거두는 감옥 내부의 공간을 찾아갔을 때야 이 중립지대를 가장 극적인 방식으로 체험한다. 화자는 바틀비의 물리적 존재로 인해 엄청난 부담을 느끼지만, 정작 바틀비가 감옥으로 옮겨지자 여러 차례 그를 찾아간다. 바틀비가 계속해서 먹기를 거부하며 소멸해 가다가 마침내 무의 존재로 환원되자 화자는 그의 존재의 무게로부터 자유로워지기는커녕, 그가 남긴 실존의 자취에 긴박된 듯한 모습을 보인다. 동시에 인간은 자유에 대한 원초적 갈망에도 불구하고 결국은 호모 에코노미쿠스로 살아갈 수밖에 없다는 한계적 상황에 도달한다. 바틀비가 "부랑아"로 분류되어 수용된 공간인 감옥은 "무덤"The Tombs(31쪽)이라는 별칭으로도 불리는데, 이곳은 자유로운 행위가 보류되거나 억류되는 장소이기도 하지만 다른 한편으로는 인간의 경제행위가 가장 극단적으로 실행되면서도 동시에 극단적으로 부정되는 공간이기도 하다. 특히 바틀비가 최후의 숨을 거두는 안뜰은 이집트 양식의 엄청나게 두꺼운 벽으로 에워 쌓인 공간인데, 화자는 이곳을 "평범한 죄수들이 접근할 수 없는" 곳이라고 묘사한다(33쪽). 이 순간 화자는 벽 아래 묘하게 움츠린 자세로 소진된 모습의 바틀비를 보고 이 세상에 태어나지 않았었기를 바라던 욥이 피력했던 바와 같이 실존의 고통을 벗어나 스스로 황량한 처소를 만들고 잠들었던 "제왕과 만조백관과 함께"(33쪽) 영원히 평화롭게 잠든 인간의 모습을 연상한다. 신자유주의 체제에서 자기 이익의 극대화를 위해 최적화된 자유를 소유한다고 믿고 의기양양하게 살아왔지만 실상은 자신이 체제가 설정한 환경에의 전면적이고 자발적인 복종을 통해 한낱 호모 에코노미쿠스라는 죄수로 살아가고 있었다는 것을 절감한 화자는 이 순간 화자는 바틀비가 머물다 떠난 인간의 자리에, 그리고 그 자리에 담긴 실존의 의미에 자신과 같은 체제에 예속화된 존재가 감히 범접할 수 없다는 사실을 받아들이는 것이다. 바틀비가 사망하고 몇 개월이 지나 화자는 출처가 모호한 소문을 통해 바틀비가 자신의 사무실로 오기 전 워싱턴의 "배달 불능 우편물 취급소"Dead Letter Office(34쪽)에서 말단 직원으로 근무하다 행정부가 바뀌는 바람에 그 자리에서 쫓겨났었다는 소식을 듣게 된다. "배달 불능 우편물 취급소"는 수신인이 사망하거나 행방불명이 되어 배달할 수 없게 된 우편물을 분류해 소각하는 업무를 담당하는 곳이었는데, 화자는 이런 우편물 자체에서 죽은 사람이나 절망에 빠진 사람을 떠올리며 "삶의 심부름에 나선 이 편지들이 죽음으로 질주"(34쪽)하는 모습과 창백한 모습으로 절망적 삶을 살다 간 필경사 바틀비의 삶을 결부짓는다.[17] 바틀비의 삶과 죽음을 돌이켜보며 인간의 한계에 대한 자각을 통해 자아분열의 상태를 경험한 상태에서 화자는 마지막으로 "아, 바틀비여! 아, 인간이여!"(34쪽)라는 찬탄을 내뱉는다. 화자 스스로가 일종의 자아분열을 거치면서 바틀비가 월가에서 느낀 낙담과 "치유할 수 없는 고립"incurably forlorn의 상태를 간접적으로 체험하는 것이다(9쪽).

---

17 1851년『모비 딕』을 집필하던 시기에 멜빌은 당대 미국 최고의 작가로 인정받던 호손과 절친한 사이로 지내고 있었는데, 그에게 보낸 편지에서 19세기 중반의 출판 시장에서 독자들이 원하는 잘 팔리는 통속소설보다는 심오하고 작품성이 뛰어난 소설을 쓰고 싶은 심경을 다음과 같이 토로한 적이 있다. "돈이 제게 저주를 하는 것 같습니다. …… 제가 가장 쓰고 싶은 것은 금지되어 있습니다. 돈이 되지 않으니까요. 그렇지만, 모든 것을 두고 볼 때, 다른 방식으로는 도저히 쓸 수가 없습니다. 그래서 그 결과물은 뒤범벅이 되어 버리고, 제가 쓴 책들은 모두 실패작들입니다"(1851년 6월 호손에게 보낸 편지에서). 1853년에 출판된 이 단편소설을 전기적 관점에서 분석한 평론가들은 단조롭고 고리타분하지만 돈이 되는 법률 문서들을 베껴 쓰라는 필경 업무를 거부하다가 죽어 간 바틀비의 상황이 가볍고 뻔한 내용의 통속소설을 자가 복제하듯 계속 써내라는 대중 독자들의 요구를 거부하다가 소설가로서의 입지를 잃고 경제적으로 궁핍한 삶을 살아가게 된 멜빌 자신의 상황을 반영하고 있다고 보았다. 이런 측면에서 보자면 이 작품에서 화자의 위치는 멜빌과 독자들 사이에서 작가의 예술적 욕구를 이해하면서도 통속성을 이끌어 내려 노력했던 편집자들 혹은 출판업자들의 위치에 비견될 수 있을 것이다. 이런 논의에 호모 에코노미쿠스라는 개념을 적용해 보자면, 멜빌은『모비 딕』의 상업적 실패를 통해 출판 시장의 조건에 철저하게 예속된 호모 에코노미쿠스로 살아가는 작가로서 자신의 위치를 절감한 뒤, 이런 절망적인 상황을 직접적으로 거부하거나 이에 저항하는 대신 표면적으로 매우 흥미로운 단편소설을 쓰며 그 속에 독자들이 알아보기 어려운 형태로 자신의 상황을 기발하게 담아 낸 매우 특이한 작가였다고 할 것이다. 그러나 멜빌이 절대적 자유를 추구하며 주체적 존재 방식을 고집한 바틀비의 심정을 이해하면서도 정작 자기 자신은 글을 써서 수입을 올리는 호모 에코노미쿠스로서의 삶을 이어가고자 한 것으로 본다면 그의 위치는 바틀비보다는 화자의 위치에 더 가깝다고도 할 수 있다. 결국 멜빌은 자신의 삶과 존재 방식 및 이에 따른 고뇌를 화자와 바틀비 양쪽 모두에 일정 부분씩 담아내고 있다고 여겨진다.

4. 결론

작품 전반에 걸쳐 화자는 바틀비에게 지대한 관심을 보이면서 그를 이해하기 위해 다양하고 지속적인 방식으로 노력한다. 화자는 그에 대한 회고담을 적기 시작하는 첫 순간부터 바틀비는 자기가 보고 들은 가운데 가장 이상한 필경사로서 다른 모든 필경사의 이야기를 제쳐 두고 바틀비의 얘기를 하고 싶다는 의지를 표명하는가 하면, 바틀비를 처음 만나게 된 정황을 묘사하면서는 사무실 문을 열고 들어오던 창백한 모습을 여전히 기억하고 있다는 점을 강조한다. 바틀비에 대한 화자의 감정은 호기심에서 출발해 "순전한 우울감과 진실한 연민"으로 발전하다가 점차 "우울감은 공포로 합쳐지고" 동시에 "연민은 혐오로"(19쪽) 이어지는 등 다양한 층위에서 변모를 거듭한다. 화자는 심지어 이따금 바틀비를 도발적으로 자극하고자 일부러 그를 호출하거나 거절할 것이 뻔한 일을 맡겨 보기도 한다. 그러나 이 모든 기간 동안 화자에게 바틀비는 잠시도 관심을 끊을 수 없는 묘한 마력의 이질적인 존재로 기존 체제의 관점에서 보아 분명한 통치 대상이지만 동시에 기존 체제의 통치 방식으로는 절대로 통치할 수 없는 존재다.

그렇기에 화자가 바틀비의 주장을 근본적으로 공유하지는 못하지만 바틀비와 같은 인간의 존재를 인정하고 그 의미에 대해 고뇌 어린 관심을 이어간다는 점이 매우 중요한 것이다. 화자가 바틀비에게 내보이는 지속적인 관심은 호모 에코노미쿠스로서는 매우 이례적이고 비정상적인 것으로 보일 수도 있으나, 호모 에코노미쿠스로서의 정체성을 수용하기 이전에 존재하는 인간으로서는 지극히 정상적인 행위일 수도 있다. 화자는 바틀비를 통해 인간이 호모 에코노미쿠스이기 이전에 그 어떤 무엇이었을 수 있다는 가능성을 처음으로 인식하게 되었으며, 이와 같은 인식은 과연 인간은 어떤 존재인가라는 무거운 물음으로 귀결된다. 이 과정에서 화자는 신자유주의 경제체제에서 생성된 주체로서 호모 에코노미쿠스라는 존재가 인간 존재의 본성을 해명하지 못한다는 것을 인정하게 되고, 동시에 호모 에코노미쿠스는 복합적인 체제에서 경제적인 논리로 구축된 부분적이고 왜곡된 인간상에 불과하다는 점을 깨닫는다. 앞서 논의한 바와 같이 화자는 자신이 "자선"을 통해 바틀비의 물질적·신체적 고통을 도울 수 있지만 체제에 예속되기 이전의 상태로 존재하고 싶은 바틀비가 표방하는 인간 존재의 본성, 즉 그의 "영혼에는" 자신의 "손길이 미치지 못한다"(19쪽)는 사실을 고백한다. 이는 인간이 경제적 합리성을 절대 가치로 추구하는 호모 에코노미쿠스이기 이전에 더 근원적 가치를 지닌 주체로서 엄연히 존재한다는 점과 그와 같은 인간의 근원적 존재 가치를 이해하려는 호모 에코노미쿠스로서 자신의 시도에 명백한 한계가 있다는 사실을 받아들이는 것으로 이해할 수 있다. 화자의 이런 인식의 변화 과정을 통해 멜빌은 바틀비뿐만 아니라 화자처럼 자아분열의 상태를 경험한 사람은 이전까지 무의식적으로 누려 오던 경제행위의 자유는 물론 세계와의 화합도 예전과 같은 방식으로는 지속하기 어렵다는 통찰을 보여 준다. 자아 및 인간에 대한 화자의 성찰이 그 자체로서 정치적 저항으로 이어질 수는 없겠지만, 적어도 그것은 신자유주의적 경제체제의 통치 양식의 허구를 꿰뚫어 대안적 존재 방식을 모색할 수 있는 하나의 선행 조건일 수는 있다. 그런 의미에서 화자의 마지막 고백인 "아, 바틀비여! 아, 인간이여!"는 "아, 바틀비여! 아, 호모 에코노미쿠스여!"라고 읽어도 좋을 것이다.

참고문헌

◇ 일차 문헌

Melville, Herman, "Bartleby, The Scrivener", *Melville's Short Novels*, New York: Norton, 2002.

◇ 이차 문헌

김은형, 「"언덕 위의 도시"의 구조적 한계: 「필경사 바틀비: 월가의 이야기」를 중심으로」, 『근대영미소설』 19권 3호(2012), 근대영미소설학회, 5~36쪽.

미셸 푸코 지음, 오트르망(심세광·전혜리·조성은) 옮김, 『생명관리정치의 탄생』, 난장, 2012.

사토 요시유키 지음, 김상운 옮김, 『신자유주의와 권력: 자기-경영적 주체의 탄생과 소수자-되기』, 후마니타스, 2014.

장정윤, 「허먼 멜빌의 「필경사 바틀비」와 후기근대사회의 '바틀비적 삶의 가능성'」, 『안과밖』 28권(2010), 영미문학연구회, 259~276쪽.

한병철 지음, 김태환 옮김, 「바틀비의 경우」, 『피로사회』, 문학과지성사, 2012, 55~64쪽.

황은주, 「리듬, 도주, 소진: 「필경사 바틀비」와 19세기 뉴욕 사무 노동자」, 『미국학』 39권 2호(2016), 서울대학교 미국학연구소, 123~146쪽.

Agamben, G., "Bartleby, or on contingency", *Potentialities: Collected Essays in Philosophy* (Daniel Heller-Roazen trans.), Stanford University Press, 1999.

Barnett, Louise K., "Bartleby as Alienated Worker", *Studies in Short Fiction* 11 (1974), pp. 379-385.

Beverungen, Armin and Stephen Dunne, "'I'd Prefer Not To': Bartleby and the Excesses of Interpretation", *Culture and Organization* vol. 13 (2007), pp. 171-183.

Deleuze, G., "Bartleby; or, the formula", *Essays Critical and Clinical* (D. W. Smith trans.), Verso, 1998.

Dreyfus, Huber L. and Paul Rainbow, "The Subject and Power", *Afterward to Michel Foucault: Beyond Structuralism and Hermeneutics*, Chicago: University of Chicago Press, 1982.

Foley, Barbara, "From Wall Street to Astor Place : Historicizing Melville's 'Bartleby'", *American*

Literature vol. 72 (2000), pp. 87-117.

Franklin, Howard Bruce, *The Victim as Criminal and Artist*, New York: Oxford University Press, 1978.

Foucault, Michel, *The Birth of Biopolitics: Lectures at the Collège de France, 1978-1979*, Palgrave Macmillan, 2008.

Harvey, David, *A Brief History of Neoliberalism*, Oxford University Press, 2007.

Martyris, Nina, "A Patron Saint for Occupy Wall Street", *The New Republic* October 15, 2011.

Newheiser, David, "Foucault, Gary Becker and the Critique of Neoliberalism", *Theory, Culture & Society* vol. 33 (2016), pp. 3-21.

Read, Jason, "A Genealogy of Homo-Economicus: Neoliberalism and the Production of Subjectivity", *Foucault Studies* no. 6 (2009), pp. 25-36.

Tucker, Barbara M. and Kenneth H. Tucker, Jr., "The Limit of Homo Economicus: An Appraisal of Early American Entrepreneurship", *Journal of the Early Republic* vol. 24 (2004), pp. 208-218.

Weinstein, Cindy, "Melville, Labor, and the Discourses of Reception", *The Cambridge Companion to Herman Melville*, Cambridge University Press, 2006, pp. 202-222.

Wilson, James C., "'Bartleby': The Walls of Wall Street", *Arizona Quarterly* vol. 37 (1981), pp. 335-346.

Zizek, S. "Notes towards a politics of Bartleby: The ignorance of chicken", *Comparative American Studies: An International Journal* vol. 4 (2006), pp. 375-394.

_____, *The Parallax View*, MIT Press, 2006.

천변의 노동자들과 호모 에코노미쿠스:

노동사적 관점에서 『천변풍경』 읽기

노지승

1. 노동사 소설로서 『천변풍경』의 가능성

1936년 10월 31일부터 11월 7일까지 『조선일보』에 연재한 최재서의 평론 「천변풍경과 날개에 관하여: 리얼리즘의 심화와 확대」는 박태원의 소설 『천변풍경』에 대한 매우 센세이셔널한 평가였다. 잘 알려져 있다시피, 최재서의 이 글은 모두 1936년 『조광』에 발표된 이상의 「날개」와 박태원의 『천변풍경』에 관한 것이었고, 최재서는 이 소설들을 각각 리얼리즘의 '심화'와 '확대'라고 언급했다.

> 『천변풍경』은 도회의 일각에 움직이고 있는 세태 인정을 그렸고 「날개」는 고도로 지식화한 소피스트의 주관 세계를 그렸다. 그러나 관찰의 태도 및 묘사의 수법에 있어서 이 두 작품은 공통되는 특색을 가지고 있다. 즉 그들은 될 수 있는 대로 주관을 떠나서 대상

을 보려고 하였다. 그 결과는 박 씨는 객관적 태도로써 객관을 보았고 이 씨는 객관적 태도로써 주관을 보았다. 이것은 현대 세계 문학의 이대 경향 — 리얼리즘의 확대와 리얼리즘의 심화를 어느 정도까지 대표하는 것이니 우리에게 대단히 흥미 있는 문제를 제공한다. ……『천변풍경』이 우리 문학의 리얼리즘을 일보 확대한 데 비하여 「날개」는 그것을 일보 심화하였다고 볼 것이다.[1]

최재서는 1936년 『조광』에 연재된 『천변풍경』을 마찬가지로 『조광』에 연재한 이상의 소설 「날개」와 비교하면서, 이 소설들이 모두 대상을 '객관적'으로 바라보고 있다고 평했고 이런 '객관적' 태도를 근거로 『천변풍경』을 리얼리즘을 확대한 소설이라고 일컬었다.

최재서가 사용한 리얼리즘이라는 단어의 용법은 리얼리즘에 대한 한효와 임화의 반발과 성찰을 불러일으켰다.[2] 이들은 객관적 또는 있는 그대로 묘사하는 것을 가리켜 리얼리즘이라 하는 것은 리얼리즘을 오해한 것이라고 최재서를 비판했다. 특히 임화는 최재서의 논의가 사이비 리얼리즘론[3]이라 강도 높게 비판한 바 있다.

---

1 최재서, 「천변풍경과 날개에 관하여: 리얼리즘의 심화와 확대」, 『조선일보』 1936/ 10/31, 11/07.

2 한효, 「창작방법론의 신방향(四)」, 『동아일보』 1937/09/23; 임화, 「사실주의의 재 인식」, 『동아일보』 1937/10/08~14.

3 임화, 「사실주의의 재인식: 새로운 문학적 탐구를 爲하야(二)」, 『동아일보』 1937/ 10/09.

임화에게 리얼리즘이란 있는 그대로 묘사하는 것이 아니었다.

'레알리즘'이란 결코 주관주의자의 무고誣告처럼 사화死化한 객관
주의가 아니라 객관적 인식에서 비롯하여 실천에 있어 자기를 증
명하고 다시 객관적 현실 그것을 개변해 가는 주관화의 대규모적
방법을 완성하는 문학적 경향이다.[4]

1930년대 후반 임화가 바라본 당시 문학의 판도는 객관주의와
주관주의로 완전히 분열되어 있는데, 임화는 바로 객관주의를 일
상의 신변잡기를 다루는 트리비얼리즘이라고 강렬하게 비판하며,
주관주의는 '정신을 가지고 현실을 규정하려는 역도된 방법'이라
비판한다. 임화는 주관주의와 객관주의를 종합하는 것이야말로
리얼리즘이라고 규정하면서 아울러 최재서의 리얼리즘 용법에 대
한 불편한 속내를 내비친다.

최재서의 글과 그에 대한 반박 이후 『천변풍경』은 리얼리즘 소
설로 인정받지 못했지만 그 대신 다른 종류로 명명命名되었다. 바
로 '세태소설'이라는 명명이 그것이었다. 최재서의 논의를 비판했
던 임화는 한발 양보해 이상의 「날개」를 불구적인 형태로나마 '리
얼리즘'으로 인정하면서도 『천변풍경』에 대해서는 기존의 논의를
굽히지 않은 채, '세태'라는 단어를 사용해 『천변풍경』의 의의를
세태 묘사에서 찾을 수 있다고 말한다.[5] 임화는 세태 묘사가 등장

---

4 임화, 「사실주의의 재인식」, 『동아일보』 1937/10/14.

하는 이유에 대해 "작가가 주장하려는 바를 표현하려면 묘사되는 세계가 그것과 부합되지 않고 묘사되는 세계를 충실하게 살리려면 작가의 생각이 그것과 일치할 수 없는 상태"이기 때문이라 진단한다.[6] 임화는 여전히 세태 묘사에 대해 부정적인 태도를 갖고 있었지만, 더는 주관과 객관의 종합이 쉽지 않은, 즉 리얼리즘의 도달이 쉽지 않은 포스트 카프 시대의 한계를 수락하는 것으로 일보 물러선다. 임화의 이 언급은 훗날 이른바 임화, 김남천, 한설야 등이 참여한 1938년 세태소설론 논의로까지 확장되기도 했는데,[7] 박태원의 『천변풍경』이 실질적으로 '세태소설론'을 촉발한 소설이라 할 수 있는 것은, 최재서의 글로 시작된 바로 이런 일련의 논쟁 때문이다.

　『천변풍경』이 '세태소설'로 명명된 것은 이 소설을 어떤 적절한 소설 유형으로 귀속시킬 수 없었던 당시의 곤경을 드러내고 있다. 단행본『천변풍경』에 박태원의 스승이자 선배 자격으로 서문을 쓴 이광수 역시 세태소설이라는 단어가 이 소설의 진가를 무시한 단어라고 말하고 있다. 특히 당시 세태소설로 지칭되었던 여러 소설들, 채만식의『탁류』, 홍명희의『임꺽정』, 현덕의「남생이」등과 비교해 보았을 때, 이런 명명의 편의적인 특성이 두드러진다.

---

5 임화, 「사상은 신념화 방황하는 시대정신(中)」, 『동아일보』 1937/12/14.

6 임화, 「세태소설론」, 『동아일보』 1938/04/02.

7 1938년 세태소설 논의는 임화의 「세태소설론」, 「최근 소설의 주인공」(『문장』 1939/09), 안함광의 「문단시평」(『조선일보』 1938/12/17~23), 김남천의 「세태와 풍속」(『동아일보』 1938/10/14~23) 등으로 이루어져 있다.

이들 소설과 박태원의 『천변풍경』은 그다지 공통적인 특징이 없고, 이런 명명이 맥락상 사회주의 리얼리즘에 미치지 못하는 상태를 가리키거나, 풍속을 문제의식 없이 묘사한다는 네거티브한 의미였기 때문이다. 이런 현상은 두 가지를 동시에 의미한다. 하나는 카프 출신의 비평가들이 갖고 있는 소설에 대한 관점이 그만큼 협소했다는 점, 그리고 다른 한편으로는 1936년 발표된 『천변풍경』이 카프 비평가들의 소설에 대한 관점은 물론이고, 그 이전의 어떤 소설 개념으로도 쉽게 포섭되지 않았다는 점이다.

세태소설의 범주에 들어갔던 소설들 가운데 문자 그대로 세상의 모습 혹은 사람들의 일상생활을 다룬다는 세태소설의 의미에 가장 근접한 것은 『천변풍경』이었다. 임화가 제시한 세태소설의 자질들, 곧 '현실의 지저분함', '주어진 현실에 대한 세부적 묘사', '파노라마적'[8] 등과 같은 특성은 대체로 『천변풍경』을 기준으로 한 것임을 알 수 있다. 즉 한편으로 세태소설이라는 단어를 비평계에 등재시킨 소설이면서, 다른 한편으로는 각기 이질적인 소설들을 세태소설로 명명할 만큼 『천변풍경』은 '세태소설 붐'[9]을 일으킨 흡입력 있는 소설이었다.

그렇다면 세태라는 단어가 내포하는 의미는 무엇인가. 현실 비판 의식이 뚜렷한 전형적인 리얼리즘 소설은 아닐지라도, 귀납적

---

8 임화, 「세태소설론」, 『동아일보』 1938/04/01~03, 06.

9 정확하게는 세태소설이라는 '명칭'의 붐이라 할 수 있다. 작가들이 의식적으로 '세태소설'을 쓰고자 했다기보다는 비평가들이 어떤 무리의 소설을 '세태소설'로 적극 명명하기 시작했다는 의미이다.

으로 볼 때 적어도『천변풍경』이 형상화하고 있는 '(인정) 세태'의 묘사 방향에는 어떤 가치판단과 일관성이 있다. 이 소설은 1930년대 자본주의 체제에서 '임노동자'로 편입된 이들의 일상생활을 다루되, 한 사람의 삶에만 특별히 주목하지 않은 채 불특정하다고 표현될 정도로, 다수의 인물들이 일상적으로 어떤 노동을 하고 어떤 소비를 경험하게 되는지에 주목하고 있다. 노동하고 소비하는 다수의 인물들 가운데 특별히 초점화된 인물도 없고 내러티브의 원심력으로 작용할 어떤 모티프도 잘 발견되지 않는다.

한편, 임노동자들의 반복적이고 일상적인 삶을 다루지만『천변풍경』은 청계천 주변의 주민들을 특별히 '노동자'들로 호명하지 않을 뿐만 아니라, 이들의 이야기를 억압과 착취 그리고 정치적 각성이라는 사건으로 이루어진 사회주의적 내러티브로 구성하고 있지도 않다. 문학사에서 1930년대 대표적인 모더니즘 소설가로 취급되어 왔던 박태원이 사회주의적 내러티브의 구성 방식을 따르지 않는다는 점은 너무나 당연한 듯도 하지만,『천변풍경』의 주요 인물들이 대부분 도시의 하층민들이며 민 주사, 포목점 주인과 같은 부르주아들의 허위를 신랄하게 묘사하고 있다는 점을 상기해 보면,『천변풍경』과 카프 작가들의 프로문학 사이의 본질적인 차이가 무엇인지를 새삼 묻지 않을 수 없게 된다.

『천변풍경』은 천변의 주민들의 노동과 재생산에 관한 묘사가 주를 이룬다. 특히『천변풍경』에는 청계천을 주거 공간이자 일터로 삼고 있는 드난, 안잠자기 등의 가사 사용인들 그리고 이발소, 당구장, 약국에서 일하는 10대 점원들, 아이스크림 등을 파는 행상, 카페에서 일하는 여급들이 노동계급working class으로 등장한다.

그러나 이들을 '노동자'라 부르기에는 주저되는 측면이 있다. 그것은 이들이 각자의 방식으로 노동을 하고 있는 것은 분명하지만, 1920년대 이후 조선에서 유행한 사회주의가 호명하는 '노동자'의 모습과는 차이가 있기 때문이다. 조선의 사회주의는 육체노동이든 정신노동이든 여러 가지 형태의 노동을 포괄해, 모든 피고용인을 노동자 범주로 포괄하기는 했지만,[10] 사회주의의 실천 주체로서 노동자는 노동조합 등의 조직을 기반으로 노동운동에 투신하는 공장 노동자를 표준적인 모델로 상정하고 있다. 다만 공업이 충분히 발달하지 못한 제국주의의 피압박 민족으로서 조선적 특수성을 고려해 조선인의 대다수를 차지하는 농민들도 사회주의 내부에서 역시 공장 노동자들과 비슷한 지위를 획득하고 있었다.[11]

이런 관점에서 보면 『천변풍경』에 등장하는 많은 인물들은 무산자 혹은 프롤레타리아라는 계급적 지위에 있으며 어떤 형태로든지 노동을 하는 처지에 놓여 있지만, 이들은 사회주의와 프로문학에서 호명된 공장 노동자들이나 농민들과는 거리가 있다. 『천변풍경』의 인물 가운데 다수를 이루는 '어멈들', 즉 1930년대 가사 사용인들의 경우에는 직업과 신분 사이의 모호한 위치에 놓여 있기도 했고,[12] 카페 여급들도 당당히 자신의 직업인 여급이 근대

---

10 김경일, 『노동』, 소화, 2014, 243쪽.

11 서구에서 '노동'labor이라는 단어는 18세기에는 '사회의 물질적 필수품을 공급하기 위한 육체적 노력'이라는 뜻으로 사용되다가, 19세기경에 이르러서는 '생산에 참여하는 노동자 및 직공의 일반 집단'을 의미하기 시작했다. 같은 책, 94쪽.

12 소영현, 「1920~1930년대 '하녀'의 '노동'과 '감정': 감정의 위계와 여성 하위 주

적 직업임을 주장하는 경우도 있었지만 그들의 일이 당대에 '노동'으로서 보편적으로 받아들여졌는지에 대해서는 의문의 여지가 있었다.[13] 또한 1927년 간행된 기생 잡지 『장한』長恨에, "기생도 노동자인가?"라는 질문을 던지는 글이 실릴 정도로,[14] 기생 역시 노동은 하지만 '노동자'로 당연하게는 인정되지 않는 아이러니한 상황에 놓여 있었다.

즉 『천변풍경』에 등장하는 인물군들은 노동자이지만 사회주의 그리고 노동운동에서 호명되는 노동자의 범주 밖에 놓인 인물들이다. 앞서 언급한 대로, 이들이 무산자이기는 하지만 '노동자'가 노동운동의 정치적 맥락에서 사용되는 한, 이들은 1930년대에 노동자 집단으로 불리기는 어려운 인물들인 것이다. 『천변풍경』에 등장하는 안잠자기, 드난살이 등의 '어멈'들과 10대 후반의 점원들은 조직을 만들기는커녕 자신들의 계급적 처지를 명료하게 이해하지도 못한다. 그들에게 불만이 있다면 자신이 하는 일, 즉 자신들이 수행하는 노동의 가격이 헐값으로 매겨지는 것과 자신들에 대한 고용주들의 처우에 관한 것이었다. 특히 재봉이나 창수와 같은 10대 후반의 가게 점원들에게서 잘 나타나는 이런 불만은 계급과 무관한 것은 아니지만 분명 사회주의적 문제의식을 내포하고 있는 것은 아니다.

체의 감정 규율」, 『민족문학사연구』 50호(2012/12), 민족문학사학회.

13 서지영, 「노동과 유희의 경계: 식민지 시대 카페 여급」, 『여성이론』 2008년 여름, 171~183쪽.

14 전난홍, 「기생도 노동자다ㅡㄹ가?」, 『장한』 2호(1927/02).

그럼에도 『천변풍경』의 등장인물들은 분명 노동과 임금을 교환하고 있으며, 그 임금을 재생산에 필요한 것들과 교환하면서 삶을 영위하고 있다. 『천변풍경』은 바로 노동과 임금 그리고 재생산으로 이루어진 교환의 장면을 생생하게 묘사하는 일관성을 보이고 있다. 예를 들어, 이들 가사 사용인들과 가내수공업자들, 상점의 점원들 그리고 카페 여급들이 처한 고용 환경과 노동의 현실 등이 그것이다.

이쁜이 어머니는 바느질하던 손을 멈추고 새삼스러이 고개를 들어 그편을 바라보았다.
　'벌써 네 시'
　'동'도 달고 '섶'도 달았다. 이제 안팎을 껴 박아야 하고 다음에 '깃'을 달아야 하고 '고름'을 달아야 하고 또 다음에 '동정'을 시쳐야 하고······
　'일곱 점에 찾으러 온댔으니, 그럼 인제 세 시간밖에 안 남고······'
　저녁 놀음에 입고 나갈 수 있게 하여 달라고, 오늘 아침에 갖다 맡긴 겹저고리는 그야 바느질이 얌전하고도 손 빠른 이쁜이 어머니로서, 하루에 넉넉히 할 수 있는 일임에 틀림이 없었다.
　하지만 돈이 뚝 원수의 세상에, 밤이라고 잠 하나 변변히 못 자보고, 낮은 또 낮대로 일에 쫓기어, 더위가 이제 한창인 꼭 요만 시각이 되고 보면, 스르르 오는 졸음과 함께,
　'이걸 온종일 붙잡고 앉아서······ 그래 품값이 겨우 팔십 전······'
　재봉틀 한 대 가지고 이 세상을 살아오기 이미 열세 해—.
　이제 이르러 새삼스럽게 무어니 무어니가 있을 턱이 없는 노릇

이었지만 그래도 역시, 이러한 이쁜이 어머니로서도, 그 하여본댔자 아무 보람이 없는 신세타령이 다시 나오지 않을 수 없었다.

이제까지 걸어온 고단한 길─. 이쁜이가 일곱 살 먹던 해에 과부가 되어 가지고 이해 열세 해…….[15]

『천변풍경』의 제19절 '어머니'의 일부이다. 이쁜이 어머니는 13년 전 남편이 사망한 뒤, 재봉틀로 주로 기생들의 옷을 만들어 주고 돈을 받는 일을 해왔다. 이쁜이 어머니는 작업장과 주거 공간이 일치하는 단칸방에서 작업하면서 고객이 일방적으로 원하는 납품 시간에 매어 있어 계획적으로 규칙적인 휴식 시간을 취할 수 없다. 숙련공인 그녀가 저고리 한 점 정도를 꿰매는 데 걸리는 노동시간은 한나절 정도이며, 그렇게 만든 저고리 한 점에 품삯 80전을 받는다. 그 품삯으로 이쁜이 어머니는 도망치다시피 친정으로 온 딸에게 냉면과 청인 만두를 사줄 수 있게 된다. 이쁜이를 위해 배달되어 온 냉면과 청인 만두는 딸을 안쓰럽게 여기는 친정어머니의 사랑을 표현하는 것이기도 하지만, 바로 그 직전까지 이쁜이 어머니가 더위, 졸음과 싸우며 재봉틀을 돌리던 그 노동의 대가이기도 하다.

위의 묘사된 부분은 이쁜이 어머니가 처한 노동조건과 임금에 대한 정보를 제공하고 있다. 이쁜이 어머니의 노동은 정확하게 남편의 사망 이후 생계를 책임지게 된 여성의 노동, 즉 가족의 생계

---

15 박태원, 『천변풍경』, 깊은샘, 1996, 154~155쪽.

유지를 위해 요구된 기혼 여성의 노동 형태를 전형적으로 보여 주고 있다. 산업화 이후 여성들이 집 밖으로 나와 돈을 벌 수 있는 기회가 생겼고, 상대적으로 자율성을 얻을 수도 있었지만, 공적 영역에서 여성의 임금노동은 여성의 사회적 지위를 개선하지도 여성과 가족과의 관계를 변화시키지도 않았다. 즉 여성의 임금노동 자체가 여성해방과 직결되는 것은 아니며, 여성의 노동은 가족의 필요와 전략에 따른 것이었고 그들의 수입 역시 가족의 것이었다.[16]

『천변풍경』에 등장하는 인물들은 이쁜이 어머니의 사례에서와 같이 어떤 사건을 경험하고는 있지만, 그 사건은 노동, 임금 사이의 교환관계 및 재생산이라는 일상적 삶 속에 녹아들어 있다. 따라서 『천변풍경』은 자본주의적 생산양식 속에서 착취당하는 노동자들의 삶과 그들을 이론적·실천적으로 견인하는 지식인들, 그리고 이들의 합작으로 이루어진 노동운동을 형상화하는 노동 소설이라기보다는, 노동자들의 경험과 그들의 생활 방식을 다루는 새로운 노동사new labor history의 시각에 가깝게 다가가 있다.[17] 물론 작가 박태원이 의식적으로 이런 시각을 채택한 것은 아니다. 그러나 무엇보다 『천변풍경』에서 묘사되고 있는 노동하고 생존하는

---

16 루이스 A. 틸리·조앤 W. 스콧 지음, 김영·박기남·장경선 옮김, 『여성, 가족, 노동』, 후마니타스, 2008, 13쪽.

17 새로운 노동사는 노동조합(조직)을 중심으로 한 노동자들의 투쟁사라는 낡은 노동사old labor history가 아니라 노동자들의 경험적 측면을 강조하는, 밑에서부터의 from the bottom up 노동사를 가리킨다. Daniel J. Leab (ed.), "The old labor history and the New"(ch. 1), *The Labor History Reader*, University Illinois press, 1985 참조.

인간 삶의 물질적 조건들이 결과적으로 이 소설을 노동사적 시각에 근접하게 만든다. 그리고 이 소설에 묘사되고 있는 노동과 임금 그리고 재화 사이의 교환관계로 이루어진 인간의 일상적 생존 방식들은 이 소설의 내러티브에 구심력이 아닌 원심력으로 작용하게 된다. 『천변풍경』에 특별한 주인공도 없고 중심 내러티브도 존재하지 않는 이유, 즉 1930년대 비평가들을 다소 곤혹스럽게 만든 소설적 특성은 이 같은 원심력이 작동하고 있기 때문이다.

2. 노동, 임금, 재생산 활동 : 교환의 합리성과 등가성

이 글은 『천변풍경』이 노동사 서술을 위한 의미 있는 사료임을 밝히려는 것이 아니다. 이 글은 『천변풍경』이 자본주의사회에서 '노동'이라는 인간의 생산 활동이 가진 의미와 역할을 강하게 의식하고 있었고, 이런 인식이 『천변풍경』의 독특한 내러티브와 세계관에 영향을 주고 있음을 언급하고자 한다.

『천변풍경』이 주목하고 있는 인간의 생산 활동, 즉 노동의 의미는 노동자들의 이념적 각성이라는 노동 소설의 내러티브와는 관련이 없다. 즉 고통 받는 하층민들을 중심인물로 내세우기도 한다는 점에서 노동 소설과 유사한 양상이 일부 있지만, 엄밀한 의미에서 『천변풍경』에는 중심인물과 주변 인물 사이의 구별이 없으며,[18] 따라서 이 소설에는 특별히 정치적으로 변화·발전해야 하는 초점화된 중심인물이 존재하지 않는다. 인물들의 출현 빈도에 따라 중요도를 파악해 볼 수도 있겠지만, 가장 많은 출현 빈도를 보이는 '기미꼬'마저도 변화하고 발전하는 인물이 아니다. 대신 전체 50절로 이루어진 『천변풍경』의 내러티브를 끌고 가는 중요한 원동력은 바로 노동-재생산(소비)의 축으로 이루어진 교환의 관계이다. 천변에 살고 있는 사람들은 어떤 방식으로든 교환의 주체가 되는데, 이런 교환은 매우 일상적이며 생존과 쾌락을 위해 반복적·상시적으로 이루어진다. 이쁜이 어머니가 기생의 저고리를 만들고 받은 돈으로 친정에 온 딸을 위로하기 위한 음식을 사는 것처럼, 교환에서 노동과 소비는 모두 먹고사는 생존을 위한 중요한 축이다.

노동과 소비라는 두 가지 기준으로 보면 『천변풍경』은 역시 두 가지의 인물군으로 나누어진다. 노동을 (주로) 하는 계급과 소비를 (주로) 하는 계급이다. 전자는 등장인물의 대다수를 이루는 카페 여급들, 10대 점원들, 공장 노동자들 그리고 만돌 어멈, 이쁜이 어머니와 같은 노동하는 기혼녀들이며, 후자는 민 주사와 포목점 주인으로 대표되는 부유한 부르주아들이다. 노동과 소비는 이들 집단 사이에서 불균등하게 이루어진다. 노동하는 시간과 소비하는 시간을 놓고 보면, 노동하는 시간이 월등하게 많은 집단과

---

18 권은, 「천변의 대안적 공동체와 순환적 인물-체계: 박태원의 『천변풍경』론」, 『어문연구』 2014년 여름, 어문연구학회. 권은은 이 논문에서 『천변풍경』이 전통적인 공동체를 중심으로 도시 공간을 순환적circular 형태로 서술하는 양상을 보인다고 말한다. 아울러 이런 근대 이전의 공간 의식과 더불어 다수의 인물이 번갈아 가며 서사의 중심으로 들어오는 순환적 구성을 취함으로써 시민권을 갖지 못한 다수가 서사 안에서 중심적인 역할을 하게 된다고 말한다.

소비하는 시간이 월등하게 많은 인간군으로 구분되기 때문이다. 민 주사는 사법서사라는 직업을 갖고 있지만 『천변풍경』에 그가 일하는 장면은 등장하지 않는다. 계급적으로 프티부르주아라고 할 수 있는 그는 몇 백 원의 돈을 판돈으로 쓰는 마작, 첩이나 기생과의 유희 그리고 자신의 명예욕을 충족하기 위해 부의회 의원 선거 운동을 할 뿐이며, 이 모든 행위에 돈을 투여한다. 포목점 주인의 경우에도, 그가 포목점을 운영하는 장면은 소설에 등장하지 않는다. 그 대신 소설에서 그는 가족과 함께 원산 해수욕장에 피서를 가고 백화점 식당에서 식사를 하는 등의 모습으로 포착된다. 민 주사의 첩인 안성댁이나 안성댁의 정인情人인 전문학교 학생 역시 소비하는 집단에 속해 있다. 특히 이들의 소비는 나름의 교환을 대가로 이루어진 것이기는 하지만, 『천변풍경』에서 그 교환의 합리성과 정당성은 의문스러운 것으로 제시된다. 후술하겠지만 『천변풍경』에서 민 주사와 그의 첩을 다소 부정적으로 묘사하는 근거는 사랑이나 인륜 등과 같은 인간성보다는 교환의 합리성, 적절성 여부에 있으며, 바로 이런 교환의 합리성과 적절성은 이 소설의 주요한 윤리적 판단 기준이다.

이에 반해, 노동하는 집단에 대한 묘사는 주로 그들의 일터를 배경으로 이루어진다. 귀돌 어멈, 필원네, 만돌 어멈과 같은 가사 사용인들[19]이나 이쁜이 어머니와 같은 가내수공업 노동자들의 경

---

19 가사 사용인이란 집 안에서 재생산 관련 일들을 대신하고 임금을 받는 이들을 가리킨다. 1930년대 조선총독부의 『조선국세조사보고』의 직업 분류에서 가사 사용

우, 일터와 재생산의 공간인 집이 각각 분리되지 않는다. 즉 노동의 공간과 재생산을 위한 공간이 분리되어 있지 않은 이들은 생존에 필요한 최소한의 소비를 할 뿐이다. 때로는 이조차도 원활하지 않아 만돌 어멈의 아이인 만돌은 냉면, 장국밥, 대구탕, 만두, 비빔밥 등을 '한 그릇'씩 차지하는 거지 아이들을 부러워할 정도이다.[20]

노동의 공간과 재생산 공간이 분리되지 않은 것은 이발소 아이인 재봉이나 약국집 창수와 같이 집안 하인과 점원 사이의 중간 형태에 있는 노동자들도 마찬가지이다. 자신의 처지에 비교적 순응적인 가사 사용인들과는 달리, 재봉이와 창수는 노동의 공간과 재생산의 공간이 분리되지 않음으로써 겪는 문제에 대해 나름의 방식으로 해결하려다가 고용인으로부터 징벌을 받기도 한다. 가사 사용인들의 경우 자신을 위한 소비를 거의 포기하지만 10대 노동자들과 하나꼬, 기미꼬 등의 카페 여급들은 소비의 주체가 되기도 한다. 예를 들어, 백화점과 포목점에서 하나꼬의 혼수를 잔뜩 산 채 백화점 식당으로 즐겁게 들어가는 기미꼬와 하나꼬는 분명 소비의 주체이다. 그러나 결과적으로 이들은 생존을 위해 노동에 많은 시간을 할애해야만 하고, 노동에 얽매여 있다는 점에서는 동일하다.

인은 대분류 중 하나에 포함되어 있다. 여기에는 드난살이, 행랑살이, 안잠자기, 참모, 유모 등 여성 노동자와 행랑아범, 차부車夫 등 남성 노동자도 포함된다. 1930년대 가사 사용인 수는 120만 명으로 추정된다. 문현아, 「식민지 근대 시기 '가사 사용인' 구성의 변화와 의미」, 『한국여성학』 2014/06, 한국여성학회, 132~133쪽.

20 박태원, 「사월 팔일」(제10절), 『천변풍경』.

『천변풍경』에 등장하는 인물들의 삶은 대부분 노동과 임금의 교환이든 돈과 재화를 교환하는 행위이든 교환으로 이루어져 있으며, 그들은 이런 교환들이 동일한 기준과 가치에 근거를 두고 있는지를 늘 점검하며 살고 있다. 특히 어린 10대 점원들은 자신의 노동이 제대로 평가되고 있는지, 즉 노동과 임금의 교환이 적절한지에 대한 의문을 품는다. 그 적절성의 기준은 바로 타인과의 비교를 통해 생성된다.

> 만약 '요릿집 보이'래서 아버지가 반대라도 한다면, 그것 말고 구락부엘 들어가도 좋다. 역시 늦도록 자도 괜찮고 일은 힘이 들지 않고 '다마'를 남들은 일부러 돈을 내고 배러 오는 것을, 돈 한 푼 안 들이고 여가에 배울 수도 있는 것이고, 또 그렇게 편하게 지내면서 돈은 십 환씩이나 벌고 어쩌면 평화카페 보이보다도 동아구락부 '겜도리'가 사실 좋을지도 모른다.[21]

창수는 아침 일찍 약국문을 열면서 평화카페와 동아구락부, 은방 모두 문이 닫힌 이른 아침에 자신만 일을 시작하자 불만을 느낀다. 또한 평화카페 여급 유끼꼬가 자기 동생 삼봉을 구락부 게임돌이로 넣었다는 사실을 떠올리며 구락부의 게임돌이가 10원의 급료를 받으면서 다마(당구)도 배울 수 있는 반면, 자신은 고작 한 달 임금 4원을 받는다는 사실에 불만을 느낀다. 또한 숙식을

---

21 같은 책, 121쪽.

제공받고는 있지만 창수가 보기에 식사는 매우 형편없다. 또한 평화카페 보이 '돌석'의 월급은 3원이지만 카페에서 손님들에게 받는 봉사료를 생각하면 이 역시 자신보다는 수입이 좋을 것이라 추측한다.

창수, 재봉과 같은 가게의 보조 점원들은 임금에 의해 평가되는 자신의 노동의 가치가 적절한 것인지를 점검하지만, 이 같은 점검이 늘 불만으로 이어지는 것은 아니다. 이발소 아이 재봉은 손님의 머리를 감겨 주는 일을 하면서 숙식 이외의 급료를 받지 않는다. 그러나 재봉은 급료를 받지 않는 대신 이발사로부터 이발 기술을 배울 수 있다. 일종의 도제식 교육을 받고 있는 재봉은 이런 무급 노동에 대해 전혀 불만이 없는 것은 아니지만, 틈틈이 바깥 풍경을 내다볼 수 있고, 그래서 권태를 느끼지 않는 작업 조건에 나름 만족하고 있다. 재봉이가 이발소에서 오래 일할 수 있었던 반면, 약국집에서 일하는 아이들이 불만을 느끼고 약국을 그만두곤 하던 이유도 이런 노동환경에 근거한 것이었다. 그러나 재봉은 급료가 없는 자신에 비해 임금과 숙식을 제공받는 약국집 아이들이 계속 일을 그만두는 이유를 이해하지 못한다. "어이 자식두 …… 돈 일 전 못 받고 있는 나는 어쩌구 ……."[22]

이런 교환의 적절성에 대한 문제 제기는 이들 10대 후반의 가게 점원들 사이에서 가장 특징적이다. 여성 노동자들이 자신들이 받는 임금의 적절성에 대해 의심하거나, 그다지 문제 삼지 않은

---

[22] 같은 책, 40쪽.

것과는 대조적이다. 바깥 풍경에 관심이 많은 재봉은 다른 사람들의 '교환'에 대해서도 일일이 평가하기도 한다. 그 예로서, 민 주사와 포목점 주인이 각기 약국 주인을 상대로 부의회 의원 선거운동을 하는 방식은 재봉에게 교환의 적절성이라는 관점에서 매우 신랄한 평가의 대상이 된다. 재봉이가 보기에 민 주사는 약국 주인에게 카페에서 술을 사는 방식으로 '표'에 대한 대가를 지불하지만, 포목점 주인은 적절한 대가를 치르지 않은 채 약국 주인에게 찾아가 표를 부탁하는 방식의 발품을 파는 것뿐이었다. 재봉은 이에 대해 적절하지 않은 교환, 즉 '밑천이 들지 않는 장사'라 평하면서, 포목점 주인의 매부가 낙선할 것이라 예상한다.[23]

이들 10대 노동자들은 『천변풍경』의 모든 등장인물 가운데 자신들의 노동 처우에 대해 가장 민감하게 반응한다. 자신이 수행하는 노동의 가치가 임금에 의해 정당하게 평가받지 못한다고 생각하는 열네 살 창수는 태업을 감행하기도 한다. 주인의 심부름을 갔다가 일부러 늦게 귀가하는 방식이 그것이다. 그러나 약국 주인은 이 같은 창수의 행동에 대해 즉각 처벌을 가하는데, 그 방식은 가평에 사는 창수의 아버지에게 편지로 창수의 태업 사실을 고지하는 것이었다. 소식을 듣고 경성에 올라온 창수 아버지는 창수를 '죽도록' 때린다. 약국의 점원인 창수가 재봉이나 구락부의 게임돌이들에 비해 불만이 많았던 것은 임금에도 그 원인이 있었지만, 무엇보다도 그의 노동조건 때문이기도 했다. 창수의 일은 약국의

---

23 「선거와 포목점 주인」(제8절), 같은 책.

허드렛일을 보조하는 상점 보조원이었지만, 사실상 가사 사용인과 마찬가지로 주인에 대한 개인적인 서비스까지 해야 했다. 창수는 일하는 첫날부터 '피존'(고급 담배)을 사오라는 주인의 심부름으로 담배를 사오다가 거스름돈을 잘못 받아 곤욕을 치른 적이 있었다. 또한 숙식을 제공받기 때문에 재생산 공간과 노동의 공간이 분리되지 않아 노동시간이 따로 정해져 있지 않으며 자율적으로 시간을 보내는 것도 요원했다.

10대 고용인들이 자신들이 받는 임금과 자신들의 노동의 교환이 합당한지를 늘 의심하면서 이직移職의 기회를 노린다면, 여성 가사 사용인들은 자신들이 받는 임금의 적절성 여부에 대해 그다지 의심을 갖지 않는다. 그것은 그들이 고용 시장에서 최고 약자의 위치에 있기 때문이다. 『천변풍경』의 대표적인 드난살이 여성인 '만돌 어멈'은 고용 조건에서 매우 불리한 처지에 있다. "넓은 서울 장안에서도, 그와 두 어린 것을 용납하여 주도록 관대한 집은 드물었다. 수소문을 하여 사람 구한다는 집을 차례로 다녀 보았으나 모든 것이 부질없는 일이었다. 행랑것으로는 서방이 없는 것이 흠이었고 안잠자기로는 어린 것이 둘이나 있는 것이 탈이었다."[24] 어린아이가 둘 딸린 것 자체가 고용인으로서 약점이었고 남편은 외도로 집을 나가 부재중인 상황이었다. 드물지 않게, 부부를 모두 고용하는 당시의 사례를 비추어 보면 24세 만돌 어멈은 경성에서 일자리를 얻기가 힘든 상태였다. 다행히 가출한 남편

---

24 같은 책, 55쪽.

이 돌아오고 약국집에 '안팎 드난살이'로 고용될 수 있었지만 남편의 게으름과 구타는 끊이지 않는다. 가족 구성원을 돌보며 동시에 생계를 위한 노동을 해야 하는 불리한 고용 조건을 가진 만돌어멈은 자신의 노동조건에 대한 어떤 의심을 갖지 못한다. 이 점은 만돌 어멈보다 먼저 약국집에 5년 먼저 고용된 안잠자기 귀돌어멈도 마찬가지인데 귀돌 어멈도 '이 댁에서 죽을 때까지 살겠다'(54쪽)고 할 정도로 더 좋은 조건의 일자리에 대한 욕심을 품지 않는다.

이런 의미에서 『천변풍경』의 첫 장면에서 묘사되는 빨래터 아낙들의 대화는 상징적이다. 이쁜이 어머니, 점룡 어머니 등의 중년 여성들은 물론 귀돌 어멈, 칠성 어멈 등 20~30대 젊은 안잠자기들의 대화는 그들의 노동조건과 임금에 관한 것이 아니었다. 그들의 관심은 소비재의 가격이 적절한지에 대한 것이었다. 크기에 비해 턱없이 비싸진 비웃(청어)의 가격, 한 자에 40전이나 하는 국사 저고리가 한 번의 세탁으로 옷감이 상할 정도로 품질이 좋지 못하다는 것이 그들 대화의 시작이었다. 이 대화는 『천변풍경』에 묘사된 전체 고용의 형태들을 고려해 보면, 두 가지 점에서 시사적이다. 하나는 그들이 자신들이 수행하는 노동과 임금 사이에서 이루어지는 교환의 적절성과 합리성에 대해 그 어떤 불만과 의문을 갖지 못할 정도로 노동시장에서 약자였다는 점이다. 실제로 당시의 가사 사용인들의 처지는 쌍방 간의 계약 관계라기보다는 주인의 마음에 따라 혹은 작은 실수에도 얼마든지 쫓겨날 수 있는 일방적인 관계였다.[25] 『천변풍경』의 만돌 어멈 역시 행랑아범으로 자신과 함께 고용된 남편이 외도와 음주와 게으름을 일삼자 약국집에서 쫓겨나게 된다.

또 다른 시사점은 이들이 노동시장에서 약자의 처지에 있음으로 해서 고용 조건을 일일이 따질 수는 없었지만, 그럼에도 그들 역시 소비재의 적절성과 합리성에 대해서는 매우 민감하다는 사실이다. 그것은 그들이 소비 단위인 '가족'의 살림을 맡아 한정된 수입을 분배해야 하는 위치에 놓여 있기 때문이다. 그들이 궁핍할수록 수입을 분배하는 능력은 더욱 강화될 수밖에 없다.[26] 그나마 이런 고민은 자신의 가족만을 위해 따로 밥을 짓지 않았던 안잠자기들보다는 이쁜이 어머니, 점룡 어머니와 같이 독립적으로 가계를 운영하는 이들에게 더욱 강하게 나타난다.

결과적으로『천변풍경』의 노동하는 이들은 노동과 임금의 교환이든 돈과 소비재의 교환이든 그 교환의 적절성에 대해 민감하다. 이에 반해 부르주아인 민 주사와 포목점 주인 그리고 그들의 가족은 이런 교환 자체에 대해 의식이 없거나, 덜 민감한 것처럼 보인다. 그런데『천변풍경』의 내포 작가implied author[27]는 이들 부르

---

25 소영현, 「1920~1930년대 '하녀'의 '노동'과 '감정'」, 319쪽. 소영현의 글은 1920~30년대 '하녀'들을 대상으로 하고 있으나, 이런 일방적인 고용 관계는 해방 이후에도 꽤 오랫동안 지속되어 왔다.

26 노동계급의 기혼 여성은 가족의 자원을 통제하면서 동시에 가족에게 한정된 가족 자원을 우선적으로 배분하기 위해 자기를 희생하는 모습을 보인다. 루이스 A. 틸리·조앤 W. 스콧,『여성, 가족, 노동』, 204쪽.

27 이 글에서 '내포 작가'로 지칭하는 대상은 작가 박태원과는 논리적으로 구별된다.『천변풍경』의 내포 작가란 오직『천변풍경』이라는 단일한 텍스트를 통해서만 구성되는 작가이다.

주아들의 소비를 적절한 합리적 교환이라는 기준을 근거로 비판적으로 바라보고 있다. 특히 민 주사의 경우 그가 누리는 쾌락에 대해 지불되는 재화는 턱없이 부풀려진 것이다. 4절에서 언급하겠지만 이런 부적절하고 비합리적인 교환은 바로 안성댁과 같은 첩들에 의해 비롯된 것이었다.

3. 고립된 여성들과 아이들의 공동체 : 소문과 관찰의 의미

『천변풍경』은 재봉이와 같은 10대 노동자의 시선을 소설 전체의 시선으로 채택함으로써 암묵적으로 이들의 시선을 옹호·지지하고 있지만, 약국집, 이발소, 빙수 가게, 카페, 구락부 등에서 점원으로 일하는 10대 후반의 아이들은 사회주의에서 호명하는 계급적 착취에 맞서는 투쟁의 주체라기보다는 자본주의사회에서 스스로의 노동을 통해 돈을 벌어 살면서 그들의 이익에 민감한 노동자들이다.

창수뿐만 아니라『천변풍경』에 나오는 노동자 아이들은 대부분 자신들의 노동조건과 환경에 대해 불만을 갖고 있다. 그들은 노동환경과 임금에 대해 지대한 관심이 있어, 좀 더 나은 조건에서 일하는 이들을 부러워하기도 한다. 비슷하게 보조 점원으로 일한다할지라도, 고용 조건과 노동환경은 그들 사이에서 상이하기 때문이다. 공장 노동자들과 같이 균질한 직장 환경을 공유하는 다수의 동료들이 있는 경우, 불만이나 요구를 단체로 요구할 수 있는 조건을 가질 수 있게 되는 반면, 고립된『천변풍경』의 노동자들에게는 단체 행동을 함께할 수 있는 직장 '동료'란 존재하지 않는다.

동료가 없기는 『천변풍경』의 가사 사용인들도 마찬가지였다. 그들의 일터와 사적 공간은 분리되지 않았고 그래서 자신들의 가족을 위한 재생산 노동과 주인집의 재생산을 위한 노동이 엄밀히 분리되지 않았으며 무엇보다 각 가사 사용인들이 처한 상황이 균질하지 않았다. 또한 가사 사용인들은 자신들이 주인에게 종속되어 있고 그들에게 의탁하고 있다고 생각하기도 했다.[28] 많은 경우 젊은 가사 사용인은 남자 주인에게 성폭력을 당할 염려도 적지 않았다.[29] 실제 상황에서 가사 사용인들은 고용주에 대한 저항을 종종 드러내기도 했지만,[30] 소설 『천변풍경』의 가사 사용인 '어멈'들에게서는 그런 노동조건과 처우에 대한 관심보다는 자신이 처한 신변의 문제가 더 시급한 사안으로 그려진다. 특히 만돌 어멈의

---

[28] 『삼천리』 1931년 10월호에 실린 현진건의 소설 「서툴은 도적」은 안잠자기로 인해 겪는 주인 내외의 곤욕을 다루고 있다. 이 소설의 나이 많은 노파 안잠자기는 일거리가 없는 자기 아들 내외들을 거두어 달라 하기도 하고 열세 살짜리 손자를 심부름하는 아이로 데리고 있어 달라고 간청하기도 한다.

[29] 이런 예로는 김유정의 소설 「정조」貞操(『조광』 1936/10)를 들 수 있다. 술을 마시고 들어온 주인 남자는 우발적으로 행랑어멈과 관계를 맺고, 이에 기세가 등등해진 행랑어멈은 주인아씨와 갈등을 빚는다. 이런 소설은 고용주(주인 남자와 아씨)의 입장을 반영해 행랑어멈을 부정적으로 그리고 있지만, 행랑어멈이 겪은 일은 실제 상황에서는 고용주에 의한 성폭행이 될 수도 있는 상황이다.

[30] 『별건곤』 1927년 4월호에 실린 「소화」笑話에는 가사 사용인의 저항 형태가 다음과 같이 드러나 있다.
주인마누라, "내가 손을 까불거던 이리 오라는 의미로만 알게." 새로 온 안잠자기, "녜 그것 참 조흔 습관임니다. 제가 만일 고개를 염흐로 흔들거던 '실혀요. 안 가겟슴니다' 하는 표적으로만 아세요"(85쪽).

경우는 그녀에게 더 나은 노동환경보다 더 시급한 문제는 남편의 외도와 음주 그리고 구타였다. 만돌 어멈의 경우 경제적 어려움은 물론 가부장제의 폭력 속에서 재생산적 기반이 안정되지 못한 사례였고,[31] 따라서 그녀의 관심은 자신의 노동 환경이나 조건에 있지 않고 오직 생존 그 자체에 쏠려 있다.

여성 가사 사용인에 대한 『천변풍경』의 관심은 주목할 만하다. 종종 한국 근대소설들에서 안잠자기나 드난 등의 가사 사용인들이 등장하고 있지만 이들의 고통을 적극 드러내고 있는 소설은 흔치 않다. 강경애의 소설 「소금」(1934)에서는 남편을 잃고 중국인 지주의 집에 침모執母로 들어간 여성이 중국인 지주에게 겁탈당하는 수난의 이야기를 다루고 있기는 하지만, 이에 비해 『천변풍경』의 서술자는 아예 만돌 어멈을 '불행한 여인'(제4절의 제목)으로 부르며 그녀에 대한 직접적인 연민을 표현한다. 남편이 죽은 뒤 삯바느질로 외동딸을 혼자 키운 이쁜이 어머니의 경우도 마찬가지로 『천변풍경』에서는 '불행한' 여인으로 지칭된다. 그만큼 『천변풍경』은 가족의 경제적 요구에 의해 일하게 되는 여성들을 불행하게 바라보며 연민의 시선을 보내는 식민지 시기의 보편적인 사회적 시선과 닮아 있다.

---

31 역사학자 이효재는 하층민들에게서 가족의 축소와 해체가 끊임없이 일어나는 것은 재생산적 기반이 안정되지 못해 가족을 생존 요구와 삶의 전략에 따라 구성하기 때문이라고 말한다. 이효재, 「한국 가부장제의 확립과 변형」, 한국여성사회연구회 엮음, 『한국가족론』, 까치, 1990, 29쪽. 『천변풍경』의 만돌 어멈 역시 그녀에게 경영할 만한 안정된 가정(재생산적 기반)이 거의 없는 것이나 마찬가지였다.

식민지 시기 여성의 노동은, 여성의 임노동이 시작된 1920년 대에는 여성의 사회적 진출이나 새로운 근대적 징후를 의미하기도 했지만, 이후 점차 집안의 불행과 가난을 의미하는 것으로 받아들여졌다. 즉 여성의 노동은 특히 그들을 보호해 줄 아버지, 오빠, 아들 혹은 남편과 같이 힘 있는 가부장의 부재를 의미하는 것이었다.[32] 이런 편견은 두 가지의 서로 다른 가치관에 기반하고 있는 것으로 보인다. 하나는 전통적으로 생산 노동과 육체노동을 열등한 것으로 보는 유교적 노동관이며, 다른 하나는 여성에게 가정이라는 사적 영역에서의 재생산 역할을 부여한 근대적 가족 모델이 그것이다. 근대적 가족 모델은 여성의 이상적 목표를 '스위트 홈'의 가정주부로 상정하고,[33] 가정주부로서 안정적으로 살 수 없는 이들, 즉 생계를 위해 돈을 벌어야 하는 여성 노동자들을 불행한 이들로 타자화한다. 『천변풍경』에서도 만돌 어멈을 '불행한 여자'로 지칭하면서 이와 대조적으로 평온하게 사는 주인댁 젊은 며

---

32 식민지 시기 '직업여성', '직업 부인'이라는 용어는 문자 그대로의 뜻과는 달리 불행한 처지에 놓인 여성으로 맥락화되었다. 이는 서구에서도 동일하게 발견된다.

33 1930년대 『신가정』, 『여성』 등을 통해 본격적으로 유포된 '스위트 홈'(단란한 가정)이라는 이상은 경제력 있는 성실한 가장과 화장술, 요리법, 의학 지식, 육아 지식을 갖춘 아내가 서로 짝이 되는 부부 중심의 소가족 모델을 바탕으로 하고 있다. 서구 사회에서 스위트 홈이 하나의 이상적인 가족 모델이 되기 시작한 것은 프랑스혁명 이후 부르주아적 가치관이 보편화되었을 때부터이다. 부르주아들은 성실한 가장과 모범적인 어머니에 대한 예찬을 통해 귀족들의 문란한 성생활과 변별되는 부르주아의 가치를 확산하고 합리화하려 했다. 알랭 코르뱅·로제-앙리 게랑·캐서린 홀 외 지음, 조르주 뒤비·미셸 페로·필리프 아리에스 엮음, 전수연 옮김, 『사생활의 역사 4』, 새물결, 2002.

느리를 '행복한 여자'로 대비시키기도 한다. 여성들 외에 노동하는 10대들도 기본적으로 『천변풍경』의 서술자는 연민의 시선으로 바라보고 있는데, 이 역시 어린 나이에 보호받지 못하고 스스로 일하여 먹고살아야 하는 불운한 집단이라는 인식에서 비롯된다. "익숙지 않은 일에 얽매여 고생하는 것은 그러나 오직 창수의 슬픔이 아니다."[34]

『천변풍경』의 여성 노동자들은 각기 다른 가족 구성과 함께 서로 고립된 노동환경에 처해 있지만 '천변'을 중심에 둔 공동체를 형성하기도 한다. 특히 '빨래터'는 이 여성들의 공동 작업장이자 사교와 친목의 공간이다.[35] '빨래터'에서 이들이 나누는 대화는 청계천 주변의 주민들에 관한 소식과 일상적인 안부에 관한 것이지만, 여성 공동체 내에서 친밀감을 획득하게 하는 중요한 행위이다. 빨래터는 '소문'을 유포시키는 공간이기도 한데 그 소문은 대체로 남성들의 외도에 관한 것이다. 드난살이를 하는 만돌 아비가 주제넘게 관철동에 첩을 두고 있고, 갓 결혼한 이쁜이의 신랑도 카페에 드나들며 오입을 한다는 것이 빨래터에 모인 여성들의 화제

---

34 박태원, 『천변풍경』, 54쪽.

35 배상미, 「식민지 시기 무산 계급 여성들의 사적 영역과 사회변혁: 강경애 문학을 중심으로」, 『상허학보』 2015/06, 상허학회, 367~369쪽. 배상미는 강경애의 작품들을 분석하면서 무산계급 여성들의 만남이 이루어지는 '빨래터'가 여성들의 정체성과 공감대 그리고 노동의 가치를 실감하는 장소로 기능한다고 말한다. 배상미가 지적한 빨래터의 이런 측면이 『천변풍경』에도 온전히 나타난다고 보기에는 어렵지만, 적어도 '빨래터'라는 장소가 여성들의 교류와 만남 그리고 공동체를 가능하게 하는 측면은 분명히 드러나 있다.

에 오른다(제11절 「딱한 사람들」). 남성의 외도는 여성들의 공분公憤을 사기에 충분한 소재로 이들을 동일한 감정으로 묶는다. 이쁜이가 친정으로 돌아왔을 때도 빨래터의 여인들인 점룡 어머니, 귀돌어멈, 필원이네는 이쁜이네로 몰려가 "쓰리고 설운 사정을 낱낱이 호소하는 이쁜이의 말 한마디 한마디에 혀를 차고 한숨을 쉴 정도로" 이들 공동체는 서로 협력적이다.[36]

『천변풍경』에 등장하는 이런 종류의 공동체는 서로를 위무하고 친밀감을 나누는 기능을 하지만 근본적으로 노동조합과 같은 조직으로까지 발전할 성격의 것은 아니다. 『천변풍경』에는 빨래터의 여성들과 비슷한 종류의 공동체를 찾아볼 수 있다. 기미꼬를 중심으로 한 여급들의 공동체 그리고 재봉이와 약국집 창수, 빙수가게 아이, 구락부의 아이들로 이루어진 10대 점원 노동자들의 또래 집단이 그것이다. 『천변풍경』의 10대 노동자들은 대부분 원原 가족을 떠나 경성에서 홀로 떨어져 있는 이들로, 그들은 가족의 대체물로서 비슷한 나이와 직종으로 이루어진 또래 집단을 형성하게 된다. 『천변풍경』의 이런 모임들은 비슷한 직종의 노동자

---

36 물론 이런 여성 공동체에도 균열은 존재한다. 점룡 어머니는 이쁜이의 불행을 동정하면서도 한편으로는 그런 사실을 즐긴다. 그녀의 아들 점룡이는 이쁜이를 좋아했지만 그녀와 결혼할 만한 경제력이 없었기 때문에 고백도 해보지 못한 채 연초공장 직공에게 이쁜이를 그대로 빼앗겼던 나름의 원한이 있다. 그리고 애초에 '감때 사나운 얼굴의' 점룡 어머니는 남의 딸인 이쁜이를 기생으로 내보내지 않은 것을 아깝게 생각하고 있었다. 이런 미묘한 갈등은 여성 공동체를 와해할 정도는 아니지만 『천변풍경』이 각 인물들이 갖고 있던 현실적인 문제들을 세심하게 고려하고 있음을 알려 준다.

들의 모임 그리고 서로 고립된 처지에서 노동하던 이들의 모임이라는 점에서 단순한 사교나 친목 모임과는 다른 성격을 갖고 있다. 이 공동체는 이쁜이와 그의 모친을 위로해 주거나 하나꼬의 혼수 준비를 합심해 도와주는 등 부조扶助의 기능을 갖고 있기도 하다.

비슷한 종류의 일을 하지만 각기 다른 일터에 속해 있는 이들 사이에서 정보는 힘을 발휘한다. 정보는, 각기 일터에서 고립되어 있는 노동자들에게 매우 중요한 자산이 되기 때문이다. 그 정보는 소문이나 관찰을 통해 얻어진다.

"그런데 인석-년, 대체 어디서 그런 소문을 일일이 알아 오니?"

새삼스러이 감탄 비슷하게 하는 말을 옹추란 하는 수 없어, 저 편에서 빗에다 솔질을 싹싹하고 있던 김 서방이 받아 가지고,

"저 녀석은 밤낮, 허라는 일은 안 허구서, 그저 새-면으루 귀동냥만 댕긴답니다. 그래, 그렇게 잘 알죠."

그렇게 한마디 하는 것을, 요사이의 재봉은 더구나 지고 있을 턱 없어

"내가 언제 귀동냥을 하러 새-면 댕겼어요? 김 서방이 연애허느라구 밤낮 바쁘지."

한껏 빈정거리며 한 말에는 필시 근거가 있을 것이, 이발소 안의 모든 사람이 무심코 우선 하, 하, 하 웃음보를 터뜨린 것에 김 서방은 더욱 얼굴이 발개 가지고

"뭐, 으째? 이 자식아."[37]

이발소 소년 재봉은 여기에 가장 좋은 사례를 제공한다. 재봉에게 정보가 매우 중요한 것은 두 가지 이유에서이다. 하나는 그가 손님들을 응대하는 서비스업을 하고 있다는 점이다. 서비스직은 손님의 심기를 살피는 감정 노동을 해야 하는 것이므로 손님의 근황을 미리 알아야 하는 것은 거의 생존의 문제이기도 하다. 두 번째는 동료가 없는 고립된 일터에서 관찰과 소문의 수집은 때로는 상급자를 견제하는 데 이용되기도 한다. 재봉은 이발소에서 일하는 이발사 김 서방이 연애를 하러 외출한다는 사실을 이발소 주인은 물론 손님들에게 폭로함으로써 작은 복수를 감행하기도 한다. 마른 신이 잘 팔리지 않아 신전집이 문을 닫은 것도, 민 주사와 포목점 주인이 각기 다른 방식으로 부의회 선거운동을 하는 것도, 금순이가 금점꾼을 따라 여관에 들어온 것도, 그리고 그 금점꾼이 마작을 하다가 경찰서에 잡혀 있는 것도 모두 재봉이의 관찰에 걸린다. 천변의 거의 모든 이들의 근황을 꿰뚫고 있는 재봉의 눈을 통해 서술자조차도 정보를 전달받는 것처럼 보인다.

그렇다면 특히 재봉이는 왜 이런 정보들에 집착하는 것일까. 소문과 관찰은 확실히 10대 아이들이나 여성들처럼 공적인 정보에서 소외된 이들에게 더욱 중요한 비공식적 정보이다. 비숙련 노동자로서 언제든 해고당할 수 있으면서 자력으로 직장을 찾아야 하는 재봉이와 같은 노동자들에게는 관찰과 소문을 바탕으로 한 정보는 매우 중요한 가치를 지닌다. 혹은 '청계천을 덮어 버린다'

---

37 박태원, 『천변풍경』, 195쪽.

와 같은 소문은 샘터 주인에게는 생존과 직결된 정보이기도 하다. 빨래터에서 서로 앞다퉈 자신들이 알고 있는 가십과 일자리 정보를 늘어놓는 여성 노동자들에게도 마찬가지다. 고립된 일터에서 노동하는 이들에게 공동체는 일자리 정보를 교환하는 장소이자 서로를 부조하는 중요한 모임으로 기능한다. 이는 가족과 멀리 떨어져 일을 하는 10대 노동자들이나 카페 여급 그리고 가정이 언제든 와해될 수 있는 여성 노동자들, 즉 재생산 기반이 취약한 이들에게 특히 그러하다.

4. 『천변풍경』의 생활 설계와 행복론

『천변풍경』에 제시된 노동자들의 일터와 직장은 대체로 분리되어 있지 않거나, 뚜렷하게 휴일이 정해져 있지 않아 노동자들이 여가를 보내기에 적당하지 않은 조건을 갖고 있다. 그러나 천변에 사는 노동자들은 자신의 신체를 유지하는 단순재생산[38]을 위해 여러 가지 노력을 기울인다. 노동하지 않는 자유 시간을 보내는 활동은 노동을 통해 획득된 임금을 소비하는 과정이다.[39] 즉 자유 시

---

[38] '재생산'은 노동자 육체의 재생은 물론 새로운 노동자의 생산(출산)을 모두 포함한다. 이 가운데서 단순재생산이란 노동자가 자신의 육체를 재생하는 종류의 재생산 활동을 가리킨다.

[39] 마르크스는 이런 과정에 대해 "노동자계급의 개인적 소비는, 자본에 의해서 노동력과의 교환으로 양도된 생활 수단이 자본에 의해서 새롭게 착취될 수 있는 노동

간을 보내는 것에는 식사를 하는 행위에서부터 오락과 유희 등 돈을 필요로 하는 여러 활동 등이 포함될 수 있다. 근대 노동자들은 카페나 선술집, 영화관 등 돈을 지불해야만 하는 공간에서 오락을 찾는다. 『천변풍경』은 바로 도시의 노동자들이 어떻게 그들의 자유 시간을 보내는지에 대해서도 묘사하고 있는데, 공장의 노동자들이나 자영업자들은 주로 평일 밤에 '카페'에서 술을 마시며 재생산의 시간을 보내고 일요일에는 한강에 보트를 타러 가거나 아이의 손을 잡고 동물원을 가거나 가까운 교외로 소풍을 나가기도 한다.[40] 활기 넘치는 '평화카페'의 주요 고객들로는 청진동 입구의 전기상회 주인이나 종로은방 주인, 동아구락부 주인 등 꽤 부유한 자영업자들이나 '사이상'(최진국)처럼 약제사이자 장안의 부유한 집안 자제들이 있지만, 다른 한편으로는 이쁜이 남편 강 서방과 그 동료들인 연초 공장 직공들도 포함되어 있다.

세월이 없기로는 이름이 나서, 근근 수년 동안 여러 차례나 주인이 갈린 평화카페이기는 하였다. 그래도 이 밤에 그곳에는 대여섯 패의 손님이 있었고 또 그들은 전부가 신사라든 그러한 사람이 아니었으므로, 그 소란하고 또 난잡한 것으로만 가지고 말한다면, 어느 아무 곳에 비겨서도 지지 않을 만큼, 제법 활기 있어 보이는 것이다.[41]

....
력으로 다시 전화됨을 뜻한다"라고 언급하고 있다. 나탈리 소콜로프 지음, 이효재 옮김, 『여성노동시장이론』, 이화여자대학교 출판부, 1990, 187쪽.
40 박태원, 「그들의 일요일」(제35절), 『천변풍경』에 이런 정경이 묘사되어 있다.
41 같은 책, 99쪽.

이에 비해 창수와 같은 10대 점원들은 주로 영화관을 찾는다. 특히 약국집 아이 창수는 우미관과 단성사[42]에 드나들며 영화를 보곤 했는데, 그가 약국 주인의 심부름을 갔다가 밤늦게 들어오게 된 것도 단성사에서 영화를 보고 왔기 때문이었다. 이발소 아이 재봉이나 당구장 한양구락부에서 일하는 게임돌이 16세 소녀 명숙은 일이 없을 때『소년구락부』나『낑구』같은 대중잡지를 뒤적거리며 소일하는 축이다. 이들의 급료 수준은 성인들의 수준에 미치지 못하기 때문에 10대 노동자들은 비교적 비용이 저렴한 여가를 선택한다. 우미관, 단성사와 같은 개봉관의 1930년대 중반 회당 평균 요금은 성인은 50전, 학생과 소인은 30전 정도였다.[43] 이에 비해『소년구락부』같은 잡지의 가격은 30전 정도였다. 경우에 따라서는 15전이나 5전으로도 저렴하게 영화를 볼 수도 있었지만, 잡지는 중고로도 살 수 있었고 돌려볼 수도 있었기 때문에 결과적으로 영화관 출입보다 저렴한 수준이었다. 급료가 없는 재봉이가 주로 잡지를 보는 축이었고 급료가 4원 정도 있는 창수가 주로 영화를 보는 것은 취향의 차이도 있겠지만, 이런 급료의 차이 때문이기도 하다.

---

[42] 우미관과 단성사는 조선극장과 더불어 주로 조선인 관객을 고객으로 삼았던 식민지 시기 대표적인 조선인 극장이었다.

[43] 1920~30년대의 영화관 요금은 좌석의 위치와 연령(대인, 소인)에 따라 차등적이었고, 적게는 5전에서부터 많게는 1원을 웃도는 등 입장료가 다양했다.『천변풍경』이 쓰일 당시인 1930년대 후반 영화관의 요금은 일반적으로 대인 50전, 소인(학생 포함)은 30전 정도였다.「부내 극장, 영화관 입장료 인상」,『동아일보』1938/03/24.

당연한 결과이지만 여가 활동에서도 소득과 소비의 수준은 서로 연동되어 있었다. 그런데 『천변풍경』은 이런 자본주의적인 삶의 방식에 익숙해져 있는 천변의 주민들을 그저 '중립적'으로만 묘사하고 있을까? 비평가 최재서가 『천변풍경』와 「날개」를 언급하면서, 이 소설을 쓴 작가들의 태도를 '카메라'에 비유한 바 있다. 최재서는 '카메라'라는 비유를 통해 주관의 막을 씌우지 않는 과학자의 냉엄하고 정직한 태도를 말하고자 했고, 이런 태도가 「날개」와 『천변풍경』에 동시에 드러나 있다고 지적한다. 특히 최재서는 『천변풍경』의 경우는 작가가 인물을 조종하지 않고 인물이 움직이는 대로 카메라를 회전·이동했으며, 카메라를 지휘하는 감독의 기능이 없는 작품이라 말한다.[44] 최재서의 이 말이 과연 적절한 것인지를 의심해 본다면, 『천변풍경』은 그저 인물이 움직이는 대로 카메라가 쫓아다니는 중립적인 텍스트가 아니며, 많은 인물들에 대해 어떤 평가를 내리면서 그들을 부정적으로 묘사하는, '나름의' 기준을 가진 텍스트이다.

『천변풍경』의 평가는 선과 악이 아니라 '행복'과 '불행'이라는 기준으로 내려진다. 즉 『천변풍경』에는 '행복한' 사람과 '불행한' 혹은 '가엾은' 사람이 있다. 『천변풍경』의 전체 50절의 제목을 살펴보면, 그 제목에 내포 작가의 판단이 응축되어 내포되어 있는 절들이 있음을 알 수 있다. '불행한 여인', '가엾은 사람들', '딱한

---

44 최재서, 「천변풍경과 날개에 관하여: 리얼리즘의 심화와 확대」, 『최재서평론집』, 청운출판사, 1961, 314~318쪽.

사람들', '불운한 파락호', '희화'戲畵, '영이의 비애'와 같이 인물에 대한 서술자의 직접적인 심적 태도를 드러내는 제목들이 그것이다. 남편에게 구타당하는 안잠자기 만돌 어멈이나 약제사의 끈질긴 구애로 '정식' 결혼을 했으나, 시댁의 학대를 받는 하나꼬(영이)는 그들의 불행한 결혼 생활을 고려해 보면 왜 그들이 불행하고 비애에 사로잡혀 있는 인물로 서술자에 의해 평가되는지 쉽게 이해할 수 있다.

평가의 측면에서 가장 의미심장한 절의 제목은 바로 '딱한 사람들'이다. '딱한 사람들'이라는 제목이 붙은 제13절은 경제력 있는 자영업자와 공장의 직공들이 카페에서 술을 마시며 저녁을 보내는 장면을 묘사하고 있다. 종로은방 주인은 환심을 사려는 하나꼬에게 50원을 건네고, 이 장면을 본 여배우 출신의 여급 메리는 하나꼬를 질투하고, 약제사 최진국(사이상)은 은방 주인을 질투하며 이들을 관찰하고 있다. 카페에 있던 손 주사는 술에 취해 아내가 죽었다고 울고, 이쁜이 남편 강석주는 같은 공장에 다니는 여공 신정옥에 관심을 보이며 직장 동료들과 뒷공론 중이다. 이들은 서술자가 보기에 '딱한' 사람들인데, 이들의 공통점은 모두 일부일처제라는 근대적 결혼 제도의 기준에서 볼 때, 위기를 맞은 인물이라는 공통점이 있다. 종로은방 주인, 강석주 등은 외도를 시도하고 있고 손 주사 역시 바로 그날 아내가 죽은 경우이기 때문이다.

이렇게 결혼 생활이 위기에 빠진 남성들을 '딱한' 사람이라고 부르고 이들의 희생양이 되는 여성들 — 하나꼬와 이쁜이 — 은 '가엾은' 혹은 '불행한' 여성들이다. 안잠자기 만돌 어멈도 남성들의 외도로 고통을 받는다는 점에서는 동일한데, 그의 남편이 관철동에 첩을 두고 있고 때문이다. 그렇다면 작가 박태원은 혹은 『천변풍경』의 내포 작가 혹은 서술자는 일부일처제라는 근대적 가족제도를 신봉하고 있는 것인가. 아니면 그는 고통 받는 여성들의 편에서 외도하는 남성들을 비판하고 있고, 그럼으로써 여성의 불행한 삶을 여성의 시각에서 이해하고 있는 것인가. 일단 양자 모두는 『천변풍경』에 등장하는 인물들에 대한 평가를 고려해 볼 때 유효한 것으로 보인다. 『천변풍경』의 내포 작가는 분명 근대적 일부일처제를 강조하고 있으며, 또한 일부일처제가 붕괴되었을 때 무엇보다 여성들이 불행해진다는 사실을 강조하고 있기 때문이다. 그러나 이 소설에서 그 근거로 채택하고 있는 것은 바로 '사랑'은 아니다. 그렇다면 '어떤' 근거와 이유로 『천변풍경』의 내포 작가는 여성의 편에서 일부일처제를 옹호하며, 민 주사, 사이상, 만돌 아범 등의 외도를 비난하는 것일까.

　『천변풍경』은 그 비난의 근거로 사랑이나 의리와 같은 인간성이라는 가치를 내세우지 않는다. 『천변풍경』에는 '사랑'이라는 모티프가 없다. 그 대신 남녀 관계를 일종의 '교환'관계로 파악한다. 그리고 이 교환이 얼마나 등가적인지가 바로 중요한 판단 기준이다. 민 주사와 그의 첩 안성댁 그리고 안성댁의 내연남인 전문학교 학생은 등가교환이라는 관점에서 보면 불합리한 관계로 얽혀 있다. 민 주사가 안성댁으로부터 얻을 수 있는 쾌락은 매우 불분명한 데 비해, 그 불분명한 쾌락에 대해 지불하는 대가가 매우 크다.

　안성댁은 민 주사의 첩이지만, 전문학교 학생과 내연의 관계에 있다. 이들의 관계를 눈치 챈 민 주사는 이들을 간통죄로 고소할

까도 생각했지만, 정식 혼인 관계가 아니기에, 또한 주변의 시선을 의식해 포기하면서도, 그 자신 역시 기생 취옥에게 잠시 한눈을 판다. 안성댁의 내연남인 전문학교 학생도 여학생과의 데이트를 즐기고 있다. 전문학교 학생과 그가 사귀는 여학생 그리고 민주사와 취옥 등 이 네 남녀는 나들이를 다녀오다 경인선 막차 안에서 마주친다. 이런 희극적인 장면에서 안성댁의 내연남인 전문학교 학생은 순간적으로, 취옥과 민 주사의 나들이를 목격한 것이 자신에게 어떤 이익으로 돌아올 것인지 매우 빠르게 계산한다. 전문학교 학생은 이 장면을 목격한 것이 결과적으로 그에게 매우 이익이 될 것이라는 결론을 내리는데, 그것은 자신이 본 장면(즉 취옥과 민 주사의 밀회)을 안성댁에서 말하게 되면 민 주사가 안성댁을 달래기 위해 꽤 많은 돈을 쓸 것이고, 그 돈의 일부를 자신이 안성댁으로부터 얻어낼 수 있을 것이라는 근거에서다.

민 주사, 안성댁, 취옥 그리고 전문학교 학생과 그의 상대 여학생이 연루되어 있는 몇 개의 삼각관계는 결코 합리적인 교환관계가 아니며, 민 주사가 자신의 쾌락을 위해 필요 이상의 비용을 지불하는 불합리한 교환관계로 묘사된다. 민 주사에게 불리한 정보를 이용해 안성댁에게 돈을 얻어내려는 전문학교 학생의 '계산'은 이런 불합리한 교환의 관계를 기반으로 하고 있다. 전문학교 학생의 목격으로 인해 취옥과의 관계가 안성댁에게 들통 난 민 주사는 이를 무마하기 위해 안성댁에게 반지와 옷감을 사주게 되며, 또한 누구의 아이인지 의심스러운 임신을 한 안성댁의 명의로 집을 사주게 된다. 이 같은 혼외 관계에서 비롯되는 불합리한 쾌락은 종종 불법적인 행위로 이어지기도 한다. 여급 하나꼬에게 50원을 건

네며 그녀의 환심을 사기 위해 애쓰던 종로은방 주인은 밀수를 하다 검거되는데, 그의 불법적인 행위는 하나꼬에게 돈을 건네기 위해 자행된 것으로 암시된다.

즉 첩을 거느리거나 외도하는 행위는 민 주사처럼 입증되지 않는 쾌락을 위해 필요 이상의 비용을 지불하는 '웃기는 그림'[戱畵]일 뿐이다. 또한 부르주아 남성들에게나 가능할 법한 고비용의 외도를 모방하는 하위 계급 남성들 ─ 드난살이인 귀돌 아범이나 연초공장 노동자 강석주 ─ 역시 그들이 외도를 감당할 만한 재화가 없다는 점에서 비판의 대상이다. 혹은 용 서방(금순의 아버지)처럼 자신의 분수를 넘을 정도의 미모의 아내를 맞는 것도 소득보다 세금이 더 많이 들어가는 일이기도 하다.

> 사람에 따라서는 그 계집이 '미인'이라 해서 은근히 그러한 점에 있어 용 서방을 부러워하는 축도 있었고 호옥 그의 몸 가지는 것이 단정하지 않은 것을 아는 사람들도, 그것은 그렇게 분수에 넘치는 계집을 데리고 사는 사람들의 마땅히 지불하여야 할 일종의 '소득세'인 거나 같이 말하는 일도 있었으나 그 '세금'은 그의 '소득'에 비하여 엄청나게 큰 것이다.[45]

금순의 아버지 용 서방은 미장이 신 씨의 과부 누이를 아내로 삼지만 미모의 새 아내는 행실이 단정하지 않다. 이 여성의 미모와

---

45 박태원, 『천변풍경』, 271쪽.

미모에서 비롯되는 그녀의 행실은 용 서방에게 일종의 소득세이자 결혼 관계를 유지하기 위해 드는 비용인 셈이다. 이런 비용의 문제를 서술자는 '세금이 소득보다 엄청나게 크다'고 논평하고 있다. 이와 같이 일부일처제를 남성과 여성 간의 등가교환으로 여기는 서술자의 태도는 『천변풍경』 곳곳에 드러나 있다. 이 소설 속에서 가장 이상적이며 행복한 부부 관계는 약국집 젊은 아들 부부이다. 남편은 사립대학 영문과를 졸업하고 아내는 그에 걸맞게 이화를 나온 신식 여성으로,[46] 이들의 결혼은 연애를 통해 서로의 가치를 가늠해 본 뒤 성사된 것, 즉 등가교환이 실현된 경우이다.

　『천변풍경』에서 가장 인정 많은 인물인 기미꼬조차도 결혼이 등가교환이 되어야 한다고 여긴다. 기미꼬는 자신이 친동생처럼 여기는 하나꼬와 양반 출신의 최진국과의 결혼이 "남자허구 정식으루 혼인을 하느니, 양반댁 맏며느리루 들어가느니 허는 게 어림두 없는 생각"[47]이라고 매우 냉정히 평가한다. 기미꼬는 계급이 맞지 않는 두 사람의 결혼이 그다지 행복하지 않을 것이라 말함으로써 하나꼬를 불쾌하게 만든다. 기미꼬의 이런 나름의 합리적인 계산은 아내를 잃은 42세 홀아비 손 주사에게 19세 과부 금순을 소개시켜야겠다는 생각을 갖게 될 때도 발휘된다. 손 주사와 금순은 서로 스무 살 넘게 차이 나지만 여러 가지를 계산에 넣은 결과 기미꼬는 서로 '행복'하게 될 수 있으리라 확신한다.

---

46 같은 책, 39쪽.
47 같은 책, 217쪽.

손 주사는 올해 마흔둘이든가, 셋이든가? 이제 열아홉인 금순이와 나이에 있어 차이가 너무 있기는 하다. 그야 금순이도 좀 더 청춘을 즐기고 싶기야 하겠지. 허지만 청춘이 인생의 전부는 아니다. 나이 지긋이 자시고, 이렇게 대머리가 벗겨지고 한 중년 신사가, 금순이 같이 그다지 어여쁘지 못하고 또 반절 하나 깨치지 못하고 한 여자를, 도리어 위하여 줄 줄 알게요, 또 금순은 그 타고나온 착한 마음으로 전실 아이를 참말 귀애 줄 줄 알게요, 그래 가지고 그들은 좀 더 서로 행복일 수 있지 않을까?[48]

40대 대머리 홀아비 손 주사는 아이도 딸렸지만 종로 오정목에 양품점을 차릴 정도로 경제력이 있으며 19세의 금순이는 젊지만 미모가 아니며 배운 것 없는 문맹이지만 착한 성품의 소유자이다. 기미꼬의 시각에서 그들은 서로 등가를 이루고 있으며, 그래서 행복할 수 있다고 생각한다. 따라서 '사랑'과 같은 가치는『천변풍경』의 행복론을 구성하고 있지 않다. 이발사 김 서방과 그의 연인인 만두가게 점원 순이의 데이트 장면은『천변풍경』의 이런 시각을 상징으로 보여 준다. 그들은 달콤한 사랑의 밀어 대신 저금이나 조카에게 빌려준 돈의 이자에 대한 이야기를 나누며 그들의 새살림을 꿈꾸어 본다.

『천변풍경』에서 긍정적으로 평가되는 인물들은 이렇듯 나름의 기준으로 합리적인 교환관계를 추구하는 인물들이다. 고아 출신

---

48 같은 책, 343쪽.

인 기미꼬는 '깊은 사랑과 따뜻한 정'[49]이 그리워 하나꼬는 물론 갈 곳 없는 금순을 거두어 한 가족을 이루지만, 이런 경우에도 기미꼬가 남편처럼 수입을 벌어 오고 금순이 그의 수입으로 살림을 하는 일종의 유사 결혼 양상을 띠고 있다. 기미꼬는 살림을 해줄 사람이 필요했고, 인신매매될 뻔한 금순은 보호자가 필요했던 것인데, 이런 형태의 가족은 이미 기미꼬에 의해 '설계'된(제21절「그들의 생활 설계」) 것이었다.[50]

또한 '설계'는 자신의 노동과 임금(수입)과 소비 사이 관계 혹은 자본주의에서 평가되는 자신의 가치를 적절하게 계산하는 능력과 다름없다. 이런 능력 면에서 부잣집 아들의 구혼을 받아 분수에 맞지 않은 결혼을 한 하나꼬보다는 기미꼬가 더욱 합리적이었고, 한 달에 4원이라는 적은 급료에도 불구하고 영화를 자주 보러 다니는 약국집 창수보다는 1년 묵은 『소년구락부』를 뒤적이는 재봉이가 그리고 도시락으로 식사를 해결하겠다는 순동이(금순의 남동생)가 더욱 합리적이다. 그리고 그 합리성이라는 것은 바로 자본주의사회가 만들어 낸 교환가치에 기반하고 있다. 약국집 젊은 부부인 사립대학 영문과 출신의 남자와 이화 출신의 여자가 결혼해 행복해질 수 있는 것은 바로 1930년대 당대의 식민지 조선 사

---

49 같은 책, 173쪽.
50 금순의 동생 순동은 비슷한 또래의 10대 노동자들인 재봉이나 창수와는 달리 자신의 생활을 '설계'한다. 게임돌이로서 구락부에서 일하며 월급 11원을 받지만 돈을 아끼기 위해 구락부에서 지낼 생각을 하게 되고, 이를 기특하게 여긴 기미꼬는 순동을 자신의 집에서 같이 살도록 배려하게 된다.

회가, 학벌이라는 그들의 상징 자본이 서로 등가임을 인정해 주었기 때문이다. 또한 연애 중인 이발사 김 서방과 만두가게 점원 순이가 자기 집을 소유하고 그 집에서 행복하게 살기를 꿈꾸는 것은 스위트 홈이라는 이상이 노동자 계층에까지 보편화되고 있었음을 의미한다. 표면적으로 스위트 홈은 말 그대로 사랑과 행복이라는 달콤한 가치를 내세우고 있지만, 그 이면에는 상징 자본이든 경제 자본이든 스위트 홈을 지탱할 어떤 유형의 자본이 필요하다.

『천변풍경』에 드러나 있는 행복론은 이 같은 현실적인 가치관 위에 서있다. 즉 이들이 생각하는 합리성이라는 것은 매우 주관적이기는 하지만 또한 사회 속에서 형성되고 아울러 가치 있는 것이라고 등재되는 종류의 욕망[51]에 기반하고 있다는 점을 알 수 있게 된다. 소설 『천변풍경』은 이런 욕망을 잘 인지하고 있으며, 그 욕망을 합리적으로 성취할 수 있는 호모 에코노미쿠스의 삶의 태도를 지지하고 있는 것이다.

---

[51] 개인의 욕망이 사회 전체의 욕망을 바탕으로 한다는 점은 욕망의 기본적 속성이기도 하다. 개인적 욕망은 개별화되고 구체화된 욕망이기는 하지만, 타자 전체의 욕망으로부터 자유로울 수 없다. 욕망désir 발생의 근원인 결핍un manque은 자율적으로 느끼는 것이 아니라 타자에 의해 그 결핍이 지칭되고 그 결핍을 메울 수 있는 방법조차도 타자에 의해 결정된다. 강영안, 『주체란 죽었는가: 현대 철학의 포스트모던 경향』, 문예출판사, 1996, 215쪽.

5. 호모 에코노미쿠스와 계몽의 의지

앞서 이 글의 2절에서 '천변'의 주민들이 소득수준과 관련 없이 모두 '교환가치'에 대해 의식하는 자본주의적 삶의 방식을 따르고 있다고 언급한 바 있다. 교환의 합리성이라는 관점에서 보면, 『천변풍경』의 행복론은 매우 일관성이 있다. 천변의 노동자들은 자신들의 노동과 임금(수입)과 그 임금을 사용함으로써 얻을 수 있는 쾌락 사이에서 저울질하는 사람들이다. 『천변풍경』에서의 '행복'이란 바로 노동과 임금과 쾌락 사이의 능숙한 저울질에서 온다. 이 저울질에 능숙한 사람들은 '행복'한 사람들이다. 반대로 이 저울질에 실패하는 인물은 자신은 물론 다른 이들을 불행하게 만들 수 있는 '딱한 사람'들이다. 『천변풍경』에는 또한 은방 주인의 밀수, 근화식당 주인의 사기, 금점꾼의 도박 그리고 연초공장 여공 신정옥의 도용(『전매통보』에 다른 사람이 써준 시를 자신의 이름으로 게재), 첩으로 살면서 두 남자 사이에서 줄타기를 하는 안성댁[52]과 같은 불법적인 또는 부도덕한 행위가 등장한다. 『천변풍경』의 서술자 혹은 내포 작가는 이런 행위에 대해 매우 비판적이다. 그것

---

[52] 박태원은 그의 수필 「춘향전 탐독은 이미 취학 이전」(『문장』 1940/02)에서 그의 독서 체험을 언급하면서 두세 번 거듭 읽은 소설로 염상섭의 「전화」를 꼽고 있다. 염상섭의 소설 「전화」(1925)는 새로 가설된 전화로 인해 외도를 아내에게 숨길 수 없게 된 남자의 이야기이다. 이 소설 속 기생인 '채홍'은 남자에게 김장값을 뜯어내는 매우 약빠른 인물로 묘사되는데, 채홍이라는 인물은 『천변풍경』의 안성댁을 떠올리게 한다.

은 단지 그런 행위가 위법이기 때문이라기보다는 그들의 노동에 견주어 보았을 때 그들이 누리고자 하는 쾌락이 매우 부당하기 때문이다.

그러나 다른 한편으로『천변풍경』은 저울질에 아직 '서툴거나' 혹은 저울질할 수 없을 정도로 절대적인 약자들, 특히 천변에 빨래하러 오곤 하는 여성 노동자들은 연민의 시선으로 바라본다. 그들 중 이쁜이네와 만돌 어멈의 '불행'은 자신의 삶에 대해 어떠한 '설계'를 할 수 없을 정도의 약자들이다. 그들이 자신의 삶을 설계할 수 없는 것은 그들이 무능하거나 부도덕하기 때문이 아니라, 타인의 잘못 특히 배우자 남성이 자본주의에 부적응하거나(만돌 아비), 부재하기(이쁜이 어머니) 때문이다. 즉 이들이 불행한 것은, 자신에게 특별한 귀책사유가 없는 타인의 잘못이나 문제에 대한 비용을 그들이 치러야 하기 때문이며, 그렇기에 서술자의 연민을 불러일으킨다. 그러나 이들에 대한 '연민'의 감정이, 서술자가 이들의 삶을 긍정적으로 바라보고 있음을 의미하지는 않는다. 오히려 서술자의 연민이라는 태도는 그들의 삶 자체를 부정적으로 보고 있다는 증거이다.『천변풍경』은 하층계급 여성을 동정은 하지만 지지하고 있지는 않다.

이들에 비해 카페 여급 기미꼬는 자신과 타인의 가치를 냉정하게 계산하는 인물로서, 생존 전략을 잘 알고 있는 인물이다. 못생기고 무뚝뚝하지만 그녀가 평화카페에서 가장 수입을 잘 올리고 인기가 좋은 여급인 것은 자본주의의 삶의 전략을 잘 알고 있기 때문이다. 또한 기미꼬는 금순과 그녀의 동생을 거둘 정도로 '인정'이 있지만, 그 일에서도 어디까지나 계산에 대한 냉철함은 잃지 않는다.

 '설계'의 가능성은 여성들보다 10대 노동자들에게 충분히 열려 있다. 살아남기 위해 천변 사람들에 대한 정보를 열심히 모으는 재봉이나 생활비를 아끼려는 순동은 자본주의적(프로테스탄트적) 정신을 내면화한 가장 건실한 인물들로 보인다. 이 소년들은 여성 노동자들에 비해 가족 경제에 덜 종속되어 있고, 그만큼 자율적인 측면이 있기 때문에,[53] 삶에 대한 설계가 가능하다. 노동자의 임금이 가족의 궁핍과 생존에 직접적으로 매여 있을수록 설계의 가능성은 그만큼 줄어들기 때문이다.

 『천변풍경』의 내러티브상 특성 가운데 하나는 서사의 '결말'이 없다는 점이다. 『천변풍경』은 내러티브에 어떤 결말을 부여하는 구성을 취하고 있지 않다. 재봉이의 바람대로 청계천에 떨어진 포목점 주인의 중절모는 마치 이 소설이 일정한 구성을 지닌 듯 보이게 만드는 일종의 맥거핀 효과MacGuffin effect[54]일 뿐이다. 청계천에 떨어진 중절모는 내러티브를 마무리 지을 만큼의 어떤 변화가 생겨난 듯 위장하며, 또한 중절모로 표상되는 부르주아적 허위를

---

53 노동계급 여성들은 자신의 노동에 대한 대가를 소유할 수 없었기 때문에 노동과 자신의 경제적 독립을 연결시킬 수 없었다. 정미경, 『주목받지 못한 존재: 19세기 영국 노동계급 여성의 삶과 재현』, 한국학술정보, 2007, 87쪽. 19세기 영국 노동계급 여성들과 마찬가지로 식민지 조선의 노동계급 여성들 역시 동일한 상황이었고, 이런 현상은 지금까지도 지속되고 있는 문제로 보인다.

54 맥거핀 효과는 영화감독 히치콕의 영화에서 자주 사용되는 효과로 서사(특히 영화)에서 매우 중요한 것처럼 등장하지만 실제로는 줄거리와 상관없이 관객들의 주의를 분산시키기 위해 사용하는 극적 장치 또는 속임수를 일컫는다.

'고발'하는 듯하지만, 『천변풍경』은 포목점 주인의 삶에 실질적으로 어떤 평가를 직접 부여하고 있지는 않다. 오히려 그가 가족과 백화점 식당에서 식사를 즐기며 그의 가족이 원산 해수욕장에서 해수욕을 즐기는 것과 같은 부르주아적 삶을 긍정적으로 바라보는 차원에 있다. 특히 소비 능력이 그런 삶을 허용하는 한, 즉 이른바 분수에 맞는 것이라면 그러하다. 이와는 달리 신뢰할 수 없는 안성댁에게 많은 비용을 지불하는 민 주사는 필요 이상의 비용을 지불하는 사례이다.

따라서 '행복'은 결말이 부재한 이런 『천변풍경』의 내러티브적 특성과 맞물려 이들의 삶에 어떤 종말론적인 결과물로서 주어지지 않는다. '행복'이라는 단어가 『천변풍경』에 등장하지만 누군가가 특별히 종국에 가서 행복해진다는 변화를 설정하고 있지 않기 때문이다. 대신에 '천변'의 노동자들에게 행복은 설계의 결과라기보다는 지속적이고 반복적인 혹은 일상적인 설계 그 자체에 있다. 노동자들이 자신의 삶을 설계하는 것은 분명 자신들의 노동과 임금 그리고 소비재와 욕망 등을 돈이라는 표준화된 가치로 저울질하는 것이다. 설계는 일종의 백일몽처럼 노동자들을 꿈꾸게 만들고 『천변풍경』은 이것을 바로 '행복'이라고 말함으로써 특유의 행복론을 구성하고 있다.

『천변풍경』에서 삶을 설계함으로써 행복을 추구할 수 있는 천변 주민들을 이즈음에서 '호모 에코노미쿠스'라 불러도 무방할 듯하다. 물론 '호모 에코노미쿠스'라는 말은 윤리와 인간성, 연대와 같은 가치들을 배제하고 있는 부정적인 말이다. 그러나 주민들에게 신분 의식과 계급의식이 혼재되어 있는 식민 도시 경성과 그 경성을 지배하고 있는 초기 자본주의를 그려내고 있는 『천변풍경』
에서 합리적 계산에 능숙한 이들은 오히려 긍정적으로 묘사된다.
그만큼 자본주의의 시각에서 당시의 많은 사람들은 합리적이지
않은 소비로 인해 계몽되어야 할 대상이었던 것이다. 또한 자신이
누리고자 하는 쾌락에 대해 필요 이상으로 많은 것을 지불하거나
지불할 능력이 없는 남성들의 외도는 『천변풍경』의 시각에서 보
면 합리적인 계산에 근거하고 있지 않으며 여성들을 불행하게 만
듦으로써 삶의 설계를 불가능하게 한다.

　『천변풍경』의 이런 시각이 과연 작가 박태원의 다른 소설에도
드러나 있는 것인가? 이 점에 대해서는 박태원의 다른 텍스트를
통해 좀 더 검증할 필요가 있다. 중요한 점은 비평가 최재서가 언
급했던 『천변풍경』의 객관적 시선, 즉 그가 '카메라아이'로 비유
했던 그런 종류의 가치중립은 이 소설에서 존재하지 않는다는 점
이다. 또한 1920년대에 식민지 지식인들 사이에서 종교처럼 존재
했던 자유연애론, 즉 사랑을 절대적 가치로 여겼던 순진한 믿음
역시 이 소설에는 없다. 즉 박태원의 『천변풍경』은 계산과 합리성
에 대한 기대가 충만했던 1930년대 도시 풍경을 반영하면서, 노
동과 그 노동의 대가인 돈 그리고 이를 바탕으로 한 삶의 설계에
대한 믿음을 가지고 식민지 조선을 계몽하고자 하는 의지가 보이
는 텍스트이다. 그 계몽의 의지는 1910년대식의 계몽과는 다르게
독자들을 일방적으로 설득하려 하지 않으면서도, 인물들에 대한
판단을 되도록 숨기고 공정함 — 최재서가 말하는 객관성과 카메
라아이 — 을 가장한 채, 자본주의를 살아가는 천변 주민들의 삶
을 은밀히 판단하고 있다.

참고문헌

강영안, 『주체란 죽었는가: 현대 철학의 포스트 모던 경향』, 문예출판사, 1996.

권은, 「천변의 대안적 공동체와 순환적 인물-체계: 박태원의 『천변풍경』론」, 『어문연구』 2014년 여름, 어문연구학회.

김경일, 『노동』, 소화, 2014

김남천, 「세태와 풍속」, 『동아일보』 1938/10/14~23.

김유정, 「정조」, 『조광』 1936/10.

나탈리 소콜로프 지음, 이효재 옮김, 『여성노동시장이론』, 이화여자대학교 출판부, 1990.

루이스 A. 틸리·조앤 W. 스콧 지음, 김영·박기남·장경선 옮김, 『여성, 가족, 노동』, 후마니타스, 2008.

문현아, 「식민지 근대 시기 '가사 사용인' 구성의 변화와 의미」, 『한국여성학』 2014/06, 한국여성학회.

박태원, 「춘향전 탐독은 이미 취학 이전」, 『문장』 1940/02.

_____, 『천변풍경』, 깊은샘, 1996.

배상미, 「식민지 시기 무산 계급 여성들의 사적 영역과 사회변혁: 강경애 문학을 중심으로」, 『상허학보』 2015/06, 상허학회.

서지영, 「노동과 유희의 경계: 식민지 시대 카페 여급」, 『여성이론』 2008년 여름.

소영현, 「1920~1930년대 '하녀'의 '노동'과 '감정': 감정의 위계와 여성 하위 주체의 감정 규율」, 『민족문학사연구』 50호(2012/12), 민족문학사학회.

안함광, 「문단시평」, 『조선일보』 1938/12/17~23.

알랭 코르뱅·로제-앙리 게랑·캐서린 홀·린 헌트·안느 마르탱-퓌지에 지음, 조르주 뒤비·미셸 페로·필리프 아리에스 엮음, 전수연 옮김, 『사생활의 역사 4』, 새물결, 2002.

이효재, 「한국 가부장제의 확립과 변형」, 한국여성사회연구회 엮음, 『한국가족론』, 까치, 1990.

임화, 「사상은 신념화 방황하는 시대정신(中)」, 『동아일보』 1937/12/14.

_____, 「사실주의의 재인식」, 『동아일보』 1937/10/08~14.

_____, 「세태소설론」, 『동아일보』 1938/04/01~06.

_____, 「최근 소설의 주인공」, 『문장』 1939/09.

전난홍, 「기생도 노동자다-ㄹ가?」, 『장한』 2호(1927/02).

정미경, 『주목받지 못한 존재: 19세기 영국 노동계급 여성의 삶과 재현』, 한국학술정보, 2007.

최재서, 「천변풍경과 날개에 관하여: 리얼리즘의 심화와 확대」, 『조선일보』 1936/10/31, 11/07.

_____, 「천변풍경과 날개에 관하여: 리얼리즘의 심화와 확대」, 『최재서평론집』, 청운출판사, 1961.

한효, 「창작방법론의 신방향(四)」, 『동아일보』 1937/09/23.

현진건, 「서울은 도적」, 『삼천리』 1931년 10월호.

「부내 극장, 영화관 입장료 인상」, 『동아일보』 1938/03/24.

Leab, Daniel J. (ed.), "The old labor history and the New"(ch. 1), *The Labor History Reader*, University Illinois press, 1985.

1970년대 중산층의 소유 욕망과 불안 :

박완서의 1970년대 저작을 중심으로

황병주

1. 머리말

1970년대 한국 자본주의는 욱일승천의 기세였다. 몇 번의 고비가 있기도 했지만 자본의 확대재생산은 멈추지 않았다. 인구, 국민총생산GNP, 수출, 임금, 통화, 물가 등 거의 모든 경제 수치가 가파르게 상승하고 있었다. 1인당 GNP 하나만 보더라도 1961년 82달러에서 1979년 1640달러로 폭증했다. 이런 변화는 여러 각도에서 조명되고 분석되어 평가될 수 있을 것이다. 이 글에서는 이를 (사적) 소유와 화폐 중심으로 살펴보고자 한다.

자본주의 산업화는 곧 자본이 자신의 모습대로 세계를 복제해 내는 과정과 다름없다. 자본의 자기 복제를 피해 갈 수 있는 것은 거의 없었다고 하겠는데, 그것은 존재하는 거의 모든 것이 교환가치로 환산되어 화폐량으로 측정된다는 것을 의미한다. 이에 따라 인간과 인간의 관계, 인간과 세계의 관계가 근본적으로 재편된다.

그 핵심은 주지하듯이 사적 소유(권)이다. 세계 전체를 소유 대상으로 재현하고 그 소유 주체로 개인, 국가, 법인 등을 특정함으로써 자본주의는 소유관계로 세계를 재편해 낸다. 근대는 인간과 인간 사이의 직접적인 소유 또는 예속 관계를 철폐함으로써 이른바 해방의 근대를 만들어 냈지만, 그것은 다시 물질적 재화를 매개로 한 간접적 소유관계로 재편된다. 이 매개된 소유관계의 틈새가 곧 자유로 불리는 것의 서식 공간일 것이다. 이것이 소유권적 자유의 주체가 탄생하고 살아갈 세계이다.

이 세계의 주인공은 자본, 즉 운동하는 화폐다. 자본 운동은 곧 화폐의 흐름으로 현상하는데, 시장이란 단지 상품 거래만을 의미하는 것이 아니라 화폐의 수로, 자본의 운동장, 돈의 서식처가 된다. 자본주의 시장은 거래를 위해 구획된 공간 단위가 아니라 화폐의 운동, 즉 자본의 자기 증식 자체를 의미하기에 세계 자체가 곧 시장이 된다. 운동하는 화폐로서의 자본은 시장을 통해 상품 생산을 넘어 사회적 재생산을 도모한다. 이른바 '사탄의 맷돌'이 돌아가게 된다.

화폐경제가 성립되면서 사회 곳곳으로 돈이 흘러넘치게 되는데, 그 영향은 일일이 거론하기 힘들 정도로 거대하다. 큰 틀에서 화폐경제의 성립은 생활양식 자체를 변모시키게 되었다. 화폐는 공동체의 직접적·인격적 결합을 해체하고, 그 대신 화폐를 매개로 한 상호 독립적인 관계를 만들어 낸다. 보편적 척도로 기능하는 화폐의 소유를 통해 개체는 모든 사회적 관계의 압력으로부터 자유로울 수 있다. 그렇기에 짐멜(지멜)은 화폐를 '세계의 세속적 신'이라고 불렀다.

1970년대를 횡행한 물질 만능주의, 이기주의, 배금주의 등 윤리적 타락을 질타하는 고매한 언설들이 등장하게 만든 것도 사실상 화폐-신의 작용이다. 집단과의 신분적·인격적 결합이 해체됨으로써 비로소 근대적 의미의 개인이 성립 가능하다면, 화폐야말로 그 일등 공신일 것이며, 이런 사회적 분업의 고도화 속에서만 개인주의의 물적 토대가 마련될 수 있다.

산업화가 초래한 사회적 유동성의 극적인 증대 역시 화폐의 유동성과 밀접하게 관련된다. 화폐는 거대한 사회적 평준화의 가장 유력한 수단이다. 동산, 즉 움직이는 재산으로서 화폐는 사회 곳곳을 휘저으면서 유동성을 극대화한다. 이촌향도의 수평적 공간 이동과 졸부의 수직적 계층 이동이 모두 그 결과일 것이다. 즉 화폐는 관습적·윤리적·신분적 격벽을 넘어서는 계층 상승을 가능케 한다는 점에서 사회적 평균자 역할을 수행했다. '돈이면 다 되는' 상황이 연출되었기에 '개처럼 벌어 정승처럼 쓴다'는 '개인 윤리'가 성립될 수 있었다. 그렇기에 짐멜에게 화폐경제의 성립은 '가장 놀라운 문화 변동과 진보 가운데 하나'이다. 화폐의 축적만으로 신분과 계층 상승이 가능해진 세계는 분명 단단한 신분제의 격벽과 유동성의 최소화를 지향했던 전근대 사회로부터의 해방을 의미할 수도 있었다. 이른바 '졸부'는 그 천박함과 속물성에도 불구하고 상승 욕망의 실현체로서 화폐의 혁명적 기능을 상징한다.

졸지에 부자가 될 수 있는 세계는 또한 한순간에 전 재산을 날릴 수 있는 세상이기도 하다. 화폐가 초래한 유동성의 극대화는 곧 불평등의 극대화이기도 하다. 안정을 포기한 대신 벼락부자와 졸부 그리고 하룻밤의 알거지가 동시 병존하는 세계는 상승의 기대와 추락의 불안을 고유한 속성으로 만든다. 화폐량의 불균등한 집적과 축적에 따라 모든 것이 결정되는 이 신세계의 이름이 곧 자유의 세계다.

자유주의적 문제 설정에서는 개인의 능력과 성실성 그리고 약간의 운이 불균등한 화폐 소유의 원인으로 설명된다. 그러나 개인과 화폐를 연결하는 네트워크는 그리 단순하지 않다. 이 네트워크에는 능력과 더불어 권력·혈연·학연·지연 등이 종횡으로 작동하며 갖가지 사회적·문화적 상징 자본이 투입된다. 기존 질서의 불평등 구조가 화폐 흐름을 결정하며 돈의 수로는 사회적 관계를 반영한다. 궁극적으로 소유 화폐량을 결정하는 것 역시 점점 더 축적된 화폐량이 되어 간다.

소유 욕망이 대상적인 것이며 역사적으로 구성된 것이라면 자본주의 경제체제하에서 화폐는 그 핵심 대상이다. 보편적 척도로서의 화폐는 물질적 속성이 아니라 권력·법률·규칙·관습 등으로 이루어진 일련의 강제력에 의해 움직인다. 요컨대 화폐는 특정 사회가 사회적인 통합과 응집력을 발휘할 수 있게 만드는 신용의 창출과 관련된다. 화폐는 해당 사회의 통합력의 척도이며 공동체의 신용이 집적된 결과이다. 그러므로 화폐를 소유한다는 것은 그 사회의 구성원으로서 불가피한 의무이자 권리가 된다. 화폐를 소유하고 사용함으로써 개인은 사회적 통합을 실천하게 되고 사회적 재생산의 구성 요소로 기능하게 된다. 요컨대 화폐 획득 경쟁에 참여함으로써 개인은 사회가 사회로 돌아갈 수 있게 만들면서 사회에 대한 총체적 기투企投를 감행하게 된다.

이 경쟁이 얼마나 치열했는지는 1960년대 이래 입시와 투기의 역사만 보더라도 충분할 것이다. 이 과정에서 나타난 흥미로운 용어가 '중산층'이다. 이미 일제강점기부터 쓰이던 용어였지만, 그것이 본격적으로 사회화된 것은 1960년대 중반 이후로 보인다. 경제개발이 본격화되면서 권력의 주요 호명 대상이 되고 지식인 사이에서 논쟁이 벌어지는 등 중산층은 사회적 쟁점이 되었다.

사실 중산층은 엄밀한 계급 구분이 아니기에 상당히 모호한 개념이다. 시민-소시민 또는 부르주아-프티부르주아와 유사하지만 일치한다고 보기도 힘들다. 일차적으로 중산층은 중간 정도의 재산 소유층을 지시하는 용어이므로 순수한 경제 용어이다. 경제가 특권화된 근대 이후의 용어법일 것이다. 그러나 또한 중산층은 사회적·정치적·문화적 차원의 의미망과 연동되면서 개별 주체의 욕망으로 연결되기도 한다. 즉 중산층은 단순한 중간이 아니라 다수 하층민이 가진 상승 욕망의 일차적 대상이다. 중간의 재산 규모는 공동체 구성원으로서의 인정 욕망을 채워 줄 필요조건이며 인정 투쟁에 나설 기초 자금인 셈이다.

따라서 중산층은 화폐 소유 경쟁과 밀접하게 관련된다. 중산층은 상층과 하층이라는 두 개의 경계선을 갖는데, 그들의 화폐량은 상승과 하강 사이에 끼인 채 유동적 흐름에 열려 있다. 그들은 두 개의 전선에서 동시에 전투를 벌여야 하는 형국으로 말미암아, 그 특유의 불안정성을 특징으로 한다. 그들의 화폐량은 언제나 상층보다는 적다는 불안과 하층보다는 많아야 한다는 강박을 동시에 자아낸다. 그들에게 상승은 힘들지만 전락은 끔찍하다. 중산층은 안정적인 삶의 상징처럼 사용되지만, 시장의 무정부성 속에서 충분한 화폐량은 언제나 불가능하다. 요컨대 그들은 시장의 화폐 흐름에 가장 민감해야 하기에 불안할 수밖에 없고, 소유 욕망 역시 늘 긴장 상태에 있다.

이상과 관련해 박완서의 1970년대 소설과 수필은 매우 흥미로운 텍스트로 보인다. 박완서는 전쟁 체험, 페미니즘 등과 관련해 주목되는 작가이지만, 1970년대 도시 중산층의 삶과 의식을 디테일하게 보여 준다는 점에서 독특한 위치를 차지한다. 그는 자신의 글이 "기를 쓰고 그 시대를 증언한 흔적"이라고 술회했다.[1] 그의 말처럼 그의 글들은 당시를 징후적으로 드러내고 있다. 특히 화폐경제 속에서 돈, 소유, 욕망, 불안 등과 관련된 도시 중산층의 삶을 세밀화처럼 재현하는 데서는 타의 추종을 불허하는 것으로 보인다.

2. 화폐와 자본 그리고 소유 욕망

비유컨대 1970년대는 한국 자본주의의 사춘기처럼 보인다. 격렬한 성장통을 수반하면서도 한국 자본주의는 체질을 바꾸고 급속한 성장을 지속했다. 중화학공업화를 통해 소비재 생산을 넘어 생산수단 생산 단계로 접어들면서 자본의 확대재생산은 확고부동한 토대를 갖추게 되었다. 이는 곧 화폐경제가 거스를 수 없는 현실이 되었음을 의미했다.

---

1 박완서, 「작가의 말」, 『어떤 나들이』, 문학동네, 1999.

몇 가지 통계만 봐도 그 시대가 급속한 경제적 팽창의 시기였음이 분명해 보인다. 흔히 이용되는 경제성장률만 보더라도 1962년부터 1979년까지 연평균 9.3퍼센트였다.[2] 1970년대 10년간 전체 인구는 3080만 명에서 3740만 명으로, 서울 인구는 543만 명에서 835만 명으로, 도시 거주 인구는 1270만 명에서 2140만 명으로 증가했다.[3] 인구 증가와 도시화는 자본주의적 팽창의 기본 지표다.

1970년대 한국 경제의 특징 가운데 하나는 인플레 경제였다. 한국은 해방 이후 1970년대 말까지 매년 20퍼센트를 넘는 인플레이션을 경험했는데, 특히 1970년대에 정점을 이루었다. 1970년대 초반 미국의 금 태환 정지는 세계적 차원에서 인플레가 발생하게 되는 주요 요인이 되었고, 1960년대 말부터 점차 심상치 않은 조짐을 보이던 한국 경제는 1차 오일쇼크 등으로 위기에 처하게 된다. 이에 '외채 망국론'이 등장할 정도로 외채 도입이 증가해 국내 통화팽창을 부채질했다.

한국은행 통계에 따르면 1960년 화폐 발행 잔액은 146억 원이었으나, 1970년에는 1589억 원으로 증가했고, 다시 1980년에는 무려 2조 385억 원으로 폭증해, 1970년대 10년간 15배가량 확대됐다.[4] 화폐량의 증대는 곧 사회 곳곳으로 돈이 흘러 다니게 됨을

---

2 김용복, 「개발독재는 불가피한 필요악이었나」, 『박정희를 넘어서』, 푸른숲, 1998, 268쪽.

3 통계청 국가통계포털. 참고로 1960년 총인구는 2498만 9241명, 서울 인구는 244만 5402명이었다.

의미했다. 1973~79년 실질임금의 연평균 증가율은 12.7퍼센트로 같은 기간 GNP 증가율을 2.4퍼센트포인트 상회했는데, 생산직 노동자의 임금이 화이트칼라보다 빠르게 상승하기도 했다.[5] 1970년대 10년간 명목임금은 약 10배 증가했고 소비자 물가는 4.5배 상승해 실질임금은 2.2배 정도 증대했다.[6]

통화량 증대는 곧 화폐가치로 환산되는 영역의 증대를 의미한다. 즉 인간과 세계의 관계가 화폐를 매개로 이루어질 가능성이 점점 더 확대된다는 것을 뜻한다. 그것은 단지 상품의 형태를 취한 물질적 재화와 인간의 관계만이 아니라 인간과 인간의 관계조차 화폐를 매개로 하게 됨을 의미한다. 더 나아가 전자가 후자를 규정하게 되는데, 화폐 취득량의 불균등이 사회적 위계 서열로 확대된다. 1970년 0.332였던 지니계수가 1976년에는 0.391로 높아졌다.[7]

소득보다 더 극심한 불평등을 노정한 것은 자산 불평등이었다. 자산의 핵심은 부동산이었는데, 1969년 명목 예금 금리가 22.8퍼센트인 상황에서 주요 도시 지가 상승률은 무려 80퍼센트를 넘었다. 1978년에는 그것이 각각 18.6퍼센트와 79.1퍼센트에 달했다. 1972년과 1973년에 걸쳐 지가 상승률이 예금 금리를 하회하기도

4 같은 자료.
5 김삼수, 「박정희 시대의 노동정책과 노사관계」, 『개발독재와 박정희 시대』, 창비, 2003, 207~208쪽.
6 이정우, 「개발독재와 빈부격차」, 『개발독재와 박정희 시대』, 창비, 229~230쪽.
7 같은 글, 235쪽.

했지만, 전체적 추세는 부동산 가격의 폭등이었다.[8]

특히 강남 개발과 함께 아파트 투기 열풍이 휘몰아쳤고 1977
년과 1978년은 그 정점을 이룬 해였다. 1977년 3월 여의도 목화
아파트 분양 경쟁률이 42 대 1로 치솟았고 4월에 H아파트는 70
대 1의 경쟁률을 보이면서 당시까지 100만 원대에 머물던 프리미
엄이 250만 원으로 급상승했다. 뒤이어 주택공사가 분양한 화곡
동 20평형 아파트는 무려 178 대 1의 경쟁률을 기록했다. 결국
연초 평당 33만 원 정도였던 분양가가 연말에는 62만 원대로 치
솟았다.[9]

이런 상황은 곧 돈의 흐름이 대다수 개인의 일상을 거부하기
힘들 정도로 옭아매게 됨을 의미했다. 기본적인 의식주와 직결되
는 인플레와 부동산 가격 폭등은 화폐에 대한 감각을 예민하게 만
들 수밖에 없었다. 요컨대 1970년대의 대표적 소유 형식은 화폐
와 부동산이었다. 물론 더 중요한 것은 화폐였다. 집 역시 사용가
치보다 교환가치가 더 중요해지고 있었기에 부동산을 움직이는
것 역시 동산, 즉 화폐였다.

박완서의 초기 소설에는 유난히 돈과 화폐에 관련된 장면들이
많다. 이는 첫 작품에서부터 확인된다. 등단작인 『나목』(1970)의
첫 장면이 미군 상대 초상화부의 거래와 흥정으로 시작한다는 점
은 의미심장하다. 주인공 이경은 초상화부 직원으로 미군 GI를

---

8 같은 글, 239쪽.
9 『매일경제』 1977/12/15.

달러의 소유자로 환원해 파악한다. 즉 달러를 지불하고 초상화를 그릴 대상을 정확하게 선별하는 시선이 중요한 것이며, 그로부터 최대한 많은 달러를 추출해 내는 것이 이경의 임무이다. 그림을 그리는 화가 중에는 '돈 씨'라는 별명을 가진 사람이 있는가 하면 다른 매장의 다이아나 김은 돈밖에 모르는 인물로 묘사된다. 청소부 아주머니들은 청소 대신 미군 PX 물품 반출을 통해 돈을 버는 것이 주업이다. 주인공 이경은 연모 대상인 화가 옥희도의 미수 대금 회수에 온 신경을 곤두세우기도 한다.

심지어 박완서는 별 의미 없어 보이는 거리 묘사에서조차 돈을 소재로 삼고 있다. 거리의 풍경은 "신문팔이 소년이 내일 아침 신문을 길게 외치고 그 옆에 양담배 모판 앞에서 노파가 꼬깃한 돈을 펴서 셈하고 있"는 것으로 그려진다.[10] 무의식적 보행의 순간에 감각적으로 시야에 들어 온 장면이 왜 하필 돈 세는 노파였을까? 또 다른 대목을 보자. "마주 보이는 캔디 카운터에서 다이아나가 미군에게 과자를 팔고 달러를 셈하고 그럴 때마다 무명지에서 다이아가 번쩍였다."[11]

박완서는 돈의 흐름을 집요하리만치 구체적으로 묘사하기를 즐긴다. 과자를 팔고 있다고 해도 무방할 대목에서 굳이 과자를 팔고 달러를 셈하는 디테일을 삽입함으로써 화폐 흐름에 편입된 또는 배치된 주체 위치를 사실적으로 재현해 내고 있다. 이 장면

---

10 박완서, 『나목』, 민음사, 2005, 36쪽.
11 같은 책, 117쪽.

에서 중요한 것은 과자도 다이아나도 미군도 아니다. 그것들을 하나로 연결해 주는 힘, 그것들이 특정 공간에서 특정의 행위를 통해 하나의 장면으로 형성될 수 있게 만들어 주는 힘이 곧 화폐임을 드러낸다. 여기서 달러는 단순한 매개가 아니라 상황의 주재자, 더 나아가 상황의 연출자처럼 등장한다. 달러가 없다면 매장도 과자도 다이아나도 미군도 존재할 수 없다. 달러야말로 진정 박완서가 안타깝지만 속절없이 지켜봐야만 되는 상황의 숨은 신이다. 돈에 대한 그의 관심은 이경의 주위를 맴도는 황태수의 다음과 같은 발언으로 더욱 분명해진다.

자아, 그러니 국가를 위해서도 할 만큼은 했겠다. 이제 뭐 체면 볼 것 없이 돈벌이나 하자고 쏘다니다가 겨우 얻어걸린 게 PX 전공 자리지만 뭐 상관 있어요. 큰돈이 제법 활발하게 왔다 갔다 하더군요. 나도 그 축에 끼겠어요.[12]

주인공 이경의 직장이기도 한 미군 PX는 전쟁이 헝클어 놓은 삶의 질서가 어떻게 개개인의 삶을 다시 재구성하고 있는지를 적나라하게 보여 주는 시공간이다. 예술가는 불우해지고 군대는 위대해지고 군인은 전장에서 죽어 나가고 민간인은 후방에서 학살되는 이 아수라장에 어떤 질서를 부여하는 존재는 양키들처럼 보인다. 그들은 전쟁의 도가니에 빠져 있는 한국을 압도한다. 전황

---

12 같은 책, 42쪽.

도, 인간의 운명도, 삶의 미래도 모든 것이 불확실하고 불확정적인 혼돈에서 분명한 것은 오직 미국이 가진 압도적인 힘뿐이다.

양키들의 위대함은 돈으로부터 온다. 달러의 위력이야말로 양키들이 전선은 물론 후방의 삶까지도 틀어쥘 수 있는 전가의 보도이다. 그들의 풍요는 바다 건너 태평양 끄트머리의 삶조차 거의 완벽하게 틀어쥐게 되는 것처럼 보인다. 돈에 환장한 한국은 실상 달러가 만들어 낸 변두리 풍경처럼 그려진다. 그렇기에 이경은 "다이아가 콜라처럼 예사로운 부란 내 상상력으론 좀 벅찬 것이었다. 설사 그들의 부가 전통이나 정신의 빈곤이란 약점을 짊어졌다손 치더라도 부 그 자체만으로도 얼마나 두려운 것일까?"[13]라고 고백한다.

초상화부의 일상의 문법은 정확하게 이런 현실의 축도로 보아도 틀림이 없을 것이다. 그렇기에 달러를 매개로 GI와 초상화를 흥정하는 주인공의 모습은 새로운 욕망의 대상으로서의 미국 화폐, 아니 세계 화폐의 위력을 체감케 하는 상징이다. 달러를 매개로 하지 않는 삶은 이제 불가능해 보이고 벗어날 방법도 없는 것처럼 보인다. 그것을 비판하고 조소할 수는 있지만 외면할 수는 없다. 갈망이자 증오이고 저주이자 축복인 달러에 대한 애정, 이 소유 욕망이야말로 전후 한국을 새롭게 틀 지우고 있던 가장 강력한 힘이었다.

5년 후인 1975년 『문학사상』에 연재를 시작한 장편소설 『도

---

13 같은 책, 58쪽.

시의 흉년』(이하 『흉년』)은 달러에 대한 한층 분명한 서술을 보여
준다.

> 그것은 달러라는 신기한 화폐였다. …… 누구나 행복해 보였다.
> 누구나 달러를 가지고 있으니 행복하지 않을 수가 없었다. 초라한
> 여자들이 불행한 얼굴을 하고 이 동네로 기어들었다 하면 며칠 안
> 있어 행복해졌다. 모두모두 행복했다. 달러가 풍부한 것만큼 행복
> 도 풍부했다. …… 내일을 모르는 이국의 병사들은 끊임없이 위안
> 을 필요로 했고 전쟁으로 헐벗을 대로 헐벗은 백성들은 신기한 화
> 폐, 달러를 필요로 했다. 서로가 필요한 것을 바꾸는 것은 좋은 일
> 이었다. …… 이제 김복실 여사는 인플레로 값어치가 형편없이 떨
> 어져 부피만 산더미처럼 많은 한국은행권은 돈 같지도 않았다. 달
> 러 모으는 재미야말로 깨가 쏟아지는 인생의 진미였다.[14]

이 장면은 주인공 지수연의 모친 김복실이 전쟁 통에 용산 미
군 부대 부근에서 '양색시 장사'를 시작하게 되는 모습을 묘사한
것이다. 여기서 달러는 전쟁의 불행조차 행복으로 바꾸고 인생의
진미를 맛보게 해주는 것으로 여겨진다. 『나목』의 옥희도는 "경
아는 딸라 냄새만 맡으면 그 슬픈 '브로큰 잉글리시'를 지껄이고

---

[14] 박완서, 『도시의 흉년』 상, 세계사, 1993, 50쪽. 이 소설은 '남매 쌍둥이는 상피붙
    는다'는 근친상간 금기를 모티프로 전쟁으로부터 1970년대까지 양색시 장사와 부
    동산, 동대문 포목점으로 이어지는 과정을 통해 상당한 재산을 모은 중산층의 다
    양한 모습을 그리고 있다.

나는 딸라 냄새에 그 똑같은 잡종의 쌍판을 그리고 또 그리고"라
고 말한다.[15] 확실히 김복실은 생존의 고통과는 다른 차원에서 달
러를 사유하며 한국은행권을 우습게 볼 만큼 능동적으로 달러와
교섭한다.

달러는 신기한 것인데, 단지 불행을 행복으로 바꿔 주기 때문
에 신기한 것은 아니다. 불행을 행복으로 교환하는 달러의 신기함
은 곧 보편적 척도로서의 화폐의 속성을 말해 준다. 그것은 모든
것을 교환시킨다.[16] 위안을 교환해 획득된 달러는 김복실의 집과
음식과 옷으로 교환되어 행복을 선물한다. 헐벗을 대로 헐벗어 교
환할 거라고는 몸뚱이밖에 없는 백성들에게 달러는 행복을 선사
하는 구원의 천사처럼 등장한다. 이 행복해진 주체가 더 큰 행복
을 위해 더 많은 화폐의 축적으로 내닫는 것은 당연하다.

행복한 주체는 곧 당당한 주체이기도 하다. 김복실은 "빈약하
던 엉덩이는 디룩디룩 살이 오르고, 늘 다소곳이 숙이고 있던 고개
를 당당하게 쳐들고" 다니게 되었고 "목소리는 자신과 위엄이 넘
쳤"다.[17] 무력해진 남편의 가부장 권력을 달러를 주고 교환한 것도
물론이다. 남편 지대풍은 해방 공간에서 이런저런 정치 활동에 바

---

15 박완서, 『나목』, 181쪽.

16 "한 대상의 소유가 그 대상의 본성이 허용하는, 그 대상을 일정하게 사용할 수 있
   는 가능성을 의미한다면, 화폐의 소유는 무수히 많은 대상을 향유할 수 있는 가능
   성을 의미한다. …… 화폐는 더 큰 힘을 가진 일반적 소유 개념을 의미한다"(게오
   르그 짐멜 지음, 안준섭·장영배·조희연 옮김, 『돈의 철학』, 한길사, 1983, 392쪽).

17 박완서, 『나목』, 50~51쪽.

빴던 인물로 그려지는데, 결국 알거지 신세로 돌아와 김복실의 위세에 꼼짝 못 하는 신세가 된다. 정치 과잉의 시대 대신 경제의 시대가 도래한 셈이었는데, 달러는 정치조차 경제로 교환해 버렸다.

달러에 대한 집착은 전쟁을 넘어 1970년대까지 연장되어 신경증처럼 묘사되기도 한다. "쌍디근이 아니라 디근이 열 개도 넘게 강조된 것 같은 '딸라' 소리는 계속 내 고막을 찢고, 얇은 유리를 짓밟듯이 내 뇌수를 유린했다. 나는 환장을 할 것 같았다."[18] 신경증을 유발할 정도의 달러 집착은 중동에 파견되어 외화를 버는 남편을 기다리는 부인의 정조 관념조차 규정한다. 바람을 걱정하는 말에 젊은 부인은 남편과의 의리를 "외환 정조보다 강해요"라고 표현한다.[19]

여기서 전쟁과 한국 자본주의를 관련시키는 논의들을 검토할 필요가 있다. 전쟁은 잔인하고 폭력적인 방식으로 기존 질서를 해체하고 파괴함으로써 자본주의적 산업화의 토대를 닦았다는 분석은 중요한 성과이다. 특히 박완서는 전쟁 경험을 화폐경제의 기원처럼 배치하고 있다는 점이 눈에 띈다. 『나목』과 『흉년』은 물론이고 「카메라와 워커」, 『휘청거리는 오후』(이하 『오후』) 등에서도 전쟁은 중산층의 화폐 축적 욕망의 주요 동인으로 묘사된다.[20] 심지어 박완서는 전쟁 체험을 다룬 소설 『목마른 계절』에서 "시장을

18 박완서, 「여인들」(『세계의 문학』 1977/06), 『조그만 체험기』, 문학동네, 1999, 227쪽.
19 같은 글, 236쪽.
20 박완서, 『휘청거리는 오후』, 세계사, 1993.

생각하고 가슴이 울렁댄다. 사람들이 웅성대고, 이해관계와 경쟁, 드높은 아귀다툼이 작열하는 곳이, 죽은 도시에 아직도 그런 산 구석이 있는 것이다"라고 할 정도였다.[21]

전쟁 체험이 1970년대 중산층에 끼친 영향은 다음처럼 분석되기도 한다. 즉 "70년대 중산층은 빈곤의 문제를 해결하고 새로운 삶의 양식을 구축해 가는 사람들 — 이른바 '떨어질 곳'이 있는 사람들이며 이들에게 전쟁의 기억은 지금까지 아등바등 이루어 놓은 것들이 한순간에 무너져 버릴 수도 있다는 정신적 외상이었다"는 것이다.[22]

확실히 박완서의 소설에서 전쟁은 일종의 기원과도 같은 위상을 가진다.『흥년』의 화폐 운동의 기점이 곧 전쟁의 아수라장이라는 점이 그것을 잘 보여 준다. 박완서는 전쟁을 일종의 자연 상태의 원형처럼 여긴 듯하다. 거의 모든 사람이 화폐 획득을 중심으로 한 극한의 생존경쟁에 내몰리게 된 전쟁이야말로 자본주의 산업화의 전사로 손색이 없다. 그러나 전쟁과 자본주의적 산업화 그리고 화폐 소유 욕망을 시간적 인과율로 환원하는 것은 곤란하다. 구질서의 파괴 역시 비가역적이었다고 보기 힘들며, 실제로 '재전통화' 현상이 나타나기도 했다. 기존 질서가 복구될 지반조차 사라지게 만든 것은 이후 진행된 산업화였다.

이런 맥락에서 박완서가 글을 쓰고 있던 1970년대가 전쟁을

---

21 박완서,『목마른 계절』, 세계사, 2012, 312쪽.
22 오자은, 「중산층 가정의 욕망과 존재방식」,『국어국문학』164호(2013), 500쪽.

역으로 규정한 측면을 고려할 필요가 있다. 특히 소설이라는 재현 방법을 사용할 경우에 과거는 현재적 맥락에서 재구성될 수밖에 없다. 그것이 설령 작가 자신의 실제 체험에 근거한 것이라 하더라도 과거의 기억은 늘 현재화된 기억일 뿐이다. 요컨대 박완서의 전쟁 이야기는 전쟁의 실체적 복원이라기보다 1970년대의 전쟁 재현을 보여 준다.

1950년대 전쟁을 달러와 돈 이야기로 버무려 낸 박완서는 1970년대 역시 동일한 방법으로 재현한다. 등단 이후 첫 소설이라 할 수 있는 단편소설 「세모」(『여성동아』 1971/03)는 "돈을 잘 버는 남편을 가졌다는 건 얼마나 큰 기쁨이요, 자랑일까"로 시작한다. 기쁨과 자랑의 근원은 남편이 아니라 돈이다. 주인공은 "핸드백 속에 지폐 뭉치를 넣고 쇼핑의 인파에 섞이는 유열愉悅"로 들뜨는 존재이다. 그러나 주인공은 돈이 있음에도 물건을 사지 않았고 "돈도 없는 주제에 고급품에 분수없이 추파를 던"지는 자들과는 다른 존재임을 자부한다.

> 돈을 가졌다는 건, 이 백화점에 진열된, 제아무리 빼어난 고급품이라도 아양을 떨지 않고는 못 배길 돈을 가졌다는 건 얼마나 신바람 나는 일이냐 말이다. 나는 여러 가지 물건을 구경도 하고 만져도 보았으나 하나도 절실하게 탐나지는 않는다. 다만 두둑한 핸드백을 들고 남편과 팔짱을 끼고 인파대로 휩쓸리는 게 디즈니랜드에서 유람선을 탄 어린애처럼 천진스럽게 즐거울 뿐이다.[23]

돈은 보편적 욕망의 형태를 취한다. 그것은 보편적이기에 더는 구체적 대상으로 국한되지 않는 실체 없는 욕망의 모습으로 등장한다. 구체적 대상이 없기에 그것의 실감은 항상 미래로 유보되며 결코 충족될 수 없다. 돈은 그 교환가치가 실현되는 순간 사용가치로 전환되어 주체의 욕망을 충족해야 한다. 그러나 이는 곧 돈의 상실이며 사용가치의 욕망이 충족된다는 것은 돈이라는 보편적 욕망의 파괴를 의미한다. 욕망의 충족이 곧 욕망의 결핍으로 이어지는 이 순환 과정이 자본주의적 삶의 뼈대를 이룬다. 그렇기에 주인공은 사용가치를 구매하지 않음으로써 오히려 자신의 욕망을 충족할 수 있게 된다.

화폐로 고정된 욕망은 곧 구체적 대상 대신 세계 자체를 욕망한다. 구체적 사물의 세계 대신 전혀 다른 세계가 구성된 것이며 이 전능한 물신에 대한 경배야말로 유아적 쾌락을 제공한다. 화폐에 대한 욕망은 이렇게 천진난만한 것이다. 그것은 복잡하고 골치 아프게 세계를 해석하고 사유할 필요 없이 오직 화폐 하나로 환원되는 것이기에 천진난만한 생활일 수 있다. 분열증을 유발할 정도의 복잡계 속에서 화폐에 대한 편집증이야말로 일종의 치유일 수 있다. 구강과 항문에 대한 유아의 편집증은 거울 단계를 거쳐 상징계로 넘어간다. 상징계를 돈으로 환원한 유아적 주체의 편집증이 곧 화폐 소유 욕망일 수 있다.

확실히 화폐 욕망은 결핍으로서의 욕망의 형태를 띤다. 그러나 화폐는 단지 사용가치의 결핍을 대리하는 것으로 국한되지 않는

---

23 박완서, 「세모」, 『어떤 나들이』, 10~11쪽.

다. 즉 "나는 살림 장만을 할 수 있을 만큼 돈이 있고 나서부터 살림 장만하는 일에 아무런 재미도 못 느끼"게 되듯이, 화폐는 사용가치의 충족으로 환원될 수 없는 고유한 결핍을 따로 구성한다.[24] 다시 말해 사용가치 욕망은 명백한 한계를 가지지만 교환가치는 무한대의 결핍된 욕망을 구성한다. 제아무리 왕이라 해도 입이 두 개일 수는 없지만, 화폐는 무한대로 증식할 수 있다. 결국 화폐 욕망은 최고의 욕망일 수 있다. 화폐 축적은 한계를 모르고 세계 자체를 소유할 수 있는 가능성을 제공해 호모 에코노미쿠스의 가장 합리적인 선택 대상이 된다.

이런 상황은 다만 도시 중산층으로 국한되는 양상이 아니었다. 박완서 소설에서 서발턴의 욕망은 그리 자주 나타나진 않는다. 그런 점에서 「주말 농장」 만득의 욕망은 흥미롭다. 만득은 도시 생활에 좌절하고 귀향해 아내와 농사를 짓고 있지만, 도시가 상징하는 욕망으로부터 자유롭지 못하다. 그의 아내는 돼지 사육, 비닐하우스를 통해 돈을 벌자고 보채고, 나물 채취하는 산을 "돈덩어리"로 파악하는 인물이다.[25] 만득은 이런 화폐 축적 전략에 결코 동의할 수 없지만, 어쨌든 농촌과 농민 역시 화폐 욕망에 들뜬 것은 분명했다.

한편 박완서의 소설 공간은 농촌과 도시의 점이지대로서 자주 변두리를 찾아 헤맨다. 「세모」, 「배반의 여름」, 「낙토의 아이들」

---

24 박완서, 「여인들」, 『조그만 체험기』, 228쪽.
25 박완서, 「주말 농장」(『문학사상』 1973/10), 『어떤 나들이』, 140쪽.

등이 대표적이다. 변두리란 시골이자 서울인 곳, 시골이 아니지만 서울도 아닌 곳, 화살표처럼 자기 존재를 부정하는 존재로 남은 곳이다. 시골이면서 서울을 가리키는 곳, 서울이면서 시골을 지시하는 곳, 서울이면서 서울이 아닌 곳으로서의 변두리는 존재의 불안과 불확정성을 드러낸다. 이곳은 곧 공간이자 인간이기도 할 텐데, 주체의 불안한 위치를 지시하며 존재의 불안한 욕망을 증거한다. 물론 불확정성은 일종의 희망이기도 하다. 변두리를 벗어날 희망, 자신의 현재가 갱신되어 더 높은 곳, 더 좋은 곳으로 유동할 수 있다는 희망의 공간, 욕망의 주체 위치이기도 한 것이다. 그래서 변두리는 일종의 가능성의 시공간이기도 한데, 투기와 관련해서도 그러하다.

이런 맥락에서 도봉 지구와 영동 지구 투기를 저울질하고 사채놀이와 증권 투자를 비교하며 자신들의 "욕망에 훨씬 미치지 못해 거러지보다 더 허기가 져있"는 「부처님 근처」 주인공 친척들은 당대의 가장 합리적인 주체들이라고 할 만하다.[26] 이제 남는 것은 어떻게 화폐를 획득할 것인가이다. 화폐 획득을 위해 전략을 가다듬고 기술적 숙련을 높이고 마음가짐을 다잡는 것이야말로 이 합리적 주체들의 합리적 선택이다.

주지하듯이 1970년대 최고의 화폐 증식 전략은 토지였다. 「낙토의 아이들」의 "무릉동이야말로 낙토였다. 이곳의 땅은 시시하게 벼포기나 감자 알맹이 따위를 번식시키긴 않았다. 직접 황금을

26 박완서, 「부처님 근처」(『현대문학』 1973/07), 『어떤 나들이』, 91~92쪽.

번식시켰다. 그 황금은 그 땅을 땀 흘려 파는[掘] 사람의 것이 아니라 파는[賣] 사람의 것"이었다.[27] 상업자본이야말로 사실 가장 오래된 자본 형태일 텐데, 1970년대 한국에서 그것은 토지의 상품화를 넘어 투기화하는 단계까지 나아갔다.

　도시는 화폐를 매개로 시골과 변두리를 착취하면서 포섭한다. 또한 토지 가격을 기준으로 시골과 변두리를 지배한다. 도심은 땅의 질적 가치를 제고해 주변부의 양적 세계를 압도한다. 양과 질의 변증법은 이미 화폐의 문법이다. 투기와는 다른 맥락에서 화폐 획득 전략의 다채로움을 보여 주는 대표적 소설은『흉년』이다. 주인공의 모친 김복실은 전쟁 통에 생존을 위한 빈집 털이로 시작해 '양색시 장사'와 집 장사를 거쳐 동대문 시장 포목상으로 연결되는 인생행로를 보여 준다. 상업자본의 서식처인 동대문시장의 저물녘 소란은 다음과 같이 묘사되었다.

　모든 것이 절정의 시간이었다. 이 절정기가 지나면 모든 장사꾼들은 아마 돈을 세게 될 것이다. 마수거리한 돈서부터 떨이한 돈까지를 몽땅 세어 보고 또 세어 볼 것이다. 코 묻은 돈에도, 똥 묻은 돈에도 입맞춤을 서슴지 않는 착살맞은 애착으로 그들의 하루의 수입을 세어 보고 또 세어 볼 것이다. 돈이 그를 거쳐 간 어떤 악취도, 아무리 고상한 냄새도 순순히 받아들이고 조화시켜, 아무도 거역할 수 없는 스스로의 구수한 체취를 만들었듯이, 이 모든 것

---

27 박완서, 「낙토의 아이들」(『한국문학』 1978/01), 『조그만 체험기』, 263쪽.

이 용해된 동대문시장 공기는 탁한 대로 구수했다.[28]

탁하지만 구수한 시장의 돈은 그것이 통과한 모든 추악한 것들을 중화시킬 정도로 절실하고 매혹적인 것처럼 보인다. 시장의 인간은 돈을 세는 인간인 것이며 그 순간에 그들은 가장 빛나는 존재처럼 묘사된다. 돈은 사회 모든 곳을 돌아다니기에 온갖 추악한 것들과 연루되겠지만, 어쨌든 그것을 소유하게 된 존재들에게 구수한 향기를 풍기는 것이기도 하다.

그러나 땅 투기나 장사는 가치의 이전을 통한 자본의 집중을 의미할 뿐이며 새로운 가치를 창출해 축적하는 메커니즘을 보여 주기 힘들다. 투기 자본이 아니라 생산자본이야말로 돈의 위력과 권위의 원천이 되어야 한다. 이것을 가장 잘 보여 주는 것이 『오후』의 허성이 경영하는 소규모 공장이다. 전기 관련 업종으로 묘사되는 이 공장은 상업자본이 아니라 산업자본의 성격을 가진 유일한 사례이다. 또한 『흉년』과 『오후』 두 사례는 화폐가 자본으로 전화된 상황을 잘 보여 준다. 두 사례 모두 단지 더 많은 화폐를 획득하기 위한 재생산이 아니라 결혼을 통한 신분 상승, 사회적 확대재생산으로 나아가는 과정을 보여 준다는 점에서 흥미롭다.

허성은 자본의 확대재생산을 위해 소년공을 쥐어짜는 것에 양심의 가책을 느끼기도 하고 공장의 허술하고 비위생적 환경에 가슴 아파하는가 하면 소년공들을 위해 바캉스 계획을 생각하기도

---

28 박완서, 『도시의 흉년』 상, 179쪽.

하는 등 나름 '양심적인 자본가'의 모습을 보여 주기도 한다. 그러나 결국 그 어느 것 하나 실행된 것은 없으며 공장을 거쳐 나온 화폐는 지속적으로 허성의 집안으로 흘러들어 갈 뿐이다. 허성은 "미숙한 기술과 소년공들을 닦달질해 제품을 만들어 갖은 아양을 떨고 에누리를 해가며 외상으로 팔고 대금은 몇 달 만에 다시 몇 달 앞 어음으로 받아 다시 천신만고 현금으로 만든 걸 아내는 얼마나 헤프고 빠르게 써버릴 것인가"라고 한탄한다.[29]

생산과정상의 자본 운동은 넓은 의미의 재생산 과정으로 확산된다. 공장의 자본은 딸들의 결혼 자금이 되어 사회적 재생산 자본으로 기능한다. 허성의 아내 민 여사는 말끝마다 세상의 이치를 조목조목 나열하면서 공장의 자본이 결혼 자본으로 전화되어야 함을 다그친다. 허성은 이런 다그침에 매번 제대로 된 저항 한 번 못 하고 공장의 목을 졸라 결혼 자본으로 내보낸다. 즉 공장의 상품 재생산과 가정의 결혼 재생산은 사회적 재생산으로 묶여 있고, 두 재생산의 총합이 곧 사회 자체의 재생산인 것이다.

공장과 가정의 재생산은 모두 시장을 통과해서만 자본 운동의 결절점으로 기능할 수 있다. 초희는 문자 그대로 결혼 시장의 상품이다. 즉 공장, 가정, 결혼, 상품 등 이 모든 것을 운동하게 만드는 것, 살아 있게 만드는 것이 곧 시장인데, 시장의 주인공은 바로 화폐-자본이다. 물론 초희의 결혼 자본은 화폐 자본으로 국한되지 않는다. 초희는 자기의 미모를 밑천으로 물질적인 풍요를 얻으

---

29 박완서, 『휘청거리는 오후』, 299쪽.

리라는 꿈과 집념을 가진 존재로 묘사된다.[30] 이것은 부모의 자식 양육 시간, 애정의 시간조차 인적 자본을 구성할 수 있는 투자가 되어야 한다는 자유주의 논리를 체화한 것이기도 했다.[31]

자본화된 양질의 육체가 물질적 풍요로 연결되어야 한다는 꿈이나 집념이 현실적인 것으로 파악될 수 있는 조건은 무엇일까. 무엇보다 애정, 신분, 집안 등 둘 사이의 번잡하기 그지없는 일체의 구체적 관계를 사상하고 화폐를 통해 두 개의 물질성을 직접적으로 연결시킬 수 있게 된 현실이 중요하다. 이 새로운 화폐 관계의 문법을 읽을 수 없는 자는 새로운 문맹의 세계에 살게 될 것이다. 초희에게 중요한 것은 미모를 자각한 것이 아니라 그것이 물질적 풍요로 직접 연결될 수 있는 시대를 읽을 수 있는 능력이다.

이렇게 소유 욕망이 충족된다는 것은 무엇일까. 박완서는 수익을 고려하지 않고 아이들 교육용으로 마련한, 어느 시인의 2만 5000원짜리 농장을 25만 원짜리 농장으로 능멸하는 부르주아를 등장시킨다. 즉 "이십오만 원 위에 '단돈'을 붙여서 부를 때의 통쾌감, 부르주아가 된 기분이란 이래서 좋은 거"라고 서술한다.[32] 2만 5000과 25만의 낙차, 전자를 10배로 압도하는 능력은 수익을 고려하지 않는 시인을 압도하고자 한다. 모든 가치가 화폐로 환산되어 측정되어야 한다는 것은 곧 화폐 이외의 모든 가치는 화폐의

---

30 같은 책, 340쪽.

31 미셸 푸코 지음, 오트르망(심세광·전혜리·조성은) 옮김, 『생명관리정치의 탄생』, 난장, 2012, 314~326쪽

32 박완서, 「주말 농장」, 『어떤 나들이』, 128쪽.

지배를 받아야 한다는 것이다. 즉 시인과 교육은 화폐의 하위 범주로 묶여야 한다.

부르주아의 속물성과 위선을 까발리는 박완서의 글쓰기는 다른 측면에서 화폐의 평등 효과를 극적으로 강조하는 것이기도 하다. 문화적 격벽이 없다면, 인격적 권위가 존재하지 않는다면, 그것은 곧 화폐가치로 환원되는 사물화의 평등이 가능한 조건이기도 할 것이다.[33] 박완서는 이것을 희망이 아니라 토악질 나는 타락의 징후로 읽어 내고자 하지만, 그래서 교양과 도덕의 언설을 강조하지만, 그것이 타락한 평등의 열망을 감당할지는 알 수 없다.

여기서 평등은 사실상 기회의 평등일 텐데 실제로는 상승 욕망의 다른 이름에 불과하다. 소유 욕망은 남들과 같아진다는 최소 강령과 남들보다 우월해지겠다는 최대 강령으로 구성된다. 최대 강령의 달성에서 화폐 축적만큼 간단명료하고 손쉬운 것도 없다. 게다가 기회의 평등과 자유로운 이익 추구라는 조건하에서 달성된 최대 강령은 그 자체로 정당한 현실이 되어야 한다. 이런 맥락에서 수익을 고려하지 않는다는 시인의 농장은 그 자체로 능멸되어 마땅한 것이다.

박완서의 주인공들은 대부분 시류에 편승하고 세속에 찌든 군상들로 그려진다. 이 적나라한 시장의 아귀다툼이야말로 소유 욕

---

33 돈은 사물의 모든 다양성을 균등한 척도로 재고, 모든 질적 차이를 양적 차이로 표현하며, 무미건조하고 무관심한 태도로 모든 가치의 공통분모임을 자처함으로써 아주 가공할 만한 평준화 기계가 된다(게오르그 짐멜 지음, 김덕영·윤미애 옮김, 『짐멜의 모더니티 읽기』, 새물결, 2005, 42쪽).

망으로 환원되는 산업화 시대의 초상으로 나타난다. 베블런에 따르면 야만 단계에서 소유는 자신의 물질적 생존을 위한 것으로 간주되었지만 문명 단계에서 소유는 타인보다 우월한 자신의 사회적 존재를 보여 주는 것이다. 산업 활동이 약탈 활동을 대체해 가고 인간의 관심 역시 약탈적 공훈의 전리품 대신 재산의 축적으로 이동한다. 따라서 재산은 영웅적인 성취와 구분되어 가장 손쉬운 성공의 상징이 되어 갔다. 이제 훌륭한 평판을 위해 재산은 필수 불가결한 것이 되었다. 부는 그 자체로 본질적으로 명예로운 것이자 그 소유자에게 명예를 보장하는 것이었다.[34]

화폐와 재산은 모든 복잡다단한 세계의 위계 서열을 극도로 단순화했다. 신분 위계가 엄격한 조건하에서 성공은 거의 영웅적 성취가 아니면 곤란했다. 국왕의 목숨을 구해야 가능했던 성공이 시장 바닥에서 돈만 긁어모으면 가능해진 상황은 분명 놀라운 것이다. 불가능했던 꿈들이 가능해지고 언감생심이었던 삶이 손에 잡힐 듯해진다. 왕후장상의 씨가 따로 있느냐던 만적이 목숨을 걸어야 했다면, 이제 시장의 좌판에서, 공장의 기계 앞에서, 그것도 평화롭게 모두가 왕후장상을 꿈꿀 수 있는 것이다. 목숨을 걸 필요도 없이 그저 일만 열심히 하면, 약간의 운만 따라 준다면 누구나 왕후장상의 삶을 살 수 있다는 이 놀라운 세계를 실증하는 것이 곧 돈이다. 현실에서 돈이 실제로 그런 삶을 연출하고 있었다.

화폐는 단지 상품과 노동력만을 구매하는 것이 아니다. 그것은

---

34 Thorstein Veblen, *The Theory of the Leisure Class*, Oxford Univ. Press, 2007, pp. 21-24.

곧 사회적 명성과 평판, 체면과 도덕성까지 구매할 수 있는 수단
이 된다. 돈과 재산은 그 자체로 평판과 성공과 체면의 상징이었
다. 일정 규모 이상의 재산 축적은 그 자체로 사회적 위신과 평판
의 상승을 의미했다. 나아가 돈과 재산의 축적은 소유자로 하여금
유무형의 사회적 권력을 부가적으로 활용할 수 있게 했다. 돈의
위력이 사회 전체를 집어삼킨 조건하에서 그 소유자가 사회 전체
의 권력을 행사하는 것 역시 자연스러운 일이 되었다. 이런 돈의
확장성, 또는 무제한성이야말로 모든 사람이 돈에 집중할 수밖에
없는 조건이다.

　돈의 위력은 그 끝을 아무도 모르는 것처럼 보였다. 돈이면 다
되는 세상의 끝은 실상 아무도 그 끝을 알지 못하기에 더욱 위력
적이다. 돈과 결합된 인간의 창조적 능력이야말로 세상의 끝을 무
한대로 확장하며 돈의 무제한적 능력을 재생산하는 동력이었다.

3. 중산층 또는 호모 포시덴스

　화폐경제의 확산은 또한 주체 문제와 연루된다. 보편적 척도로
서 화폐의 기능이 강화되고 촘촘해질수록 주체 역시 새롭게 재구
성된다. 짐멜에 의하면 화폐경제는 인격성과 사물의 관계들 사이
의 상호 의존성을 해체한다. 즉 화폐경제는 인간과 사물 사이에
돈과 화폐가치를 삽입시킴으로써 개인과 소유물 사이에 거리를
만들어 낸다. 이로 인해 대륙을 넘나드는 소유가 가능해지는데,
원거리 소유의 형식은 돈이 소유물과 소유자를 분리시키는 동시

에 결합시키기에 가능한 것이다.

이를 통해 돈은 한편으로 모든 경제행위에 미증유의 비인격성을 부여하고, 다른 한편으로는 그와 같은 정도로 개인의 독립성과 자율성을 고양시키게 된다. 예컨대, 직조공 길드는 단순한 직업 결사체가 아니라 직업·사교·종교·정치 등 다양한 측면들을 포괄하는 삶의 공동체였다. 이와 반대로, 화폐경제는 단순히 경제적 이해관계를 추구하는 수많은 사회적 결사체의 존재를 가능하게 했다. 이를 통해 결사체와 개인 모두 서로를 제한하는 구속들로부터 해방된다. 이제 개인은 결사체와 전인격적으로 결합되지 않고, 원칙적으로 돈을 주고받는 관계로 결합된다. 요컨대 돈이 마치 '샌드위치'처럼 결사체라고 하는 객관적 총체와 인격체라고 하는 주관적 총체 사이에 끼어들게 되었다.[35] 이로부터 보편적 인간에 대한 표상이 가능해졌다.

돈과 더불어 직접적인 상호 이해의 토대가 마련되고 누구에게나 평등한 행위 규정들이 제정되었으며, 이는 보편적으로 인간적인 것에 대한 표상이 성립하는 데 결정적인 기여를 했음에 틀림없다. 마치 화폐경제가 완전히 정착된 로마제국의 문화에서 보편적으로 인간적인 것에 대한 표상이 등장했던 것처럼 말이다.[36]

---

35 이런 발전의 절정은 주식회사인데, 이 기업은 개별 주주에 대해 완전히 객관적이며, 그로부터 전혀 영향을 받지 않고 존재한다. 반면에 주주는 자신의 인격이 아니라 오로지 투자한 돈의 양을 통해 회사에 참여한다(게오르그 짐멜, 『짐멜의 모더니티 읽기』, 12~14쪽).

그렇기에 마르크스는 화폐가 일체의 차이를 제거해 버리는 철저한 평등주의자라고 갈파했다. 그런데 또한 화폐는 그 자체로 상품이자 누구의 사유물도 될 수 있는 외적 물건이다. 즉 사회적 힘이 개인의 사적인 힘으로 전화될 수 있게 된다.[37] 신분제를 위시한 경제 외적 강제가 사라진 조건하에서 화폐는 인간의 평등을 실현하는 경제적 강제로 출현한 셈이었다. 사회적 힘을 누구나 사유할 수 있게 됨으로써 비로소 보편적 인간 표상이 가능해진다. 화폐는 기존의 인간적 결합 관계를 해체하고 새로이 화폐를 매개로 한 일반적이고 평등한 관계를 만들어 낸 것이다.

　이는 다시 개체성과 내적 독립성의 폭을 매우 크게 넓히는 결과를 가져옴으로써 "강력한 개인주의를 창출"하게 된다. 대상의 개체성에 대한 무관심과 화폐를 통한 강력하지만 간접적인 관계야말로 사람들을 상호 소외시켜 모든 사람들로 하여금 스스로에게 의존하도록 만드는 메커니즘이 된다. 결국 인간의 고유한 자아는 외적인 관계들로부터 물러나서 그 어느 때보다 더욱더 자신의 가장 내면적인 차원으로 회귀하게 된다.[38]

　이렇게 내면으로 회귀한 개인들 사이의 연결은 공동체가 아니라 화폐를 통해 이루어진다. 자본주의사회에서는 단지 화폐의 확보가 목적이며 화폐를 통해서만 사회적 관계 맺음이 이루어진다.[39]

---

36 같은 책, 17쪽.
37 칼 맑스[카를 마르크스] 지음, 김수행 옮김, 『자본론』 상, 비봉출판사, 1992, 164쪽.
38 게오르그 짐멜, 『짐멜의 모더니티 읽기』, 17~18쪽.
39 고병권, 『화폐, 마법의 사중주』, 그린비, 2005, 41쪽.

이런 맥락에서 화폐는 단순한 사물이 아니라 관계의 표상이다. 그것은 사물-상품과의 관계뿐만 아니라, 인간 사이의 관계까지 매개한다. 인간이 소유적 주체로 재구성될 수밖에 없는 조건이 출현한 것이다.

근대 이후 인간의 권리는 정치와 경제 두 개의 핵심 심급으로 구분할 수 있다. 정치에서 그것은 주권의 문제로 표현된다. 인민주권은 근대 정치(학)의 기본적 가정이다. 그러나 이런 권리는 시장 앞에서 멈춘다. 시장에서 인간은 소유적 주체로 등장한다. 정치적 측면에서 완전한 등가의 주권을 소유한 개인들이 시장에서는 화폐량에 의해 그 행위능력이 측정되는 주체가 된다. 즉 정치 영역에서 주권의 소유 주체로 재현되는 데서 인간은 국적 또는 시민권 외에 다른 그 무엇도 필요하지 않다. 그러나 시장의 경제적 주체는 화폐를 통해서만 유의미해질 수 있다. 따라서 시장의 인간은 화폐에 의해 주체화된다는 점에서 일종의 상품의 연장이기도 하다.

화폐 관계로의 진입은 일종의 상징계로의 진입이다. 화폐가 가치 실체가 아니라 관계라고 한다면 그 관계는 특정의 기호 체계이기도 하다. 이 기호 체계를 이해하지 못한다면 인간의 시장 내 생존은 불가능하며 공동체의 구성원으로 정립될 수 없다.[40] 로마의

---

40 인간의 존재는 매 순간 돈에 대한 이해관계에 따라 창출된 수백 가지의 결합 관계들에 의존한다. 이런 결합 관계가 없으면 현대인은 마치 체액의 순환이 차단된 유기체의 일부분처럼 더는 존속할 수가 없다(게오르그 짐멜, 『짐멜의 모더니티 읽기』, 16쪽).

보편적 인간 표상은 차치하더라도 근대의 보편적 인권과 사회계약을 규정하는 것은 사실상 부르주아의 교양과 재산이다. 여기서 교양이 상징계를 독해하는 능력이라면 재산은 이를 떠받치는 물질적 토대가 될 것이다. 두 개가 통합되어 재생산을 가능케 한다.

널리 알려졌듯이 박완서가 주목하는 것은 중산층이다. 대부분의 작품에서 주인공으로 등장하는 인물은 중산층이거나 중산층을 배경으로 한 인물들이다. 박완서의 삶 자체가 중산층에 속했다고 하겠는데, 본인 역시 '중류'에 대한 믿음을 직접 표명한 바 있다. 그는 자신의 "생활정도를 여전히 '중'이라고 생각하고 싶다"고 하면서 "너무 잘사는 것도 너무 못사는 것도 다 같이 부끄러운 일"이라고 생각하기에 "'중' 정도의 생활을 제일 좋아한다"고 했다. 그리고 그는 무엇보다 "'중류층'이야말로 가장 양식에 입각한 사고를 할 수 있는 층이라고 생각"했다.[41]

나아가 그는 중류층이 가장 바람직할뿐더러 가장 광범위한 층이자 '전래의 미풍양속과 서구식 개인주의적 핵가족제'를 융합해 가장 바람직하고 건실한 가족제도를 유지하려고 고민하는 양식을 가진 층이라고도 했다.[42] 이 정도면 그가 중산층에 대해 어느 정도 확고한 믿음을 가지고 있었다고 봐도 무방할 듯하다. 요컨대 박완서의 보편적 인간 표상은 중산층인 셈이다.

박완서는 중산층 대신 중류층을 고집했다. 한 연구에 따르면

41 박완서, 「생활정도라는 것」, 『혼자 부르는 합창』, 진문출판사, 1977, 61쪽.
42 박완서, 「여권 운동의 허상」, 『혼자 부르는 합창』, 141쪽.

그 이유는 고정적인 사회학적 개념인 계층보다 유연한 함축성을 가진 중류층을 선호한 것이라 했다. 특히 중류층 개념은 근대화에 따른 양극화 현상 및 '상류층'과 민중 양자 모두의 도덕적 타락을 비판하고자 하는 담론 키워드로 사용되었다고 했다.[43] 중류와 중산의 차이도 의미 있겠지만 더 중요한 것은 '중'이라고 하겠다.

박완서는 상과 하를 양극단으로 한 중의 위치를 강조한다. 재벌 2세의 문란한 생활과 김대두 사건을 비교하며 중간의 보통의 삶을 옹호했다. '최고의 부유층과 밑바닥 가난뱅이'는 사실 "최고 최저의 양극단끼린데도 비슷한 끼리처럼 느껴지는" 존재들이다. "내 돈 갖고 내 마음대로 쓰는데 누가 뭐랄 거냐"는 말과 "나쁜 짓을 좀 하더라도 한 밑천 잡아 한번 끗발 나게 살아 보고 싶었다"는 말은 동일한 가치의 표현으로 이해되었다. 심지어 그는 "지독한 부자와 지독한 가난에 대해 비슷한 혐오감과 공포감"을 느끼기까지 한다.[44] 위에 대한 혐오와 아래에 대한 공포를 거느린 중산의 삶은 이런 것이다.

건전한 가장이 착실한 직장에서 불안 없이 열심히 일한 대가로 그저 살 만한데, 그 살 만한 정도가 아이들을 실력 있는 대학까지 보낼 만하고, 따라서 납입금 때문에 아이들이 위축되거나 비참한 느

43 정홍섭, 「1970년대 서울(사람들)의 삶의 문화에 관한 극한의 성찰: 박완서론(1)」, 『비평문학』 39(2011), 418쪽.
44 박완서, 「보통으로 살자」(1975), 『꼴찌에게 보내는 갈채』, 세계사, 2002, 221~222쪽.

껌을 맛보는 일은 없으되 비싼 과외 공부까지 시킬 돈은 없고, 용돈에 짠 편이지만 책이나 학용품을 산다면 비교적 후하고, 옷은 초라하지 않게 입고 다니지만 알고 보면 형제끼리 물려 입고 바꿔 입은 거거나 값싼 기성복이고 …… 한 달에 한두 번 정도는 가족끼리 큰마음 먹고 외식도 하지만 기껏해야 불고기나 통닭 정도고, 제 집은 지녔으되 좀 더 나은 집으로 가고 싶은 게 가족들의 한결같은 소망이지만 그렇다고 친구가 찾아오면 창피할 정도는 아닌 …… 엄마는 아이들의 입학금이나 장차 있을 큰일에 대비해 계나 적금을 한두 개쯤 부으면서 식구가 급한 병이라도 났을 때 당황하지 않을 만큼의 은밀한 저금통장이 있는 …….[45]

상당히 긴 인용이시만 그 의미를 한마디로 줄이자면 '적당한 돈'이다. 구별될 수 있는 문화와 관습, 가치 관념 등은 거의 문제가 아니다. 확실히 한국의 부르주아는 타 계급과 구분되는 상류층다운 아비투스를 갖추지 못했다.[46] 여러 문제가 검토되어야 하겠지만 역시 돈의 위력이 거셌다는 점을 빼놓을 수 없다. 화폐량이 곧 생활수준이었고 아비투스였으며 차이 표시 기호인 상황이었다. 돈이 권력과 품위와 권위 그리고 인격까지 제공하는 조건하에서 별도의 상징 자본 투자는 합리적이지 못할 것이다.

---

45 같은 글, 222~223쪽.
46 오자은은 그 이유를 경제적 부가 품위로 전환될 시간이 짧았기 때문으로 이해한다(오자은, 「중산층 가정의 욕망과 존재방식」, 507쪽).

어쨌든 박완서는 적당한 돈의 미학을 강조한다. 예컨대 돈은 기계가 부드럽게 돌기 위해 알맞은 기름 정도만큼 있는 게 좋다고 한다. 기름이 너무 없어 부속품끼리 마멸해 가는 상태는 가난이겠고, 기름이 너무 많아 기계를 조이고 있던 나사까지 몽땅 물러나 기계의 부분품들이 따로따로 기름 속을 제멋대로 유영하는 상태가 부자라는 것이다. 그러니 재벌 2세와 김대두는 "돈에 대한 너무도 엄청난 오해"와 "도덕성의 부재"로 인해 "우리 사회가 만들어 낸 가장 추악한 사물"이다.[47]

그런데 박완서가 보기에 문제는 보통으로 살고 있는 사람들은 "보통으로 사는 데 대한 긍지나 보통으로 사는 데 가치를 부여할 만한 양심이 손톱만큼이라도 있어서가 아니"라 "실은 부자가 되고 싶어 죽겠는데 그게 잘 안돼서 보통으로 살고 있을 뿐"이라는 점이다. 이들은 좌절된 욕망으로 후천적 화폐 결핍증에 걸린 것처럼 "끊임없이 부자의 상태를 흉내 냄으로써 자기 생활을 파란과 불안으로 몰고 간다. 속으론 혹시 가난해지면 어쩌나 불안한 채 겉으로 호기 있게 부자의 흉내를 내면서 산다. 일종의 분열 상태다". 따라서 보통으로 사는 건 매우 어려운 일이 되며 가장 많아야 될 숫자도 제일 적다.

박완서는 보통 사람은 위아래를 동시에 이해할 수 있고 인간관계를 가장 폭넓게 바라볼 수 있는 위치에 있는 존재들이므로 이들이 적다는 것은 의사소통이 잘되는 건강 사회가 될 수 없다는 뜻

---

47 박완서, 「보통으로 살자」, 『꼴찌에게 보내는 갈채』, 222~223쪽.

이라고 해석한다. 요컨대 세상 돌아가는 일에 대해 올바른 의식을
가질 수 있는 양식의 소유자들이 보통 사람들이라는 것이다.[48]

그러나 양식의 소유자로서 보통으로 사는 사람들은 불안과 분
열의 세계에 살고 있기도 하다. 위와 아래의 사이라는 중산층의
위치는 사실상 매우 유동적이고 불안한 주체 위치이다. 위아래를
동시에 볼 수 있지만 동시에 위아래로부터 응시되는 자리이기도
하다. 올라가는 길은 힘들지만 한 발 삐끗하면 낭떠러지다. 사이
에 낀in-between 위치에서 간주관성의 미덕을 보일 수도 있지만 불
안과 분열로, 또 기회주의로 지리멸렬할 수도 있다. 불안은 중산
층의 고유한 상태에 가깝다.

세상은 좋아지고 사람들은 나날이 잘살게 되는 개발 연대에 우
리만 빠진 것 같은 「서글픈 순방」의 불안이나 갑자기 불어난 화폐
량에도 남편의 이악한 장사꾼 기질이 불안했던 「세모」나 모두 중
산층 또는 소시민의 불안을 상징한다.[49] 사실 박완서의 초기 소설
에는 거의 빠짐없이 이런 불안이 등장하기에 일일이 열거하기도
힘들다. 인간의 사회적 삶은 시간 흐름에 따른 화폐량의 축적으로
측정된다. 그 정도에 따라 그의 사회적 위치와 살아갈 공간의 면
적 또한 정해진다. 화폐량으로 남은 삶은 서글픈 것이지만 어쩔
수 없는 것이며 다시 화폐의 축적으로 돌아가야 될 삶이다.

---

48 같은 글, 219~225쪽.

49 박완서, 「서글픈 순방」(『주간조선』 1975/06), 『어떤 나들이』, 339쪽; 박완서, 「세
모」, 『어떤 나들이』, 13쪽.

화폐 흐름의 불안정성은 근대 자본주의의 고유한 속성일 텐데, 개인 차원에서 그것은 더욱 심각하다. 시장의 불안정성에다 질병, 사고와 같은 개인적 사정이 개입되는가 하면 행과 불행의 우발성도 무시 못 한다. 적당한 돈이란 언제나 불안한 것이고 보통의 삶이란 보통의 인내심으로는 견뎌 내기 힘들 수도 있다. 물론 중산층의 불안은 불균등하다. 그것은 중산층 내 각자의 주체 위치에 따라 다르다.

'가정주부'의 주체 위치가 대표적이다. 근심하거나 걱정할 필요가 정말이지 조금도 없는, 「어떤 나들이」의 가정주부는 소금장수의 넋두리를 들으며 "산더미 같은 근심과 일거리로 그녀는 팽팽히 충만해 있고 나는 그녀 앞에서 어쩔 수 없이 참담한 내 빈핍을 자각"한다. 또한 그는 스스로를 "열한 평의 틀에 부어진 채 싸늘하게 굳어 버린 쇠붙이"로 인식한다.[50] 20년간 줄곧 행복하기만 해 행복에 지쳐 버린 중산층 주부가 여학교 시절 금전만능을 비판하고 '자유와 민주주의'를 외쳤던 선생과의 불륜을 꿈꾸는 「지렁이 울음소리」의 불안도 있다.[51] 걱정의 빈핍, 근심의 결핍이야말로 중산층 주부의 고유한 걱정이자 근심인 것처럼 보인다.

중산층 가정주부라는 위치는 통상적으로 재생산 과정으로부터 배제된다. 사회적 노동의 중요한 일부임에도 자본주의사회는 가사노동의 사회적 성격을 부정한다. 즉 주부는 노동으로부터 배제

---

50 박완서, 「어떤 나들이」(『월간문학』 1971/09), 『어떤 나들이』, 34~35, 52쪽.
51 박완서, 「지렁이 울음소리」(『신동아』 1973/07), 『어떤 나들이』.

되고 단순 소비 주체로만 현상된다. 주부에겐 자본 운동의 격렬한 리듬을 탈 기회가 애초부터 박탈된다. 그에겐 화폐 획득이 주는 삶의 긴장이 결여된다. 생산과정으로부터 배제되고 생산관계의 단순 소비 주체로 재현된(인식된) 주부는 흔히 삶의 권태를 상징한다. 생산과 자본 운동에서 무의미한 존재로 철저하게 가려진 이들은 팔자 좋은 유한마담일 뿐이다.

박완서는 "탈선을 안 하면 착실한 아내가 눈뜨는 게 물욕"이라고 했다. 이른바 "살림 재미"라고도 하는 물욕은 곧 소비 욕망을 말하는데 "빵 한 번 안 구워 본 전기 오븐이 장식품 노릇"을 하는 것이기도 하다.[52] 그것은 "누구네 남편은 내 남편보다 못한 것 같은데도 냉장고는 우리 것보다 크길래 분통이 터져서 난 더 큰 걸로 개비를 하"는 심리이기도 하다.[53] 차이 표시 기호로서의 소비에 경쟁 콤플렉스가 덧씌워진 이런 소비야말로 1970년대 한국 중산층의 유한계급성을 잘 보여 준다.

베블런에 따르면 값비싼 상품의 소비는 부의 상징이자 영예로운 것이 된 반면 양질적으로 충분한 소비를 할 수 없는 것은 열등함의 상징이다.[54] 소비가 곧 인간의 등급을 결정하고 그의 덕성과 인격까지 규정하게 되었다. 인간은 내면적 가치로부터 구성되는 것이 아니라 외면적 소비를 통해 사회적 등급과 인격을 부여받게

---

52 박완서, 「자유의 환상」, 『나의 만년필』, 문학동네, 2015, 135쪽.
53 박완서, 「여성의 적은 여성인가」, 『나의 만년필』, 115쪽.
54 Veblen, *The Theory of the Leisure Class*, p. 53.

된다. 그가 소비하는 상품이야말로 그의 사회적 존재를 현시하고 증거하는 기준이 된다. 인간은 상품으로부터 소외되면서 동시에 상품에 의해 비로소 인간화된다. 다시 말해 개인은 상품 물신성을 통과해 인간으로 정립된다.

따라서 이들의 돈에 대한 갈망은 오히려 더욱 강렬할 수 있다. 이웃 친구 주부와 '돈만 있으면'을 한없이 주고받으며 비로소 생기와 탄력이 넘치게 된 「세상에서 제일 무거운 틀니」의 주부는 돈이 '너무너무 아까워서 뼈가 저려 본' 경험을 간직한 주체들이기도 하다.[55] 여전히 부족한 화폐량으로 고통 받으면서도 그런 일상은 또한 소중한 것이다. 더 많은 화폐에 대한 갈망만큼이나 지금의 부족한 화폐 역시 고마운 것이다. 중산의 삶은 그렇게 불안하면서 안일한 것으로 묘사된다. 이 안일을 지키기 위해 때론 악마와도 손을 잡을지도 모르는 존재가 곧 중산층이었다. 그렇기에 박완서에게 교양이 소거된 채 재화의 소유권으로 환원된 한국의 부르주아들은 손쉬운 희망이자 달성되어서는 안 되는 희망이기도 하다.

화폐 소유 욕망으로 환원된 중산층의 모습은 사물화와 관련된다. 「세모」의 나는 밤에 남편과 돈을 세는 재미에 비할 인생의 열락이 다시 있을지를 되뇌는 주체이다. 부부의 밤을 지배하는 돈은 이제 단순한 사물이 아니다. 「세모」의 주인공은 낡은 돈을 보고 "처음으로 돈의 늙음이 추하고, 나는 그게 섧다. 나는 마치 절에

---

55 박완서, 「세상에서 제일 무거운 틀니」, 『현대문학』 1972/08.

가실 때의 어머니처럼 돈을 매만지고 추린다. 오래오래 구겨진 곳을 쓰다듬는" 모습을 연출한다.[56]

이런 묘사는 단순히 돈의 의인화에 그치지 않고 인간의 화폐화와 연동된다. 다시 말해 화폐를 통한 주체화, 즉 인간의 사물화가 진행되면서 돈을 세고 쓰다듬는 주체는 역으로 돈에 의해 계산되고 측정되고 정렬되는 존재이다. 돈은 인간의 연장이고 인간은 돈의 연장이 된다. 물론 이런 서술은 화폐에 매개되지 않는 주체성에 대한 강렬한 회구를 역설적으로 강조하는 것임에 틀림없다.

사물화는 박완서 소설의 주요한 특징 가운데 하나로 분석된다. 초기 소설에서 절망의 주된 내용은 삶의 반복 가능성과 대체 가능성 그리고 사물화(사물의 주인공화와 인간의 사물화)이다. 자신의 고유한 가치를 철저하게 비워 가면서 세계를 충실하게 자아화한 결과로 삶의 기계적 반복과 인간의 대체 가능성이 초래되면서 사물화가 완성된다는 것이다.[57]

사물화의 정점에 화폐가 있을 것이다. 특히 화폐는 소유 대상과의 직접적 결합을 해체하는 대신 세계 전체에 대한 소유 가능성을 제고한다. 물론 화폐의 소유는 세계에 대한 직접적 소유가 아니다. 화폐의 소유는 타인의 노동 생산물에 대한 소유 가능성이지 타자를 직접적으로 지배하는 것이 아니다. 즉 화폐는 인간과 인간

---

56 박완서, 「세모」, 『어떤 나들이』, 15, 27쪽.

57 류보선, 「개념에의 저항과 차이의 발견: 박완서 초기 소설에 대하여」, 『어떤 나들이』, 362~366쪽.

사이의 관계에 개입해 그것을 자신의 필요에 맞게 복종시키고 그 효과를 전유할 수 있게 해주는 권력 장치이다. 다시 말해 화폐의 가장 중요한 측면은 세계를 자신의 이익으로 재구성할 수 있는 가능성의 역량을 제공한다는 점이다.

사물과의 직접적 연관을 해체한다는 점에서, 또한 인간 사이의 직접적·인격적 결합조차 해체한다는 점에서 화폐는 개인의 가치와 의미를 극적으로 고양한다. '돈으로 안 되는 게 없는 세상'은 개인이 단독자로 지속 가능한 핵심 토대이다. 이런 개인의 자유와 해방의 가능성을 제공한 화폐야말로 인간을 대체 가능한 사물로 만드는 결정적 조건이지 않을 수 없다. 요컨대 대체 불가능한 타자에 둘러싸인 주체는 고독한 개인일 수 없다. 대체 불가능한 타자와 불가피하게 뒤얽힌 삶 속에서 고독한 개인은 성립하기 곤란하다.

그런데 근대 이후 대표적 호모 포시덴스Homo possidens는 사실 기업-자본이다. 인간은 화폐를 소유한다기보다는 기업-자본의 화폐가 잠시 흘러가는 통로에 불과했다. 심지어 인간 자체가 기업-자본의 소유물화된다. 「꿈과 같이」는 시위 경력으로 기업 입사에 번번이 낙방하는 주인공을 다루고 있다. 이력서, 주민등록등본, 호적등본, 졸업증명서, 병역 증명, 두 명의 재정보증서와 거기에 따른 재산세 과세 증명과 인감증명, 지정 병원에서의 건강 진단서, 신원 조회서, 직원 신상 카드, 서약서, 추천서 등등 기업이 요구하는 서류는 끝이 없고 "마치 그것이 사람이 갖추어야 할 덕목이라도 되는 것처럼 크고 튼튼한 기업체일수록 더 다양한 구비 서류를 원"하는 상황은 곧 개인을 그물망처럼 포획하는 자본의 인격적 형식으로서의 기업을 잘 보여 준다.[58]

짐멜은 사물들과 세력들의 거대한 조직에 비해 개인은 한낱 먼지와 같은 존재로 격하되는 상황을 비판적으로 분석했다. 사물과 세력들은 개인에게서 모든 진보, 정신력, 가치 등을 점점 빼앗아 가고, 인간을 주관적 삶의 형식이 아니라 순수하게 객관적 삶의 형식으로 만들어 버린다는 것이 그의 결론이었다.[59] 이런 상황에서 화폐 흐름을 조절해 인간을 관리하는 방식이야말로 가장 경제적이고 효율적인 통치 메커니즘이 된다. 그것은 인격적 지배가 초래하는 다양한 위험을 회피하면서 오직 화폐의 흐름에 모든 것을 맡길 수 있는 것이다. 그렇다면 주체의 저항은 방향감각을 상실하기 십상이다. 세상을 지배하는 것은 돈이고 그것은 인격이 없기에 사람이 사람을 속이는 것이 아니라 돈이 사람을 속이는 것이란 무책임하지만 거부하기 힘든 언설이 횡행할 수 있게 된다.

분명히 화폐의 해방적 기능을 무시할 수 없다. 화폐는 소유 주체의 역사와 질과 자격을 따지지 않는다. 소유 주체의 과거와 자격과 성품과 무관하게 화폐는 소유 주체를 소유 주체로 만들어 준다. 이것이 화폐의 매력일 것이다. 화폐의 보편적 척도로서의 특이성이야말로 모든 특이성을 소멸시키는 핵심이다.

박완서 소설에는 단독자의 모습을 한 개인의 모습이 산현된다. "아무도 연민만으로 통곡할 수는 없다. 남의 상여를 보고 한 방울

---

58 박완서, 「꿈과 같이」(『창작과 비평』 1978/06), 『조그만 체험기』, 306~307, 317~318쪽.

59 게오르그 짐멜, 『짐멜의 모더니티 읽기』, 51쪽.

의 눈물을 흘리려도 우선 제 설움이 앞서야 하는 법"이라는 서술이나 "남의 불행을 고명으로 해야 더욱더 고소하고 맛난 자기의 행복"과 같은 대목들이 대표적이다.[60] 그는 "운동권이 있던 시절에도 나는 항상 개인주의자라고 생각"했고 "집단적인 정열이 너무 싫"다고 명토 박아 얘기했다.[61]

박완서의 개인주의가 성립하기 위한 조건은 분명 화폐경제다. 화폐경제하에서는 집단의 구성원이 대체 가능한 등가적 존재로 재현되고 기능할 수 있어야 그 대체물을 소비할 주체 또한 성립 가능하다. 그런데 문제는 주체가 타자의 타자라는 점이다. 즉 주체 역시 대체 가능한 존재일 수밖에 없기에 타자의 대체 가능성과 주체의 대체 불가능성 속에서 성립 가능한 박완서의 개인주의는 불안하다.

이미 화폐라는 평등자가 작동하고 있는 상황에서 시장의 자유는 대체 가능한 주체-타자를 거의 무제한으로 양산하고 있었기에 대체 불가능한 주체의 자리는 불가능해 보인다. 이로부터 주체는 정신으로 고양될 필요가 생겨난다. 화폐로 등가화된 주체-타자는 정신을 통해 고유한 주체성을 확인해야 되었다.

---

60 박완서, 「여인들」, 『조그만 체험기』, 229쪽; 박완서, 『나목』, 47쪽.
61 이문재·박완서 대담, 「나의 문학은 내가 발 디딘 곳이다」, 『문학동네』 여름호 (1999), 52~53쪽.

4. 윤리와 정신과 교양 그리고 자유주의

화폐경제의 타락은 1970년대의 공인된 화두였다. 물질과 황금만능주의, 상업주의, 이기주의, 배금주의 등 화폐의 범람이 초래한 타락상에 대한 도덕적 질타가 대통령부터 사회 지도층 인사와 지식인에 이르기까지 사회 곳곳에서 울려 퍼졌다. 박완서도 다르지 않았다. 그는 보편적 윤리 감각에 의거해 상류와 하류의 타락을 비판하면서 동시에 중산층에 대한 경고도 잊지 않았다. 특히 그에게 중산층은 상류 및 하류와 달리 보통의 삶을 통해 보편적 윤리 의식을 담지할 수 있는 계층으로 이해되었기에 특별한 위상을 가진다. 그럼에도 현실의 중산층은 상류로의 상승 욕망에 허덕이면서 타락할 수 있는 존재이기에 정신의 계몽은 더욱 중요한 과제가 된다.

소유 욕망이 어떻게 인간을 타락시켰는지를 가장 잘 보여 주는 것이 『흉년』의 김복실이다. 한국전쟁 당시 서울에 남아 텅 빈 집들을 털게 된 김복실의 변화는 자못 상징적이다.

그녀는 처음으로 먹을 것 아닌 물건에 강렬한 욕망을 느꼈다. 그 것은 아주 화려한 수가 놓인 공단 이부자리였다. …… 그녀는 이런 사치한 걸 밤에 덮고 자는 인종을 상상할 수가 없었다. 그런데도 그녀는 이 아름다운 걸 소유하고 싶었다. 그녀는 곧 그녀와 이 아름다운 것이 너무도 안 어울리는 엉뚱한 사이란 걸 깨달았지만 역시 그걸 갖고 싶다는 생각만은 단념할 수가 없었다. 단념하기엔 욕심이 고통스러울 만큼 강렬했고, 그녀가 하고 싶은 걸 방해하는 아무것도 없었다. 그렇지만 그걸 가져간다는 건 누가 뭐라지 않아도 도둑질인 것 같았다. 그것은 곡식을 가져가는 게 누가 뭐래도 도둑질이 아닐 것 같은 것과 똑같은 그녀 나름의 확신이었다. 그녀는 이런 그녀 스스로의 확신을 어떻게든 깔아뭉개고 놓여나고 싶었으나 그게 잘되지를 않았다. 그녀는 처음으로 갈등과 직면한 것이었다.[62]

당연하게도 김복실은 공단 이부자리를 '훔치지 않고 가져온다'. 알리바이는 아이들과 모성애였다. 이런 김복실을 박완서는 싸늘하게 질타한다. 그건 그녀의 착각일 뿐이며 그것은 모성애가 아니라 욕심이라는 것이다. 그런데 그것은 "그녀 내부에 숨었던 암팡진 욕심의 씨가 마침내 단단한 껍질을 뚫고 싹을 내민 것"이자 "동시에 그녀가 몸담고 있던 답답하고 구질구질하고 고지식한 세계"가 와해된 것이기도 하다고 적는다. 도덕적 타락이 곧 해방이 되는 화폐의 역설인 셈이다. 이불을 지고 나르는 김복실은 해방의 공간을 질주한다.

그년 머리에 잔득 짐을 이고도 날개 달린 듯이 홀가분했고 입엔 웃음이 함박꽃같이 헤프게 넘실댔다. 지독한 사슬에서 방금 풀려난 듯이 사지는 믿을 수 없을 만큼 자유로웠고, 몸뚱이 살집 갈피 갈피에선 몰래 기르고 있던 조그만 악마들이 날카로운 웃음소리

---

62 박완서, 『도시의 흉년』 상, 47쪽.

를 내며 소요를 일으키고 있는 것처럼 느꼈다. 이런 전연 새로운 느낌은 그녀에게 새로운 살맛을 의미했다. …… 비단이불은 그냥 시작일 뿐이었다. …… 그녀는 온갖 것을 탐냈다. 비단옷도 탐났고 싱거 미싱도 탐났고, 값진 사기그릇에 자개가 박한 장롱까지 탐났다. 탐나는 것을 찾아내어 소유하는 기쁨을 무엇에 비길까.[63]

과장하자면 이 대목이야말로 한국 자본주의의 혁명의 순간일지도 모른다. 기존 도덕 체제를 전복시키고 소유 욕망의 자유와 희열에 들뜬 이 주체의 탄생이야말로 자본주의가 축복해 마지않을 혁명의 순간이지 않을 수 없다. 악마의 소요는 기존 체제를 전복했고 기존 도덕은 소요 진압에 실패했다. 여기서 김복실은 소유적 인간으로 거듭난다.

소유적 인간이 숨어 있던 악마성의 발현이라면 당연히 이를 제어할 새로운 무기가 필요해진다. 고지식한 세계로 표현된 기존의 도덕 체계가 무장 해제된 세계에서 새로운 도덕 재무장 역시 불가피하다. 이는 종교마저 타락시키는 돈의 위력 앞에 더욱 절실해진다. 돈이 온 사회로 범람하면서 그로부터 자유로운 곳은 거의 없다. 돈은 은행을 나와 공장과 시장을 거쳐 가정집으로 돌아다녔고, 이윽고 소유 욕망과 가장 먼 거리에 있을 법한 경건한 절 마당까지 흘러 넘쳤다. 부처님과 예수조차 화폐량으로 환산되어야 하는 세태라면 인간의 삶은 더 말할 필요도 없을 것이다. 물질적 재

---

63 같은 책, 48쪽.

화라는 돈의 속성이 정신적 양식과 교환되는 세계를 물질 만능주의와 배금주의라고 혹독하게 비판하는 언설이 각종 종교로부터 범람하게 된 것도 이 무렵이다.

> 돈이야 여기선 휴지 같잖은가 뭐. 작년 사월 파일만 해도 돈을 중들이 주체를 못 해 가마니에다 우거지처럼 처넣고 발로 꽉꽉 밟아서 은행으로 메구 갔다지 않소. 설마…… 보살님도 설마가 뭐예요. 장사치고 부처님이나 예수 파는 장사만큼 수지맞는 장사도 없다오.[64]

진지전의 최후 보루라 할 종교가 이 지경이었으니 박완서의 도덕 재무장은 더욱 절실했다. 한국전쟁과 산업화를 거치면서 한국의 기독교 신자가 급증했다. 수많은 사람들이 살벌한 화폐 전쟁의 상처를 보듬기 위해 절대자를 찾았다면, 더 많은 사람들은 그 전쟁의 승자가 되고자 교회와 절간 문턱을 넘나들었을지도 모른다. 화폐가 점령해 버린 절대자의 집이야말로 돈과 양심을 동시에 구매할 수 있는 복합 쇼핑몰이었을 것이다.

종교마저 돈의 위력에 굴복한 현실 속에 박완서는 보편적 정신의 체현 주체를 갈망하게 된다. 그런데 화폐경제하에서 이런 주체성을 확인하기 위해 박완서는 먼저 타자성을 구성해야만 했다. 그것은 화폐가 지배하는 세속으로부터 인간의 정신을 지켜 내는 일이자 인간의 정신을 지키지 못한 자들을 타자로 만들어 내는 것이

---

64 박완서, 「부처님 근처」, 『어떤 나들이』, 82~83쪽.

었다. 먼저 박완서는 탈주술화된 근대 세계에서 재주술화된 주체를 호명하는 것으로부터 출발한다.

박완서의 소설 주인공들은 자주 주술에 대해 강하게 주박呪縛되어 있는 모습을 보인다. 탈주술화를 내세운 근대를 무색케 하는 이런 모습을 어떻게 이해해야 될까. 흥미로운 것은 주술의 거의 대부분은 돈과 관련된다는 점이다. 「겨울 나들이」는 서울에서 대학에 다니는 외아들의 소식이 일주일이나 끊긴 절박한 상황에서 새로 번 돈을 노잣돈으로 사용하면 아들에게 아무 탈이 없고 이미 벌어 놓은 돈을 사용하게 되면 아들에게 횡액이 닥친 것이라는 급조 미신으로 자신의 마음을 다스리는 주인공이 등장한다.[65] 여기서 운명은 재수로 고정된다.

이는 「맏사위」에서 한층 분명한 형태로 나타난다. 주인공은 갖가지 미신이나 금기를 알고 있지만 "재수에 관한 미신을 제외한 어떠한 미신도 전연 신용하지 않"는다. 이유는 간단했는데 "비과학적"이기 때문이다. 주인공은 "내가 믿는 미신은 오직 재수, 즉 재운財運에 관한 미신뿐이었다. 재운만큼은 과학을 초월한 불가사의였기 때문이다"라고 한다.[66]

과학을 신봉하는 근대화된 주체조차 '재수'를 넘어서지 못한다. 사실 운수가 재수로 환원되는 과정이 곧 화폐경제의 성립을 증거하는 흥미로운 사례일 것이다. 삶의 복잡다단한 과정에 깃들

---

65 박완서, 「겨울 나들이」(『문학사상』 1975/09), 『조그만 체험기』.

66 박완서, 「맏사위」(『서울평론』 1974/01), 『어떤 나들이』, 144쪽.

어 있는 불가사의가 불러오는 긴장과 고통을 해소하고자 동원된 주술적 세계관이 오직 단 하나의 운수인 재수로 환원되는 과정이 야말로 화폐의 위력을 잘 보여 준다. 다시 말해 화폐는 세속화의 주인공이자 신성한 것, 주술적인 것이다. 그것은 세속화에 성공함으로써, 시장의 세계를 지배함으로써 다시 성스러운 것으로 귀환했다. 무당의 몸 주신 자격은 대체로 원한과 가공할 능력 두 가지인데, 전지전능한 보편적 척도로서의 화폐가 그 자리에 배치되는 것은 어쩌면 당연했다.

「재수굿」은 사람답게 사는 본보기와도 같은 검사 집안의 재주 술화를 다루고 있다. 해진 이후 금전 지불을 손재수라 하여 거부하는 이 집안은 무당을 불러들여 재수굿에 열을 올린다. 오백 원, 오천 원, 만 원 지폐가 "돼지 대가리의 은총을 구걸"하고 "감돈"感豚을 기원한다.[67] 「저렇게 많이!」는 독특하게 '학사 무당'을 등장시켜 "요행, 재수, 희망"을 파는 모습을 그린다. 이 무당은 신령님 같은 건 안 믿는 무당이다. 대신 손님과 직접 영통靈通을 하는 무당인데, 영통은 바로 "언제 부자가 되나, 부자는 언제까지 부자를 유지하고 더 불릴 수 있나"와 같은 것이다.[68]

주술의 귀환은 필연의 현실이 초래하는 긴장과 모순, 갈등에 대해 우발성을 틈입시킴으로써 그것을 무화하려는 전략으로 읽힌다. 입시 대신 추첨이 등장하고 복권의 형태로 운수가 문제시됨으

67 박완서, 「재수굿」(『문학사상』 1974/12), 『어떤 나들이』.
68 박완서, 「저렇게 많이!」(『소설문예』 1975/09), 『조그만 체험기』, 35쪽.

로써 세상은 화폐의 무질서한 흐름처럼 재현될 수 있게 된다. 능력과 품성을 기준으로 사회적 위계 서열을 구성하면서 우발성의 재수를 덧붙임으로써 소유 욕망의 주체는 이제 외부가 불필요한 것처럼 보인다.[69] 이렇게 재주술화된 주체를 타자로 호명함으로써 그렇지 않은 이성과 합리성으로 무장한 박완서의 주체는 온전한 주체성을 획득하게 될 것이다.

화폐량으로 측정되는 중산층의 삶은 또 다른 중세를 소환하기도 하는데, 사라진 신분제를 대신해 신분의 상징계가 등장한다. 평민이라는 이름이 아파트 화폐가치를 감소시키기에 공주니 왕자니 궁전이니 하는 맨션이 등장하는가 하면(「낙토의 아이들」), 「어느 시시한 사내 이야기」의 부자 김복록은 뒷집 가난뱅이를 마치 노비 부리듯이 호령하는 것에 최고의 쾌감을 맛본다. 마치 노비처럼 등장한 가난뱅이는 "마침 안 계시길래 주인마님께 의논을 드리고 …… 그저 소인은 주인마님께서 이르시는 대로 하노라고 하였사온데"와 같은 대사를 친다. 이를 통해 김복록은 "돈보다 윗길에 드는 게 이 세상에 있"다는 깨달음을 얻는다.[70] 물론 돈보다 윗길에 드는 것 역시 돈을 통해 가능할 것이다.

화폐가 중산층으로 하여금 새로운 신분의 상징계에 달뜨게 만드는 것은 또한 권력의 맛을 알아 간다는 것이기도 하다. 『흉년』

---

69 재수가 주는 열락은 주택복권에 열광하는 주부들의 모습으로도 재현된다. 그것은 마치 간통의 쾌락을 닮은 것으로 묘사된다. 박완서, 「닮은 방들」(『월간중앙』 1974/06), 『어떤 나들이』.

70 박완서, 「어느 시시한 사내 이야기」(『세대』 1974/05), 『어떤 나들이』, 214~216쪽.

의 김복실은 자가용이란 "사람 한두 명쯤은 치고 달아나도 감히 붙들러도 못 올 만큼 세도"를 갖추고 부려야 제맛이라고 주장한다. 물론 김복실은 돈이 권력 자체임도 너무 잘 알고 있다. '와이로'를 먹인 장군을 우습게 보는 김복실은 돈이 사람에게 부릴 수 있는 조홧속을 자세히도 알고 있다.[71]

하층민 역시 온전한 주체성을 담보하지 못한다. 박완서는 "자주 개탄의 대상이 되는 특수층의 부정부패도 근심스럽지만, 20원짜리 버스의 단골인 민중의 보이지 않는 도의의 타락은 한층 두렵다"고 단언했다.[72] 이런 타락을 벗어나는 것은 결코 쉽지 않은 일이다. 「어느 시시한 사내 이야기」의 주인공은 부친이 물려준 재산을 다 날려 버리고 아이들 장난감을 만들고 싶어 한다. 그는 김복록을 통해 탐욕과 비열과 파렴치를 깨닫고 도망갈 것이 아니라 그에 맞서 탐욕과 악의의 본질을 파헤칠 것을 다짐하기도 한다. 그러나 그조차도 돈 버는 것 대신 장난감 만들기를 생각하다 '돈도 좀 벌겠는걸' 하는 자신을 보고 소스라친다. 「도둑맞은 가난」의 주인공은 부자로 살다 파산한 가족들이 자살한 뒤에도 가난을 소명으로 알고 꿋꿋하게 살아간다. 그러나 부잣집 아들의 가난 체험에 속아 부자들이 가난마저도 훔쳐 갔음을 깨닫는다.[73]

---

71 박완서, 『도시의 흉년』 상, 95, 127, 303쪽.

72 「정직이라는 것」은 미처 못낸 버스 차비를 뒤늦게 내려 애쓰는 교수를 비아냥대는 버스 차장과 승객들의 타락한 모습을 그린 에세이다(박완서, 『혼자 부르는 합창』, 254쪽).

73 박완서, 「도둑맞은 가난」(『세대』 1975/04), 『어떤 나들이』.

어른의 이익 대신 아이의 놀이를 통해 타락 이전의 세계로 회귀하려는 시도조차 다시 돈벌이로 회귀하고 소명으로서의 가난조차 허용되기 곤란해진다. 이렇게 위아래를 가리지 않고 자유와 평등의 근대적 가치를 배반하고 새로운 중세로 회귀하는 주체들은 새로운 계몽의 세례가 필요한 존재들이다.

박완서 본인도 돈이 제일이 된 세상을 신랄하게 비판한다. 정직하고 근면하게 일해 봤댔자 일한 만큼 잘살 수는 절대로 없는 세상임을 고발한다. 그는 "정직과 근면은 사람을 웃길 따름인 것"이며 "다만 돈이 제일"이고 "법에 걸리지 않고 어떻게 해서든 약게 돈만 벌면 되는 것"이라고 고발한다.[74] 그렇기에 박완서는 배금주의와 위선으로 구성된 주체들에 대한 환멸로 그들에게 부끄러움을 가르치고 싶어 한다.[75] 문제는 늘 고르지 못한 데 있게 마련이라는 판단하에 일한 대가로 먹고사는 사람 사이의 근대적인 정신인 평등을 강조하면서 "인간은 완전히 물질의 노예로 타락"했음을 심문하고자 한다.[76]

나아가 상류층에 대한 비판은 더욱 신랄하다. 박완서는 상류라는 말에 "아니꼽고 메식메식하기가 꼭 시궁창 물을 뒤집어쓴 기분"을 느낀다. 그는 "상류가 돈이나 지위보다는 진정한 의미의 기

---

74 박완서, 「비정」(1974), 『꼴찌에게 보내는 갈채』, 204~206쪽.

75 박완서, 「부끄러움을 가르칩니다」(『신동아』 1974/08), 『꼴찌에게 보내는 갈채』.

76 박완서, 「후진 고장」(1977), 『혼자 부르는 합창』, 213쪽; 박완서, 「화창한 세상」(1979), 『꼴찌에게 보내는 갈채』, 74~76쪽; 박완서, 「떳떳한 가난뱅이」, 『꼴찌에게 보내는 갈채』, 201쪽.

품 — 깨어 있는 정신의 고고"와 관련되어야만 한다고 주장한다.[77]
고고한 정신은 다음처럼 구체적으로 언급되기도 한다.

> 자기의 재산 정도에 비해서 작은 집에 산다는 게, 자기의 수입보
> 다는 검소하게 산다는 게, 사람의 품위 같은 게 돼서, 남이 그걸 좋
> 아하고 흉내 내고 싶은 세상만 되면 주택문제는 저절로 해결될 것
> 같다. 남는 것은 나누는 넉넉한 마음만이 모자라는 것을 해결하는
> 근본적인 것이 될 것이다.[78]

박완서는 소유와 생활양식 사이의 적절한 관계를 주문하는 것
으로 보인다. 베블런식으로 이해하자면 유한계급의 문화적 진화
가 나타나는 것은 소유권의 출현과 일치하는 것인데, 과시적 여가
와 과시적 소비 기준을 따를 수 있는 좋은 매너와 좋은 생활 방법
을 찾아야 된다는 입장일 것이다.[79] 상류층의 적절한 매너와 생활
양식은, 예컨대 "부가 사람들에게 끼칠 수 있는 악덕을 살짝 빼
버리고 그 비할 나위 없는 쾌적감만을 교묘히 추려" 놓은 것을 말
한다. 여기서 박완서는 부가 아니라 부를 관리하는 정신을 문제
삼고자 한다. 부의 축소 재현을 통해 부의 악덕을 관리할 수 있는
고상한 정신을 고양하고자 한다.

---

77 박완서, 「양극단」, 『나의 만년필』, 276쪽.

78 박완서, 「어느 우울한 아침」, 『우리를 두렵게 하는 것들』, 문학동네, 2015, 160~
161쪽.

79 Veblen, *The Theory of the Leisure Class*, pp. 20, 53.

상류에 대한 계몽은 당연히 하류에게로 확장된다. 사실 근대 이후 육체노동은 열등한 것, 정신적으로 부족한 것의 징표인데, 여가 생활이 부와 우월함의 상징인 것처럼 노동은 가난과 열등함의 상징이 되었다.[80] 박완서에게도 가난뱅이는 위축되어 "사람이 지닐 최소한의 긍지도 못 지키고 비굴"해진 존재이다.[81] 이들의 구원은 어떻게 가능한가. 박완서는 먼저 인간화하려는 의지를 애기한다. 그는 구로공단 여성 노동자들과의 대화를 통해 그들의 경제적 급부가 식모 생활보다 낫지 않음에도 공장 생활을 하는 이유가 '자유와 사람대접'이라는 답변을 듣는다. 그의 결론은 "식모보다 나으려는 그들의 의식 속에서 우리가 간과할 수 없는 건 스스로 인간화하려는 건강하고 간절한 소망"과 "잘 먹고 잘 입는 것 말고 인간다움에 대한 각성"이다.[82]

물론 인간화한 인간이 게으르고 무능해서는 안 된다. 박완서에게 "게으름만 한 악덕의 문은 없다."[83] 가난 탈출은 부자의 동정이나 시혜가 아니라 "가난뱅이 스스로의 의지나 노력, 각고"로 이루어져야 의미 있는 것이기도 하다.[84] 따라서 "무능이나 게으름에서 오는 가난이 아닌, 우리가 속한 사회가 가난한 것만큼의 정당한 가난은 고개를 들고 정면으로 당당하게 받아들여 한 점 부끄러움

---

80 같은 책, pp. 20-30.

81 박완서, 「떳떳한 가난뱅이」, 『나의 만년필』, 246쪽.

82 박완서, 「어느 여성 근로자와의 이야기」, 『우리를 두렵게 하는 것들』, 214쪽.

83 박완서, 「여가와 여자」, 『나의 만년필』, 142쪽.

84 박완서, 「떳떳한 가난뱅이」, 『나의 만년필』, 244쪽.

도 없"는 것이다.[85] 말을 뒤집으면 무능이나 게으름에서 오는 가난은 부당한 가난이기에 부끄러운 것이 되어야 할 것이다. 문제는 현실 속에서 가난의 정당과 부당을 가른다는 것은 지극히 논쟁적이라는 점이다. 개인주의와 자유주의가 지배적인 조건이라면 가난 역시 개인의 자유와 책임으로 귀결될 가능성이 농후하다. 근면과 자기 계발의 계몽은 자유주의의 대표 담론이다.

박완서의 담론 자원은 주로 휴머니즘, 윤리 그리고 자유주의 등과 같은 근대적 가치에 근거한다. 대부분 박완서의 비판은 인간학적 문제 설정으로 귀결되는 경우가 많다. 염치와 부끄러움, 인간적 덕성을 회복하는 것이 대안처럼 제시된다. 상층과 하층을 모두 타락한 주체로 호명해 타자화함으로써 비로소 중류층의 발화 위치가 획정되고 또 정당화된다. 즉 근대 세계의 화폐가 새로운 중세를 불러온다는 깨달음 속에서만 자유로운 개인이 가능할 터이고 그 발화 주체 위치는 중간이어야 한다. 이런 깨달음의 정신적 계몽은 또한 윤리적 책임감을 동반하는 것이어야 한다. 근대적 교양으로 채워진 정신에 적절한 윤리 감각을 갖춘 주체는 곧 사물을 다스릴 수 있는 주체이다.

아무리 값비싸고 사치한 것들이라지만 이것들을 통일시켜 어떤 살아 있는 분위기를 만들 주인의 정신과 만나지지 못하니 잡동사니처럼 무의미했다.[86]

---

85 같은 글, 246쪽.

박완서는 부르주아의 교양과 재산의 조화로운 교섭을 욕망하는 것으로 읽힌다. 재화는 그 자체로 선악을 넘어선 대상일 뿐이며 오직 주체의 의식적 실천으로 의미화된다. 교양이 없다면 사물의 질서도 없고 의미도 생산되지 못한다. 잡동사니 사물로서의 재화는 오직 정신을 통해 살아 있는 생명을 얻게 되며 통합적 질서를 가진 의미를 산출하게 된다. 여기서 주체는 정신으로 고양된 존재여야 한다. 이 정신, 사물에 질서를 심고 살아 있게 만들 수 있는 이 정신이야말로 박완서가 궁극적으로 확인하고 싶은 것으로 보인다.

그런데 교양과 윤리 감각을 갖춘 이런 정신은 중류층의 치열한 욕망과 뒤엉킨다. 박완서는 금괴를 가지고 탈출한 베트남 보트 피플을 보면서 그들의 안일과 치열하지 못함을 질타하고 목숨 걸고 국가를 지켜야 한다고 강조한다. 전쟁과 연관시켜 나라를 지키는 것과 삶의 치열성이 상관하기도 한다. 승리에의 욕망도 읽힌다. 그렇기에 무기력한 임종의 닭들에 대한 분노가 닭들에 대한 살해 욕망으로 나아간다. "지는 것은 끔찍한 굴욕"이라는 감각 속에 드리워진 공포가 승리에 대한 집착과 욕망으로 연결되는 것은 어쩌면 당연한 수순일 것이다.[87] 박완서의 삶의 치열함은 화폐에 대한 열망과 밀접하다.

---

86 박완서, 『도시의 흉년』 상, 40쪽.
87 박완서, 「잘했다 참 잘했다」, 『꼴찌에게 보내는 갈채』, 210, 218쪽.

나는 돌아누워서 부자가 되는 공상을 요모조모 해본다. 부자가 되는 공상은 아무리 해도 싫증이 안 나고 할수록 재미가 아기자기하다. 한겨울에도 반소매 차림으로 지낼 수 있는 스팀 난방의 양옥, 현대적인 정갈한 부엌, 일류 음악회의 3천 원짜리 좌석을 예사롭게 예약할 수 있는 소비생활 등등…… 나는 내 이런 공상이 모피나 보석에까지 도달하기 전에 용케 자제를 한다. 문득 남편이 나에게 줄 수 있는 것과 내가 남편에게 바라고 있는 것과의 엄청난 간극이 두려웠기 때문이다.[88]

인용문은 용케 적당한 선에서 조절되는 것으로 끝나지만, 사실 화폐 욕망에서 적당함이란 대단히 곤란한 문제이다. 박완서 스스로도 "재물의 욕심이란 어느 욕심보다도 밑 빠진 가마솥이어서 먹어도 먹어도 배가 안 부르게 마련"인 것임을 인정했다.[89] 상류와 하류를 향한 도덕적 질타와 계몽의 언설은 중류로 환류하게 되고 양자를 타자화하던 중류의 주체 위치는 동요하게 된다. 동요속의 불안한 생존 전략은 어떠한 모습일까.

박완서는 "앞으로의 세상을 살려면 마음이 독한 쪽이 암만해도 유리할 것 같고 그래서 그렇지 못하게 아이들을 키운 건 잘못 키운 것이란 생각"을 찜찜한 기분으로 한다.[90] 찜찜한 기분의 원

---

88 박완서, 「틈」(1971), 『꼴찌에게 보내는 갈채』, 289~290쪽.
89 박완서, 『여자와 남자가 있는 풍경』, 한길사, 1978, 268쪽.
90 같은 책, 210쪽.

인은 돈에 대한 이중적 태도 때문일 것이다. 그는 아이들을 "돈이
귀하다는 걸 알게 하려고 하긴 했지만, 돈이 가장 귀한 걸로 알기
를 바라진 않았고, 행여나 돈에 원한이 맺히거나, 돈에 연연하는
사람이 될까 봐 여간 조심하면서 기른 게 아니다".[91]

　화폐경제의 압도적 위력을 피해 갈 수 없는 존재로서 가족의
재생산 역시 그것에 규정받지만 또 한편으로는 그것은 극도로 조
심하지 않으면 안 되는 것이기도 하다. 다시 말해 화폐경제의 현
실과 윤리적 감각 사이의 위태로운 줄타기가 중산층의 삶이다. 그
러나 분명한 건 일단 전쟁과 경쟁에서 승리해야 한다는 절박함이
다. 사실상 이 절박함이야말로 유일하게 현실적이기에 절대적으
로 합리적인 것처럼 보인다. 현실은 "가난 속에서도 긍지라는 걸
지킬 수 있는 목가적인 가난은 없"는 세상이며 "돈 이전에 어느
정도의 인격을 갖추어야 사람대접 내지는 존경을 받을 수 있었던
때는 이미 옛날"이다.[92]

　그렇기에 '사람 나고 돈 났지, 돈 나고 사람 났냐'부터 해서 돈
을 격하시키기 위한 온갖 시도가 근대 이후의 일반적 풍경이기도
했다. 이것은 그만큼 돈의 위력에 맞선 인간화 전략이 늘 실패하
기에 항상 반복될 수밖에 없으리라는 점을 역설적으로 드러내 보
인다. 돈에 대한 저주, 인간에 대한 예찬의 길고도 오래된 담론들
의 리스트가 곧 근대의 역사이기도 하다.

---

91 박완서, 「어느 우울한 아침」, 『우리를 두렵게 하는 것들』, 142쪽.
92 박완서, 「저울질 교육」, 『나의 만년필』, 46쪽.

박완서의 정신을 '냉소적 이성'으로 분석한 연구도 있다. 정혜경은 페터 슬로터다이크Peter Sloterdijk를 인용하며 자신의 행위를 생존을 위한 것으로 합리화하는 냉소적 이성의 역할을 강조했다.[93] 그렇다면 휴머니즘과 윤리는 냉소적 이성의 생존 전략과 뒤엉킬 것이다. 생존 전략의 핵심은 무엇일까. 부정부패는 물론이고 돈만 아는 물질 만능주의와 이기주의를 거부한다면 남는 담론 자원은 별로 없어 보인다. 한국전쟁 이후 한국 사회에 허용된 대표적 이데올로기는 자유주의다. 박완서는 한국전쟁을 그린 소설에서 "자유주의 만세"라는 벽보를 보고 눈물을 흘리는 주인공을 묘사한 적이 있다.[94] 또 다른 곳에서는 "자유 중에서 경제적 자유만큼 중요한 게 또 있을까"라고 반문하기도 했다.[95]

　　시장 속은 별세계 같이 생기에 넘쳐 있다. 팔고 사고 바꾸고 악착같은 흥정과 에누리와 욕설의 악다구니. 상인과 고객이 따로 있는 게 아니라 옷가지와 먹을 것과의 물물교환이 주여서 거래는 한층 영악을 극하고 사람마다 먹을 것을 향한 집념 하나로 체면이고 예절이고 홀랑 벗은 알몸뚱이가 되어 처절한 육박전을 벌인다.[96]

---

93 정혜경, 「1970년대 박완서 장편소설에 나타난 '양옥집' 표상」, 『대중서사연구』 17(1)(2011), 82~83쪽.

94 박완서, 『목마른 계절』, 158쪽.

95 박완서, 「자유의 환상」, 『나의 만년필』, 136쪽.

96 박완서, 『목마른 계절』, 87쪽.

박완서는 시장의 생기에 전율한다. 그것은 인민군 치하 서울에서 느낀 좌절과 환멸을 치유하는 생기로 가득한 시공간이다. 그가 느끼는 치유의 감각은 인간의 원초적 본능을 발산하는 것으로 재현된 시장의 악다구니로부터 나온다. 알몸뚱이의 인간, 애국과 이념과 사상을 벗어던진 인간을 만날 수 있는 곳이 곧 시장이다. 게다가 시장엔 돈이 없다. 돈 없는 시장의 이 야성적이고 원시적인 모습이야말로 그에겐 인간 본연의 모습일지 모른다. 하여 이곳에서의 전쟁은 칼과 총과 대포 같은 쇠붙이가 아니라 알몸뚱이의 육박전일 수밖에 없다. 물론 이 전쟁의 상처와 경쟁의 피로는 적절히 관리되어야 할 것이다.

아이들도 어른이 되어 가는 과정에서 불가피한 경쟁에 이기기 위해 긴장은 어쩔 수 없다손 치더라도 긴장에 의해 인간성 자체가 변형되거나 떳떳하게 굳어지지 않기 위해선 수시로 긴장을 풀어 줬다 조여 줬다 하는 신축성이 필요하다 하겠다. …… 학교에선 지식과 더불어 인간관계를 가르쳐야 하고, 그러기 위해선 경쟁이란 고독한 세계의 반목을 여럿이 즐거움을 같이 나눔으로써 화해시키고 풀어 줘야 한다. 경쟁이란 어둡고 닫힌 세계의 고독과 밝고 열린 세계의 즐거움이 자연스러운 파장을 이루는 성장 과정을 갖도록 해주어야 한다.[97]

---

[97] 박완서, 「누구를 위한 축제인가」, 『우리를 두렵게 하는 것들』, 176, 182~183쪽.

박완서는 경쟁을 위한 긴장의 신축성을 강조한다. 경쟁은 어른이 되기 위해 불가피하게 치러야 하는 것이며 그것도 이겨야 하는 것이다. 그래서 그에겐 경쟁력의 핵심인 학력의 상승이 중요하다. 박완서는 "중고등학교의 평준화는 학력 저하라는 과를 남"긴 것으로 생각했다.[98] 이런 퇴행을 막기 위해, 학력과 경쟁력의 원활한 상승을 위해 학생들의 감정과 정신, 신체 리듬은 신축과 이완이 반복되어야 하는 것이다. 그 이유는 인간성 자체의 변형을 막기 위한 것으로 설명된다.

인간성 자체가 무엇인지는 차치하고라도, 자유자재로 긴장의 신축성을 다룰 줄 아는 인간의 인간성은 이미 태초의 인간성은 아닐 것이다. 자유주의가 가정하고 있는 인간성이 무엇일지는 매우 논쟁적인 문제일 것이다. 그러나 자신의 의지에 따라 공정한 경쟁에 뛰어들어 긴장의 신축성을 최대한 발휘할 수 있도록 자신을 규율화하는 주체야말로 이미 자유주의적 인간성으로 스스로를 변형시킨 주체일 것이다. 이런 의미에서 박완서는 자신과 세계를 절묘하게 단락시키고 있다.

박완서가 밝고 열린 세계의 사례로 든 것은 시골 학교의 운동회이다. "시골 운동회 마당이야말로 시골 사람이 최초로 겪은 열린 세계였을 것"이라는 것이 그의 추정이다. 이어서 "그 옛날 시골 운동회가 그리도 즐거웠음은, 맨날 공부에선 꼴찌만 하던 돌쇠가 달리기에서 일등을 하는 이변이 있었기 때문"이라고 한다.[99]

---

98 박완서, 「딸애와 자가용 합승」, 『우리를 두렵게 하는 것들』, 289쪽.

박완서는 우승열패의 경쟁이 초래하는 긴장과 스트레스를 관리해 줄 축제의 필요성을 강조한다. 공부 외의 경쟁의 장을 만들어 경쟁의 다양성을 보장해 주자고 한다. 주 전장의 패배를 위무할 보조 경기장을 만들자고 한다. 이런 기획은 주 전장의 보호를 향해 수렴된다고 보인다. 즉 이는 자유주의의 모순보다는 그 딜레마를 사유하고 문제화함으로써 그것의 모순을 가리는 효과를 산출한다. 박완서가 지키고자 하는 자유의 모습은 이런 것이다.

> 토종닭이야말로 닭다운 삶의 무엇인가를 알고 그것을 지켰고, 즐겼고, 그것을 침해하려는 자에 저항했다. 계권鷄權이 무엇인지를 알고 있었다고나 할까. 이렇게 삶을 즐길 줄도, 삶을 위해 수고할 줄도, 자식을 낳아 기르는 책임을 위해 용감하고 간교할 줄도, 자기 가정을 넘보는 옳지 못한 힘과 맞서 투쟁할 줄도 아는 토종닭과, 부화기에서 깨어나 일생을 자유가 무엇인지도 모르게 갇혀서, 살만 찌는 배합사료로 사육당한 양닭하고 어떻게 그 고기 맛이 같을 수가 있을까.[100]

유신 치하에서 '계권'을 통해 자유를 얘기한 것은 탁월한 유비라고 보인다. 확실히 인용문의 자유는 자율성과 주체성을 담보한 해방으로서의 자유로 읽힌다. 박완서는 자신이 말하는 자유가 그

99 같은 글, 80, 85쪽.
100 박완서, 「예전 맛 신식 맛」, 『우리를 두렵게 하는 것들』, 195쪽.

리 간단한 것이 아님도 잘 알고 있었다고 보인다. 그는 "자유롭기 위해선 많은 것을 배워야 하고 몸이 고달프다. 자유롭기 때문에 스스로의 책임이 뭔지를 알고 있다"고 했다.[101]

그런데 1970년대 "닭다운 삶"은 무엇일까. 즐기고 수고하면서 용감하고 간교하게 투쟁하는 주체의 자유가 시장에서 발휘된다면 어떻게 될까. 고달프게 많은 것을 배워 용감하고 간교하게 투쟁하는 기술과 자원을 확보한 주체들의 자유로운 삶의 결과가 당대 현실은 아니었을까. 시장의 자유는 시장에 갇힘으로써 가능한 것은 아닐까. 1978년 전경련 초청으로 한국을 방문한 하이에크는 중앙은행마저 없애자는 (신)자유주의적 언설로 많은 한국인들에게 충격을 주기도 했다. 박완서의 자유주의는 하이에크의 그것과 얼마나 같고 얼마나 다를까.

박완서가 자본주의의 바깥을 사유한 것이 아님은 분명해 보인다. 후일 그는 『아주 오래된 농담』의 집필 동기가 '자본의 힘이란 곧 가부장의 힘이라는 사실을 고발'하고 싶었다고 했지만, 『미망』에서는 좋은 의미의 자본주의를 써보고 싶었다고도 했다.[102] 박완서가 돈과 자본주의적 욕망에 대해 집요하게 파고든 것은 분명하다고 하겠는데, 그의 이런 태도를 가족-자본주의family capitalism의 한국적 형식이 형성되는 과정에 대한 역사적 고찰로 재해석할 필요가 있다는 분석도 있다.[103] 이런 맥락에서 『오후』의 허성의 최후

---

101 같은 글, 193쪽.
102 이경호·권명아 엮음, 『박완서 문학 길찾기』, 세계사, 2000, 34, 39쪽.

는 의미심장하다.

『오후』에서 화폐의 생산 거점은 허성의 공장이었고 그 종착역은 세 딸들의 결혼 비용이다. 민 여사는 공장의 화폐를 결혼 시장의 운영 자금으로 전환해 결국 더 많은 화폐량으로 돌아오게끔 하고자 했다. 이 순환 구조는 부모 세대와 자식 세대 간의 세대로 이어지는 순환이기에 좀 더 복잡한 양상을 띠었을 뿐 그 기본 구조에서는 자본의 순환과 동궤적이다.

물론 투자 자본의 회수 전망은 시장의 정세와 상품의 질, 수요와 공급 법칙 등에 의해 유동적이며 어느 것 하나 확정적이지 않다. 투자와 투기는 동전의 양면이고 일정한 리스크 없이 더 큰 자본에 대한 전망 역시 없다. 이 흐름에 기투하는 것이 곧 주체의 삶이 된다. 주체의 기투는 커다란 위험을 동반한다. 프레스에 잘려 나간 허성의 왼 손가락은 그 위험이 얼마나 큰지를 상징한다.

허성은 상처 입은 왼손에 극단적으로 집착한다. 딸의 맞선 자리에서 감추기 급급한 그 상처는 민 여사의 애정을 확인하는 수단이 되기도 하며 온전한 오른손과 대비되어 허성의 영원한 트라우마가 된다. 허성의 왼손은 자본 운동의 위험과 그 흐름에 올라탄 주체들의 불안을 상징한다. 그것은 위험과 불안이 추상적인 것이 아니며 물질적이고 구체적이며 직접적인 것임을 의미한다.

확대재생산의 욕망이 위험한 만큼 민 여사는 공장에서 번 돈을 밤새 팔랑팔랑 세는 데 집착한다. "팔랑팔랑 돈을 세다 말고 발작

---

103 권명아, 「박완서, 그녀가 남긴 것」, 『작가세계』 23(1)(2011), 99쪽.

적으로 허성 씨의 토막 난 손을 끌어다가 그 미운 상처 자국을 부드럽고 따뜻하게 오래오래 애무할 적도 있었다. 그러면 허성 씨는 그 상처 자국이 자기만의 성감대라도 되는 것처럼 짜릿짜릿해지면서 아내가 못 견디게 귀여워"지는 것이다.[104] 잘려 나간 손과 교환된 화폐는 육감적 매력을 물씬 풍긴다. 그 매력은 이중의 재생산, 즉 생물학적 재생산과 경제적 재생산의 욕망인 셈이다.

그럼에도 왼손은 신체적 불구이자 정신적 외상이다. 허성의 왼손에 대한 집착은 자신의 상처 입은 정체성에 대한 멜랑콜리가 되기도 한다. 그는 잘려 나간 왼 손가락에 대해 충분한 애도로 대응하지 못한다. 이미 죽어 버린 신체에 대해 적절한 애도를 표하고 살아남은 것들에 대한 적극적 의지로 넘어가지 못한다.[105] 그는 사라져 버린 손가락에 끊임없이 포박되어 있고 그것이 언제나 자신을 옭아매고 있음을 의식하고 있다. 애도 대신 멜랑콜리의 대상이 됨으로써 허성의 사라진 손가락은 현실에 생생하게 살아남게 되는데, 그것이 일종의 좀비화된 주체성이다.

죽었으되 죽지 않은, 죽음의 상태로 회귀하는 삶을 상징하는 손가락은 허성의 불안을 현재화한다. 그것은 허성의 나머지 신체의 위험을 드러내는 데자뷔이기도 한데, 왼 손가락을 집어삼킨 공장이 결국 허성의 나머지 신체조차 회수한다. 비대칭적 사돈 관계

---

104 박완서, 『휘청거리는 오후』, 59쪽.
105 애도와 멜랑콜리에 대해서는 김정한, 「1980년대 운동사회의 감성: 애도의 정치와 멜랑콜리 주체」, 『한국학연구』 제33집(2014), 인하대학교 한국학연구소 참조.

에 따른 갖은 모멸과 수모, 화폐량 부족에 따른 압박, 가족 관계에서의 소외 등으로 위기의 나날을 보내던 허성은 그럼에도 우직한 힘으로 자신의 삶을 이어간다. 그러나 그를 최종적으로 무너뜨린 것은 역시 공장이다. 모든 생산의 거점이던 공장의 죽음이 명확해지면서 허성의 나머지 신체의 소멸 역시 불가피한 것이 된다.

『오후』뿐만 아니라『흉년』의 가족-자본주의도 파국적인 결말로 끝난다. 확실히 박완서가 당대의 자본주의를 긍정적인 것으로 재현했다고 보기는 힘들다. 그러나 또한 박완서가 당대의 윤리와 도덕, 인간학적 문제 설정 그리고 자유주의로부터 자유로웠다고 볼 수도 없다. 부정부패 없는 윤리적 자본주의, 정직하고 근면한 노동-주체, 능력주의에 따른 자유롭고 공정한 경쟁 등 그가 강조했던 가치 지향은 당대의 지배적인 자유주의적 계몽의 언어를 반복한 것이기도 했다. 이 가치들은 일반적으로 민주화 운동으로 알려진 정치적 자유주의의 언어들이기도 했다.

5. 맺음말

1970년대는 한국 사회가 본격적으로 자본주의 화폐경제를 경험한 시대였다. 이는 화폐를 매개로 한 소유 욕망이 한껏 부풀어 오르는 시대였다는 의미이다. 소유가 계층 구분의 거의 유일한 기준이 되는 상황이 등장했고, 이는 신분제와 달리 유동적이며 유연한 계층 이동이 가능함을 의미하는 것이었다. 앙시앵레짐의 규정력이 매우 약화된 것으로 보이는 이 자본의 전일적인 지배 양상이 계층 상승의 희망으로 보였을 가능성이 농후했다.

더욱이 새로운 지배계급으로서의 부르주아는 교양과 재산을 통해 자신들의 사회적·문화적 위치를 공고화해야 했으나, 한국의 경우 그들의 문화적 헤게모니 형성은 매우 취약했다. 결국 돈이면 다 되는 조야한 경제 환원론이 득세할 수 있는 상황이 연출되었고 부르주아 문화 없는 부르주아계급이 형성된 셈이었다. 요컨대 문화와 관습과 도덕 윤리를 통과해야만 하는 신분 상승과는 비교할 수 없을 정도로 손쉽고 단순화된 계층 상승이야말로 소유 욕망이 극대화될 수 있는 최적의 조건이었다.

이렇게 화폐경제가 사회적 유동성을 제고해 화폐 흐름에 따라 수직·수평의 이동이 전례 없이 확대되고 있는 상황에서, 중산층은 그 흐름의 희망과 불안을 가장 전형적으로 보여 주는 계층이었다. 박완서는 스스로가 중류층임을 강조했고 1970년대 중산층의 움직임을 가장 세밀하고 정교하게 재현한 작가였다. 그의 소설과 에세이들은 소유 욕망과 화폐에 민감해진 다양한 인간 군상들을 실감나게 묘사한 것은 물론 중산층의 심리와 가치 치향에 대해서도 풍부한 내용을 제공하고 있다.

박완서는 상류층과 하층민 모두 도덕적 결함과 정신적 타락 탓에 올바른 가치를 제시할 수 없다고 규정하고, 중류의 삶에 기반한 중산층의 역할을 강조했다. 화폐 소유량을 유일한 기준으로 하여 상중하로 구분된 지극히 단순화된 사회계층 분류 방식은 당대의 일반적 인식이었고 박완서 역시 크게 다르지 않았다. 이런 소유 중심의 계층 구도에서 박완서는 적절한 화폐량의 소유가 바람직한 인간상의 기본 조건임을 강조했다.

그러나 중산층은 단단한 실체이기 힘들었다. 화폐의 유동성만큼이나 중산층의 위치는 불안했다. 상류와 하류 사이에서 상승의 희망과 추락의 공포로 분열증에 시달릴 수밖에 없는 것이 중산층이기도 했다. 중산층의 고유한 불안은 위와 아래를 향한 양날의 칼을 휘두를 수 있는 주체 위치를 의미하는 것처럼 보이기도 했다. 그러나 실상 그것은 위로 얼굴을 돌리고 아래를 굽어보는 시선이기도 하다. 중산층의 불안은 상승 기류를 타고 하강하는 자의 불안인 것이다. 애당초 중간은 고유한 자기 위치를 확인할 수 없는 양자역학적 위치인 셈이다. 어딘가를 지시하지만 그것이 자기 위치는 아닌, 자기 위치를 지시할 수 없는 화살표와 같은 것이 중산층의 불안일 것이다. 이런 자기 배반적 주체 위치로 인해 박완서의 중산층은 끊임없이 부유하고 동요하고 불안하다.

이 불안과 동요가 초래하는 분열증 속에서 중산층의 자유주의가 자라났다. 박완서는 윤리와 도덕을 강조하고 인간적인 것에 대해 주의를 환기하지만, 그것은 시장의 자유와 능력주의에 기반을 둔 경쟁과 결합된다. 박완서는 부조리하고 타락한 현실을 싸늘하게 비판하지만, 그 비판은 타락한 현실 속에서 자신의 생존을 도모해야 하는 중산층의 딜레마를 자유주의의 미덕으로 해소해 버릴 가능성이 농후한 것이기도 했다.

참고문헌

게오르그 짐멜 지음, 김덕영·윤미애 옮김, 『짐멜의 모더니티 읽기』, 새물결, 2005.

_____, 안준섭·장영배·조희연 옮김, 『돈의 철학』, 한길사, 1983.

고병권, 『화폐, 마법의 사중주』, 그린비, 2005.

권명아, 「박완서, 그녀가 남긴 것」, 『작가세계』 23(1)(2011).

김삼수, 「박정희 시대의 노동정책과 노사관계」, 『개발독재와 박정희 시대』, 창비, 2003.

김용복, 「개발독재는 불가피한 필요악이었나」, 『박정희를 넘어서』, 푸른숲, 1998.

김정한, 「1980년대 운동사회의 감성: 애도의 정치와 멜랑콜리 주체」, 『한국학연구』
　　　제33집(2014), 인하대학교 한국학연구소.

류보선, 「개념에의 저항과 차이의 발견: 박완서 초기 소설에 대하여」, 『어떤 나들이』,
　　　문학동네, 1999.

미셸 푸코 지음, 오트르망(심세광·전혜리·조성은) 옮김, 『생명관리정치의 탄생』, 난장,
　　　2012.

박완서, 『꼴찌에게 보내는 갈채』, 세계사, 2002.

_____, 『나목』, 민음사, 2005.

_____, 『나의 만년필』, 문학동네, 2015. (『혼자 부르는 합창』의 개정판)

_____, 『도시의 흉년』 상, 세계사, 1993.

_____, 『목마른 계절』, 세계사, 2012.

_____, 「세상에서 제일 무거운 틀니」, 『현대문학』 1972/08.

_____, 『어떤 나들이』, 문학동네, 1999.

_____, 『여자와 남자가 있는 풍경』, 한길사, 1978.

_____, 『우리를 두렵게 하는 것들』, 문학동네, 2015.

_____, 『조그만 체험기』, 문학동네, 1999.

_____, 『혼자 부르는 합창』, 진문출판사, 1977.

_____, 『휘청거리는 오후』, 세계사, 1993.

오자은, 「중산층 가정의 욕망과 존재방식」, 『국어국문학』 164호(2013).

이경호·권명아 엮음, 『박완서 문학 길찾기』, 세계사, 2000.

이문재·박완서 대담, 「나의 문학은 내가 발 디딘 곳이다」, 『문학동네』 여름호(1999).

이정우, 「개발독재와 빈부격차」, 『개발독재와 박정희 시대』, 창비, 2003.

정혜경, 「1970년대 박완서 장편소설에 나타난 '양옥집' 표상」, 『대중서사연구』

    17(1)(2011).

정홍섭, 「1970년대 서울(사람들)의 삶의 문화에 관한 극한의 성찰: 박완서론(1)」,
    『비평문학』 39(2011).

칼 맑스[카를 마르크스] 지음, 김수행 옮김, 『자본론』 상, 비봉출판사, 1992.

『매일경제』 1977/12/15.

통계청 국가통계포털(http://kosis.kr).

Veblen, Thorstein, *The Theory of the Leisure Class*, Oxford Univ. Press, 2007.

시장, 사회와 인간을 바꾸다:

1980년대 한국의 중산층 담론과 호모 에코노미쿠스

이상록

"우리 어렸을 때 가난에 쩌들어 고생 고생하면서 자란 일을 생각해 보라구. 이만하면 고대광실에서 호의호식하고 사는 셈이야."

"겨우 밥술이나 먹을 만해졌다고 막바로 중산층이 되는 건 아니죠. 꽁보리밥 먹던 뱃속에 기름진 음식이 좀 들어가니까 세상천지가 온통 풍요해 보이시나 본데, 의식주 문제를 해결하고 못 하는 그런 차원에서 계층을 구분하려는 발상은 완전히 시대착오지요."

"과거에 비해서 우리가 현저하게 잘살고 있다는 사실을 자네는 부정하는 건가?"

"어째서 못살던 시절 못살던 사람하고만 비교해야 합니까? 비교 대상을 우리보다 훨씬 잘사는 사람들로 잡으면 동티라도 난답디까?"

"거 여러 소리 필요 없어. 전체적으로 따져 볼 때 내 생활이 중간 수준은 되는 게 확실하니까 나는 기꺼이 중산층에 가담하겠어."

"아직도 기아, 임금에 허덕이는 사람들이 부지기수로 많은 세상이라구."

"그러니까 더욱더 우린 중산층이지. 어째서 우리가 가난뱅이들 눈치나 보면서 살아야 되나? 그 사람들 미안해서 우리가 중산층 자격을 반납하고 그 사람들 생활이 현재의 우리 수준으로 올라설 때까지 부지하세월 기다리면서 제자리걸음만 하고 있을 수는 없는 노릇 아닌가."[1]

1. 머리말 : 1980년대, 자유주의, 그리고 호모 에코노미쿠스

2010년대 한국의 지식 사회는 여전히 1980년대라는 시간대의 무게에 짓눌려 있다. 1980년 5월 신군부의 광주 학살은 친미 반공주의에 젖어 있던 지식인들과 학생들의 각성을 불러일으켰고, 그중 일부는 냉전 이데올로기의 지적 경계를 넘어 마르크스레닌주의를 수용하며 혁명을 통해 '분단-독재-자본 예속'의 구조를 변혁시키고자 했다. 이들의 노력은 1987년 6월 민주 항쟁을 촉발·확산하는 데 기여했고, 냉전-분단 규율 체제를 뒤흔드는 데도 큰 역할을 했다. 동유럽 사회주의권의 몰락과 소련의 해체 이후 한국의 좌파 운동은 쇠락의 길을 걸었지만, 1980년대 급진 운동과 변혁 담론의 대두는 한국 지식 사회를 변화시킨 커다란 계기였음에 틀림없다. 1990년대 이후 한국 지식 사회 내부에 포스트post-

---

1 윤홍길, 『말로만 중산층』, 1989, 청한, 302쪽.

담론이 수용되면서 기존의 저항 담론에 대한 비판적 논의들이 다양하게 제기되었고, 1980년대의 비판 이론들이 사실상 이론으로서 종언을 고했음에도, 1980년대 저항운동을 이끌던 거대 담론 가운데 일부(반독재 민주주의, 통일 지향 민족주의, '정상적' 근대성 등)는 강고한 지속력을 과시하고 있으며, 이들 운동 주체의 경험과 기억은 여전히 '신비화·낭만화·특권화'되어 있다.

'현실'을 설명하는 가장 강력한 방법 중 하나가 현대사 연구라는 점을 감안해 볼 때, 1980년대 연구는 '한국 사회의 현실'을 역사적 맥락에서 분석하고 설명할 수 있게 한다는 점에서 매우 중요하다. 이처럼 '1980년대'는 역사적 분석의 대상이 되어야 함에도, 경험적으로 인식된 '성역과도 같은 기억 시간대'이기 때문에 연구 대상이 될 수 없다고 암묵적으로 간주되어 온 측면이 있다. 1980년대에 대한 연구 부진은 '현재'로부터 거리 두기를 중시하는 역사학의 방법론적 보수성과도 밀접한 관련이 있다. 사실 분과 학문으로서의 역사학 밖에서는 이미 오래전부터 1980년대 연구가 다양하게 진행되어 왔다. 그러므로 1980년대를 다룬 역사 쓰기는 결코 부재한 것이 아니라, 역사학계 외부에서 이를 이끌어 왔다고 봐야 할 것이다.

문제는 1980년대를 둘러싼 기억과 서사가 김원의 지적처럼 진영론과 세대론에 입각한 이분법을 벗어나지 못하고 있다는 사실이다.[2] 1980년대 연구를 방해하는 가장 중요한 요인 가운데 하나

---

2 김원, 「80년대에 대한 '기억'과 '장기 80년대'」, 『한국학연구』 36(2015), 인하대학

는 경험적·규범적 역사 인식을 준거로 삼아 새로운 인식을 배척하거나 그들을 계몽하려는 특정 세대의 닫힌 태도이다. '군부독재를 굴복시키고 민주화를 성취한 시대', '위대한 각성의 시대', '혁명의 시대' 등으로 '1980년대'를 전제하거나, 그 틀 밖의 다른 해석 가능성을 원천적으로 봉쇄하는 것 등이 1980년대 연구를 역설적으로 가로막고 있다.[3] 독재 대 민주화의 이분법을 넘어 한국 사회 '현실'의 역사성을 해석하기 위해서는 다면성에 주목해야 하며, '1980년대'가 억압·배제한 주체와 그들의 기억을 드러내는 작업 또한 필요하다.[4]

1980년대를 새롭게 해석하는 방식은 다양할 것이다. 필자는 이 글에서 자유주의와 신자유주의의 확산이라는 맥락을 통해 1980년대를 재해석하고자 한다. 1980년대에 대한 기존의 해석은 '미흡한 자유주의와 과잉된 국가 권능'으로 요약될 수 있다. 억압적 국가권력(독재) 대 '자유'를 갈망하는 시민 세력(민주)의 길항 관계 속에서 6월 민주 항쟁으로 후자가 승리하는 구도로 1980년대를 그리는 것이 일반적인 서사이다.[5] 그러나 '독재 대 민주'의 이항

교 한국학연구소, 12~13쪽.

3 같은 글, 15쪽.

4 김원, 「'장기 80년대' 주체에 대한 단상: 보편, 재현 그리고 윤리」, 『실천문학』 2013/08, 23쪽.

5 2017년 개봉해 화제를 모은 영화 〈택시운전사〉와 〈1987〉은 1980년대에 대한 기존의 역사 서사를 반복·재생산하는 것을 축으로 가족주의나 소시민 의식, 사회정의와 공동체, 직업윤리 등에 대한 익숙한 문법들을 새롭게 조합하는 특징을 드러낸다. 〈택시운전사〉에서는 오직 '돈'을 벌기 위해 외국인을 광주로 태워 줬다가 빠

구도로는 1980년대를 온전히 설명할 수 없다. 시민들에게 일정한 '자유'와 '자율성'을 제공하는 것으로 통치성을 지속했던 독재자들, 노동자 투쟁을 백안시하고 급진 운동을 불온시했던 소시민과 '자유민주주의' 성향의 지식인들, 독재 권력을 비판하면서도 닮아 있는 급진주의자들, 젠더 정치나 소수자 인권을 외면하고 억압하기도 했던 '민주주의자들'의 양면성과 다면성을 역사화할 필요가 있다. 더불어 주목해야 할 점은 바로 산업화 이후 '시장과 자본의 역능'이 압도적으로 중요해졌고, 1980년대에 국가와 사회를 조율해 간 주요한 힘이 바로 시장과 자본으로부터 나왔다는 사실이다.

1987년 이후 '민주화'의 정치적·제도적 성취에도 불구하고 민주주의는 왜 실질화되지 못했고, '부익부 빈익빈'의 대물림은 공고화되어 가는가. 압축적 경제성장에도 불구하고 사람들은 왜 살기 어려워졌다고 느끼고, 행복 지수는 떨어져 가며, 자살률은 올라가는가. 입시와 취업의 장은 전쟁터가 된 지 오래이며, 저임금

겨나오지 못하면서 시민군과 독일인 기자(위르겐 힌츠페터)를 돕게 되는 택시 기사(김만섭)의 모습을 중심으로 다루는데, 이는 환유하자면 호모 에코노미쿠스가 호모 폴리티쿠스로 전환되는 지점을 극적으로 형상화한 것이었다. 〈1987〉에서 주인공 연희는 폭력의 시대에 맞서는 이들의 투쟁에 대한 의도적 거리 두기를 '마이마이'에 헤드폰을 끼워 음악을 듣는 것으로 행한다. 그 역시 남영동 대공분실로 끌려간 외삼촌과 최루탄에 맞고 쓰러진 운동권 선배로 인해 투쟁의 대열에 나서는 것으로 영화는 전개된다. 영화에서는 '호모 폴리티쿠스'로 전환되는 보통 사람들의 모습을 다루고 있으나, 역사가의 시선으로 좀 더 새롭게 조명할 필요가 있는 지점은 '호모 폴리티쿠스'로 전화되기 이전의 존재들, 또는 '호모 폴리티쿠스'로 전화되지 않은 이들의 모습이다. '호모 폴리티쿠스'로의 전화 양상과 그 의미에 대해서도 당대인들의 현실 속에서 재검토할 필요가 있다.

의 비정규직 노동자로 살아가야 할 청년 세대는 평범한 삶을 꿈꿀 자유조차 포기해야 하는 상황에 놓여 있다. 한국 자본주의가 고도화될수록 1980년대에 제기되었던 '혁명의 빛'은 점점 더 희미해져 갔다. 1990년대 이래 불평등의 심화에도 불구하고 소득과 생활수준의 지속적 상승 속에서 '시장과 자본의 역능'은 더욱 막강해졌다. "사회를 바꾸자, 세상을 뒤집자"는 외침은 점점 무력해져 갔고, "나도 '금수저'가 되고 싶다"는 욕망 아래 "'흙수저'에게도 사회경제적 상승의 기회를 공정하게 제공하라"는 기회균등의 공정성 요구로 민주주의의 의미는 퇴색되었다.

주지하듯이 1987년 민주 항쟁 시기 제기된 '민주주의'에는 '자본주의 타도'를 포함한 급진 좌파의 지향에서부터 경제성장을 배경으로 정치적 자유주의 증진을 위해 군부독재 종식과 직선제 개헌을 요구했던 온건 우파의 지향까지 뒤섞여 내포되어 있었다. 문제는 좌파냐 우파냐에 있는 것이 아니라, 좌우를 막론한 대부분 세력이 1980년대에 '시장과 자본의 역능'이라는 급류에 휩쓸려 자유주의적 생활 태도와 지향에 포섭되고 있었다는 데 있다. 1987년 광장에서의 '민주주의'가 가진 양가성과 다면성이 '자유주의'에 의해 전유되는 상황이 이른바 '87년 체제' 속에서 진행되어 왔다는 사실이 중요하며, 그 토양은 1987년 이전에 이미 마련되고 있었음을 응시할 필요가 있다.[6] 민주주의는 시장에 의해 잠식된 사회

---

6 1960~70년대 한국에서의 호모 에코노미쿠스의 탄생과 그 확산에 대해서는 다음 연구를 참고할 수 있다. 이상록, 「산업화 시기 '출세'·'성공'스토리와 발전주의적

를 구할 희망의 언어이기도 했지만, '시장의 자유'를 합법적으로 옹호하는 통치의 언어이기도 했다. 한국의 민주화 과정은 이런 맥락에서 독해되어야 한다.

칼 폴라니는 1944년 『거대한 전환』에서 산업혁명으로 혼란에 빠진 19세기 초 영국의 현실을 '사탄의 맷돌'에 갈린 사람들의 삶으로 비유했다.[7] 이 비유를 한국에 적용해 보면, 1970~80년대는 유례없는 압축적 고도성장 속에서 '사탄의 맷돌' 속으로 사회와 인간이 빨려 들어가기 시작하는 형국이었다고 할 수 있다. 하지만 이 시기는 단순히 사람들의 생활이 파괴되는 일방적 파탄의 양상은 아니었다. 생활수준의 평균적 향상과 사회적 상승 가능성의 확장이라는 낙관적 상황과 저임금·장시간 노동 아래에서 불평등이 구조화되는 비관적 상황이 교차하는 가운데 '사탄의 맷돌'이 작동하기 시작한 시기였다. 많은 역사가들은 박정희·전두환 정권의 폭압적이고 반자유주의적인 통치 행태로 인해 1970~80년대 한국에서는 '자유'가 결여되어 있고, '자유주의'도 거의 부재했다고 인식해 왔다. 하지만 폴라니의 분석을 고려해 보면, 1970~80년대 한국은 자유 시장의 확장과 더불어 경제적 자유주의가 강화된

주체 만들기」, 『인문학연구』 28(2017), 인천대 인문학연구소. 최근 박찬종은 부마 항쟁과 광주항쟁 이후 1980년대 경제기획원과 한국개발연구원을 중심으로 하는 경제주체들에 의해 신자유주의가 적극적으로 선택되었음을 주장하는 논문을 제출 했다. 박찬종, 「한국 신자유주의의 정치적 기원: 부마항쟁과 광주항쟁 이후의 경제 정책 전환」, 『사회와 역사』 제117집(2018), 한국사회사학회.

7 칼 폴라니 지음, 홍기빈 옮김, 『거대한 전환』, 길, 2010, 163~164쪽.

시기였다고 해석할 수 있다. 그는 경제적 자유주의를 시장체제의 창출에 몰두했던 사회의 조직 원리라고 했는데,[8] 1970~80년대 한국의 군사정권들은 수출 총력전 수행을 최우선 목표로 삼고 있었으며, 이를 위해 시장체제의 창출과 경제적 자유주의를 허용하지 않을 수 없었다. 표면적으로 보면 박정희·전두환 정부는 지속적으로 시장에 개입·간섭하는 정책을 폈기 때문에 반자유주의적이었던 것 같지만, "자유 시장으로 가는 길을 뚫고 또 그것을 유지·보수했던 것은 중앙에서 조직하고 통제하는 지속적인 정부 개입"이라는 폴라니의 지적[9]을 고려했을 때, 그런 정책은 자유 시장의 확장에 기여하는 방향으로 작용하고 있음을 알 수 있다.

폴라니는 시장 사회 속에서 경제적 자유주의가 인간을 어떻게 바꾸어 가는지를 날카롭게 분석했다. 그에 따르면 현대 시장 사회는 인간과 자연을 노동과 토지로 상품화해 인간 살림살이의 실체적 터전을 해체하고 '형식적 경제'의 논리가 지배하도록 만든다. 시장 사회에서 인간은 사회로부터 뿌리 뽑힌 존재가 되며, 이익과 굶주림의 동기에 허덕이는 경제적 동물로 전락하게 된다.[10] 시장 사회에서의 경제적 자유주의는 인간 존재를 항시적 불안정에 빠뜨리고 인간의 사회적 자유를 빼앗는 역설적 상황을 유발한다. 결국 '사회'로부터 분리된 '개인'은 삶의 불안 속에서 탐욕적 이익

---

8 같은 책, 384쪽.

9 같은 책, 393쪽.

10 최현, 「시장인간의 형성: 생활세계의 식민화와 저항」, 『동향과 전망』 81(2011), 159~160쪽; 이병천, 「어떤 경제/민주화인가」, 『시민과 세계』 22(2013), 109~110쪽.

추구에 몰두하는 '호모 에코노미쿠스'가 되는 것이다.

신자유주의의 역사와 현실을 분석하는 데 우리에게 가장 중요한 영감을 제공하는 철학자는 단연 미셸 푸코이다. 그는 1978~79년 콜레주 드 프랑스 강의에서 '신자유주의'를 탈규제·민영화 정책 등을 비롯해 글로벌 자본의 흐름과 자유 시장을 뒷받침하는 일련의 경제정책으로 보는 통상적 이해 방식을 거부하고, 신자유주의를 '합리적으로 통치하는 최상의 방식'이 될 새로운 이성으로 해석했다. 그는 고전적 자유주의의 경우 '정치사회에서 시장이라는 자유로운 공간을 어떻게 재단하고 마련할 것인가'를 과제로 삼았던 반면, 신자유주의의 문제는 '포괄적인 정치권력의 행사를 시장경제의 원리에 어떻게 맞출 것인가'에 있다고 해석했다.[11] 이 지점에서 신자유주의의 '새로운 이성'은 시장경제의 형식과 원리가 정치·사회 영역에서의 통치술로 확장·전환되면서 탄생했다고 볼 수 있다. 신자유주의하에서 국가는 경제에서의 경쟁 및 성장을 지원할 뿐만 아니라 사회의 경제화도 지원한다. 푸코에 따르면 신자유주의하에서 국가는 "시장을 위해 통치"하며, 사회는 "시장에 의해 규제"된다. 신자유주의의 정치적 합리성이 완벽하게 실행되고, 시장 원칙이 모든 공간으로 확대되면, 그 모든 공간에서 불평등이 정당한 것으로 간주될 뿐만 아니라 규범적인 것이 된다.

이처럼 푸코는 신자유주의를 통치 기술이자 통치 합리성으로

---

11 미셸 푸코 지음, 오트르망(심세광·전혜리·조성은) 옮김, 『생명관리정치의 탄생』, 난장, 2012, 191쪽.

규정하고 있는데, 신자유주의 통치 체제의 탄생을 가능하게 한 핵심적인 인간형을 자유주의 시대에 탄생한 '호모 에코노미쿠스'에서 찾았다.[12] 푸코는 고전적 자유주의하에서의 '호모 에코노미쿠스' 개념을 '교환을 통해 욕구를 충족하는 인간'으로 보았고, 그와 구별되는 신자유주의적 '호모 에코노미쿠스'를 '자기 자신을 경영하는 기업가'로 설명했다.[13] 신자유주의 이성은 '교환을 경쟁으로, 평등을 불평등으로, 노동을 인적 자본으로' 대체하며, 경쟁이 시장의 근본 원칙이 되는 상황에서 인적 자본으로서의 각 개인은 기업가적인 존재로 주체화된다. 신자유주의하에서 호모 에코노미쿠스가 추구하는 인간상은 교환하는 인간이나 소비하는 인간이 아니라, 기업가 정신을 체득해 스스로 "기업하는 인간, 생산하는 인간"이다.

푸코는 신자유주의하에서 개인들이 '자유·경쟁'을 매개로 하여 자본 가치가 높은 주체로 거듭나기 위해 자신의 능력을 스스로 끊임없이 계발하는 '호모 에코노미쿠스'의 통치성을 날카롭게 드

---

12 '호모 에코노미쿠스'는 푸코의 신자유주의 분석에서 가장 핵심적인 개념이지만, 이는 삶의 모든 것을 경제적인 것으로 판단하고 경제적 원리에 따라서만 움직이는 인간형을 의미하는 것은 아니다. 푸코는 "주체를 호모 에코노미쿠스로서만 다룬다는 것은 주체 전반이 호모 에코노미쿠스로 여겨진다는 것을 의미하지는 않습니다"라며, 호모 에코노미쿠스를 "개인과 개인에게 행사되는 권력 사이의 접촉면", "통치와 개인의 경계면"이라고 설명했다. 즉 호모 에코노미쿠스는 통치와 개인의 관계를 매개하는 일종의 방법적 개념이다. 강동호, 「호모 에코노미쿠스와 근대의 통치성」, 『문학과 사회』 27권 3호(2014), 451~453쪽.

13 미셸 푸코, 『생명관리정치의 탄생』, 319~321쪽.

러냈다. 그러나 푸코는 신자유주의의 통치성을 어떻게 극복할 것인지에 대한 대안이나 저항 가능성에 대해서는 함구했다. 웬디 브라운은 푸코가 민주주의나 시민 정신 등에 대해서는 관심이 없었기 때문에 신자유주의에 혹독한 비판을 가하지 못했으며, 근대사상과 현실 속에서 '호모 폴리티쿠스'를 간과하는 등의 문제가 있다고 비판했다.[14] 웬디 브라운은 호모 폴리티쿠스가 신자유주의 이성의 가장 큰 희생양이지만, 호모 폴리티쿠스의 민주주의적인 형상이 통치 합리성으로서의 신자유주의 이성에 대항할 비장의 무기이며, 다른 인간 존재의 가능성을 보여 주는 비전의 원천이기 때문에 중요하다고 역설하며, 이를 저항의 근거지로 설정했다.[15] 그러나 웬디 브라운 역시 신자유주의하에서는 호모 폴리티쿠스가 사라지고 인적 자본이라는 형상이 그 자리를 대신 차지하면서 호모 에코노미쿠스의 형상만이 남게 된다고 하여 결론적으로는 푸코의 논의로 회귀하는 듯한 모습을 보인다.[16]

필자는 신자유주의와 민주주의의 관계를 새롭게 규명하고, 신자유주의적 통치성으로부터 벗어나 '민주주의'의 기의를 새롭게 채울 가능성을 모색하고자 푸코의 '호모 에코노미쿠스' 개념을 비판적으로 수용해 1980년대 한국 사회의 변화를 분석하려 한다. 이때 '호모 에코노미쿠스' 개념이 갖는 문제점을 벗어나기 위해 '호

---

14 웬디 브라운 지음, 배충효·방진이 옮김, 『민주주의 살해하기』, 내인생의책, 2017, 98~99쪽.

15 같은 책, 111~112쪽.

16 같은 책, 144~145쪽.

모 에코노미쿠스'에서 '호모 폴리티쿠스'로의 전회 또는 양자의 중
첩 가능성을 열어 놓고 분석할 것이다. 이에 필자는 1980년대의
중산층 담론을 살펴보고, 당시 '신중간층'으로 불린 화이트칼라
노동자들의 호모 에코노미쿠스적 실천과 호모 폴리티쿠스적 태도
를 동시에 드러내려 한다. 이 작업을 통해 1980년대 한국 사회는
기존의 통설과 달리 (신)자유주의적 통치성이 확장되던 국면에 있
었음을 밝히고, 신자유주의적 호명과 주체화로부터 벗어나 다른
방식의 주체화를 모색하던 역사적 계기가 존재했음을 1980년대
한국 사회에서 탐색하고자 한다.

2. 중산층 담론의 변화와 그 의미

1) 1960년대의 중산층 논쟁과 1970년대의 중간 집단론

1963년 6월 민주당 대변인 김대중은 민주당을 "중소기업인,
봉급자, 지식인, 중산층의 보호 육성에 치중하는 정당"이라고 설
명했고, 1964년 12월 전당대회에서 공화당은 당 정책을 설명하
면서 "중산층의 신장 육성을 위한 누진 세제를 더욱 강화할 것"이
라고 하는 등 1960년대 초중반부터 여야 공히 '중산층 육성' 정책
을 앞세웠다. 그러나 제1차 경제개발 계획이 대기업 육성을 통한
수출 증대의 방향으로 시행되자, 야당은 박정희 정부의 경제정책
을 비판하는 맥락에서 '중산층 육성'을 더욱 강조했다.

1966년 1월 박정희는 연두교서를 통해 "1970년대 후반기에는
조국의 근대화가 이룩"될 것이고, "대량생산을 거쳐 대량 소비가

이루어질 것"이라며, '풍요한 사회'를 맞이할 때까지 국민들에게 '인내'해 줄 것을 당부했다. 이에 대해 박순천 민중당 대표최고위 원은 박정희 정부의 경제개발로 중산층이 무더기로 몰락하고 있다고 주장하며, "민중당이 중산층의 이익을 대변하고 노동 대중의 권익을 옹호하며, 양심적인 기업가를 보호하는 정당"이라면서 민중당은 '대중 자본주의'를 지향한다고 선언했다. 그는 "민주정치의 기본 부대며 사회 안정의 근간이 되는 중산계층은 도시와 농촌을 막론하고 몰락해, 사회는 빈부 양극화의 남미형으로 전락했으며, 반反대중적이고 반反사회적인 빈부 양극화 정책이 공화당 정부의 최대 실정失政"이라고 박정희 정부를 비판했다.[17]

민중당의 비판 직후 『조선일보』는 '근대화와 중산층'이라는 6회 시리즈를 통해 정치권의 '중산층' 이슈를 좀 더 심층적으로 드러냈다. 공화당 정책연구실장 김성희는 공화당이 중산층 보호 확대를 결코 소홀히 하지 않고 있으며, 중소기업 육성을 위해 70억 원을 연차적으로 투입하고자 하며, 중소기업은 대기업(기간산업)과의 계열화 전략 속에서 육성한다는 입장이라고 밝혔다.[18] 당시 민중당 대변인이었던 김대중은 "공화당 정부의 현재와 같은 특혜 일변도의 경제 시책 아래서는 중산층의 몰락은 필연적인 귀결이며, 중산층의 몰락을 일단 방치하더라도 생산력의 증대에 일로매진하겠다는 초기 자본주의적 방법으로는 결코 올바른 근대화가

---

17 「"중산층 소생시켜야" 민중당 박대표 기조연설」, 『조선일보』 1966/01/21.

18 김성희, 「근대화와 중산층 ②: 여당의 입장」, 『조선일보』 1966/01/26.

있을 수 없다"고 지적했다. 또한 그는 민중당이 "중소상공인, 중농, 봉급자, 문화인 등 중산층의 이익을 중점적으로 대변하는 정당"이라며 이를 위해서는 '부의 축적'과 '부의 균배均配'를 동시적으로 해결해야 한다고 주장했다.[19]

『조선일보』의 '근대화와 중산층' 시리즈 5회에서 경제학자 임종철은 "중산층 소멸은 필연적"이라는 도발적인 주장을 제기했다. 임종철은 자본주의가 발전할수록 양극화는 심화된다며 양극화 과정에서 중산층은 몰락하고, 결국 비즈니스 엘리트 대기업과 저소득의 근로대중만이 남게 된다고 보았다. 따라서 몰락할 운명의 중산층을 육성할 것이 아니라, 최저소득층의 처참한 빈곤을 줄이기 위해 강력한 재분배 정책을 써야 한다는 것이 그의 주장이었다.[20]

이에 대해 경제학자 이창렬은 「중산층 소멸론은 거짓이다」라는 글을 통해 임종철의 주장을 반박했다. 그는 '고전적 자본주의'와 구별되는 현대의 수정자본주의하에서는 중산층이 소멸되는 것이 아니라 오히려 확대되고 있음이 실증되었다며, 수정자본주의에서의 경영자 혁명과 소득 혁명으로 소득의 평준화와 절대적 궁핍의 감소가 이루어졌다고 주장했다.[21]

임종철은 이창렬의 반론에 대해 중산층을 소득을 기준으로 한 중간계급으로 본다면 중산층은 소멸되지 않고 건재할 것이나, 중

---

19 김대중, 「근대화와 중산층 ③: 야당의 주장」, 『조선일보』 1966/01/27.
20 임종철, 「근대화와 중산층 ⑤: 경제학적 고찰」, 『조선일보』 1966/01/29.
21 이창렬, 「중산층 소멸론은 거짓이다」, 『조선일보』 1966/02/15.

산층이라는 개념은 독립적 생산수단의 소유자로서의 중산계급, 즉 중소기업을 지칭해야 한다고 했다. 그는 대기업 육성을 통한 생산의 극대화와 평등 분배를 통한 사회 후생의 극대화를 동시적으로 성취할 수 있으며, 이를 추구해야 한다고 했다.[22]

경제학자 박희범은 민중당의 대중 자본주의론과 임종철의 중산층 소멸론을 동시에 비판했다. 박희범은 소득의 형성 과정을 중시하는 입장에서 박정희 정부와 공화당이 제기한 중소기업의 계열화론을 지지하면서도, 박정희 정부가 국내에서의 계열화를 추구하기보다 외국 공업의 하청적 성격으로 계열화하는 전략을 취한 것이 잘못되었다고 비판하기도 했다. 그는 서독이나 일본이 중소기업 계열화로 번영을 이루고 있다며, 소득의 형성 과정을 무시하고 균등 분배만을 강조하는 민중당이나 중소기업 소멸론은 모두 탁상공론에 불과하다고 주장했다.[23]

사회학자인 신용하는 중산층 논쟁이 '육성이냐 소멸이냐'를 논의의 초점으로 삼은 것이 문제라며 '중산층 개편'에 초점을 맞춰야 한다고 주장했다. 그는 중산층은 자신의 자본을 운동시키는 과정에서 근대화에 공헌할 수 있기 때문에, 이들을 소멸시키자는 주장에는 찬동할 수 없다고 말하며, 오히려 '근대화'에 기여할 수 있는 중산층을 육성해야 한다는 논리를 전개했다. 그는 한국의 근대

---

22 임종철, 「중산층과 중간계급은 다르다: 반론에 대한 반론」, 『조선일보』 1966/02/15.

23 박희범, 「중소기업 소멸론은 탁상공론」, 『청맥』 1966/04.

화에 기여할 수 있는 중산층은 외국자본에 종속되어 있지 않은 한국의 중소 광공업자로 제한된다면서, 생산성이 낮은 중산층까지도 덮어놓고 육성하자고 해서는 안 된다고 했다. 근대화의 효율적 추진을 위해 근대화 과정에 적합하도록 대자본과 중산층의 역할을 배분해 개편하는 것이 중요한 과제라고 그는 결론지었다.

1960년대 중산층 논쟁은 분배 없는 성장에 대한 반발로 촉발되었지만, 논쟁이 전개되는 과정에서의 이슈는 '중산층'을 어떻게 개념화할지와 효율적인 경제성장 전략이 무엇인지에 초점이 맞춰졌다. 1960년대 한국은 집단적 사회계층으로서의 '중산층' 형성이 미미한 상황에 있었다. 1960년대 중산층 논쟁은 사회적 존재로서 '중산층'의 출현에 대응하는 담론 간의 부딪침이 아니라, 경제성장 전략 및 분배 문제를 둘러싼 학자들 사이의 입장 차이를 반영한 것이었다. 한국 사회에 실존하는 중산층에 대한 분석 없이, 중산층에 대한 서구 학자들의 지식과 이론을 그대로 투영하고 있다는 측면에서 1960년대 중산층 논쟁은 한계가 있었다.

1970년대에는 크리스찬아카데미를 중심으로 양극화 해소를 위한 '중간 집단 육성론'이 제기되었다. 1970년 4월 2일부터 5일까지 크리스찬아카데미에서는 산업화 이후 한국 사회의 대안적 방향을 '인간화'人間化로 정하고, 인간화를 가로막는 '양극화' 문제에 대해 70여 명의 전문가들을 모아 토론 모임을 개최했다. 1971년 3월 22일부터는 '중간 집단의 강화'라는 주제로 50여 명이 참가한 '대화의 모임'을 갖기도 했다. 이 자리에서 강원룡 목사는 '중간 집단의 육성 강화'를 통해 양극화의 폐해를 극복할 수 있다며, 이를 크리스찬아카데미의 활동 목표로 제시했다.

전자의 토론 모임에서 임종철은 1960년대 경제개발 계획의 효과로 산업 간, 기업 간, 지역 간, 계층 간에 경제적인 양극화가 발생했다고 분석하면서, 그 원인을 "시장 세력이 자유롭게 작용하기 때문"이라고 단정했다. 그는 정부가 적절한 경제 통합 정책 또는 복지 정책을 통해 시장 세력의 자유로운 작용을 규제해야 했지만, 정부가 그 책무를 다하지 않았기 때문에 양극화가 초래되었다고 했다.[24]

사회학자 김영모는 '부익부 빈익빈'을 핵심으로 하는 사회적 불평등의 심화가 한국에 구조화되었다며, 이를 해결하려면 '사회적 평등의 제도화'와 '사회적 갈등의 조직화'가 필요하다고 했다. 그는 모든 계층에 사회적 이동의 기회 구조가 공평하게 주어지고, 사회적 이익이 개인에게 집중되기보다 다수 또는 사회에도 돌아가도록 하는 것을 대안으로 제시했다.[25]

강원룡 목사는 1960년대에 꾸었던 발전에 대한 화려한 꿈이 1970년대에는 생존에 대한 위협으로 나타나고 있다며, 이는 근본적으로 인간과 인간, 인간과 자연 간의 관계를 대립과 정복의 관계로 설정하고 있기 때문이라고 지적했다. 그는 현대의 물질문명이 비정신화와 비인간화를 초래했을 뿐만 아니라, 자연과 인간 사이의 조화를 파괴해 환경오염과 자원 고갈을 낳았다고 지적하며,

24 임종철, 「한국경제의 양극화와 그 극복」, 크리스찬아카데미 엮음, 『한국아카데미 총서2: 양극화 시대의 중간집단』, 삼성출판사, 1975, 48~50쪽.
25 김영모, 「한국사회의 양극화와 그 극복」, 『한국아카데미총서2』, 78~79쪽.

이를 당대의 세계가 처한 문제로 규정했다.

그는 양극화의 문제를 단순히 국가 차원이 아니라 지구적 차원에서 이해했고, 인류의 생존 문제와 직결시켜 파악했다. 그럼에도 그는 반공주의적 입장에서 평등보다는 자유가 중요하다고 강조했고, 자유의 허용도 "적의 간접 침략을 허용해서는 안 된다"는 원칙 아래 무질서로 이어지는 것을 경계해야 한다고 했다. 그는 양극화 해소의 궁극적 목표를 '인간화'에 두었고, 이를 위한 방안으로 '중간 집단의 육성'을 내세웠다. 그는 중간 집단을 "자율적이고 민주적인 바탕 위에서 형성된 집단으로서 힘없는 민중 속에 뿌리를 박는 집단"으로 개념화했는데, 강자와 약자, 지배자와 피지배자 사이에서 균형을 잡아 주는 일종의 압력 집단으로 설명했다. 그의 중간 집단 육성 강화책은 중간 집단 요원에 대한 집중 교육을 실시하고 이를 통해 의식화와 조직화를 유도하는 것이었다.[26]

한완상은 시민혁명을 겪지 못했고 동양적 전체주의의 잔재가 남아 있는 '아시아의 후진국'에서는 반민주주의가 등장하고, 중간 집단의 형성이 가로막힌다고 분석했다. 또한 그는 후진국의 경우 대중 속에 뿌리박고 있는 자율적인 중간 집단이 없기 때문에 집권 엘리트에 대한 저항운동이 일시적으로는 성공할 수 있어도 근본적인 저항 문화의 토대를 닦지 못했다고 주장했다. 그는 종교인·지식인·언론인·학생·노동자·여성 등 여섯 개의 중간 집단을 양성해야 한다고 주장했다. 그는 산업화 과정에서 나타나는 각종 악폐

---

26 강원룡, 「중간집단이란 무엇인가」, 『한국아카데미총서2』, 221쪽.

를 노동자 자신의 단결된 의지와 힘으로 해결할 수 있다며 노동조합의 중요성을 환기했다. 그는 노동운동이 단순히 경제투쟁에 그쳐서는 안 되며, 여타의 민권운동과 결합해 정치 영역으로 확장되어야 한다고 주장했다. 또한 산업민주주의의 실현을 위해 종교인들이 산업 시설과 현장에 직접 뛰어들어야 하고, 노동자들의 권익을 옹호하고 노사 간 협동 체제를 확립하는 데 종교계가 힘을 쏟아야 한다며, 종교의 현실 참여를 촉구했다.[27]

2) 1980년대 '중산층' 담론의 폭발

1960~70년대 중산층 담론은 사회 내에 실재하는 집단 또는 계층으로서의 '중산층'에 대한 것이기보다는 지식인들의 머릿속에서 '중산층은 ~해야 한다(돼야 한다)'는 명제를 중심으로 구성되어 있었다는 특징을 지녔다. 1980년대 중산층 담론은 이전 시기에 비해 중산층이 실질적으로 대두하는 현실을 배경으로 전개되고 있다는 특징을 지녔다. 또한 사회학자들을 중심으로 한 전문가 집단이 사회과학적 조사 기법을 기반으로 추출한 데이터에 근거해 중산층 논의를 이끌었다는 점도 특징적이었다.

27 한완상, 「중간집단의 현황과 그 의의」, 『한국아카데미총서2』, 242~243, 250~252쪽.

① 예방 혁명을 위한 중산층 육성론

신군부는 1980년 5월 광주 학살 이후 대중의 반발을 최소화하고, 이들을 체제 내로 포섭하기 위해 지식인들을 동원해 통치 담론을 가다듬었다. 그 내용에는 고도 경제성장 정책의 부작용을 해소하기 위해 노력해야 할 점들이 포함되었는데, 그 가운데 핵심은 사회적 불균형과 불평등을 해소하기 위해 근대화의 혜택을 전 계층이 고루 누리게 하는 방향으로 복지 및 배분 지향의 정책을 펴야 한다는 것이었다. 이와 관련해 전두환이 1980년대의 국가 지표로 '민주주의의 토착화, 복지사회의 건설'과 더불어 '정의 사회 구현'을 내걸고 있었다는 점이 주목된다.[28]

1970년대에 '사회정의' 담론은 지배 진영과 저항 진영이 공히 주장하던 것이었다. 유신 독재와 산업화의 폐해가 극심해진 1970년대 후반 야당 정치인들과 지식인들은 박정희 체제를 강도 높게 비판하며 '사회정의 구현'을 언급하곤 했다. 산업화 과정에서 빈부 격차가 증대되고 공정한 분배가 이루어지지 못해 사회정의가 실현되지 못했다는 인식이 1970년대 말~1980년대 초에 팽배해 있었다.[29] 전두환은 '사회정의'의 어순만 바꾸고, 저항의 언어를 통치의 언어로 전유했다. 대통령 취임 전 전두환은 '정의 사회 구현'을 부정부패자 엄벌 정도의 의미만 담아 사용하곤 했으나, 지

---

28 「민주복지국가 건설이 새 시대 목표」, 『매일경제신문』 1980/08/12.

29 이홍구, 「낙관적인 미래관 총괄분석」, 『동아일보』 1980/01/01.

식인들은 '정의 사회'라는 말에 여러 긍정적인 의미들을 투영해 아예 새로운 통치 개념으로 만들어 주고 있었다. 「전두환 장군의 사상을 말한다」라는 『경향신문』 좌담에서 한양대 복지행정학과 김영섭 교수는 '정의로운 사회'란 "열심히 일한 사람들이 경제적·정신적으로 살아가는 데 만족한 생활을 영위하는 것이 보장되는 사회"라고 설명했다.[30] 독재든 뭐든 정치체제와 무관하게, 열심히 일한 자들을 생활면에서 만족할 수 있도록 '순종적인 생활인'으로 만드는 것이 바로 '정의 사회 구현'의 관건이었다.

신군부는 박정희 정부의 고도성장 경제를 계승해야 하면서도 고도성장의 그늘에서 소외된 이들을 체제 내로 포섭해야 하는 이중의 과제를 안고 있었다. 신군부 입장에서 대중 포섭 문제의 관건은 사회 하층민들이 교육과 노동을 통해 중산층이 될 수 있다고 인식하게 하는 데 있었다. 농민과 저임금 노동자 등 사회 하층민의 소득 증대와 삶의 질 개선도 중요했지만, 그보다 더 중요했던 것은 사회경제적 계층 상승의 기회가 전두환 정부의 수립 이후 활짝 열린 듯 느끼게 만드는 것이었다. 부동산 투기 억제를 위한 규제 조치와 강력한 과외 금지 정책 등은 이런 맥락에서 신군부에게 중요한 정책이었다. 조세정책과 관련해서도, 신군부는 집권 초 중산층 이하 계층의 세 부담을 줄이는 정책을 추진했다.

1984년 2월 전두환은 노동부 업무보고 자리에서 "노동부는 금년에 근로자를 …… 중산층으로 육성하는 연차적인 근로자 재산

---

30 「특별좌담: 전두환장군의 사상을 말한다(하)」, 『경향신문』 1980/08/26.

형성 방안을 강구해 보라"고 지시했다. 대통령의 지시를 받은 노동부는 이듬해 업무보고 자리에서 최저임금제 도입을 포함한 임금 체계의 합리적 개선과 기업 내 노사협의회 설치 확대 등을 추진하겠다면서 전문 기관 연구를 통해 '근로자 중산층 육성·보호 방안'을 도출하겠다고 했다.[31] 1985년 언론에서도 정부의 이 같은 중산층 육성 추진에 발맞춰 그 필요성을 강조하는 주장을 했다. 『경향신문』 주필은 1985년 6월 10일자 사설에서 2·12 총선 이후 고양되는 '민주화' 현상과 빈발하는 노사 쟁의에 따른 위기의식을 언급하면서, 계층 간의 마찰과 갈등을 흡수할 수 있을 만큼 중산층의 부피를 두텁게 키워야 한다는 주장을 제기했다. 이는 중산층이 사회계층 간 갈등의 완충지대 역할을 할 것이며, 체제 안정화를 위해 반드시 육성할 필요가 있다는 것이었다.[32]

1980년대 중산층 담론의 가장 주류적인 흐름은 일종의 예방혁명론적 차원에서 중산층 내지 중류 계층을 두텁게 구축해야 한다는 것이었다. 이때 자주 동원되는 이론은 계층구조를 피라미드형과 다이아몬드형으로 구분하는 계층 이론이었다. 피라미드형은 초기 자본주의사회나 후진사회에서 흔히 볼 수 있는 유형인 반면, 다이아몬드형은 사회 하층의 상당 부분이 경제적 풍요와 사회적 지위의 향상으로 중류층 범주에 흡수되어 사회 성원의 대다수가

---

31 「10만원 미만 저임低賃 해소, 근로자 중산층 육성 노력」, 『매일경제신문』 1985/02/28.

32 「사설: 중산층의 폭이 두터워야 한다」, 『경향신문』 1985/06/10.

중간층을 이루는 모형이다. 중산층을 두텁게 하는 다이아몬드형 사회구조를 만들면 사회적 갈등이 감소되고 사회적 안정성을 확보할 수 있다는 것이었다.[33]

사회학자 고영복은 '중산층 육성'이 현대 자본주의사회에서 자본가계급과 노동자계급의 극한적 대립을 방지하거나 타협시키는 방안으로 제기되었음을 지적하며, 중산층 육성을 예방 혁명론의 맥락에서 설명하고 있다. 그는 근대화를 산업화로 보았을 때 그 추진 세력은 '중산층'이고, 현대화를 복지화로 보았을 때 그 추진 세력은 '신중간층'(사무직 노동자, 유급 전문직 등)이라고 설명했다.[34] 그는 중간 계층이 산업화와 복지화를 이끄는 주역으로 성장할 수 있도록 유도하는 것이 매우 중요하다고 강조했다.

철학자인 김종호는 중간층이 자신들의 이해관계를 산업자본가와 일치시키고 그들에게 동조하게 되면 자본주의사회는 오래 지속될 것이고, 반대로 중간층이 프롤레타리아 의식을 갖고 마르크스주의 노선에 따르면 사회주의혁명이 가속화될 수 있을 것이라고 전망했다. 후자를 억제하고 전자로 유도하고자 중간계급을 위한 사회보장제도를 확충해 가야 한다고 주장했다.[35]

---

33 홍두승, 「중간계층의 존재양식」, 『정경문화』 1982/04, 62~63쪽.
34 고영복, 「전국민의 중산층화」, 『월간중앙』 1980/02, 106~107쪽.
35 김종호, 「'계급'이란 무엇인가」, 『정경문화』 1981/04, 69쪽.

② 중산층 보수화론과 그에 대한 반론

　많은 학자들과 정치인들이 자유민주주의의 안정을 위해 중산
층을 보호 육성해야 한다고 말했지만, 중산층의 보수성을 경고하
는 학자들도 있었다. 양동안은 독일과 이탈리아에서 중산층은 파
시즘의 주된 지지 기반이었음을 환기하며, 한국 사회에서 "중산
층은 민주화 개혁의 진정한 동맹 세력이 될 수도 없고 중산층을
중심으로 한 민주정치는 불가능하며 동시에 바람직하지도 않다"
고 부정적으로 평가했다.[36] 그는 1981년 당시 한국의 중산층은 물
가 인상이나 소득 감소로 소비수준을 유지 못 할 수도 있다는 불
안 의식, 공산주의 국가로부터 침략당할지도 모른다는 공포 등으
로 보수화되고 있다고 진단했다. 또한 도시의 중산층들이 "정치
의 민주적 가치보다 경제의 안정된 소비수준 유지에 더 큰 비중"
을 두게 되었고, 더 큰 소비생활을 누리기 위해 투기에 몰두하고
있다고도 지적했다. 보수주의자였던 그는 사회윤리를 외면하면서
수단과 방법을 가리지 않고 개인의 경제적 이익만을 추구하는 이
들에 대해 "광분"이라는 표현을 사용하며 맹비난했다.[37]
　1980년대 중반 이후 몇몇 사회학자들은 설문 조사 등을 토대
로 '중산층은 보수적'이라는 테제 자체를 비판하기 시작했다. 정

---

36 양동안, 「한국에 있어서 중산층민주정치의 문제점과 그 대안」, 『정경문화』 1981/
　04, 79~80쪽.
37 같은 글, 87~88쪽.

치적 차원에서는 1985년 2·12 총선을 통해 정부 여당에 대한 민심 이반이 확인된 것에 힘입어 이 같은 연구들이 제출되었다. 사회학자 한상진은 중산층의 상대적 박탈감이 노동자의 그것보다 오히려 더 높다며, 이들은 권위주의적 정치 질서와 유습에 대해 강한 불만과 염증을 느끼고 있다고 했다.[38] 한상진의 설문 조사 결과에 따르면, 노사 쟁의가 발생하면 사회불안이 고조될 것으로 전망한 중산층은 전체의 22.7퍼센트에 불과했던 반면, 사회질서가 유지될 것(47.3퍼센트)으로 전망하거나, 사회 안정이 이루어질 것(30퍼센트)이라고 밝힌 이들이 많았다.[39]

1987년 5월 서울대사회과학연구소 소속 사회학자 한완상·권태억·홍두승은 한국일보사와 함께 전국 1043명을 대상으로 '중산층의 생활 모습과 의식' 등에 대한 조사를 실시하고, 그 결과를 분석해 발표했다. 이 조사는 농촌 지역을 조사 대상 지역에서 제외했고, 단독주택 및 아파트 평수 기준 20~60평대 거주자로 조사 대상을 제한해 '중산층' 표본을 추출한 결과라는 조사 방법상의 특징을 갖는다. 이 조사에 따르면, 응답자의 79퍼센트가 스스로를 중산층에 속한다고 인식하는 것으로 답변했고, 중산층이 '우리 사회의 발전에 큰 기여를 해왔다'(찬성 비율 85퍼센트)고 생각하며, 신문이나 텔레비전 등 언론 미디어에 대해서도 비판적인 태도를

---

38 한상진, 「한국 중산층의 정치의식」, 『국책연구』 제3권 2호(1986년 여름호), 민주정의당 정책연구소, 260~261쪽.

39 한상진, 「한국 중산층은 보수적인가」, 『(계간 경향) 사상과 정책』 제3권 3호(1986년 여름호), 127쪽.

갖는다(72퍼센트)고 한 이들이 많았다. 그러나 이 조사에 따르면, 중산층은 체제 개혁을 갈망하면서도 점진적인 개혁을 바라지 급진적인 방법에는 반대한다고 인식(82퍼센트)하고 있었다.[40] 또한 '국민의 인권이 다소 제한되더라도 경제성장을 늦추어서는 안 된다'에 찬성(14퍼센트)하는 이보다 '경제성장을 다소 늦추더라도 국민의 인권을 신장시키는 것이 바람직하다'에 찬성(86퍼센트)하는 이가 월등히 많았다. 서울대사회과학연구소와 한국일보사 조사는 1986년 7월 부천 경찰서 성고문 사건 폭로와 1987년 1월 박종철 고문치사 사건 등이 이슈가 되고 6월 항쟁이 점화되기 직전에 행해졌다는 것을 감안해야 하겠다. 이런 분위기 속에서 당시 빗발치던 시국 선언과 집단행동에 대한 질문에 대한 공감도가 상당히 높게 나왔다. 중산층에 속한다고 볼 수 있는 이 조사 대상자들은 대학생들의 주장(공감 비율 60퍼센트), 교수들 및 지식인들의 시국 선언(79퍼센트), 교사들의 교육 민주화 선언(73퍼센트), 노동자들의 주장과 시위(65퍼센트), 철거민들의 항의 시위(72퍼센트), 종교인들의 시국 선언(66퍼센트), 소 값 파동에 대한 농민들의 항의 시위(89퍼센트) 등에 대해 고르게 높은 공감도를 나타냈다.[41]

미디어에서는 "중산층이여 잠에서 깨어나라"를 외치는 분위기가 이어졌는데, 이는 1980년대 좌파 세력의 가시화에 대한 지배 블록이 지닌 불안의 반영이었다. 분배 구조를 둘러싼 이념 갈등이

---

40 서울대사회과학연구소, 『한국의 중산층』, 한국일보사출판국, 1987, 11~12쪽.
41 같은 책, 63~65쪽.

물리적 투쟁으로 전개되거나, 그동안 공들여 온 자본주의적 산업화 구조가 좌파에 의해 변형되거나 붕괴될 수 있다는 위기의식이 깔려 있었다. 자유주의자들은 이 갈등의 완충지대로 중산층을 상정했고, 중산층의 참여 민주주의가 성숙된 민주주의라는 논리를 이어갔다.

③ 민주화 주체로서의 중산층론

한상진 등의 실증적 반론에도 불구하고 6월 민주 항쟁 직전까지도 많은 지식인들은 중산층에 대한 의혹과 불신을 떨치지 못했다. 그들이 보기에 중산층은 "헌신과 책임을 다하기보다는 과시하는 즐거움으로 시종하고 있"고, "창조적인 존재이기보다는 소비적인 계층"이었다.[42] 한상진의 분석에서처럼 중산층은 현실의 모순을 바라보는 관찰자로서는 날카로운 시선을 지니고 있었지만, 사회보다 자신의 이익을 더 중시하는 존재들이기 때문에 "그 모순을 시정하기 위한 행동에는 선뜻 나서지 않는" 세력으로 판단하는 것이 지식인들의 일반적인 이해 방식이었다. 임의동행과 고문이 횡행하는 1980년대 사회 분위기 속에서 중산층이 자기 기득권을 포기하면서까지 모순 해결을 위해 사회적인 책임을 다하지는 않으리라는 것이었다.[43]

그러나 6월 민주 항쟁 이후 지식인들의 '중산층'에 대한 평가

---

42 진덕규, 「중산층의 보수화가 문제」, 『월간조선』 83(1987/02), 118쪽.
43 최재현, 「한국의 중산층, 왜 비겁한가」, 『월간조선』 85(1987/04), 361~362쪽.

는 달라졌다. 6월 민주 항쟁에서 '중산층'은 항쟁의 주력은 아니었지만, 시위의 확산 과정에서 화이트칼라 노동자들이 시위에 참여했고, 일부 자영업자들은 철시撤市나 시위 학생 보호 등으로 시위에 동조하는 태도를 취했기 때문이었다. 지식인들은 중산층이 경제적인 문제에 대해서는 보수적인 변모를 지니고 있지만, 민주화에의 요구 등에 대해서는 진보적인 변모를 가지고 있고, 정치적인 참여에까지 직접 나설 수 있는 존재로 성장했음을 높이 평가했다. 임희섭은 1980년대 민주화 운동과 관련해, 이제 한국 사회에도 '시민 계층'이 형성되었고, 이들이 민주화 지향의 사회 개혁을 적극적으로 요구하고 참여해 왔으며, 시민 계층의 성장에 중산층이 큰 기여를 했다고 주장했다.[44] 이각범은 서울대사회과학연구소 조사 등을 근거로 정치·경제 현안이나 사회 갈등에 대한 중산층의 의식이 노동자계급의 의식보다도 더욱 적극적이라고 볼 수 있다면서 '현실 안주, 안정 지향'이라는, 기존의 중산층에 대한 인식을 수정해야 한다고 주장했다. 그는 서구의 중산층 이론을 그대로 한국 사회에 적용한 것이 오류의 원인이라면서, 한국의 중산층은 대학 문화를 필두로 한 사회 저변의 문화적 요인과 함께 분석해야 이해할 수 있다고 주장했다. 그는 6월 민주 항쟁에서 나타난 것처럼 한국의 신중산층은 개혁 지향적이며 친노동계급적 성격을 갖고 있는데, 이는 대학 문화를 중심으로 형성된 저항 문화에 그 의

---

44 고영복·김성국·임희섭·이각범, 「좌담: 한국중간층과 정치발전」, 『민족지성』 20 (1987/10), 41~42쪽.

식의 뿌리를 두고 있기 때문이라고 해석했다. 즉 그는 중산층의 개혁성을 대학 문화를 경험한 20~30대 세대 문화의 특징으로 설명했다.[45] 다만 6월 민주 항쟁과 7·8·9월 노동자 대투쟁 사이의 간극에 주목하며, 중산층과 노동자계급 사이의 이해관계가 일치하지 않기도 하며, 이로 인해 계급 갈등이 발생해 노동자의 이해로부터 이반할 가능성이 보인다는 전망도 있었다.[46]

3. 중산층 성장과 양극화 완화, 그 속에서의 불평등 : 거시 경제 지표로 본 1980년대

여기에서는 중산층의 성장과 소비 양상, 양극화의 완화 속에서도 존재하던 불평등에 대해 거시 경제 지표를 중심으로 1980년대의 경제 상황을 간략히 다루고자 한다.

1980년 마이너스 1.7퍼센트로 시작한 경제성장률은 1981년부터 1989년까지 7퍼센트 이상의 높은 성장률을 지속했다. 1983년에 13.2퍼센트로 정점을 찍었고, 1986년부터는 3저 호황의 여파로 11~12퍼센트대를 유지했다.

1980년대의 경제는 1970년대의 고도성장 추세를 지속하는 동시에 안정화 기조를 유지하는 데도 성공적이었다. 1980년대 사회

45 이각범, 「진보적인 오늘의 중산층」, 『민족지성』 20(1987), 82~86쪽.
46 고영복·김성국·임희섭·이각범, 「좌담: 한국중간층과 정치발전」, 43쪽.

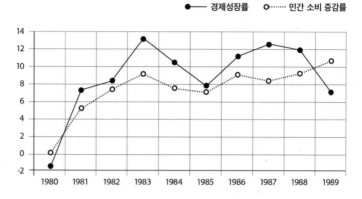

그림 1_ 경제성장률과 민간 소비 증감률(실질) (1980~89년; 단위 : %)

● ── 경제성장률   ○ ⋯⋯ 민간 소비 증감률

자료 : 한국은행.

영역에서의 시장 원리 투영 강화와 호모 에코노미쿠스의 확산은 '안정 속의 성장'이라는 경제 상황을 배경으로 등장했다.

〈그림 1〉에서도 확인할 수 있듯, 이 시기의 민간 소비 증감률은 경제성장률에 조응하는 추이를 보인다. 1981년부터 1988년까지는 경제성장률에 비해 소비 증가율이 약간 낮은 추세를 유지했으나, 1989년에는 경제성장률보다 소비 증가율이 3.7퍼센트포인트 더 높았다. 이런 면에서 보면, 1989년 이후 1990년대가 본격적인 '대량 소비 시대'라고 볼 수도 있다. 1980년대는 1990년대와 비교하면 소비 억제 기조에 있었다고 해석할 수 있지만, 1970년대와 비교하면 가파른 상승세에 있었음을 유의해야 한다.

1980년대 민간 최종 소비지출 총액 규모를 살펴보면, 〈그림 2〉처럼 1980년대 내내 가파르게 증가해 갔던 것을 확인할 수 있다. 1980년 24조 5673억 원이었던 민간 소비지출은 1985년에

그림 2_ 민간 최종 소비지출(명목) (1980~89년; 단위 : 10억 원)

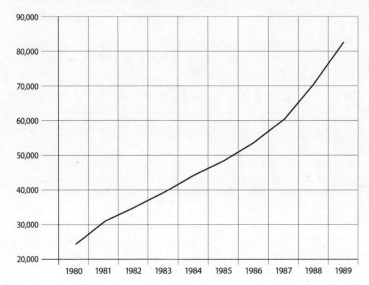

자료 : 한국은행.

1980년 총액의 두 배인 48조 3617억 원으로, 1989년에는 1980
년 총액의 3.3배인 81조 6985억 원으로 급증했다. 1980년대 경
제성장률과 비교하면, 소비가 일정하게 억제되는 기조에 있었다
고 볼 수 있지만, 실제 지출 규모를 보면 경제성장에 따라 민간 소
비가 급증하고 있었음을 확인할 수 있다.

〈표 1〉은 소득 10분위별 근로자 가구당 월평균 가계 수지 내
역이다.[47] 이를 보면 소득수준별 가구 평균 수입과 지출 규모 추이

---

47 분위별 소득이란 가구를 소득순으로 나열한 뒤, 최하위 가구부터 최상위 가구까

표 1_ 소득 10분위별 근로자 가구당 월평균 가계 수지 (1980~89년; 단위 : 원)

소득 10분위별	가계 수지 항목별	1980년 근로자 가구	1981년 근로자 가구	1982년 근로자 가구	1983년 근로자 가구	1984년 근로자 가구	1985년 근로자 가구	1986년 근로자 가구	1987년 근로자 가구	1988년 근로자 가구	1989년 근로자 가구
평균	소득	234,086	280,953	313,608	359,041	395,613	423,788	473,553	553,099	646,672	804,938
	가계 지출	183,578	223,957	251,972	280,515	305,730	328,761	361,902	416,575	492,484	631,281
1분위	소득	71,399	87,595	92,573	110,627	117,760	124,504	141,116	164,883	202,338	252,783
	가계 지출	88,001	110,129	123,910	135,944	147,815	160,024	179,553	209,564	243,330	302,594
2분위	소득	111,491	136,690	152,277	175,649	190,662	206,494	231,657	272,261	323,900	403,263
	가계 지출	110,997	133,620	152,949	165,431	180,028	194,705	215,212	248,006	288,239	364,074
3분위	소득	139,626	168,369	188,148	213,040	233,378	254,682	286,618	332,272	392,194	485,929
	가계 지출	124,565	149,468	178,940	188,341	208,682	218,439	239,739	279,419	329,329	408,885
4분위	소득	163,877	195,948	217,945	249,457	273,842	293,442	329,890	385,278	451,282	561,207
	가계 지출	140,907	166,642	189,603	204,557	228,291	235,626	267,829	313,234	358,263	457,897
5분위	소득	187,676	223,847	249,130	281,832	310,979	330,848	374,337	438,763	513,998	638,056
	가계 지출	152,919	183,995	209,504	229,329	255,275	264,671	293,270	344,680	397,305	516,321
6분위	소득	213,016	253,827	282,680	319,811	357,077	378,899	425,832	499,374	584,074	723,097
	가계 지출	171,939	201,123	228,874	256,589	282,426	294,784	333,297	386,067	452,601	596,012
7분위	소득	244,555	289,250	324,547	369,535	410,713	436,314	491,698	574,486	670,166	828,897
	가계 지출	190,559	229,175	262,896	289,753	310,956	325,090	370,608	426,540	507,133	640,642
8분위	소득	285,819	340,553	381,795	435,821	485,951	516,011	581,315	677,593	785,180	970,693
	가계 지출	217,289	263,387	295,936	335,475	367,475	389,982	425,864	495,689	578,046	746,102
9분위	소득	354,106	425,206	473,103	542,444	599,004	643,373	720,378	842,862	976,298	1,204,928
	가계 지출	258,763	315,324	354,053	404,962	435,372	475,355	521,215	600,569	704,267	886,320
10분위	소득	568,901	688,170	773,389	891,582	976,323	1,052,976	1,152,263	1,342,597	1,566,782	1,979,048
	가계 지출	380,434	486,700	522,756	594,404	640,728	728,727	772,173	861,639	1,066,019	1,393,072

자료 : 통계청 국가통계포털.

를 확인할 수 있는데, 전체 평균을 보면 1980년 근로자 가구 월평
균 소득은 23만 4086원에서 1989년 80만 4938원으로 3.4배 증

지 10구간으로 등분해 각 구간별 소득을 평균한 금액을 의미한다. 구간별 가구 수
는 전체 가구 수의 10퍼센트이며, 여기서 소득이 가장 낮은 쪽의 구간이 1분위이
고 가장 높은 쪽의 구간이 10분위이다.

시장, 사회와 인간을 바꾸다

가했고, 가계 지출 역시 1980년 18만 3578원에서 1989년 63만 1281원으로 3.4배 증가했다. 소득수준이 하위 10퍼센트에 해당하는 1분위의 경우 1980년대 내내 가계 지출보다 소득이 더 적은 것을 확인할 수 있다. 그러나 1분위를 제외한 2~10분위에서는 모두 가계 지출을 상회하는 소득수준을 유지했고, 상위 계층인 9~10분위뿐만 아니라 중하위 계층에서도 지속적인 소득 증가가 나타났다.

경제학자들의 분석에 따르면, 1970년대 중·후반기에 소득 불평등은 악화되었으나 1980년대 접어들어 소득 불평등이 다소 완화되고 소득분배 구조가 안정화되는 특징이 나타났다. 소득 불평등도를 의미하는 지니계수를 비농가 부문으로 제한해 살펴보면 1970년 0.3455에서 1976년 0.4118로 급격히 상승했으나, 1982년 0.3705로, 1984년 0.3655로 떨어지는 것을 확인할 수 있다.[48] 1980년대 비농업 부문에서 소득분배가 개선된 원인은 1인당 부가가치 증가, 실업률 감소, 임금 소득 증가 등을 꼽을 수 있다.[49] 실업률은 마이너스 성장률을 기록한 1980년에 5.2퍼센트로 최고치를 찍었으나 그 뒤 해마다 감소해 1984년에는 3.8퍼센트로 떨어졌다.[50] 1980년대 초 경제 위기를 극복하고 물가 안정화 정책이 어느 정도 성공을 거두면서 소득 면에서의 불평등은 1970년대 후

48 강봉균, 『한국의 경제개발전략과 소득분배(정책연구자료 89-06)』, 한국개발연구원, 1989, 68쪽.
49 같은 책, 72쪽.
50 같은 책, 103쪽.

표 2_ 교육 정도별 임금수준

구분	중졸	고졸	대졸
1976년	59.1	100.0	229.7
1980년	68.8	100.0	228.5
1985년	74.7	100.0	226.5
1986년	77.6	100.0	222.0

자료 : 경제기획원, 『한국의 사회지표』, 1987, 182~183쪽.

반에 비해 분명히 개선된 것으로 보인다.

문제는 임금노동자의 경우 교육 수준에 따른 임금격차가 대단히 컸고, 임금 소득은 불평등이 상대적으로 개선된 반면에 자산 소득의 불평등은 오히려 심화되고 있었다는 점이었다. 이는 1980년대 분배 구조상 특징이기도 했다.

중졸자와 고졸자 사이의 임금격차는 1980년대에 접어들어 어느 정도 개선되었으나, 고졸자와 대졸자 사이의 임금격차는 거의 그대로 유지되고 있었다. 대졸 노동자는 고졸 노동자 임금의 평균 2.2배 정도 받는 상황이었다. 대졸자와 중졸자 사이의 임금격차는 무려 세 배에 육박하고 있었다. 대졸자 사이에서도 직종별, 업종별, 사업장 규모별 임금격차가 존재했음은 말할 나위도 없다. 경제성장의 효과로 실업자가 줄고 쉽게 취직되는 분위기가 이어졌지만, 문제는 교육 수준과 그에 따라 달라지는 취업의 질에 있었다. 이 점이 1980년대 입시 경쟁 과열과 자기 계발 열풍의 중요한 배경으로 작용했다.

임금 소득이 아닌 자산 소득을 놓고 계층 간 비교를 해보면, 불평등 정도가 심각했음을 확인할 수 있다. 〈표 3〉에 나타난 것처럼

표 3_ 저축 자산 보유 규모별 가구 분포

저축 자산 규모별	평균 저축 자산 규모 (1000원)	총 저축 자산 중 점유 비율	저축 자산 보유 누적 점유 비율
I (상위10%)	20,879	0.4104	0.4104
II	8,953	0.1760	0.5864
III	6,084	0.1196	0.7060
IV	4,657	0.0915	0.7976
V	3,573	0.0702	0.8678
VI	2,702	0.0531	0.9209
VII	1,960	0.0385	0.9594
VIII	1,290	0.0254	0.9848
IX	699	0.0137	0.9986
X (하위10%)	71	0.0014	1.0000

자료 : 한국은행, 『저축시장조사』, 1988.

저축 자산 규모가 큰 순으로 배열했을 때 상위 20퍼센트가 총 금융 저축 자산액의 약 58.6퍼센트를 점유하고 있는 반면, 하위 40퍼센트는 총 금융 저축 자산액의 7.9퍼센트를 보유하는 데 그치고 있었다.

전두환 정부의 부동산 투기 방지 대책에도 불구하고, 1983~84년에 부동산 투기가 재발해 사회문제화되었고, 1987년 하반기부터는 전국의 아파트 가격과 지가地價가 폭등하는 현상이 발생했다. 전두환 정부는 부동산 투기 지역 집중 단속 등으로 해결책을 찾으려 했을 뿐, 차액을 노리고 투기를 하는 가수요를 억제하기 위한 근본적인 제도적 장치를 마련하지 못하고 있었다. 부동산 투기는 주로 고소득층에서 감행했기 때문에 부의 불평등 심화를 촉발하는 주된 요인이었고, 노동자들의 근로 의욕을 저하시키며 상대적 박탈감을 야기했다.

표 4_ 지가 및 주택 가격과 경제지표의 상승 추이

항목	1975(A)	1980	1985	1987(B)	B/A 배수
지가	100.0	328.1	533.5	656.5	6.5배
주택 가격	100.0	355.3	397.0	400.8	4.0배
국민소득	100.0	174.4	210.8	275.4	2.8배
도매 물가	100.0	224.3	289.0	363.9	3.6배

자료 : 경제기획원 (강봉균, 『한국의 경제개발전략과 소득분배(정책연구자료 89-06)』, 81쪽 재인용).

1985년 세계은행 통계에 따르면 한국은 상위 20퍼센트가 전체 소득의 43.7퍼센트를 가져가는 반면, 하위 40퍼센트는 17.7퍼센트를 가져가고 있었다.[51] 1980년대 경제성장에 따라 계층구조상의 양극화는 중간 계층의 성장으로 완화되고 있었지만, 자산 소득을 포함해 살펴보면 소득 불평등은 크게 개선되지 않았고, 상류층의 자산 소득 급증 등으로 말미암아 임금노동자들은 사회적 박탈감과 상대적 빈곤감을 집단적으로 느끼고 있었다.

1980년대의 많은 설문 조사 결과를 통해 확인되는 것은 실제 중산층 규모에 비해 더 많은 사람들이 자신을 '중산층'으로 규정하고 있었다는 사실이다. 조사 방식에 따라 적게는 60퍼센트에서 많게는 90퍼센트까지 조사 대상자들이 스스로 '중산층'이라고 여겼다. '중산층'은 연구자의 개념 규정에 따라 차이가 있지만, 한상진의 경우 1980년 전체의 42퍼센트에 해당하던 중산층이 1985년에 48퍼센트로 6퍼센트포인트가량 증가한 것으로 보았고, 김영

---

[51] 박형준, 「중산층론을 다시 생각한다」, 『월간중앙』 151(1988/08), 592쪽.

모의 경우 구중간계급이 35퍼센트, 신중간계급이 20퍼센트 정도로 자본가와 노동자를 제외한 중간층이 55퍼센트였다고 분석하기도 했다. 반면에 서관모는 도시 중산층이 약 23퍼센트에 불과하다고 분석하며, 한상진과 김영모의 중산층 설정을 다소 과장된 것으로 해석하기도 했다.

'중산층'을 어떻게 규정할지와는 별개로 스스로를 중산층이라고 느끼는 사람이 1980년대에 많았다는 것을 어떻게 해석해야 할까. 미국 컬럼비아 대학교에서 경제학과 재정학을 전공한 언론인 이형은 1979년 영국 갤럽 인터내셔널사가 실시한 각국의 중류 의식 조사 결과를 근거로 한국인의 중산층 의식(67퍼센트)이 일본(70퍼센트), 브라질(75퍼센트), 필리핀(75퍼센트), 인도(71퍼센트)보다 낮은 수준이라며 전 세계적으로 보았을 때 특별한 현상이 아니라고 했다. 다만 같은 조사에서 행복도 의식에 대한 질문에 스스로 행복하다고 느끼고 있는 한국인의 비율이 39퍼센트에 불과해 일본(57.2퍼센트), 인도(65퍼센트), 브라질(75.7퍼센트)에 비해 월등히 떨어지는 점을 주목해야 한다고 그는 주장했다. 그는 한국인들이 스스로를 '중류'로 자처하면서도 별로 행복하다고 생각하지 않는 것은 현실 생활에 대한 욕구 불만이 그만큼 강하다는 것을 의미하며, 이를 통해 중산층의 자의식과 존재적 현실 사이에 간극이 컸음을 알 수 있다고 했다.[52]

임희섭은 이에 대해 흥미로운 해석을 제시했다. 그는 객관적으

---

52 이형, 『당신은 중산층인가』, 삼성출판사, 1980, 214~215쪽.

로 중간 계층이라고 보기 어려운 사람들이 스스로를 '중산층'으로 생각하는 문제에 대해 두 가지 원인을 제시했다. 하나는 한국의 거의 모든 계층이 1960년대에 산업화가 시작된 이래로 사회적 지위의 상향 이동을 경험했다는 것이다. 규모의 차이는 계층별로 상이했으나 소득수준 상승과 취업률 증가, 생활수준과 교육 수준 상승으로 스스로를 중산층에 귀속시키는 의식이 강해졌다는 것이다. 다른 해석은 대량생산 체제에 따른 대중화 현상의 반영이었다. 의복, 텔레비전, 냉장고 등의 소유에서 그 차이가 줄어들었고, 중류층과 하류층 사이의 생활수준 차이가 감소하고 평준화되면서, 과거에 중산층만의 생활양식이라고 생각했던 것을 하류층도 누릴 수 있게 됨에 따라, 사람들이 스스로를 중산층이라고 규정했다는 분석이다.[53]

1980년대 물가 안정 기조가 유지되었다는 점은 임금노동자를 포함한 경제주체들의 입장에서 생활 경제 수준이 전반적으로 개선되고 있다는 인식을 갖게 하는 배경으로 작용했을 것이며, 이로 인해 '중산층 귀속 의식'이 확장될 수 있었을 것이다. 실제로 앞서 살펴본 서울대사회과학연구소와 한국일보사의 조사(1987년) 결과에서 응답자 가운데 84퍼센트가 현재의 경제생활 수준에 대해 만족하고 있다(매우 만족 26퍼센트, 보통 만족 58퍼센트)고 답변했다. 또한 이 조사의 전체 응답자 대다수가 냉장고(99퍼센트), 컬러텔레비전(99퍼센트), 전화(99퍼센트), 가스레인지(97퍼센트), 카메라(92퍼센

---

53 고영복·김성국·임희섭·이각범, 「좌담: 한국중간층과 정치발전」, 31쪽.

트) 등을 소유하고 있었는데, 이는 이 품목들이 이제 중산층만의 전유물이 아니라 도시 하층민까지 보편적으로 향유하는 것으로 바뀌었음을 의미했다. 또한 1970년대까지는 거의 없거나 상류층만 향유할 수 있던 품목들인 전축(69퍼센트), 신용카드(56퍼센트), 피아노(52퍼센트), 전자레인지(47퍼센트), 비디오(46퍼센트), 승용차(보급률 42퍼센트) 등이 이제 중산층의 향유 품목이 되었다.[54]

4. 인간의 상품화와 호모 에코노미쿠스의 확산

1) 학력 자본 쟁취 경쟁 : 과외 단속과 비밀과외

자본주의사회에서 교육은 단순히 지식과 문화를 전승하는 기능만을 수행하는 것이 아니라, 계급 재생산 및 재배치 기능도 수행했다. 1974년부터 시행된 고교 평준화 정책은 '일류고' 진학 경쟁을 완화하는 한편, 입시 경쟁의 초점을 고입에서 대입으로 전이시키는 효과를 불러일으켰다. 1970년대 '망국병'으로 불리던 과외는 노동시장에서의 상품성을 높이기 위해 '일류대'에 진학하려는 경쟁의 형국을 상징적으로 보여 주었다. 1977년 10월 『경향신문』의 청소년 선도 캠페인 연재 기사를 보면, 부모들의 강요된 경쟁이 과외 열풍을 일으키는 원인이 되고 있으며, 부모의 기대와 엇갈린 경우 청소년들은 불안·초조·긴장·우울 증세가 심각해지

---

54 서울대사회과학연구소, 『한국의 중산층』, 13쪽.

기도 하고, 가출, 반항 행동, 자살 소동 등으로 '탈선'의 길을 걷는 등 심각한 사회문제가 되고 있다고 지적했다. 부모의 '일류병'과 사회의 '황금만능 풍조'로 말미암아 1970년대에 과외 열풍이 일고 있고, 지나친 경쟁이 수많은 부작용을 초래하고 있다는 것이 당시 언론의 진단이었다.[55]

1970년대 후반부터 1980년에 이르는 시기 자녀들에게 과외를 시켰던 학부모들은 "일류 인간이 되기 위해서는 일류 대학에 들어가야 하고, 일류 대학에 들어가려면 초·중·고등학교를 일류로 나와야 하고, 그렇게 되려면 일류 그룹에 끼어 일류 강사한테서 일류 과외를 받아야 한다"면서 실력 있는 '특A급 강사'를 구하는 데 혈안이 되곤 했다. 초등학교 1학년부터 과외를 시작해 고등학교 3학년까지 12년간 과외를 하는 경우도 많았고, 유치원생들을 상대로 영어 조기교육을 하는 경우도 있었다.[56]

1979년 3월 당시 집권당인 공화당은 "과외수업의 성행으로 과외비가 공교육비를 훨씬 초과하는 연간 5000억 원(1977년도 문교부 추계, 1980년 국보위는 1조 원으로 추산)에 이르고 있다"며 과외를 없애고 입시 경쟁을 완화하기 위해 대학 정원을 대폭 늘리는 '대학 졸업 정원제'의 도입을 당론으로 제기하기도 했다.[57] 공화당에 의해 제기되었던 대학 졸업 정원제는 공교롭게도 12·12 쿠데타

55 민병근, 「'77년 본사 청소년선도캠페인, 과외공부, 강요된 경쟁 …… 되려 탈선 조장」, 『경향신문』 1977/10/26.
56 「과과외過課外 실태와 병폐」, 『동아일보』 1980/07/30.
57 「과외 안하게 대학졸업정원제로」, 『동아일보』 1979/03/05.

로 집권한 신군부에 의해 전격적으로 시행 예고되었다. 1980년 7월 30일 국가보위비상대책상임위원회는 대학별 본고사 폐지와 대학 졸업 정원제 실시, 과외 금지 등을 골자로 하는 '교육 정상화 및 과열 과외 해소 방안'을 발표했다.

'7·30 조치' 발표 다음 날인 1980년 8월 1일부터 모든 과외활동이 금지되었다. 공직자, 기업인, 의사, 변호사 등 '사회 지도급 인사'가 자녀에게 과외를 시킬 경우 공직자는 공직에서 추방하고 지도급 인사에 대해서는 명단 공개와 면직 등의 조치를 취할 것이라고 공표되었다. 사설 학원은 고교 재학생을 가르칠 수 없으며, 이를 위반할 경우 학원 인가가 취소되었다.[58]

신군부는 과외수업을 '불법'으로 규정하고, 적발될 경우 과외 교사를 입건하고 현직 교사의 경우 면직 조치를 취하기도 했다. 정부는 학부모들을 상대로 세무 조사를 실시했으며, 학교 당국은 과외수업으로 적발된 학생에게 정학 처분을 내리기도 했다. 강력한 과외 단속과 엄벌주의 방침으로 말미암아 표면적으로 과외는 급격히 줄어들었다. 하지만 과외가 불법화되었다고 해서 사라진 것은 아니었다. 학부모들은 단속을 피해 지능적으로 비밀과외를 주선했다. 파출부나 친척을 가장한 입주 과외, 판매원을 가장한 방문 과외, 통금 해제에 따른 심야 과외, 캠핑을 가장한 야외 캠핑 과외, 방학을 이용한 콘도미니엄 과외, 승용차를 타고 고속도로를 서행하면서 하는 드라이브 과외, 비디오테이프에 강의를 녹화해

---

58 「오늘부터 이렇게 달라진다: 모든 과외활동 금지」, 『동아일보』 1980/08/01.

서 하는 비디오 과외 등 비밀과외 수법은 다양했다.[59] 문교부는 과외수업 허용 범위와 관련된 문의에 대해 "호적에 함께 올라 있는 직계가족과 분가되지 않은 3촌까지 가능하다"고 답변해, 삼촌은 과외수업을 할 수 있고 사촌은 과외수업을 할 수 없는 상황이 연출되기도 했다.[60]

정부의 과외 단속에 사법부가 제동을 걸기도 했다. 1984년 9월 대법원 형사부(주심 이회창 대법원 판사)는 친지 집에서 일시적으로 기거하며 부정기적으로 과외지도를 한 대학생 김 모 씨에 대해 무죄를 선고한 원심을 확정했다. 대법원은 "지식의 교습 행위는 반사회적인 것이 아닌 한 함부로 제한할 성질의 것이 아니므로 제한 규정을 둔 경우에도 규제를 위해 필요한 최소한도의 제한에 그쳐야 한다"는 입장을 밝혔다.[61]

과외 금지 조치에도 불구하고 음성적인 형태로 과외가 널리 시행되고 있었던 것이 1980년대의 교육 현실이었다. 자기 자식을 방학 중 캠핑 과외에 보내 놓고도 다른 학부모들과의 대화에서는 남 이야기하듯 하는 풍경이 펼쳐지고 있었고,[62] 단속에 걸릴까 봐 겁이 나서 과외를 시키지 못하는 학부모의 경우 남들 다 과외를 시키고 있는데 '공연히 나만 손해보고 있는 것이 아닌가' 하는 불

---

59 「지하과외 수법이 달라졌다」, 『경향신문』 1982/09/23; 「변태과외 다시 일어」, 『동아일보』 1983/03/31.

60 「과외지도 삼촌까지 허용」, 『동아일보』 1983/05/25.

61 「사설: 대법원의 '과외' 재판」, 『동아일보』 1984/09/13.

62 「댁의 아드님도 '과외캠핑' 갔나요」, 『경향신문』 1984/08/04.

안과 피해 의식 속에 사로잡혀 있었다.[63] 1980년대 중반 대학가에서는 '몰래바이트'라 불리는 비밀과외가 성행 중이었고, 비밀과외의 대가로 위험수당을 받는 경우도 있었다. 당국의 단속에 대해 학부모들은 "비밀과외가 그리 쉽게 적발되겠어요. 더구나 비밀과외를 하는 사람들은 거의 부유층이나 지도층 인사들일 텐데요"라며 당국의 단속 효과에 대해 신뢰하지 않고 있었고, 부유층들은 암암리에 과외를 다 시키고 있는데, 나만 순진하게 과외 금지 조치를 지키면 손해 본다는 생각을 하곤 했다.[64]

과외와 입시에 대한 언론의 태도도 흥미로웠다. 언론사의 성향을 막론하고, 대부분의 언론사들은 '과외'에 대해 부정적으로 논의하면서, 당국의 과외 단속 조치를 지지하는 태도를 취했다. 사설이나 칼럼 등에서는 대학 입시가 인생의 전부가 아니며, 경쟁보다 더 중요한 가치가 인생에 있음을 점잖게 조언하는 글이 많이 게재되었다.[65] 그런데 흥미로운 점은 대부분의 신문들이 '입시 열풍'을 선정적으로 보도하고, '대입 전략'에 대해 세세히 조언하는 기사를 동시에 수록하고 있다는 점이다. 『조선일보』의 경우 지면 한 면을 할애하며 "이 점수면 이런 대학에 갈 수 있다"고 학력고사 점수표에 지원 가능 대학과 학과를 명시함으로써 대학 서열화

---

63 「교육 이대로 좋은가(1): 다시 고개드는 비밀 과외」, 『동아일보』 1986/11/03.

64 「이래도 되는가(하): 흔들리는 사회기강 그 현장 진단, 빗나간 교육열 …… 드라이브 과외까지」, 『경향신문』 1985/03/25.

65 김세영, 「일사일언: 대입히스테리, 대학 밖엔 더 멋진 생활 있는데」, 『조선일보』 1982/08/12.

를 부채질하고 있었다. 심지어 고등학교별 서울대학교 합격자 수 분포 통계표를 신문 지면에 그대로 수록하기도 했다. '어느 대학에 입학하느냐에 따라 계급이 결정되는 학력 계급 사회의 현실'을 개탄하는 태도와 '좋은 대학에 입학할 수 있도록 입시 전략을 잘 세우라'는 태도가 신문 등의 매체에 공존하고 있었다. 후자의 절정은 학력고사 점수 발표일의 신문 지면이었다. 사회면 가득하게 학력고사 최고점을 맞은 학생을 기자가 찾아가 가족사진을 찍고, 다양한 에피소드를 실었다.

1983년 학력고사 최고점을 맞은 고려고 홍승면 학생의 인터뷰 기사를 보면, 아버지가 영어 교사였지만 아들 과외는 하지 않았고 스스로 오전 7시부터 밤 11시까지 학교 도서관에서 공부했다는 이야기와, 어머니가 정성껏 달여 준 한약을 먹고 독감에서 나았다는 에피소드, 아들이 잠든 것을 확인한 뒤에야 잠이 들고 기상하기 한 시간 전에 먼저 일어나는 어머니의 이야기, 홍 군의 수업 집중력이 대단하며 시간 관리와 건강관리 등이 철저하다는 담임교사의 인터뷰, 그리고 홍 군의 IQ가 135라는 점까지 빠짐없이 수록했다. 이 같은 수석자 인터뷰 기사는 과외를 받지 않고 스스로 공부를 열심히 하기만 해도 만점을 받을 수 있다는 점을 부각해 입시 교육이 공정한 기회의 장임을 강조하는 효과를 발휘했다. 또한 이런 기사들은 자녀의 입시 성공 뒤에 반드시 충실한 '매니저 엄마'가 있다는 식의 모성 신화를 강화하고, 입시 경쟁을 앞둔 학부모들의 경쟁 욕구를 고취하는 기능도 했다.[66]

대학 졸업 정원제 실시로 1980년대 대입 경쟁률이 부분적으로 완화되기는 했지만, 입시 경쟁의 추세 자체가 완화된 것은 아니었

주 : 이날의 신문 사회면은 대학 입시 지원 가능 점수 기사와 대입학력고사 수석자 인터뷰 기사로 도배되어
있다. 이처럼 1980년대 신문, 잡지, 텔레비전 등의 미디어는 대학 서열화와 대학 입시 전쟁을
부추기는 역할을 하고 있었다.
자료 : 『조선일보』 1983/01/06, 11면.

다. 내신 등급 경쟁이 치열해져 고 3 교실은 '열전'熱戰을 이루고
있었고, 학교는 '대입 총력전'이라는 이름 아래 학생들을 입시 경
쟁 속으로 몰아세웠다. 많은 고등학교들이 야간 자율 학습에 불참
한 고 3 학생에 대해 부모로부터 각서를 받아오게 할 만큼 학생들
을 강하게 압박했고, 이른바 명문대 합격률을 높이기 위한 학교
간 경쟁에 대비해 성적별로 반을 편성하기도 했다.[67]

66 「건강·지능·노력의 "총화", 사상 최고점 수석 … 고려고 홍승면군」, 『조선일보』
1983/01/06.

경쟁은 부득이 '낙오자'들을 낳았다. 지망한 대학에 낙방하자 "공부는 죽기보다 싫다"는 유서를 남기고 자살한 학생, "나의 과제는 서울대 법대에 합격하는 것. 안 되면 인생을 정리하는 것이다. 불명예스럽게 사느니 차라리 죽는 게 낫다"며 서울대 법대 진학 실패로 자살한 학생[68] 등 입시에서의 낙방에 상처를 입고 자살하는 학생 기사가 꾸준히 신문 지면에 오르내렸다.

입시 경쟁과 경쟁적 학교생활 풍토를 못 견디고 자살하는 학생이 급증한 것은 1988년부터였다. 1988년 6월 잠실여고에서는 학생 두 명이 연이어 투신자살을 하자 800여 명의 학생들이 모여 집회를 열고 "급우 잇단 투신자살은 입시 위주의 교육 탓"이라며 자율적인 학생 활동을 보장할 것을 학교 측에 요구하기도 했다.[69] 1988년 6월 11일 『한겨레신문』 사설에서는 중고생들의 잇단 자살은 "보충수업을 포함하여 독서실에 이르기까지 하루 18시간에 가까운 '공부', 이른바 명문 대학 합격률을 높이려고 학생을 '입시 기계'로 만드는 학교, 그런 대학을 나와야만 평생을 행복하고 안락하게 살 수 있다고 생각하는 부모의 성화와 기대, 친구들이 대학에 다니는데 학원에서 재수의 가시밭길을 가면서 느끼는 외로움과 절망감 등"에 기인한 것으로 진단하며 그들의 죽음을 '사회적 타살'로 규정했다.[70]

---

67 「대입총력전, 숨가쁜 고 3 교실」, 『조선일보』 1984/10/06.
68 「기자의 눈: '명문대집착'이 부른 자살비극」, 『동아일보』 1983/01/27.
69 「잠실여고 800여 명 농성」, 『한겨레신문』 1988/06/08.
70 「사설: 청소년을 죽음으로 모는 교육」, 『한겨레신문』 1988/06/11.

시장, 사회와 인간을 바꾸다

2) 소비문화의 계급 정치

앞서 살펴본 것처럼 본격적인 대량 소비 시대의 시작은 1989년 무렵으로 볼 수 있지만, 1970년대와 비교해 볼 때 1980년대 소비수준은 상당히 높아져 있었다. 1980년대 경제성장률이나 저축률 등을 감안하면, 1980년대의 소비 수준은 지나치게 높다고 볼 수 없었지만, 언론에서는 1984년 무렵부터 '과소비' 현상을 지적하며 문제시하고 있었다. '과소비'의 주체로 언급된 것은 주로 상류층이었지만, 상류층뿐만 아니라 중산층 이하의 계층으로까지 과소비가 확산되는 풍토를 언론에서는 '한국병'이라 부르며 비판했다. 즉 스스로를 중산층이라고 생각하는 봉급생활자들이 주위의 생활수준에 자극을 받아 자신의 소득보다 많은 소비를 하고 있으며, 이들의 과소비가 향락 풍조로 연결된다고 했다.

내년이면 40 고개에 접어드는 직장인 이 씨는 중소기업과 대기업의 중간 단계에 있는 섬유 회사의 판매부서 차장이다. 세 자녀를 포함, 5인 가족의 가장인 그는 2년 전 중고 소형 승용차를 사 손수 운전자의 대열에 끼어들었다. 이 씨가 살고 있는 집은 영동에 있는 17평짜리 주공 아파트. 4년 전 강북에 있던 자그마한 단독주택을 헐값에 처분하고 이 아파트를 전세 내 이사 왔다.

이 씨의 생활철학은 특이한 데가 있다. 집은 없어도 승용차는 있어야 한다고 주장한다. 비록 셋방살이를 하더라도 "사는 것처럼 살아야 한다"는 것이다. 휴일이면 온가족이 서울 근교의 유원지로 남부럽지 않게 나들이를 떠난다. 지난해 여름휴가 때에는 설악산을

거쳐 동해안을 일주했다. 마이카를 십분 활용하고 있는 것이다.[71]

ㅈ씨는 지난 일요일 네 식구와 노모를 모시고 영동에서 유명하다고 알려진 주물럭 고기집에서 4만 원 어치의 식사를 했다. 매달 받는 봉급 실수령액의 10퍼센트에 가까운 돈이지만 "큰돈을 썼다"는 생각은 들지 않았다고 말한다. 고도성장의 환상이 동료들 사이에서 '짜다'고 불리는 ㅈ씨에게까지 과소비에 대한 무감각을 강요하고 있는 것이다.[72]

과소비에 대한 언론 보도는 소비 억제를 통해 저축률을 높이려는 국민경제적 관점에서 소비 현상을 부풀리는 경향이 없지 않았지만, GNP 규모의 급격한 상승 속에서 상류층이 소비문화를 주도하고 중산층이 이를 모방하는 양상이 1980년대에 일정하게 나타나고 있었다. 기업 경영자나 임원과 같은 상류층의 경우 골프와 해외여행을 즐기고, 레스토랑과 유흥업소를 자주 드나드는 생활을 하고 있었고, 샐러리맨 등의 중산층은 이에 자극받아 자동차 구매를 하고 외식과 여행을 즐기기 시작하는 문화가 1980년대에 펼쳐지고 있었다.

1986년 7월 17일부터 『조선일보』에서는 총 10회에 걸쳐 "소

---

71 「과소비 문화(4): 건전사회를 위한 '한국병' 철저 진단, 고소득의 환상」, 『경향신문』 1984/06/08.

72 같은 글.

비 …… 분수를 넘고 있다"라는 기획 시리즈를 보도했는데, 3저 호황을 맞아 에너지 낭비, 고가 쇼핑, 불로不勞 사치가 증가하고 있는 현상을 문제로 지적했다. 1986년 대우자동차는 대형차인 로열살롱의 출시를 앞두고 차 값이 너무 비싸서 판매에 어려움을 겪을 것으로 예상했으나, 시판에 들어가자 한 달 만에 655대가 팔렸고, 현대자동차의 대형차 그랜저는 시판 전에 선주문만 1천 대 이상이 들어왔다. 언론에서는 "소형차 타면 푸대접"하는 풍토와 "남이 사니 나도 산다"는 소비 심리가 중·대형차에 대한 선호 현상을 부추기고 있다고 분석했다. 주택의 경우도 대형 호화 주택이 인기를 끌고 있었으며, 고가의 수입 가구와 골동품 등 과시성 소비 상품 판매가 늘어나고 있었다.

과시성 소비는 상류층에게만 해당하는 것이 아니라 중산층 사이에서도 일종의 모방 심리로 나타나고 있었다. 고가의 고급 브랜드 상품에 대한 구매 선호도가 상승해 백화점 매출이 1986년 기준으로 전년 대비 30퍼센트가량 급등하는 양상도 나타났다. 서울 강북의 3대 백화점(롯데, 신세계, 미도파)에만 평일 쇼핑 고객이 모두 15만 명을 넘었으며, 휴일에는 22만~25만 명 수준을 유지했다. 중산층은 상류층을, 하위 계층은 중산층을 모방하는 소비문화가 1980년대 광범위하게 퍼져 있었고, 상위 계층은 '구별짓기'를 위해 더욱 고가의 소비를 함으로써 자신의 '위치'를 과시하는 문화 정치를 수행하고 있었다.

이 같은 소비문화가 신분 상승 욕구를 부추기는 동력으로 작용하고 있었음에 주목해야 한다. 자신의 소비수준이 곧 사회적 지위를 보여 주는 것이라는 인식이 퍼져 있었고, 좀 더 좋은 제품을 더 많이 소비할수록 더 많이 행복하다는 물질주의적 가치관이 팽배해 있었다. 중산층 이하의 계층에서 자녀 교육에 몰두하고, 취업과 승진을 위한 자기 계발에 힘쓰는 양상이 '소비문화'와 맞물려 펼쳐지고 있었다.

3) 호모 에코노미쿠스의 확산과 불평등의 정치학

1970년대 이후 경제성장의 효과로 산업구조가 복잡해지고 취업 인구가 늘어나는 국면에 있었지만, 취업의 질을 둘러싼 경쟁이 더욱 치열해지는 사회구조로 변모해 가고 있었다. 이때 핵심은 대학 입시 경쟁이었고, 입시와 고시는 '사회적 상승'을 가능하게 하는 공식적 사다리 역할을 했다. 과외 금지 조치에도 불구하고, '불법 과외'는 기승을 부렸고, 입시 경쟁은 치열해져만 갔다. 가족계획 정책을 통한 출산 통제로 한두 명의 자녀를 두는 것이 일반화된 상황에서, 여성은 취업을 통해 자아실현을 추구하기도 했고, 입시 경쟁의 관리자로서 자녀의 양육을 책임지는 역할을 수행하는 것을 통해 자기만족을 추구하기도 했다.[73]

1970년대부터 샐러리맨을 중심으로 이어지던 '자기 계발' 열풍은 1980년대에 학생과 주부로까지 확산되는 양상을 보였다. 1981년 한국능률협회는 일본에서 발행된 『직장인의 자기 계발』

---

73 김정숙, 「한국의 중산층 주부에 관한 일 연구: 여고 졸업 후 20여 년간의 삶을 중심으로」, 연세대학교 사회학과 석사 학위논문, 1983.

이라는 책을 번역해 배포했고, 각종 문화 센터에서는 주부들을 주 대상으로 하는 자기 계발 강좌들이 성행했다. 1980년대에는 『이런 간부는 사표를 써라』, 『정상에서 만납시다』, 『10분이면 팔 수 있다』, 『성공하는 놈은 뭔가 다르다』 등 자기 계발과 처세에 대한 서적들이 인기를 끌었다.[74] 출판계에서는 '성공학' 관련 서적이 잘 팔린다는 공식이 떠돌 정도였다.[75]

사회적 상승을 둘러싼 공정성과 합리성이 이전 시기에 비해 개선되기는 했지만, 여전히 비합리적 요소들이 지배하는 현실이 작동하고 있었다. 경제 규모의 총액이 증대하는 것에 비례해 사회적 상승과 관련된 공정성 문제에 대한 사람들의 감각은 점점 더 예민해져 있었다. 이런 상황에서 대중들에게 더 큰 사회적 박탈감과 상대적 빈곤감을 촉발한 요인은 바로 투기 자본주의의 성행에 있었다. 끊임없는 자기 계발로 대입, 취업, 승진의 관문을 뚫더라도, 부동산 투기 등으로 불로소득을 얻는 자들을 따라갈 수 없는 현실이 1970년대 서울의 강남 개발 이후로 점점 구조화되어 갔다.

임희섭 : …… 그리고 60년대 들어오면서부터 단순히 산다는 것, 생존한다고 하는 것에서 조금 더 벗어나서 나도 한번 잘살아야 되겠다고 하는 개인적인 차원에서의 심리적 욕구가 굉장히 강하게 나타났어요. 다른 말로 표현하면 나도 양반이 돼야 되겠다고 할까,

---

74 「경영·처세서적이 잘 팔린다」, 『매일경제신문』 1982/03/24.
75 「출판계 성공학 시리즈 붐」, 『경향신문』 1986/06/11.

지위 상승의 욕구 등이 구체적인 삶의 현장에서 목표가 되어 개개인의 입장에서는 상당히 뚜렷하고 분명해졌읍니다. 적어도 70년대까지는 그렇게 사람들이 살아왔어요. ……

고영복 : 잘살아 보자는 의욕을 불러일으켰고, 잘살아 보려고 노력하는 성취 의욕이 강해졌다는 것은 확실합니다. 그간 재화도 어느 정도 축적이 되고 재산 증식의 방법들도 확대가 되니까 새로운 생활 기회와 더 나은 생활수준을 위해서 노력하자는 의욕을 불러일으켰다는 말이지요. …… 문제는 잘살아 보자는 것이 개인적인 목표임에는 분명한데, 그 목표가 어떻게 잘살아 보느냐 하는데 가서는 불투명해요. 즉 정신적인 기둥이 없었기 때문에 굉장히 이기주의적으로 흘러서 잘살기 위해서는 수단 방법을 가리지 않는 것이 공공연한 생활 근성으로 굳어지는 것 같아요. 뭘 하더라도 목표만 달성하면 된다 하는 식으로 기울어지니까 부정부패, 투기, 특혜 등이 난무하는 난맥상이 보이게 된 것이지요. 그러니까 한마디로 하면 가족 바깥으로 뛰쳐나온 사람들을 묶어 줄 수 있는 기둥은 없고, 각자가 개인 단위로 잘살도록 노력하라고 권장을 하다 보니까 우리 가족만 잘살면 된다, 혹은 가까운 파벌만 잘살면 된다는 식으로 파벌성이나 연고성이 강해졌다는 말입니다.[76]

'우리도 한번 잘살아 보자'며 박정희 정권이 부추긴 집단주의

---

76 고영복·임희섭, 「[대담] 해방40년 오늘의 좌표, 사회: 권력집중화와 사회갈등 심화」, 『신동아』 311호(1985/08), 548쪽.

적 발전 욕구의 이면에는 '나도 한번 잘살아 봐야겠다'는 개인적 차원의 욕구가 놓여 있었다. 1980년대에 접어들어 경쟁 사회가 강화되면서 호모 에코노미쿠스로서의 개인주의적 욕망은 '남보다 내가 더 잘살아야 한다'는 경쟁 지향형 개인주의로 진화하곤 했다. 지식인들은 이를 '이기주의, 물질 만능주의, 출세주의' 등으로 비난했다. 위에 인용한 1985년 8월호 『신동아』 대담에서 고영복과 임희섭은 1960년대부터 만들어진 호모 에코노미쿠스 인간형이 1980년대로 넘어오면서 어떻게 확산되고 진화했는지, 또한 한국적 맥락에서 능률주의와 효율주의가 파벌주의나 연고주의로 귀결되는 지점들을 날카롭게 지적하고 있다. 문제는 지식인들의 대안 제시에 있었다. 이들은 이기주의를 극복하기 위해 '정신적 기둥'을 세우는 데 관심을 기울이자고 주장하거나, 근대화를 제대로 하고 경제 발전을 위해 "근대적 기업인의 양심과 기업인의 인간적 속성이 훈련되고 그것이 바탕이 되어" 기업을 다시 일으켜야 한다고 부르짖었다. 이 지식인들은 기업주의 능률과 사랑, 소속 직원의 능력과 충성심이 조화를 이루어야 발전과 근대화를 성취할 수 있다며, '양심·사랑·능력·충성심' 등을 파벌주의와 연고주의를 극복할 대안으로 제시하고 있었다.[77] 이들 사회학자들은 호모 에코노미쿠스 모델을 문제시하고 있는 것이 아니라, '양심적인' 호모 에코노미쿠스로 가득 찬 세상을 지향하고 있었던 것이다.

---

77 같은 글, 549, 554쪽.

일제 36년간 식민지 통치에 의하여 한국의 전통적인 사회구조와 가치 체계가 붕괴된 후 개개인의 행위를 제어할 심리적 및 제도적 장치가 마련되지 않은 채, 해방 후 받아들여진 민주주의 사상인 자유와 평등을 방종과 일방적인 권리의 주장으로 오해하고 현금만능주의를 암묵적으로 새로운 가치 체계로 삼음으로써, 사회 내에 약육강식적인 세태가 출현하기에 이르렀다.

…… 한편 산업사회에서 열매를 일단 음미한 사람들은 이제는 불가능한 것이 없다고 생각하게 됨으로써, 인간의 고조된 탐욕에 따라 자기 능력이 도저히 미치지 못하는 것을 목표로 설정하고 수단 방법을 가리지 않고 이를 추구하려는 행동 성향을 보인다. 더욱이 어디서 멈출지 모르는 인간의 욕구는 이에 그치지 않고 쾌락이라든지 말로 표현할 수 없는 감상에의 탐익과 같은 새로운 욕구 총족을 지향하게 될 것이다.

…… 이와 같은 상황은 물질적 성공에다 개개 성원의 성공의 척도를 둠으로써 수단 방법을 가리지 않고 성공만을 유도 자극하는 풍토를 사회 한구석에 조성하기에 이르렀다. 더욱이 사회의 지도층에 있는 일부 인사들의 경우, 과거에 왕왕 볼 수 있었던 법 이전의 정치적 차원의 특별한 비호하에서 비정상적인 방법에 의하여 치부하였거나 성공한 사례 등은 개개의 사회 성원으로 하여금 물질적 부의 획득에 감정적으로 몰입케 함으로서 경제적 분야에 있어서의 부조리 행위를 촉진시킨다.

이와 같은 여건하에서 개인적 기대의 상승은 상대적 박탈감을 조성함으로써 변칙적인 방법에 의한 부의 획득을 촉진시킨다. 상대적 박탈감이란 사회 성원 각자의 기대와 자신들의 능력과의 차이에서 연유한다. 이때 '기대'란 성원 각자들이 향유할 자격이 있다고 생각되는 생활에 필요한 물자와 생활 조건이며, '능력'이란 그들이 현 사회체제하에서 획득 유지할 수 있다고 생각되는 물자와 생활 조건을 말하고 있다. 이 양자 간의 차이를 상대적 박탈감이라고 한다.[78]

위의 글에서 사회학자인 윤덕중은 뒤르켐의 아노미 이론과 베버의 자본주의 정신에 대한 고찰을 끌어들여 물질주의와 쾌락주의가 한국 사회를 지배하게 되는 정신사적 맥락을 분석했다. 그는 수단과 목적이 전도된 아노미 상태에서 한국의 특권층은 물질적 성공 등을 위해 부조리한 행위를 일삼게 되며, 대다수의 개인은 상승의 기회를 상실한 채 상대적 박탈감에 시달린다고 지적했다. 그는 부조리의 악순환을 끊기 위한 해법을 제도적 차원에서 구하지 않고 윤리적으로만 접근했다. 역시 문제는 '중산층의 모럴'을 인위적으로 만들려는 지식인들의 욕망에 있었다. '프로테스탄트 윤리'에 버금가는 금욕주의적 노동관과 직업 윤리관을 구성하고자 하는 지식인들의 노력은 그 인위성으로 인해 현실에 착근하지 못하는 문제를 안는 동시에, 효율주의와 능률주의에 의해 운용되는 호모 에코노미쿠스의 사회를 구성하려는 기획과 맞물려 있다는 점에서 더욱 문제적이다.

많은 지식인들은 한국 사회의 효율 지상주의가 낳은 폐해를 강

---

78 윤덕중, 「한국 중산층 모랄이 없다」, 『정경문화』 1984/07, 69~70쪽.

하게 비판하면서도 능력주의와 발전주의를 이상화하고 근대화를 신화화하는 태도에서 벗어나지 못했다. 이 시기 많은 지식인들은 약육강식의 경쟁주의 사회를 비판하고 대중의 물질 만능주의와 배금사상을 문제시했는데, 그 해법으로 정신·윤리·종교의 영역에서의 새로운 모럴 창조를 주장하면서 이를 다시 효율주의·능률주의의 근대화 추구로 귀결시키곤 했다.

기업의 성장과 이를 위한 효율성 추구의 원리가 사회를 지배하는 상황에서 '호모 에코노미쿠스'들이 넘치는 사회가 되는 것을 피하기란 쉽지 않았다. 문제는 자유주의적 주체의 역능으로 해결할 수 없는 사회구조적 불평등이 심화되고 있었다는 점이다. 투기 자본주의의 성행과 상류층의 과시적 소비는 중산층 이하의 계층에 상대적 빈곤감을 불러일으켰고, 불평등 사회에 대한 이들의 감수성은 예민해져 갔다.

"사실 저희 같은 경우도 순진하게 현장에서 근로를 해서 참 알뜰 살뜰 모아서 자기가 뭔가 성공하기에는 지금 시절이 갑자기 뭐, 막 일확천금을 하는 그런 내용들이 너무 많으니까, 그 현실에 자기가 불만을 갖게 되는 거죠. 아, 내가 이것 해가지고, 이거 무슨, 내가 앞으로 변화가 있겠느냐. 참 어떤 놈은 그렇게 해서 하루아침에 그냥 저래 되는데. 이러니까 자연히 그 현실에 적응을 안 하려고 애를 쓰고, 막 불만을 갖게 되거든요."

_운수 장비 제조업 숙련 기능공 N씨(1987년 당시 34세, 작업반장, 경력 17년, 일당 1만 3490원, 월수입 58만~60만 원)[79]

"······ 노력을 하면서 하나하나 해결을 하려고 해야 되는데 그런 문제점들 중에서 근로자들이 이해 못 하는 부분은 상류층이나 특권층에 있는 사람들이 너무 소비 위주나 과소비 풍조가 만연해 있기 때문에 그런 그 실태를 보면 사실 근로자들이 뭐라 그럴까, 생업에 종사할 때 사실 비전을 갖기가. ······ 나도 한 번 일확천금을 해서 어떻게 저놈들과 같이, 어떻게 단기간 내에 부를 축적하는 방법은 없겠는가, 요런 요령이나 터득하려고 하기 때문에 거기에 따르는 문제가 많았던 것 같습니다."

_운수 장비 제조업 숙련 기능공 B씨(1987년 당시 30대 중반, 경력 10년, 연수입 690만 원)[80]

"에, 저희 노동자들이 받는 임금 부분을 볼 때에 그건 허울 좋은 허세가 아닐까. 나중에 빈부의 차는 오히려 극대되지 않을까 하는 저희 불안한 맘은 갖고 있어요. 물론 저희도 일본처럼 경제성장이 오르는 걸 원하는데, 원하지마는, 느낌이나 예감 자체가, 제가 받는 걸 비교해 볼 때 그게 사실상 겉이 발전하고 그러는 것이, 실질적인 제 집안이 물질적으로 성장하거나 발전하는 것이, 풍요로워지는 것이 아니라고 볼 때, 제가 낭비하거나 허탈하게 쓰는 것이 아님에도 불구하고, 또 제 임금 자체가 노동자 현실에서 적은 것이 아닌데, 이러한 걸로 봐서는 빈부의 차가 더욱더 심해질 것이다."

---

79 최재현, 『소득분배에 대한 사회적 인식』, 한국개발연구원, 1987, 30쪽.
80 같은 책, 30쪽.

_금형공 노동자(1985년 당시 28세, 경력 9년, 일당 8800원, 월평균 수입 43만~44만 원)[81]

"갑자기 돈 버는 거 있죠. 누구 말 들으니까 그렇데요. 건평이 260평에 도배를 하고 나오니까, 도배를 하고 나오는데 도배하는 사람을 내가 태웠어요. 네 명을 뚝뚝 태웠는데, '아저씨, 가게 앞에 세워 주세요.' 그러더라구요. 이거 또 바빠 죽겠는데 이게 무슨 수작인가, 하고 가게 앞에 뚝 세웠단 말이에요. 뚝 세웠더니 소주를 한 병 들고 타더라구요. 벌컥, '아저씨, 내가 거지요, 사람이요.' 그러더라구요. 아이구 그게 무슨 소립니까 그랬더니, 아이 지금 저 성북동에서 도배를 하고 나오는데 건평이 260평이래요, 건평이, 글쎄. 그 진짠지 거짓말인지 몰라도 건평이 260평이면 엄청난 집이요. 근데 뭐 그런 사람들하고 우리들하고 비교하면 버러지라고 그래도 과분하죠. 모기, 요새 말로 뇌염모기죠, 뇌염모기, 글쎄, 뭐."
_회사 택시 운전기사 K씨(1984년 당시 40세 정도, 월수입 30만 원 정도)[82]

소득수준에서는 분명 지표상으로 양극화가 완화되고 있는 상황이었지만, 당시 중·하층 계급에 위치해 있던 사람들이 느끼는 감성은 양극화가 심화되고 있으며 고소득자들의 수입 증대와 소비 행위를 자연스럽게 받아들이지 못하는 정조가 넘치고 있었다

---

81 같은 책, 29쪽.
82 같은 책, 32쪽.

는 점을 주목해야 한다. 위에 나온 것처럼 숙련 기능공이나 도배 노동자는 자신이 느끼는 상대적 박탈감을 노동의 대가를 정당하게 받지 못하는 데 대한 억울함, 정의롭지 못한 사회에 대한 냉소, 고소득자의 부조리에 대한 개탄, 소득이나 재화상의 격차를 느끼면서 '버러지'라고 말하는 등의 자기 비하로 격한 감정을 표출했다. 어떤 의미에서 계급의식은 다른 계급과의 격차를 느끼면서 비로소 형성된 것이었다.

높은 분들이여, 귀 기울여 보라. 이 불쌍한 지친 근로자들의 용트림을……. 생각해 보라! 15만 원으로 무엇을 먹고, 무엇을 입을 수 있는가를! 송충이처럼 이 소나무, 저 소나무로 옮겨 다니며 배를 채울 수 있다면 좋으련만……. 조깅은 몸에 좋다는데 가까운 식당에 가면서도 자가용을 이용하는 높은 양반들이여! 때 묻고 거칠어진 근로자의 손을 잡아 보라……. 새파란 대졸 신입사원 채용? 좋다. 대우자동차의 발전을 위해선. 그런데 몇째 동생밖엔 되지 않는 그들의 초임의 절반 수준의 봉급을 받는 이 불쌍한 근로자를 높으신 양반들은 어떻게 생각들 하는지? 당신들의 동생이나 자식이 이런 생활을 하고 있다면 껌 값인지 하고 웃어넘길 수 있을 것인가. 최고의 교육을 받았다는 당신들의 마음은 어떤 형태일까.[83]

----

83 대우자동차 노동자, 「근로자의 함성」, 김경숙 외, 『그러나 이제는 어제의 우리가 아니다』, 돌베개, 1986, 205쪽.

경쟁에서 이미 패자를 정해 놓은 모순이 사회에 있는 것이라는 생각이 든다. 내가 소외감을 느꼈을 때는 이런 과정에서이다……. 지금은 나를 보니 지금껏 생활해 온 것이 누구에 의해 우롱당해 온 것이라는 생각이 든다. 그렇다고 해서 그들을 원망하진 않겠다…….[84]

차창 밖으로 빌딩과 멋쟁이 신사 숙녀들의 모습이 보인다. 초췌한 모습의 사람들도 보인다. 그러나 나의 덧없는 시선은 높은 빌딩, 휘황한 거리 멋쟁이들에게 머물고 있다. 거리를 찬란하게 장식해 주는 모든 것들. 저것들도 결국은 노동에 의해 창조되는 것이거늘 이 버스에 타고 있는 사람들과는 너무나 거리가 멀다. 높은 빌딩, 배불뚝이 사장님, 거리를 질주하는 자가용들. 저것들은 노동의 산물이거늘 힘겹게 만들어진 노동의 잉여가치가 어떤 연줄로 흘러나와 다시 그것을 창조한 사람들을 억압하고 소외시켜 사회의 주인이어야 할 사람들은 그야말로 평생을 헐벗고 굶주리며 살아야하다니. 이건 너무 큰 모순이 아닌가?[85]

위의 대우자동차 생산직 노동자의 글에서처럼 고졸 이하 학력의 노동자들은 대졸자 사원과의 임금격차 문제에 대해 매우 예민하게 반응하고 있었다. 노동 현장에서 경력보다 학력이나 직종이

---

84 김영선, 「나는 누구냐」, 『실천문학』 제4권(1985), 133쪽.
85 이양옥, 「알이 밴 팔과 굳은살 박힌 여공의 손」, 이태호 엮음, 『노동현장의 진실』, 금문당, 1986, 108쪽.

중시되는 상황에 대한 거부감이 매우 강했음을 알 수 있다. 많은 저임금 노동자들은 '돈이 돈 버는 세상'이라고 한탄했으며, 아무리 열심히 일하고 아무리 열심히 저축해도 투기 등으로 쉽게 돈을 번 부자들과의 계급적 격차가 더욱 커지는 현실에 대해 허탈감과 무력감을 표현했다. 한편으로는 따라잡을 수 없는 현실에 허탈해하면서도, 다른 한편으로는 사회가 공정하지 못하고 정의롭지 못하기 때문에 바로잡아야 한다는 인식을 드러내기도 했다.

이 지점에서 1980년대 민주화를 추동하는 하나의 동력은 '평등주의적 압력'이었다고 해석할 수 있다. 부정부패, 편법, 탈세 등으로 부당 이익을 취하는 계층에 대한 분노는 정치적인 것에 대한 관심으로 연결되었고, 대중은 평등주의적 요구를 '민주주의'의 이름으로 내세웠다.

그런데 이때 중산층 이하 대중의 평등주의는 자유주의적 문법 속에서의 평등주의였다는 점에 유념해야 한다. 사회주의의 영향 하에 있던 이들은 '1980년대 사회경제적 불평등'의 감각을 '사회 모순'과 '사회구조'의 문제로 인식하고 있었다. 사회주의적 평등주의는 1987년 일련의 항쟁을 추동하는 핵심 동력으로 작용했지만, 냉전 분단 담론 지형 속에서 '개인의 사회적 상승 기회를 공정하게 달라', '자유주의적 질서의 공정한 유지와 집행을 위해 시민사회의 압력을 제도화하자'는 등의 자유주의적 평등주의가 담론 투쟁에서의 헤게모니를 장악해 갔다. 6월 민주 항쟁과 7·8·9월 노동자 대투쟁으로 쟁취한 민주화의 성과는 후자에 의해 전유되었고, 이는 이른바 '87년 체제'의 한계로 작용하기도 했다.

4) 호모 폴리티쿠스의 재림

1987년 10월 『민족지성』 20호는 중산층에 대한 세 개의 특집으로 구성되었다. 말미에 "중산층의 민주화를 위한 제언"이라는 제목하에 사회 각층의 인사들이 '중산층'과 '민주화'에 대한 자신의 희망을 피력한 내용이 있다. 진보 성향이던 『민족지성』의 색채가 묻어 있는 편집 내용이기도 하지만, 6월 민주 항쟁과 7·8·9월 노동자 투쟁 직후 '민주주의'에 대해 예민해진 사람들의 감각을 확인해 볼 수 있다.

학술원 원로 회원인 신기석은 6·29 선언 이후 불법과 무질서를 경계해야 한다며, 집권층의 통치 담론을 옹호하는 발언을 하고 있다. 그는 학생들에게 그만 학교로 돌아갈 것을 요청하며 자유민주주의 체제의 테두리 안에서만 건설적으로 비판할 것을 요구하는 보수적 입장을 대변했다.

삼균학회 상임이사인 하상령은 민주화의 의미를 '이웃과 함께 삶의 철학'으로 해석했다. 서로 빼앗고 빼앗기는 관계가 아니라, 부와 권리·기회·진실의 행복을 서로 베푸는 관계의 삶을 민주주의의 내용으로 설명한 것이다. 그는 시장에 의해 장악된 사회를 공생과 균등으로 되살리고, 소외받는 개인이 생기지 않도록 개인의 가치를 존중하자고 주장했다.[86]

시인인 김흥기는 "진실한 의미에서 경제란 '부의 획득'만이 문

---

86 하상령, 「민주화, '함께 삶'의 철학」, 『민족지성』 20(1987/10), 173쪽.

제되는 것이 아니라 '부의 사용'도 문제가 된다"면서 '함께 잘사는 사회'라는 관점에서 경제를 보자고 제안하며 맹자를 인용해 분배 정의의 실현이 바로 '잘사는 것'이라고 했다. 그는 5월 광주의 슬픔과 상처를 치유할 수 있도록 힘쓰는 것이 민주화의 마지막 매듭이 될 것이라며, 정부의 책임 있는 자세를 요구하기도 했다.[87]

한국시각장애자복지회 특수교사 박인경은 1987년 노동자 투쟁의 근본적 원인은 우리 국가가 추진했던 "부국정책의 필연적 한계" 때문이라며, "부민富民없는 부국富國"의 논리를 경계해야 한다고 지적했다. 그는 국민 삶의 질적 향상이 따르지 않는 국가 차원의 양적 성장은 사회적 혼란만 유발할 뿐이라면서 "부국과 동시에 부민을 이루는 것"이 필요하다고 주장했다. 더 나아가 노사 쟁의는 "민주화를 향한 도도한 역사적 조류"라며 노사 쟁의로 말미암아 경제 위기가 올 수 있음을 경고하는 언론을 강하게 비판했다. 그는 수출 실적이 저조해지고 성장이 둔화되는 것만 경제 위기가 아니라 "근로자가 만성적인 저임금으로 생존 위기에 놓여 있는 것"도 경제 위기라며, 정부와 기업을 향해 수출 위주, 외자 의존의 대외 지향적 경제정책에서 벗어나 더욱 과감한 방향 전환에 힘써 줄 것을 요구하기도 했다.[88]

연세대 정치학과 대학원생인 이재근은 한국에서 중산층은 경

---

87 김흥기, 「국민 모두의 욕구에 대답하는 정치」, 『민족지성』 20(1987/10), 178~180쪽.

88 박인경, 「서글픔과 분노와 의구심이…」, 『민족지성』 20(1987/10), 181~182쪽.

제성장의 산물이라며, 이들은 경제성장 과정에서 주로 중간 관리직 등을 맡으며 노동자들을 통제하는 역할을 담당했고, 산업화의 상대적 수혜자였다고 규정했다. 그는 6월 민주 항쟁에 중산층이 대거 참여했던 요인으로 정권의 부정부패와 일부 계층으로의 자본 집중으로 인해 경제적 불평등이 심화된 점을 거론했다. 즉 분배 문제에 대해 중산층까지도 예민하게 체감하고 반응하면서 경제 문제가 정치화될 수 있었다는 해석이었다. 그는 중산층의 참여로 6·29 선언이라는 "승리"를 쟁취했다고 평가하면서도, 6·29 선언과 '노태우의 민주화 조치' 속에 가장 중요한 쟁점 가운데 하나였던 노동자들의 권익과 관련된 사항이 배제되었다는 사실을 문제시했다. 또한 노동자 권익 보호를 위한 노동쟁의 등을 '실질적 민주화'를 향한 과정으로 보고, 이에 대해 중산층이 '사회 혼란' 등을 빌미로 반동적 태도를 취할 수 있음을 경계해야 한다고 주장했다. 그의 결론은 기층 민중의 노동 권익을 포함한 '실질적 민주화'를 위해 중산층을 '중단 없는 개혁'의 방향으로 이끌어야 한다는 것이었다.[89]

대학원생 한상우는 정부 당국자들과 언론사들이 '국민'의 이름을 빌려 투쟁하는 노동자들을 포위 공격하는 태도를 비판했다. 당시 언론에서는 "국민들을 불안에 떨게 하고 불편을 끼친다"며 노동자들의 투쟁에 대한 부정적 이미지를 창출하고 공포심 확산을 조장하고 있었다. 그는 이런 언론의 태도에 대해 국민의 대다수를

---

89 이재근, 「민주화는 끝내 국민의 힘으로」, 『민족지성』 20(1987/10), 182~184쪽.

이루는 노동자·농민 계층의 이해관계를 도외시하고 어떻게 '국민'을 말할 수 있느냐고 묻는다. 이 같은 근로 계층의 경제적 이익을 외면하고 생존의 권리를 무시하는 '노태우의 민주화 조치'는 민民이 주인[主]되는 민주주의와 거리가 멀다고 했다. 그는 더 나아가 민주주의를 말하려면 근로자를 중심에 놓고 보지 않으면 안 된다고 주장했다.

> 근로자는 경제 동물이 아니다. 수족을 놀려 물건만 만들어 내는 기계와 같은 존재가 아니라 웃고, 울며, 분노할 줄 아는 인간이며 사회의 성원이고 역사적 존재다. 근로자가 사회적이고 역사적인 그런 존재이니만큼 우리 사회의 지상의 명제인 사회의 민주화와 민족자존, 민족 통일과 무관할 수 없고 오히려 가장 적극적인 이해관계를 가지고 있다고 할 수 있다. 근로자야말로 역사를 창조하는 당당한 생산자이며 자주니 민주니 하는 '말'을 모른다 할지라도 그들이 생각하고 행동하는 것 모두, 그들의 지향과 요구 그 자체로서 나라와 겨레의 나아갈 길을 의미한다고 할 수 있을 것이다.[90]

노동자의 생각과 행동, 지향과 요구를 절대시하는 그의 논리는 다소 비약적이고 투박하기도 하다. 그러나 그는 저임금을 감내할 것을 강요받고, 노사협조주의를 벗어나서는 안 되며, '중산층'이라는 달콤한 꿈을 향해 성실히 일할 것만을 요구받던 1980년대 '호

---

90 한상우, 「민주를 말하려면 근로자를 생각하라」, 『민족지성』 20(1987/10), 188쪽.

모 에코노미쿠스' 모델로서의 노동자상을 부정했다. 더 나아가 호모 폴리티쿠스로서의 노동자상을 부각하면서 1980년대 시장에 의해 주도되던 경제적 자유주의를 비판했다.

5. 맺음말 : 자유민주주의의 두 얼굴

> 자유에 대해 액턴 경이 말했던 다음의 경구는 민주주의에 대해서는 적용할 수 없다. "자유는 더 높은 정치적 목적을 위한 수단이 아니다. 자유는 그 자체로 가장 높은 정치적 이상이다." …… 민주주의는 본질적으로 수단이다. 즉 민주주의는 내적 평화와 개인의 자유를 보호하기 위한 실용적 도구이다.[91]

민주주의와 자유에 대한 하이에크의 발언은 자유주의자의 솔직한 민주주의관을 드러낸다. 많은 사람들은 민주화의 성과에 열광하고 민주주의를 절대의 가치로 상정하지만, 자본주의사회에서 민주주의는 자유주의의 도구로 기능하는 측면이 강하다. 1987년 이후 한국 사회에서 민주화가 진전되었음에도, 민주주의의 실질화가 취약한 원인은 민주주의의 이면에 놓인 (신)자유주의에 있다. 국가와 사회, 대학과 종교 기관이 기업화되어 가는 현실 속에

---

91 프리드리히 하이예크[하이에크] 지음, 김이석 옮김, 『노예의 길』, 나남, 2006, 121쪽.

서 개인이 호모 에코노미쿠스적 삶을 살기를 거부하기란 쉽지 않다. 자기 통치의 기예는 신자유주의적 현실에 맞게 효율화되고 고도화되어 가지만, 불평등의 심화와 사회적 상승 가능성의 축소로 개인이 느끼는 절망은 커질 수밖에 없는 것이 지금 한국 사회의 현실이다.

지금까지 살펴본 것처럼 1980년대는 '시장의 자유'를 위해 국가가 사회를 규율하고, 개인을 규제하던 시기였다. 규율과 규제보다 더 중요한 것은 생산성의 정치였다. 교육을 통해 사회적 상승을 할 수 있다는 가능성을 보여 주는 것, 노동과 소비 억제 및 저축을 통해 중산층으로 진입할 수 있다는 희망을 갖게 하는 것, 그것이 1980년대 국가의 생산성 정치 전략의 핵심이었다. 중산층으로의 진입과 입신출세를 향한 대중의 압력은 거셌다. 경제성장과 개발주의는 대중의 욕망을 증폭하는 엔진이었다. 욕망의 증가 폭을 현실이 따라가지 못할 때 대중은 불안이나 좌절감을 느끼곤 했다. 1980년대 중반 3저 호황은 역설적으로 대중의 욕망을 더욱 증폭했고, 특히 노동자들 입장에서는 낮은 임금수준에 대한 불만과 상대적 박탈감이 커져 갔다. 전두환 정부는 '사회정의'나 '복지'와 같은 담론을 전유하면서 자유주의에 대한 대중의 반발을 최소화하고자 했으나, 담론의 허구성이 정치적·사회적 사건으로 드러나는 순간, 정권은 곧장 위기에 봉착했다.

1987년 6월 광장으로 대중을 모이게 한 에너지는 복합적이었다. 그 에너지 가운데 주목해야 할 것은 '호모 에코노미쿠스'로서의 삶에 대한 '호모 폴리티쿠스'로서의 저항이었다. 이런 점에서 1970~80년대 민중주의와 사회주의 지향의 정치적 행동을 재해석할 부분이 있다. 그것이 민중주의와 사회주의를 되살리자는 의미는 아니다. 1970~80년대 한국의 민중주의와 사회주의는 개인의 욕망을 부정적으로 상정하고 집단주의를 규범화하고 낭만화하는 점에서 많은 문제를 갖고 있었다. 그럼에도 '몫이 없는 자들'을 드러내어 그들을 정치적 주체로 세우기 위해 개인과 사회의 연대성을 강조했던 측면에서 민중주의와 사회주의를 재조명할 필요가 있다.

민주주의의 실질화를 위해 근본적으로 필요한 것은 사회와 인간을 '시장'으로부터 구하는 것이겠지만, 우리는 '시장 밖의 사회', '시장 밖의 인간'을 상상하는 것조차 어려운 시대를 살아가고 있다. 승자 독식의 무한 경쟁 규칙을 자연스럽게 수용하며, 자기 계발과 스펙 쌓기에 몰두하는 사이에 인간은 하나의 노동 상품으로서 자기 존재의 의의를 찾고, 구매와 소비생활의 향유 속에서 행복을 추구한다. 대중의 자율적 의지에 의해 수행되는 것처럼 보이지만, 시장과 자본 그리고 거대 권력에 의해 조율되고 있는 이 시대의 민주주의는 어쩌면 이미 하나의 상품에 지나지 않게 되었는지도 모른다. 시장 안에서 사회와 인간의 관계를 새롭게 설정하기 위해, 그리고 무한 경쟁을 거부하고 인간의 상품화에 맞서기 위해 '민주주의'의 기의를 다시 채워야 한다. 1980년대를 우리가 새롭게 해석하기 위해 필요한 것은 우선 민주주의의 이면에 놓인 (신)자유주의 통치성을 정면으로 응시하는 것이다. 1987년에 떠오른 민주주의 안에는 호모 에코노미쿠스와 호모 폴리티쿠스의 형상이 뒤섞여 있었다. 그 속에서 호모 에코노미쿠스적 삶에 저항했던 호모 폴리티쿠스의 역사를 찾아 재사유하는 것, 그것은 신자유주의

에 의해 구성되는 현실을 비판하며 새로운 민주주의의 가능성을
모색하는 출발점이 될 것이다.

참고문헌

강동호, 「호모 에코노미쿠스와 근대의 통치성」, 『문학과 사회』 27권 3호(2014).

강봉균, 『한국의 경제개발전략과 소득분배(정책연구자료 89-06)』, 한국개발연구원, 1989.

김원, 「'장기 80년대' 주체에 대한 단상: 보편, 재현 그리고 윤리」, 『실천문학』 2013/08.

_____, 「80년대에 대한 '기억'과 '장기 80년대'」, 『한국학연구』 36(2015), 인하대학교 한국학연구소.

미셸 푸코 지음, 오트르망(심세광·전혜리·조성은) 옮김, 『생명관리정치의 탄생』, 난장, 2012.

박찬종, 「한국 신자유주의의 정치적 기원: 부마항쟁과 광주항쟁 이후의 경제정책 전환」, 『사회와 역사』 제117집(2018), 한국사회사학회.

서동진, 『자유의 의지, 자기계발의 의지』, 돌베개, 2009.

서울대사회과학연구소, 『한국의 중산층』, 한국일보사출판국, 1987.

웬디 브라운 지음, 배충효·방진이 옮김, 『민주주의 살해하기』, 내인생의책, 2017.

이병천, 「어떤 경제/민주화인가」, 『시민과 세계』 22(2013).

이상록, 「1960~70년대 '인간관리' 경영지식의 도입과 '자기계발'하는 주체」, 『역사문제연구』 36(2016), 역사문제연구소.

_____, 「1970년대 소비억제정책과 소비문화의 일상정치학」, 『역사문제연구』 29(2013), 역사문제연구소.

_____, 「산업화 시기 '출세'·'성공'스토리와 발전주의적 주체 만들기」, 『인문학연구』 28(2017), 인천대 인문학연구소.

이형, 『당신은 중산층인가』, 삼성출판사, 1980.

조준현, 「호모 에코노미쿠스를 찾아서」, 『인물과 사상』 168(2012).

최현, 「시장인간의 형성: 생활세계의 식민화와 저항」, 『동향과 전망』 81(2011).

칼 폴라니 지음, 홍기빈 옮김, 『거대한 전환』, 길, 2010.

크리스찬아카데미 엮음, 『한국아카데미총서2: 양극화시대의 중간집단』, 삼성출판사, 1975.

프리드리히 하이에크[하이에크] 지음, 김이석 옮김, 『노예의 길』, 나남, 2006.

황병주, 「유신체제기 평등-불평등의 문제설정과 자유주의」, 『역사문제연구』 29(2013), 역사문제연구소.

『(계간 경향) 사상과 정책』

『경향신문』

『동아일보』

『매일경제신문』

『민족지성』

『월간조선』

『월간중앙』

『정경문화』

『조선일보』

『청맥』

『한겨레신문』

통계청 국가통계포털(http://kosis.kr).

한국은행 경제통계시스템(http://ecos.bok.or.kr).

학문의 자기 목적성과 유용성:

근대 독일 대학 개혁 담론을 중심으로, 1802~10년

장제형

1. 서문

1999년 6월 19일 볼로냐에서 공포된 「유럽교육부장관공동선언」은 유럽 통합의 일환으로 고등교육 영역에서 진행되고 있는 '볼로냐 프로세스'의 핵심 취지와 목적을 천명하고 있는 기본 문서이다. 당시 유럽연합의 15개 회원국을 포함해 유럽 29개국의 교육부장관들이 서명한 이 선언은, 2010년부터 선언에 제시된 과제를 각 회원국 단위에서 수행하는 것을 목표로 삼고 있다. 구체적인 과제로는 첫째, "유럽 시민들의 고용 가능성과 유럽 고등교육 시스템의 국제 경쟁력 제고를 목표로, 쉽게 이해되고 비교 가능한 졸업 제도 도입을 포함한 학위 시스템을 구축"하고, 둘째, 학부 학위가 "유럽 노동시장에 부합하는 적절한 능력 수준"을 입증해야 한다는 것을 규정하고 있다. 이 밖에도 유럽학점교류시스템European Credit Transfer System, ECTS 도입, 대학 간의 자유로운 왕래 촉진, 교육의 질 보증을 위한 유럽 차원의 협력 도모, 커리큘럼 개선, 연구소 간 상호 협력, 교육과 연구의 통합 프로그램 등의 세부 목표를 제시하고 있다.[1]

이런 고등교육 체계의 근본적인 변화는 독일에서 전통적인 교육 이념에 대한 심각한 도전으로 받아들여지고 있으며, 그에 따라 시장 논리에 연동되어 진행될 신자유주의적 교육 체제 '개혁'에 대한 비판의 목소리 또한 거세게 분출되고 있다.[2] 이 같은 볼로냐 프로세스의 진행으로 기존 독일의 연구 중심 대학의 학제가 대폭 변화할 상황에 직면해, 이 문제를 더욱 포괄적인 견지에서 고찰하고자 하는 다양한 관점들 또한 활발하게 제출되었다. 이런 작업들은 일단 베를린 대학(현 훔볼트 대학) 신설을 주도하며 근대 대학의 모델을 제공했다고 간주되는 빌헬름 폰 훔볼트(1767~1835)의 대학론이 지니는 현재적 의의에 대한 고찰을 비롯해, 이 모델의 사상사적 배경이라 할 수 있는 휴머니즘을 둘러싼 논쟁, 교양Bildung 개념에 대한 기본 점검 및 옹호 또는 이에 대한 비판, 문제사적 재구성, 그리고 이 개념에 대한 역사적이고 개념사적 고찰 등을 포함한다.[3]

---

1 https://www.eurashe.eu/library/modernising-phe/Bologna_1999_Bologna-Declaration. pdf

2 Johanna-Charlotte Horst (ed.), *Unbedingte Universitäten. Was passiert? Stellungnahmen zur Lage der Universität*, Zürich, 2010; Richard Münch, *Akademischer Kapitalismus. Über die politische Ökonomie der Hochschulreform*, Ffm, 2011; Alex Demirović, *Wissenschaft oder Dummheit? Über die Zerstörung der Rationalität in den Bildungsinstitutionen*, Hamburg, 2015.

이와는 대조적으로 연구는 '산학 연구'가 되고, 교육은 '취업 교육'이나 '산업 맞춤형 교육'이 되는 한국의 상황을 감안한다면, 볼로냐 프로세스에서 언급하고 있는 "고용 가능성"이나 "국제 경쟁력" 제고와 같은 어휘들은 차라리 점잖은 축에 속하며, 휴머니즘과 교양 개념에 대한 학문적 재검토란 심지어 사치로 보이기까지 한다. 이렇게 학문 기관으로서의 대학과 사적 이윤 추구를 본질로 삼는 기업 간의 차이를 구분하지 못하거나 하지 않으려는 태도는 곧바로 대학을 기업화하거나 기업을 위한 전초기지로 구조조정 하려는 시도로 이어진다. 이런 모습은 가히 모든 대학 구성원들이 이윤 극대화를 추구하는 경제적 인간homo oeconomicus이 되기를 기대함과 동시에, 이들의 사고와 행위 양식이 경제적 유용성의 기준에 부합하는 방식으로 재편되어야 한다는 요구로 직결된다. 이런 의도의 밑바탕에는 전통적으로 구성원들 간의 연대라는 가치를 앞세우는 "조합"Corporation⁴의 성격을 지니는 대학이라는 기

---

3 여기에서 훔볼트 모델은 그 유효성이 재확인되고, 신자유주의적 대학 재편 의도에 대해 비판적으로 대응할 기본 준거가 된다. Franz Schultheis, Paul-Frantz Cousin, Marta Roca i Escoda (eds.), *Humboldts Albtraum. Der Bologna-Prozess und seine Folgen*, Konstanz, 2008. 특히 베를린 대학 설립의 역사적 배경과 이념부터 시작해 현재적 의의에 이르기까지의 포괄적인 주제하에 "훔볼트 유산"을 재점검하고자 하는 시도가 현 훔볼트 대학의 구성원들 자신에 의해 이루어졌다는 점 또한 특기할 만하다. Bernd Henningsen (ed.), *Humboldts Zukunft. Das Projekt Reformuniversität*, Berlin, 2007. 동시에 훔볼트의 대학 이념에 대한 기본적인 유효성은 재확인하면서도 변화된 현실적 도전에 대해 적극적으로 대응하기 위해 "훔볼트를 새롭게 사유하자" Humboldt neu denken는 목소리 또한 이 흐름에 추가할 수 있다. Christine Burtscheidt, *Humboldts falsche Erben. Eine Bilanz der deutschen Hochschulreform*, Ffm/N.Y., 2010.

관을, 그 자신의 내재적인 자기 목적성의 외부에 놓여 있는 목적을 달성하는 데 복무시키려는 도구적 사유의 구도가 깔려 있다. 이에 따라 대학의 자율성과 대학인의 자기 결정권이라는 가치는 모든 단위에서의 이윤 증진이라는 목적을 달성하기 위한 수단으로 복속될 수밖에 없다. 이때 모든 수단은 이런 목적 달성을 위해 자신의 적합성과 유용성을 입증해야 한다.

그런데 한나 아렌트가 이미 지적했듯, 모든 것을 수단과 목적, 유용성과 무용성의 범주로 조직화하는 체계에서는 "수단과 목적의 연쇄를 끊어서 모든 목적이 종국에는 수단으로 다시 사용되지 못하게 막을 수 있는 방법이 없다".[5] 왜냐하면 이런 목적-수단의 연쇄 고리 내에서 모든 것은 자체로 내재적이고 독자적인 가치를 인정받기보다는, 외적 목적을 위해 자신의 '쓸모'를 입증해야 하기 때문이다. 그리고 이런 사고하에서는 모든 것들 — 그것이 인간이건 자연이건 학문이건 — 이 한갓 수단으로 급전직하하는 것을 막을 수 없다. 그렇다면, 나무의 목적은 목재나 땔감이 되는 것이고, 아기의 목적은 부모 세대의 '노후 보장'이 되며,[6] 학문의 목적은 부국강병, 취업, 결혼 등에 국한된다. 이런 수단-목적의 연

---

4 Wilhelm von Humboldt, "Ueber die innere und äussere Organisation der höheren wissenschaftlichen Anstalten in Berlin"[1810], In: Andreas Flitner, Klaus Giel (eds.), *Wilhelm von Humboldt. Werke in fünf Bänden*, Bd. 4, Darmstadt, 1960, p. 264.

5 한나 아렌트 지음, 이진우·태정호 옮김, 『인간의 조건』, 한길사, 1996, 213쪽.

6 소스타인 베블런은 "아기의 쓸모는 무엇인가?"라는 질문에 대해, "문명화된 인간에게는 …… 어리석은, 범죄적일 정도로 어리석은 질문"이라 일갈한 바 있다. 소스타인 베블런 지음, 홍훈·박종현 옮김, 『미국의 고등교육』, 길, 2014, 218~220쪽.

쇄 구도를 막스 베버는 "목적 합리성"Zweckrationalität[7]이라 불렀고, 루카치는 베버를 이어받아 "사물화"Verdinglichung[8]라 칭했으며, 호르크하이머는 "도구적 이성"instrumentelle Vernunft[9]으로, 마르쿠제는 "일차원적 사유"[10]로 명명했다.

그런데 문제는 바로 이 수단-목적의 범주하에 대학은 물론 모든 사회구조를 전면적으로 재편하는 것이 단기적인 '효율성'을 가져다줄 수는 있을지언정, 이를 통해 과연 그 사회가 중장기적으로 지속 가능할지 여부에 대해서는 회의적일 수밖에 없다는 사실이다. 땔감이 될 자연 대상은 유한하고, 자신의 존재와 양육의 대가로 부모의 부양을 요구받은 아이가 행복하게 자랄 리는 무망할 것이며, 자신의 내재적 본질과는 관련이 없는 외적 목적을 위해 복무하는 학문이 제대로 발전할 리도 만무하다. 마찬가지로 대학 본연의 임무인 학문과 교육이 자신의 본질에 외적인 또 다른 목적을 충족하기 위한 수단으로 머무를 때, 과연 이 기관이 본연의 의미에서 지속 가능할지에 대한 근본적인 의문을 피할 수 없다.

그러나 역사는 한 번은 비극으로, 다른 한 번은 희극으로 반복된다는 말처럼, 학문과 대학을 외적 목적을 위해 도구화하고 이에

---

7 Max Weber, *Wirtschaft und Gesellschaft*[1921], Tübingen, 1976.

8 게오르크[죄르지] 루카치 지음, 박정호·조만영 옮김, 『역사와 계급의식』, 거름, 1986.

9 Max Horkheimer, "Zur Kritik der instrumentellen Vernunft", In: Alfred Schmidt (ed.), *Gesammelte Schriften*, Bd. 6, 1991, pp. 20-186.

10 헤르베르트 마르쿠제 지음, 박병진 옮김, 『일차원적 인간: 선진산업사회의 이데올로기 연구』, 한마음사, 2009.

종속시켜 버리는 현재의 흐름을 한낱 소극으로 만들어 버리는 역사적 전례는 흥미롭게도 이미 두 세기도 더 전의 독일 상황에서 찾을 수 있다. 18세기 중엽부터 서서히 위기 상황에 처하면서, 19세기로 전환할 무렵 당시 존재하던 대학 가운데 무려 절반 이상이 문을 닫게 된 독일 대학의 파국적인 상황은 여러모로 현 한국 대학이 처한 제반 난맥상을 새삼 일깨워 줄 정도로 놀라운 기시감을 불러일으킨다.[11] 그러나 훔볼트의 주도하에 1810년 개혁 대학의 모습으로 처음 문을 연 베를린 대학 모델은 당시 독일 대학이 처한 위기를 과거지사로 만들면서, 19세기부터 본격화된 독일의 학문 진흥과 더불어 사회 전반의 부흥과 발전을 이끈 견인차로 간주되고 있다. 이렇게 훔볼트의 대학 설립 구상과 더불어 그의 동시

---

11 다른 유럽의 대학에 비해 상대적으로 늦게 시작되었던 독일 대학의 설립은 인문주의 시기 이후 꾸준히 이루어져 18세기 말에 이르러서는 총 42개 대학이 문을 열게 되어, 독일 제국은 유럽에서 가장 많은 대학을 보유한 곳이 된다. 그러나 이를 기점으로 하여 학생 수는 꾸준히 감소하면서 같은 세기 말에는 그 수가 대폭 줄어들게 된다. 위기는 계속 심화되어 1792년에 총 42개였던 대학수가 1818년에는 무려 절반 아래로 감소한다. 이런 위기의 요인으로는 연구와 교육, 선생과 학생 양자 모두에 공통적으로 해당한다. 사회학자 헬무트 셸스키는 당시 대학의 모습을 간판만 대학으로 내건 허울뿐인 "그제의 대학들"Universitäten von vorgestern과 계몽주의적 공리주의와 박애주의적 지향에 따른 "어제의 대학"Universitäten von gestern으로 나누어 칭하고 있다. Helmut Schelsky, *Einsamkeit und Freiheit. Idee und Gestalt der deutschen Universität und ihrer Reformen*, Düsseldorf, 1971, p. 28. 전자와는 달리 후자의 경우를 대표하는 할레 대학(1694년 개교)과 괴팅엔 대학(1737년 개교)의 성공 속에서 그 성과를 확인할 수 있다. 이 글의 관심은 훔볼트와 동시대의 대학 개혁론자들의 모델이 어떠한 점에서 이 계몽주의적 유용성 모델을 넘어서고 있는지를 살펴보는 데 있다.

대인들이 피력한 제반 학문론 및 교육론은 20세기 초반부터 현재에 이르기까지 독일에서 대학과 학문의 '위기' 담론이 회자될 때마다 누차 논의를 위한 기본 준거가 되어, 해당 시기 난국을 타개하기 위한 기본 지침이자 방향타 역할을 담당해 왔다.[12] 물론 두세기나 지난 변화된 상황의 시점에서 훔볼트 모델의 유효성에 대한 의문과 회의가 점증하고 있다는 점 역시 간과할 수 없다.[13] 그러나 대내외적으로 '대학이란 무엇인가?'라는 근본적인 질문이 제기되는 이 시점에서, 근대 독일 대학 개혁을 둘러싼 제반 논의를 검토하는 일은 대학의 본질과 그 이념에 대해 고민하기 위한 기본 준거가 된다는 점에서 의미가 적지 않다. 특히 대학 내에서 '갑질' 등과 같은 전근대적 전횡뿐만 아니라, 학문을 취업 및 산업 발전

---

12 베를린 대학의 설립과 관련해 당대에 제출된 제반 대학론과 학문론에 대한 편저는 20세기의 대학사의 고비가 되는 주요 국면마다 꾸준히 이루어져 왔다. Eduard Spranger (ed.), *Fichte, Schleiermacher, Steffens über das Wesen der Universität*, Leipzig, 1910; Ernst Anrich (ed.), *Die Idee der deutschen Universität. Die fünf Grundschriften aus der Zeit ihrer Neubegründung durch klassischen Idealismus und romantischen Realismus*, Darmstadt, 1956; Wilhelm Weischedel (ed.), *Idee und Wirklichkeit einer Universität. Dokumente zur Geschichte der Friedrich-Wilhelm-Universität zu Berlin*, Berlin, 1960; Ernst Müller (ed.), *Gelegentliche Gedanken über Universitäten*, Leipzig, 1990.

13 "훔볼트 신화"에 대한 비판적 고찰은 다음을 참조하라. Mitchell G. Ash (ed.), *Mythos Humboldt. Vergangenheit und Zukunft der deutschen Universitaten*, Wien, 1999; Sylvia Paletscheck, "Erfindung der Humboldtschen Universität. Die Konstruktion der deutschen Universitätsidee in der ersten Hälfte des 20. Jahrhunderts", *Historische Anthropologie* vol. 33 (2002), pp. 183-205; Sylvia Paletscheck, "zurück in die zukunft? Universitätsreformen im 19. Jahrhundert", *Das Humboldt-Labor: Experimentieren mit den Grenzen der klassischen Universität*, Freiburg, 2007, pp. 11-15.

의 수단으로 삼고자 하는 근대적 도구적 합리성의 지배 또한 동시
적으로 관철되고 있는 '비동시성의 동시성'의 공간인 한국의 상황
을 감안한다면, 이런 기본적인 검토는 대학이 처한 현 주소를 가
늠하고, 향후 나아갈 방향을 궁구하기 위한 필요 불가결한 수순이
아닐 수 없다. 이를 위해, 이 글에서는 이런 상황을 타개하기 위한
새로운 대학 모델과 관련해, 훔볼트를 비롯해 당대의 대표적인 학
자들인 셸링, 피히테, 슐라이어마허의 학문론과 대학론을 학문의
보편적 이념 및 이의 비도구적 자기 목적성이라는 주제를 중심으
로 검토하기로 한다.

2. 1800년 전후 독일 대학의 위기와 몰락

서구 대학의 역사는 11/12세기 볼로냐 대학과 12세기 파리 대
학의 설립이 그 시초가 된다. 1348년 프라하 대학이 독일어권에
서 처음으로 문을 열기 이전, 이탈리아에서는 15개, 프랑스에서
는 여덟 개, 스페인에서는 여섯 개, 영국에서는 두 개의 대학이 존
재했으니, 독일에서 대학의 설립은 다른 유럽의 대학에 비해 상대
적으로 늦게 시작되었다고 볼 수 있다. 그러나 독일어권 내 대학
의 설립은 이후 꾸준히 이루어져 18세기 말에 이르러서는 총 42
개 대학이 문을 열어, 독일제국은 유럽에서 가장 많은 대학을 보
유하게 된다. 그러나 이를 기점으로 학생 수는 꾸준히 감소해 같
은 세기 말에는 그 수가 대폭 줄어들게 된다. 위기는 계속 심화되
어 1792년에 총 42개였던 대학 수가 1818년에는 무려 절반 아래

로 감소한다. 이런 위기의 요인으로는 연구와 교육, 선생과 학생 양자 모두에 공통적으로 걸친다.

먼저 외적인 요인으로는 프랑스혁명 이후 나폴레옹의 침공으로 말미암은 사회적 격동을 들 수 있다. 이 과정에서 기존의 특권을 누리고 있던 성당 도시들과 주교구가 세속화되는 과정에서 교회 자산이 몰수되어 교회령에 속했던 대학의 재정 위기가 심화되고, 문을 닫는 대학이 속출하게 된다. 그러나 모든 위기의 근본 원인은 역시 내부에 있는 것이어서, 당시 대학이 처한 위기의 근원은 기실 연구와 교육, 선생과 학생 양자에 공히 속하는 것이었다. 이에 대해서는 하나의 인용문을 제시하는 것만으로도 충분할 것이다. 다음 편지 구절은 훔볼트가 마르부르크 대학 법학 교수의 강의를 직접 듣고 난 뒤 남긴 인상기의 일부이다.

그 교수의 강의는 전혀 내 맘에 들지 않았네. 노래를 불러 대는 듯, 말은 자주 끊기고, 글을 그저 줄줄 읽기만 하는 목소리 톤에다가, 이상한 독일어로 된 우스꽝스러운 표현들, 어색한 문어체에 썰렁한 교수식의 농담 …… 어마어마한 양의 책 인용문을 문단과 쪽 단위로 끊임없이 줄줄 읽어 대니, 이 책들을 모두 살 만큼 돈도 없고, 또 다 읽을 시간도 없는 학생들은 울며 겨자 먹기 식으로 앉아 있을 수밖에. 게다가 완전 역겨울 정도로 공허하고 신파조의 목소리를 들으며 말이지. …… 여기 학생들의 경우 특히 주목해서 관찰한바, 내가 이전에 다니던 프랑크푸르트/오더에서보다는 좀 더 올바르게 처신하기는 했네. 그렇지만 목청 높여 말하고, 웃어대고, 장난질 쪽지를 서로 집어던지는 등, 모든 종류의 우스꽝스러운 짓

들을 하더군. 심지어는 큰 개가 대학 구내에 있었는데, 이 개는 제
멋대로 돌아다니면서, 긁어 대고, 별 희한한 소리를 내기도 하고
말이지.[14]

대학론 연구서에서 거의 빠짐없이 인용되는 독일의 사회학자
헬무트 셸스키의 주저 『고독함과 자유로움』(1963년 초판, 1971년 2
판)[15]에서 저자는 간판만 대학으로 내건 이런 허울뿐인 대학을 "그
제의 대학들"[16]이라 칭하고 있다. "그제"라 함은 대학의 본령인 연
구와 교육의 기본 요건 자체를 충족하지 못하고 거의 내적으로 고
사 직전에 처한 당대 대학의 지리멸렬한 상황을 지시하는 시간적
제유와도 다름없을 것이다. 그렇다면 이런 모습을 넘어서는 "어
제의 대학"의 모습이란 무엇일까? 이는 계몽주의를 큰 배경으로
한 공리주의와 박애주의적 지향에 따른 모델이다. 여기에서 대학
의 주된 기능이란 사회적으로 유용한 전문화된 지식을 습득케 하
고 직업교육을 행하는 것이다. 이는 현 한국 대학의 상황이 보여

---

14 Clemens Menze, *Die Bildungsreform Wilhelm von Humboldts*, Hannover u.a., 1975,
   p. 280.

15 셸스키 저서의 제목은 훔볼트 대학론의 핵심 문건으로 간주되는 「베를린 고등학
   술기관의 내적 및 외적 조직에 관하여」(1810)의 구절에서 가져온 것이다. 그만큼
   셸스키는 1960년대 초반 독일 대학의 문제를 극복하기 위한 단초를 훔볼트의 대
   학 모델을 재검토함으로써 찾고자 했던 입장이었으나, 1970년 2판의 후기에서는
   "훔볼트적 대학 모델의 종언"(같은 글, p. 242)을 선고하기에 이른다. 이 모델의 '종
   언' 여부에 대해서는 별도의 작업을 필요로 한다.

16 같은 글, p. 28.

주는 익숙한 모습이다. 그러나 이 모델은 이전 대학의 참담한 난맥상보다는 한층 '합리적'인 모습을 보여 준다는 점에서, 제한된 의미이기는 하지만 일종의 역사적 진전이라 간주할 수 있을 것이다. 실제로 이런 방향은 계몽주의적 이상을 배경으로 삼은 할레 대학(1694년 개교)과 괴팅엔 대학(1737년 개교)의 사례를 통해 그 성과를 확인할 수 있다. 가령 경건주의의 아성인 할레 대학의 경우, 대학 교육과 삶을 일치시키고자 하는 경건주의의 실천적 지향을 잘 보여 주고 있는 사례로 꼽을 수 있다.[17] 또한 괴팅엔 대학의 경우 자신의 설립 정신이 "명예와 유용성이라는 이해에 기반"[18]하고 있음을 천명하면서, 특히 자연과학 연구에서 당대 선두 주자의 자리를 굳건히 한다.[19]

---

17 René König, *Vom Wesen der deutschen Universität*[1935], Berlin, 1970, pp. 18-20; Hartmut Boockmann, *Wissen und Widerstand. Geschichte der deutschen Universität*, Berlin, 1999, pp. 171-172.

18 Schelsky, *Einsamkeit und Freiheit*, p. 32.

19 그러나 할레 대학과 괴팅엔 대학의 계몽주의적 모델이 지닌 성공 사례를 극단적 유용성의 모델과 곧바로 동일시할 수는 없다. 할레의 경우 경건주의와 박애주의적 배경에 의거해 대학의 조합주의적 자율성이 철저히 수호되고 있다는 것을 확인할 수 있으며, 괴팅엔의 경우에도 그 학풍이 협소한 도구적 합리성의 범위에 국한된 것이 아니었다는 점은 강조되어야 한다. 가령 괴팅엔에서는 철학부가 의학·법학·신학의 세 학부들과 동등하거나 기껏해야 기초 학부의 지위를 지니고 있다는 점을 넘어, 이들 세 학부보다 선호되었고 제도적으로도 앞선 자리에 놓인 중추 학부로서 간주되었다. 물리학자이자 수학자였으면서 무엇보다 아포리즘 작가로서 더 유명한 게오르크 크리스토프 리히텐베르크(1742~99), 고전어문학의 크리스티안 고트로프 하이네(1729~1812), 동양학의 요한 다비트 미하엘리스(1717~91) 등을 당대 괴팅엔을 빛내던 대표적인 이름으로 꼽을 수 있다. Boockmann, *Wissen und Wider-*

계몽주의-공리주의적 대학 모델은 그 안에 다양한 스펙트럼을 지니고 있긴 하지만, 대학을 넘어 해당 시기를 지배한 전체적인 분위기와 경향은 역시나 순전한 의미에서의 유용성에 대한 요청이었다. 이는 '군인왕' 프리드리히 빌헬름 1세를 비롯해 18세기 내내 프로이센을 지배한 정신이라 할 수 있는데, 이런 경향은 그의 증손자인 프리드리히 빌헬름 3세가 1798년 4월 11일 반포한 내각 칙령의 프로이센 학술 아카데미의 '사변성'을 타박하는 구절에서 전형적으로 드러난다.

짐은 현재 아카데미의 작업 전체가 일반적인 유용함에 항시 그리 충실한 것으로 보이지 않는다는 점을 숨길 수 없다. 그보다는 추상적인 대상을 붙들고 있으면서 형이상학이나 사변적 이론을 학술적 발견으로 채워 넣는 데에 너무 국한되어 있고, 진실로 유용한 대상에 대해 시선을 집중시키는 데에는 생각이 못 미치고 있다. …… 베를린의 아카데미는 모름지기 국가적 차원의 산업을 일으켜야 …….[20]

---

stand, p. 178.

20 König, *Vom Wesen*, pp. 50-51; Schelsky, *Einsamkeit und Freiheit*, p. 37; Menze, *Die Bildungsreform*, p. 286. 이 구절은 학문에 대한 유용성 요청이 다른 누구도 아닌 바로 왕에 의해 확인됨으로서 당대의 '시대정신'을 전형적으로 보여 준다는 점에서 그 당시 대학사 연구의 대표 저작들에서 거의 빠짐없이 인용되는 구절이다. 이후 훔볼트를 임명해 이와 정반대되는 이념에 의거한 대학 설립의 총책임을 맡도록 전권을 위임한 장본인 또한 프리드리히 빌헬름 3세였다는 사실은 역사적 아이러니가 아닐 수 없다. 물론 이를 가능케 한 이유 중 하나로 당시 나폴레옹과의 전쟁에

이런 배경하에 18세기 프로이센에는 일련의 기술 전문학교들이 속속 들어서게 되고, 이 경향은 세기 후반부로 갈수록 강화된다.[21] 이런 직업 전문학교의 존재는 사회적 '유용성'을 직접적으로 충족한다는 인상을 부여하는 반면, 당시 빈사 상태에 처해 있었던 "그제의 대학들"의 무용성을 더욱 두드러지게 만듦으로써 그에 대한 폐지 논의를 한층 가속화시키게 된다. 그렇다면 특히 "그제의 대학"에서 도드라졌던 그 '위기'란 유용성 추구를 직접적인 목표로 삼는 이런 전문학교 모델을 통해 충분히 극복되었다고 볼 수 있지 않은가? 이를 넘어서는 또 다른 새로운 대학의 '이념' 따위가 필요하단 말인가? 계몽주의-공리주의적 유용성 추구의 지향을 넘어선 베를린 대학 모델이 주는 함의란 그렇다면 어떤 차원에 놓여 있는 것인가?

패함으로써 풍전등화의 위기에 처한 프로이센에 제반 개혁이 강제될 수밖에 없었던 위급한 상황을 고려해야만 한다.

21 1724년에는 외과-의학전문학교Collegium Medico-Chirurgicum가 베를린에 설립되고, 광산학교는 각각 베를린(1770), 클라우스탈-첼러펠드(1775), 프라이베르크/작센(1776)에 세워진다. 이후 1810년에 베를린 대학이 설립되어 그 체계로 통합될 때까지 베를린에는 수의약학교Tierarzneischule(1790), 군의학교Pepinière für Militärärzte(1795), 예술아카데미Akademie für Künste(1796), 건축학교Bauakademie(1799), 농업학교Ackerbauinstitut(1806) 등의 전문학교들이 속속 개교했다.

3. 대학 개혁 담론 : 학문의 자기 목적성과 유용성

베를린 대학은 설립 당시 현재 진행형으로 존립하고 있었던 두 가지의 반ℝ모델, 즉 간판은 대학이지만 대학으로서 실질적인 존립이 불가능했던 "그제의 대학"은 물론이고, 계몽주의적 유용성에 기반을 둔 "어제의 대학" 모델과도 구분된다. 그렇다면 훔볼트 모델이 함축할 "오늘의 대학" 혹은 더 나아가 '미래의 대학'의 모습이란 어떤 측면에서 앞서의 사례들과 구분되는가? 전자의 모습만 가지고서는 학문과 교육기관으로서 대학이 지속 가능할 수 없다는 것은 자명하지만, 후자의 유용성 추구 모델을 넘어서는 대학의 상이란 과연 어떤 것인가?[22]

베를린 대학의 성공은 현 훔볼트 대학이라는 이름이 분명히 보여 주는 것처럼, 프로이센 내무부 소속 문화 및 공공교육부장(현 차관급에 해당)의 직책을 가지고 대학 설립의 총책임을 맡았던 훔볼트를 떠나서 생각할 수 없다. 그러나 동시에 이 모델의 성립이

----

[22] 물론 1800년 전후의 신인문주의와 독일 이상주의는, 그 이전 18세기를 지배했던 계몽주의의 추상적인 도덕적 요청을 바로 "그 내부로부터, 자기 행위와 자기 형성을 통해" 개별화된 구체적 행위로 실현함을 요청한다는 점에서, 계몽주의의 요청을 완결함으로써 이를 넘어섰다고 볼 수 있다. Reinhart Kosellek, "Einleitung - Zur anthropologischen und semantischen Struktur der Bildung", In: Kosellek (ed.), *Bildungsbürgertum im 19. Jahrhundert. Teil II. Bildungsgüter*, Stuttgart, 1990, p. 19. 훔볼트 형제들의 소년 시절 가정교사들은 베를린 계몽주의의 대표 인사로 꼽힌 요한 하인리히 캄페(1746~1818)와 요한 야콥 엥엘(1741~1802)이라는 점에서 훔볼트의 사유 또한 계몽주의의 태내로부터 출발했다고 볼 수 있다. Peter Berglar, *Wilhelm von Humboldt*, Reinbek bei Hamburg, 1970, pp. 20-21.

오로지 훔볼트라는 개인의 탁월한 지적·조직적 역량의 소산으로
만 환원될 수도 없다. 훔볼트 모델로 지칭되는 베를린 대학의 성
립은 장기적으로 보면 서구 근대를 개시한 르네상스와 인문주의,
그리고 그 독일적 판본이라 할 수 있는 종교개혁이라는 장구한 사
상사적 흐름을 배경으로, 18세기 중·후반에 접어들어 기존 계몽
주의와의 연장선에 있으면서도 그 비판적 대결의 소산이라 할 신
인문주의Neuhumanismus 및 독일 이상주의Idealismus에 기반해 형성된
대학의 이념을 그 "규범적 틀"[23]로 삼고 있다.[24] 훔볼트의 대학 설
립 작업 이전에 이런 틀을 제공한 대학 개혁론의 주창자들로는 셸
링과 피히테, 그리고 슐라이어마허가 대표적이다. 말하자면, 근대
대학의 이념을 수립하고 이를 실현하는 과정은 당대 최고의 지식
인들이 고민하며 제출했던 학문론과 대학론을 배경으로, 훔볼트
개인이 갖춘 이론과 실무 양면에서의 탁월함을 경로로 베를린 대

---

23 König, *Vom Wesen der deutschen Universität*, p. 13.
24 신인문주의는 빙켈만으로 대표되는 독일판 '고대 부흥'을 본격적인 시발점으로
하여, 괴테와 실러로 대표되는 바이마르 고전주의로 이어지는 흐름을 주류로 삼는
다. 훔볼트 또한 이 조류의 중심 구성원으로 간주된다. 독일 이상주의는 칸트의 후
기 계몽주의와 더불어 피히테, 셸링, 슐라이어마허를 거쳐 헤겔에서 정점에 이르
는 흐름이다. 이들 중 헤겔을 제외한 이들은 동시에 초기 낭만주의 운동의 대표 주
자들이기도 하기에 '-주의'라는 범주는 오직 편의상의 구분일 따름이며, 그 내외
를 가르는 경계는 부단한 지적 운동의 상호작용 속에서 필시 유동적일 수밖에 없
다. 이상주의는 '관념론'이라는 또 다른 역어를 가지고 있지만, 이는 주로 헤겔 좌
파 및 마르크스의 '유물론'이 자신을 이와 구분 짓기 위한 동기에서 사용했기에 부
정적 어감이 지배적이다. 일단 이 글에서는 이 흐름의 긍정적 함축을 좀 더 강조하
는 입장이기에, '이상주의'를 역어로 택한다.

학의 성립이라는 그 구체적인 표현을 얻었다는 점에서 이른바 '집단 지성'의 산물이라 할 것이다.

그렇다면 베를린 대학이 '그제' 및 '어제의 대학들'과 구분되는 지점을 파악하기 위해서는 훔볼트와 더불어 그 동시대인들이 제출했던 학문론과 대학론에 대한 구체적인 검토가 필수적이다. 훔볼트의 베를린 대학 설립 계획과 관련해 — 긍정적이든 부정적이든 — 직간접적으로 영향을 미친 작업들로는 1802년 여름 셸링이 예나 대학에서 행한 강의록『대학 공부법에 대한 강연』(1803년 출간)[25]을 필두로, 피히테의 「베를린에 설립될 고등교육기관에 대한 연역 계획」(1807년 집필, 1817년 출간),[26] 그리고 슐라이어마허 「독일대학소론」(1808년 집필, 1811년 출간)[27] 등이 대표적이다.[28] 훔볼트의 경우, 그가 청년기에 집필한 국가론과 교양론이 이후 그 자

---

25 Friedrich Wilhelm Joseph Schelling, *Vorlesungen über die Methode (Lehrart) des akademischen Studiums*[1803], Hamburg, 1990.

26 Johann Gottlieb Fichte Fichte, "Deducirter Plan einer zu Berlin errichtenden höheren Lehranstalt"[1807], In: Immanuel Fichte (ed.), *Johann Gottlob Fichte's sämmtliche Werke*, Bd. 8, 1960, pp. 95-204.

27 Friedrich Schleiermacher, "Gelegentliche Gedanken über Universitäten in deutschem Sinn"[1808], In: Erich Weniger (ed.), *Pädagogische Schriften 2. Pädagogische Abhandlungen und Zeugnisse*, Ffm, 1984, pp. 81-139.

28 그 밖에 베를린 대학 설립을 주제로 한 논의에 참여한 인물들로는 훔볼트 형제의 소년 시절 개인 교사이기도 했던 요한 야콥 엥엘, 할레에서 법학 교수로 재직하다 이후 설립될 베를린 대학의 총장을 역임한 테오도어 슈말츠(1760~1831), 동 대학의 의학 교수였던 요한 크리스티안 라일(1759~1813) 등을 꼽을 수 있다. 대학 설립 계획을 두고 이루어진 다양한 논의에 대해서는 다음 문헌을 참고하라. Weischedel, *Idee und Wirklichkeit*; Müller, *Gelegentliche Gedanken*.

신의 학문론과 대학론을 수립하기 위한 기본 바탕이 되는데,[29] 당대 직접적인 대학 개혁을 다룬 문서로는 그가 공공교육부장으로 재직하고 있던 시기[30]에 작성한 「베를린 고등학술기관의 내적 및 외적 조직에 관하여」[31]를 대표적으로 꼽을 수 있다. 여기에서는 이들의 대표적인 작업들을 준거로 삼아 학문의 보편성 요청 및 자기 목적성의 논리와 더불어 그 궁극적인 '유용성'에 대해 근거를 제시하고자 한다.

1) 학문의 보편적 이념

'보편성'을 뜻하는 라틴어 'universitas'에서 유래한 대학이라는 말은 본디 중세 시대에는 '가르치고 배우는 이들의 공동체' universi-

---

29 청년기 국가론의 경우 「국가 영향력의 한계 규정 시도를 위한 생각들」(1792)이 대표적이다. 이 글은 집필 후 일부만 출간되었다가, 그의 사후인 1852년에서야 완전한 형태로 출판되었다. 홈볼트의 영향은 영국 자유주의의 대표 주자 존 스튜어트 밀과 평론가 매슈 아널드에게서 분명히 드러난다. 존 스튜어트 밀 지음, 서병훈 옮김, 『자유론』, 책세상, 2005, 특히 109~139쪽; 매슈 아널드 지음, 윤지관 옮김, 『교양과 무질서』, 한길사, 2016, 특히 147쪽 이하, 156쪽 이하. 청년기에 집필한 교육론의 경우 「인간의 자기 형성 이론」Theorie der Bildung des Menschen(1793)이 대표적이다. 이 글은 집필 후 한 세기도 더 지난 뒤인 1903년에 비로소 출판되었다.

30 홈볼트가 베를린 대학 설립 총책임자 직위에 있던 기간은 왕으로부터 공식 임명장을 받은 1809년 2월 20일부터 사직서가 수리된 1810년 6월 23일에 이르는 1년 4개월 남짓이다. 그러나 이 16개월은 세계 대학사에서 가장 생산적이고 풍요로운 시기로 기록되기에 부족함이 없을 것이다.

31 Humboldt, "Ueber die innere und äussere Organisation der höheren wissenschaftlichen Anstalten in Berlin".

tas magistrorum et scolarium를 의미했으나, 이를 넘어 '학문 자체의 보편성'universitas litterarum을 뜻하게 된 계기는 바로 근대 대학의 이념과 모델을 제시한 독일의 대학론자들 덕이다. 이는 셸링, 피히테, 슐라이어마허, 그리고 훔볼트 등 당대 대학론과 학문론의 대표적인 주창자들이 공히 "학문의 보편적 이념"[32]을 힘주어 요청한 데서 비롯된다. 그렇다면 학문이 지니는 이런 보편적 이념이 의미하는 바란 무엇인가?

먼저 셸링은 자신의 학문론을 개진한 강의록 첫 장인 「학문의 절대적 개념에 대하여」Über den absoluten Begriff der Wissenschaft에서부터 학문이 지니는 보편적 차원을 반복해 강조하고 있다. 그는 이를 "무제약성",[33] "절대성",[34] "총체성",[35] 유기체[36] 등 다양한 방식으

---

32 Schelling, *Vorlesungen*, p. 21.

33 "학문의 무제약성"(같은 책, p. 12); "그 자체로서 무제약적인 지식의 이념"(같은 책, p. 9).

34 "절대적인 것은 지식에 대한 가장 최고도의 전제조건이며 그 자체로 가장 첫 번째 지식이다. ……"(같은 책, p. 10, 강조는 원문); "절대적인 것의 **이념**은 바로 이것, 즉 이념은 절대적인 것과 관련해 본다면 또한 **존재**이다"(같은 책, p. 10, 강조는 원문); "원지식과 동일한 절대적인 통일성"(같은 책, p. 14); "보편성과 절대적인 지식의 정신 속에서 모든 학문을 취급하는 데 있어 사물 차체의 이념으로부터 발원하는 요청"(같은 책, p. 22).

35 "총제성을 조화로이 구축하는 것"(같은 책, p. 7); "학문의 총체성에 대한 가장 최고도의 보편적인 관점"(같은 책, p. 8); "선행적으로 존재하는 학문의 총체성에 대한 더욱 고차원적인 개념 …… 을 우리는 그 총체성의 최고도의 이념인 원原지식 속에서 파악하고자 한다"(같은 책, p. 8).

36 "총체성을 생생하고도 유기적으로 구축하는 것"(같은 책, p. 21); "직관의 생동하는 기관"(같은 책, p. 37).

로 표현하고 있는데, 그가 주창한 이런 학문의 보편적이고 체계적인 차원은 다른 대학론자들에게서도 확인된다. 피히테는 "학문적 전체 내"[37]에서 "하나의 유기적 전체"[38]가 존립함을 보려 하고, 슐라이어마허 또한 "모든 지식이 통일되어 있고 공통된 형식을 지닌다는 점",[39] 즉 학문을 "필연적이고도 내적인 통일성"[40]을 지닌 것으로 파악하고 있으며, 훔볼트에게서도 또한 학술 기관으로서의 대학이란 "학문의 순수 이념"[41]을 추구하는 곳으로, 학문은 "바로 순수하게 존재할 때만이 그 자신으로부터, 그리고 총체적인 견지에서 올바로 파악된다".[42] 그리고 신학자 슐라이어마허에게 이런 보편적 이념은 "학문의 신성함"[43]의 차원으로까지 고양된다.

학문에서 '융합'이나 '통섭' 등의 유행어가 휩쓸고 지나간 한국의 상황을 복기해 본다면, 한국에서도 학문의 이 같은 총체적이고 절대적인 이념을 요청한 것이 아닌가라는 착시에 빠질 수 있다. 그러나 당대 독일의 대학론자들이 주창했던 학문의 보편적 이념이란 이렇게 한철 유행 따라 지나가는 상투어 수준이 아니라, 그 자체로 체계적인 인식론에 바탕을 두고 있다.

---

37 Fichte, "Deducirter Plan", p. 116.

38 같은 글, p. 132.

39 Schleiermacher, "Gelegentliche Gedanken", p. 89.

40 같은 글, p. 82.

41 Humboldt, "Ueber die innere", p. 255.

42 같은 글, p. 255.

43 Schleiermacher, "Gelegentliche Gedanken", p. 139.

먼저 상기 요청된 학문이 지녀야 할 보편적 이념이란, 인식을 가능케 하는 일종의 '공리'처럼 모든 지식의 생산을 위한 "요청 혹은 전제조건"[44]이 된다. 말하자면, 이는 그 자체로서 의미를 지니는 "학문의 존엄"[45]을 지탱하기 위한 "뿌리"[46]이다. 즉 학문 활동의 수행을 위해 이런 "학문의 유기적 총체성"과 "모든 학문의 생생한 연관"은 무엇보다 "사전에 **인식**"[47]되어야 한다. 피히테 또한 "하나의 유기적 전체로서 학술적 기예技藝에 대한 명확한 **의식**과 더불어 이 기예를 **파악**"[48]하는 것이 온전한 학문 활동을 위한 선행 조건임을 피력하고 있다. 학문이란 인식 활동에 근거한다.[49] 그런데 이 인식을 위해 이런 유기적 전체에 대한 인식이 전제되어야 한다는 구도는 기대되는 결과를 바로 전제로 삼고 있으므로 일종의 순환논법이 된다. 그렇기에 이런 순환논법으로부터 탈피하기 위해서는 이런 개념적 인식 이전에 선행하는 단계, 즉 "학문의 유기적 총체성에 대한 **직관**"[50]이 요구된다. 이 같은 점을 대학론

---

44 Schelling, *Vorlesungen*, p. 9.

45 같은 책, p. 11.

46 같은 책, p. 12.

47 같은 책, p. 8, 강조는 필자.

48 Fichte, "Deducirter Plan", p. 113, 강조는 필자.

49 "학문의 유기적 총체성에 대한 **인식**"(같은 글, p. 7, 강조는 필자); "모든 학문의 생생한 연관에 대한 현실적이고 참된 **인식**"(같은 글, p. 7, 강조는 필자).

50 Schelling, *Vorlesungen*, p. 8, 강조는 필자. 슐라이어마허는 인식 이전에 직관이 선행됨을 명료하게 표현하고 있다. "학문의 정신은 그 속성상 체계적이다. 지식의 총체적 영역이 적어도 그 기본 윤곽 속에서라도 **직관적**으로 다가오지 않는다면, 이 정신은 개별적인 것 안에서 명료한 의식으로 발전할 수 없다"(Schleiermacher, "Gele-

자들 공히 의식하고 있던 것으로 보인다. 즉 피히테는 "특정한 학문적 소재에 대한 생생하고도 명확한 총체적 상"[51]이 개별 학문 분야의 수행을 위해 전제되어야 함을 역설하고 있고, 슐라이어마허는 "학문의 필연적이고 내적인 통일성은 이런 종류의 특정한 노력들이 확인되는 모든 곳에서 또한 감지된다"[52]고 함으로써, 이들은 총체적 인식을 가능케 하기 위한 학문의 보편적 이념이 인식 이전에 "직관"의 차원에서 "상"Bild으로 "감지"되어야 함을 밝히고 있다. 훔볼트 또한 "인간의 감정이 이념으로 더욱 풍부해지고, 인간의 이념 또한 감정으로 풍부해질수록, 이런 인간의 숭고함은 도달할 수 없을 정도로 드높아진다"[53]고 함으로써, 이념과 감정이 상호 촉진적 관계에 있음을 드러내고 있다.

그렇다면 이렇게 사전에 요청되는 학문의 총체성과 통일성이 의미하는 바는 무엇인가? 학문의 이념이 지니는 이런 보편적 차원과 그 지위란 일견 추상적이고도 막연한 차원에 놓여 있는 것 아닌가? 그러나 우리는 이런 보편적 차원을 유기체Organismus라 칭함으로써, 우리는 추상적인 인상을 넘어 이 기관Organ이 여러 개별적인 부분들 간의 필수적인 상호 관련하에 스스로 자율적이고 통일적인 체계를 이루면서 작동하고 있음을 이미 직관적으로 감지하고 있다. 왜냐하면 여기에서 개별적인 부분은 전체 유기체의

---

gentliche Gedanken", p. 101, 강조는 필자).

51 Fichte, "Deducirter Plan", p. 109, 강조는 필자.

52 Schleiermacher, "Gelegentliche Gedanken", p. 82, 강조는 필자.

53 Humboldt, "Ideen zu einem Versuch", p. 66.

유지를 위해 필수 불가결하며, 한 부분이 결여될 경우 전체 유기체는 자신의 생명을 더는 유지할 수 없다는 점이 자명하기 때문이다. 모든 부분은 내적인 합목적성으로 긴밀한 상호 연관하에 놓여 있으며, 또한 외부 환경과의 대사 과정 속에서 자기 재생산을 이루어 나가고 있다. 칸트의 표현을 빌리자면, "자연의 그런 산물에서 각 부분은 …… 여러 다른 부분 및 전체를 위해 실존하는 것으로, 즉 기구(기관)Werkzeug(Organ)"로 생각된다".[54] 이때 이런 유기적 단위의 "내부에서 모든 것은 목적이면서 또한 수단이기도 하"[55]며, 또한 "자기 자신에 대해 교호적으로 원인과 결과"[56]의 관계를 가지게 된다.

학문의 절대적이고 보편적인 이념이 이런 유기적인 형태를 띠고 있다고 한다면, 학문을 이루는 개별적인 소재, 특수한 전문 분야, 실용적이고 유용성 요청에 부합하는 지식들은 바로 이 학문이라는 '유기체' 안에서 긴밀한 상호 연관의 맥락 속에 놓여 있게 됨으로써 자신의 총체적 의미와 존재의 정당성을 확보하게 된다. 반대로 이런 보편적 전제 없이 추구되는 당장의 '쓸모'에 복무하는 지식이란 일찍이 실러가 경멸적으로 표현했듯이, 그저 "밥벌이 학문"Brotwissenschaft이나 "밥벌이 공부"Brotstudium[57]에 불과하게 될 따

---

54 Immanuel Kant, *Kritik der Urteilskraft*[1790/1793], Ffm, 1974, B291.

55 같은 책, B296f.

56 같은 책, B289.

57 Friedrich Schiller, "Was heißt und zu welchem Ende studiert man Universalgeschichte?" [1789], In: Peter-André Alt (ed.), *Friedrich Schiller. Sämtliche Werke*, Bd. 4, München,

름이다.

셸링은 "무제약적인 이상성과 무제약적인 현실성은 본질적으로 통일"[58]되어 있다는 점을 "모든 학문의 첫 번째 전제조건"으로 삼고 있기에, 이 현실성과 밀접히 결부되는 "특수한 학문은 동시에 절대적으로 보편적인 학문이기도 하며, 이에 대한 추구는 이미 그 자체로서 인식의 총체성을 지향해야만 한다"[59]는 점을 당위로 내세우고 있다. 즉 현실의 실용주의적 요청과 관련되는 개별적이고 특수한 분과 영역은 "자신을 학문 전체의 유기적인 고리의 한 부분으로 파악하고, 그 규정을 스스로 형성되는 세계 속에서 사전에 인식"[60]함으로써 자신의 개별적 지위가 동시에 보편적 차원과 접속되는, 즉 '모든 것이 수단이면서 동시에 목적이 되는 계기'를 확보해야 한다. 이런 식으로 모든 개별 학문의 지류들은 "보편적 재탄생의 과정이라는 계기"[61]를 통해 스스로의 의미와 정당성을 확보하게 된다.

피히테의 경우, 이 개별 지식의 영역과 학문의 보편적 이념 간의 관계는 좀 더 역동적인 성격을 띤다. 전제이자 목표로서의 보편적 학문과 발전해야 할 개별 지식 간의 관계를 어떻게 설정해야 할지에 대한 물음은 그의 교육론과도 결부되는데, 여기에서 "개

2004, p. 750.

58 Schelling, *Vorlesungen*, p. 10.

59 같은 책, p. 8.

60 같은 책, p. 8.

61 같은 책, p. 7.

별적인 것은 배움을 통해 유기체적 전체로 융합"[62]된다. 이처럼 대학에서 "모든 학술적 소재는 지식의 순수 형식이기도 한 철학적 정신의 발전에 힘입어 그 자신의 유기적 통일 속에서 …… 파악되어야 한다".[63] 슐라이어마허에게서도 제반 분과 학문이 지니는 의미는 바로 보편적인 "학문의 표지"가 이런 직접적인 실용적 지식에 "각인되어 있는지 여부"[64]에 달려 있다. 즉 개별 지식은 "보편적인 의미와 결합"됨으로써, "학문 내에 정초되어야 하며, 오직 학문을 통해 올바로 전수되고 완성될 수 있다"는 점이야말로 모든 지식 생산과 학문 수행을 위한 "전제조건"이 된다.[65]

이런 보편적 이념을 모든 개별 학문 분야에 요청한다는 것은 바로 앞서 언급했던 유용성 추구의 "어제의 대학" 모델 및 17세기 프로이센의 전문학교 모델과는 다른, 아니 오히려 이런 전문학교 모델을 포괄하면서 더 종합적인 영역에서 현실화될 대학의 상을 상정하고 있다는 것을 의미한다. 그렇다면 이 학문의 '보편성' 요청이란 여타 학문 외적인 영역과 어떤 관련을 맺고 있는가?

2) 학문의 자기 목적성 대 외적 목적 : 부르주아 시민사회와 국가

개별적인 전문 지식이 학문의 보편적 이념하에 포괄됨으로써

---

62 Fichte, "Deducirter Plan", p. 114.

63 같은 글, p. 125, 강조는 원문.

64 Schleiermacher, "Gelegentliche Gedanken", p. 89.

65 같은 글, p. 85.

그 의미와 정당성을 획득하게 된다면, 이런 유기적 질서를 지니는 학문은 결코 "자기 외부에 목적을 두고 있지 않고, 그 자체가 목적"[66]이 될 것이다. 이렇듯 학문의 목적은 궁극적으로 자기 안에 목적을 내재할 따름이며, "현실적이고 외적인 목적을 위한 수단"[67]이 될 수 없다는 학문론의 또 다른 '공리'는 이 시기의 대학론자들에게만 국한되는 입장이 아니라, 현 시대에서도 대학론 일반의 차원에서 누차 확인되는 핵심 원칙이라 할 것이다.[68] 피히테는 먼저 "학자에게 학문이란 어떤 하나의 목적을 위한 수단이 아니라, 목적 그 자체가 되어야 한다"[69]는 점을 분명히 하고 있으며, 슐라이어마허는 "학문을 그 자체로 진흥시키지 않고 한갓 도구로 취급

---

66 Schelling, *Vorlesungen*, p. 12.

67 같은 책, p. 26.

68 베블런은 모든 지식 체계가 "한가로운 호기심"idle curiosity에 의해 산출됨을 강조하는데, 여기에서 '한가로움'이란 "획득한 지식을 궁극적으로 무언가를 위해 사용할 의도 없이 사물에 대한 지식을 추구한다는 것", 다시 말해 지식의 자기 목적적 탐구를 의미한다. 소스타인 베블런, 『미국의 고등교육』, 28~29쪽. 이제는 대학론의 고전이 된 『대학의 이념』(1923)에서 야스퍼스 또한 학문의 자기 목적성에 대해 지적함을 잊지 않는다. Karl Jaspers, *Die Idee der Universität*[1923], Berlin/Heidelberg, 1946, pp. 19-21. 대중 대학으로 변모되기 시작한 전후 독일 대학의 상황을 배경으로 출간된 안리히의 대학론에서도 마찬가지로 "인식과 연구 그 자체를 위해 항상 새롭고 항상 더욱 심도 깊게 인식하는 것"을 강조하고 있다. Ernst Anrich, *Die Idee der deutschen Universität und die Reform der deutschen Universität*, Darmstadt, 1960, p. 5, 강조는 필자. 데리다 또한 "조건 없는 학문"을 위해 대학은 국가권력이나 경제 권력 같은 일련의 대학 외적 목적에 대항할 것을 주문하고 있다. Jacque Derrida, *Die unbedingte Universität*, Ffm, 2001, p. 14.

69 Fichte, "Deducirter Plan", p. 110.

하는 즉시 학문은 학문으로서 존립하기를 멈추게 된다"[70]고 경고한다. 훔볼트에게도 대학의 임무란 바로 "학문을 그 말의 가장 심층적이고도 가장 포괄적인 의미에서" 다루어야 한다는 것, 즉 학문이란 "외적 의도가 개입될 수 있는 대상이 아니라, 정신적이고도 인류적인 자기 형성을 위해 그 자체 합목적적으로 마련된 것"[71]이어야만 한다는 점을 그의 대학 설립 계획에서 분명하게 밝히고 있다.[72]

학문의 이 같은 자기 목적성은 그 자신의 보편적 이념으로부터 도출되는 것이다. 왜냐하면 이런 보편적 이념 속에서 학문은 자율적이며 자기 완결적인 유기체이기 때문에, 자신의 외부에 놓인 외적 목적에 종속될 수도, 또한 그럴 필요도 없게 된다. 그렇다면 학문이 궁극적으로 도달하고자 하는 목표를 향한 운동이란 결코 외부의 동기나 목적에 의해 추동되는 것이 아니라, "학문의 총체성을 그 자신으로부터 스스로 형성하고, 내적인 생생한 직관으로부터 재현하는 것"[73] 이상이 아니게 된다. 그렇다면 학문의 '발전'이란 자신에게 사전에 주어졌던 '절대지' 내지 "원지식"Urwissen을 학문 외적인 목적에 대한 고려 없이, 학문 "자기 자신으로의 내적인

---

70 Schelling, *Vorlesungen*, p. 23.

71 Humboldt, "Ueber die innere", p. 255.

72 이는 그의 휴머니즘적 인간관에서도 분명히 확인된다. "그 자체로서 매력적인 것은 존중과 사랑을 일깨우지만, 단지 수단으로 사용되는 것은 한갓 이해관계만을 줄 뿐이다. 인간은 이해관계를 통해 명예가 손상될 위험에 처하는 되는 반면, 존중과 사랑을 통해 매우 고귀해진다"(Humboldt, "Ideen zu einem Versuch", p. 78).

73 Schelling, *Vorlesungen*, p. 28.

변환"[74]을 꾀함으로써 이루어지는 내재적 자기 발전의 끊임없는 과정인 것이다.

그런데 이런 학문의 내재적 자기운동과 발전을 위협하는 것으로 대학론자들이 공히 경고했던 두 가지 주요 외적 목적이 있으니, 이는 바로 부르주아 시민사회[75]와 국가이다. 연구는 '산학 연구'가 되고, 교육은 '취업 교육'이 되며, 이런 대학과 학문에 비본질적인 외적 목적을 평가 지표로 강제하고자 하는 한국의 모습을 고려한다면, 여기에서 이런 외적 제약은 두 세기 전 대학론자들이 지적했던 것보다 심하면 심했지, 결코 덜하지는 않다는 점이 확인된다.

먼저 무엇보다 부르주아사회가 추구하는 특수 이해와 이윤 극대화 원칙에 대해 모든 대학론자들은 명백한 혐오감을 표출하고 있다. 셸링은 "부르주아사회가 절대적인 것을 희생시키며 그저 경

---

74 같은 책, p. 35.

75 여기에서 '부르주아사회'는 'bürgerliche Gesellschaft'를 옮긴 것인데, 이는 동시에 '시민사회'로도 옮길 수 있다. 이는 독일어 'Bürger'가 '부르주아'와 '시민/공민' 양자를 모두 포괄하기 때문이다. 전자의 경우 주로 경제 영역에서 사적 개인의 특수한 이해를 추구하는 측면과 관계되고, 후자의 경우 주로 정치적인 공론의 영역에서의 주체적인 참여라는 특성이 부각된다. 이런 양가적 성격은 당시 강력하게 관철되었던 프로이센 관료 국가의 헤게모니에 비해, '부르주아'와 '시민'으로 분화될 만큼 근대적 성장을 이루지 못한 당시 독일 사회의 저발전 상황을 반영한다. 이런 측면은 '부르주아'bourgeoisie와 '공민'citoyen으로 각각 분화된 어휘를 지니고 있는 프랑스어와의 대비를 통해 더욱 분명해진다. 이 글에서는 'bürgerliche Gesellschaft'를 두고 학문의 내재적 목적을 위협하는 사적 이윤 추구라는 외적 목적의 측면에 강조점을 두고 있으므로, 일단 '부르주아사회'로 옮기되, 필요한 경우 '부르주아 시민사회'를 병기한다.

험적인 목적만을 추구해야 하는 필연성을 지니는 한, 이는 강요되었을 뿐 그저 겉만 번지르르한 채로 남아, 참된 내적 정체성을 형성할 수 없다. 아카데미는 오직 하나의 절대적인 목적만을 가질 수 있을 뿐, 그 외의 목적을 갖지 않는다"[76]는 앞서의 원칙을 분명히 하면서, 부르주아사회와 아카데미 간의 본질적 차이를 극명히 대비시키고 있다. 피히테 또한 "저속한 성향을 지닌 일부 학생과 장삿속으로 미몽의 향락을 누리는 부르주아 일반 대중 간의 결합이라는 심각한 악폐"로 특징지어지는, 당대 사회의 "거의 보편화되고 있는 세속적 시민의 생활양식beinahe allgemeine Verbürgerung"[77]이 대학 내에서도 관철될까 염려하고 있다. 슐라이어마허 역시 "한갓된 푼돈이 학자들에게 미끼가 된다면, 학문에 위협이 될 것"[78]이라는 우려를 표명하면서, 이 부르주아사회를 확대재생산하는 기본 동기이자 추동력인 금전적 관계가 학문과 학인들을 타락시킬 수 있음을 경고하고 있다.[79] 청년기의 훔볼트 또한 보편적 인간의

---

76 Schelling, *Vorlesungen*, p. 29f.

77 Fichte, "Deducirter Plan", p. 111.

78 Schleiermacher, "Gelegentliche Gedanken", p. 87.

79 이런 두 세기 전의 경고는 오늘날의 한국 대학과 학문에도 유효하다. 로마 국립대에서 한국 고대사 주제로 박사 학위를 취득하고, 『춘향전』 18세기 한글본을 이탈리아어로 번역했으며 최치원에 깊이 매료되기도 한 마우리치오 리오토 나폴리 동양학대학교(한국학) 교수는 『교수신문』 889호(2017/09/04) 인터뷰에서 한국 인문학의 문제점을 다음과 같이 지적했다. "…… 기초를 중시하지 않는 탓에 새로운 도전을 하지 않는다. 대신에 시장의 논리에 너무 충실하다. 돈에 인문학자의 자존심을 팔아서는 안 되는데, 너무 쉽게 돈의 힘에 굴복하는 것 같다. 검증도 되지 않은 '융합' 혹은 '통섭' 따위의 유행어에 편승하고, 한마디로 한국 인문학은 돈과 권

형성이라는 이상과 특수한 이해관계를 추구하는 부르주아 시민사회가 추구하는 인간상 사이의 간극에 대해 잊지 않고 지적하고 있다. 모름지기 그에게 교육의 목적이란 "부르주아를 만드는 것이 아니라, 오직 [보편적] 인간을 형성"[80]하는 데 그 핵심이 놓여 있다. 그렇기에 이와는 반대로 "이미 유년기부터 부르주아로 교육받"[81]은 인간에게는 그런 교육을 받은 정도에 비례해 보편적 인간의 형성이라는 이상은 멀어질 수밖에 없는 것이다.

그러나 이들에게 부르주아사회의 원리 못지않게, 아니 그보다 더 큰 위협으로 다가오는 학문 외적 목적은 바로 국가이다. 이들의 지적은 한편으로 다른 유럽 나라들에 비해 산업화와 근대화가 늦었던 반면 프로이센 관료주의로 대변되는 강한 국가를 지녔던 독일의 특수한 상황을 반영하는 것이기도 하다. 다른 한편으로는 '욕구의 체계'로서 이기적 개인들의 특수한 이해를 추구하는 부르주아 시민사회와는 달리 '보편적 인륜성'(헤겔)과 공동선을 추구하는 외양을 지닌 국가가 기실 오히려 이런 특수 이해를 추구하고자 하는 경향을 지닌다는 위험성을 — 이미 마르크스 이전에도 — 특히 셸링이나 훔볼트가 날카롭게 간파했기 때문이기도 할 것이

력 앞에서는 자존심을 내팽개치는 것 아니냐. …… 또한 인문학에 대한 사랑도 없다. 이게 뭐냐면, 자신이 연구하는 인문학에 대한 자부심이 없다는 소리다. 오랜 전통을 지닌 나라의 대학들이 자신의 인문학에 대해 큰소리를 못 친다는 건 난센스 아닌가."

80 Humboldt, "Ideen zu einem Versuch", p. 108.
81 같은 글, p. 105f.

다.[82] 그러나 독일 이상주의의 정점이라 할 노년의 헤겔이 프로이센 국가를 절대지의 완성 단계로 볼 정도의 오류를 행했던 만큼 당대 독일의 국가가 가진 영향력이란 적지 않은 것이었다. 또한 수백 개의 제후국으로 분열되어 통일국가를 이루지 못한 당시 독일의 상황은 최첨단 철학으로 무장한 당대 최고의 학자에게도 국가에 대한 명료한 시각을 갖는 것을 방해할 만큼 그들이 처했던 제약 조건은 결코 사소하지 않은 것이었다.

대학론자들 중에는 대표적으로 피히테에게서 이런 제약과 한계를 확인할 수 있다. 부르주아 시민사회에 대한 혐오 및 거부와는 달리, 국가에 대한 그의 시각은 매우 관대하다. 그에게 국가는 학문 외적 목적으로 말미암아 대학과 대립하고 있는 것이라기보다는, 오히려 대학이 추구하는 최종 목적에 상응하는 지위를 지니게 된다. 놀랍게도 그는 자신의 대학론 가장 마지막 장에서 대학

---

82 셸링의 경우 학문을 "국가의 도구"로 삼는다는 것은, 동시에 부르주아 시민사회의 유용성 요청에 곧바로 부합하는 것임을 지적하고 있다. "학문을 두고 어떤 범상함이나 한계, 익숙함이나 유용성에 국한됨을 확인하고자 하는 것이 국가의 의도라면, 이념을 향해 자신의 학문을 형성하고자 하는 발전적인 경향과 흥미를 어떻게 학자들에게 기대할 수 있단 말인가?"(Schelling, *Vorlesungen*, p. 23).

국가가 부르주아 시민사회가 추구하는 목적에 대학을 종속시키고자 함으로써 국가와 시민사회 양자가 기실 긴밀히 결합되어 있다는 점은 슐라이어마허 또한 간파하고 있다. 즉 국가는 "대학이 자율권을 가질 경우, 모든 것이 곧바로 비생산적이며 삶과 응용으로부터 완전히 거리를 둔 배움과 가르침의 울타리 안에 맴돌게 되고, 오직 지식에 대한 순전한 열망으로 말미암아 [직접적인] 행동에의 흥미가 사라져, 어떤 이도 부르주아사회의 직업적 삶으로 진입하지 않으려 할 것을 우려한다"(Schleiermacher, "Gelegentliche Gedanken", p. 100).

의 최종 목적을 "유기적 통일성과 완전성을 향해 융화된 다양한 힘들이 공통된 목적을 추구하기 위해 참된 방식으로 상호 착종" 되어 있는 "완전한 국가의 상"[83]을 구현하는 데서 찾고 있다. 그러므로 이를 실현하는 학인이란 "국가적인 차원에서 진정한 기예의 실현자der wirkliche Staatskünstler"이며, 아카데미는 기실 "자기 외부에 존재하는 여타 학문 기관들과 더불어 국가와의 참된 관계가 전적으로 실현된 모습"[84]을 확인하는 것을 목표로 삼게 된다.

그러나 이렇게 국가주의로 경도된 피히테를 제외한 나머지 대학론자들은 적어도 대학과 학문의 자기 목적성이라는 기준을 놓고 볼 때, 국가에 대해 결코 어떠한 환상도 품고 있지 않다. 셸링은 "대학은 국가의 의도를 온전히 관철하기 위해 존재하는 기구이기에, 국가의 봉사자를 키워 내야 한다"는 식으로 국가가 대학과 학문을 국가의 목적을 위해 도구화할 때의 폐해를 명확히 지적하면서, 그에 대한 대안을 제시하고 있다. 즉 국가의 봉사자를 배출하는 "기구는 의심의 여지없이 바로 학문을 통해 형성되어야만 한다. 국가의 봉사자를 키워 내는 것을 교육의 목표로 삼는다면, 봉사자를 제대로 키워내기 위해서라도 또한 학문을 목표로 **삼아야 한다**. 그러나 학문 자신이 **한갓** 수단으로 격하된 채 그 자체로서 진흥되지 못한다면, 학문으로 존재하기를 그치게 된다. 가령,

---

83 Fichte, "Deducirter Plan", p. 202.

84 같은 글. 피히테의 이런 경향은 『독일 국민에게 고함』*Rede an die Deutschen*(1806/ 07)에서 이미 강하게 드러나는 그의 국가주의적 경향을 반영하는 것이기도 하다.

학문의 이념이라는 것이 일상적인 삶을 위해 유용하지 않다든가, 실용적인 차원에서 적용할 수 없다든가, 경험 세계 속에서 이용할 수 없다는 등의 이유로 배척된다면, 학문은 그 자체로서 발전할 수 없다".[85]

특히 슐라이어마허의 경우, 국가가 학문에 개입하는 것에 대한 경고와 더불어, 대학과 국가 간의 바람직한 경계 및 관계 설정에 대해 그의 대학론의 적지 않은 분량을 할애하고 있다(그의 「독일대학소론」 첫 장의 제목은 바로 "학술 기관과 국가의 관계에 대하여"이다). 그에 따르면 만약 국가가 "스스로가 요청하는 법칙에 전적으로 따름으로써 자기 자신을 형성하는 학문 그 자체의 자연스러운 노력",[86] 즉 대학과 아카데미라는 학술 기관이 추구하는 학문 내재적 발전이라는 자기 목적적 본질에 무지한 채 이에 섣부르게 개입한다면, "대학의 핵심 사안은 부차적인 사안들의 더미 아래 질식하게 될 것이다. 그저 직접적으로 유용한 사물에 관여하면 할수록 아카데미는 경멸의 대상이 될 것이다. 국가는 위대한 것을 이해하고 실행할 수 있으며 날카로운 시각으로 모든 오류의 뿌리와 맥락을 발견할 수 있는 학문이 가면 갈수록 사라지게끔 방치함으로써, 장기적으로 보았을 때 아카데미가 국가에게 가져다주는 본질적인 장점들을 박탈하게 된다".[87]

---

85 Schelling, *Vorlesungen*, p. 23, 강조는 원문.

86 Schleiermacher, "Gelegentliche Gedanken", p. 100.

87 같은 글, p. 101. 이런 "박탈"과 "질식"의 21세기형 판본으로는 2015년 12월 발표된 「대학 인문역량 강화사업CORE 기본계획」을 들 수 있다. 여기에서는 그 "추진

홈볼트 또한 다양한 차이를 지니는 개별자들의 사회적 연합에 국가가 개입할 경우 초래할 부작용에 대해 이미 청년 시절부터 경고한 바 있다. 개별자들의 자유와 열정으로부터 비롯된 "이런 다양성은 확실히 국가가 개입하는 정도에 비례해 늘 상실된다".[88] 그는 청년기의 이런 기본 관점을 베를린 대학 설립 총책임자로서 공직을 수행할 때에도 변함없이 고수하면서, 그 부작용을 한층 더 날카롭게 정식화하고 있다. 즉 학문의 자율적이고 유기적인 속성에 대해 그 수행 주체인 학인들보다 한층 무지한 국가가 학문의 내용(가령 이른바 '국책 사업')에 개입하면서 그 발전 방향을 인도할 수 있다는 오만에 빠지는 순간, 이는 학문은 물론이거니와 궁극적으로 국가에게도 손실인 것이다. 즉 "그렇게 된다면 모든 것은 영원히 회복 불가능할 정도로 상실된다. 이는 학문에 손실이다. 이런 경향이 장기적으로 지속될 경우, 빈 껍질에 불과한 유명무실한

배경"으로 "한국사회의 지속 가능한 발전"을, 좀 더 뒤에 가서 "비전"으로는 "인문학 진흥을 통한 지속 가능한 국가발전"을 내세우고 있다. 먼저 한 나라의 고등교육에 대한 대대적인 구조 조정과 재편 계획을 짜고 있는 중앙정부의 조직이 사회와 국가를 구분하지 못한 채, 양자를 공문서에 혼용하고 있다는 사실은 매우 놀랍다. 이런 혼동이 공문서에 그대로 반영되어 있다는 점은, 국가주의적 사고라는 것이 한국의 관료 조직 속에서 얼마나 강고하게 유지되고 있는지를 보여 주는 한 사례라 할 것이다. 일말의 학문론이나 지식론이 부재한 채로 한 나라 전체 인문대학 학과를 구조 조정 하겠다는 계획은 무지의 조력이 아니면 불가능할 것이다. 학문 자체를 평생의 업으로 삼는 학자들조차도 미처 알 수 없는 학문 발전의 방향을 국가가 설계할 수 있다는 발상에 대해서는 이미 한 세기 전에 베블런이 일갈한 바 있다. "과학적 탐구란 상관의 역을 맡은 문외한의 지배 아래에서는 추구될 수 없다" (소스타인 베블런, 『미국의 고등교육』, 117쪽).

88 Humboldt, "Ideen zu einem Versuch", p. 71.

언어만을 남겨 놓은 채 학문은 사라진다. 이는 국가에도 손실이다. 왜냐하면 단지 자신의 내적 차원으로부터 발원하고 그 또한 자신의 내적 차원으로 재차 이식될 수 있는 학문만이 인격 또한 변화시킬 수 있기 때문이며, 인간다움이 그렇듯이 국가에게 중요한 것 또한 지식과 말보다는 인격과 행위이기 때문이다".[89]

그렇다면 이런 대학론자들이 궁극적으로 요청했던 바는 대학의 국가로부터의 완전한 분리와 단절이었다고 추측하기 쉬우나, 실제는 그렇지 않다. 근대 대학의 성격 자체가 국가로부터의 완전한 분리를 요청하기란 무망한 일이다. 더구나 당시 "그제의 대학들"이 보여 주는 난맥상이란 국가의 개입 없이 그 해결이 불가능할 정도로, 이들의 자체적인 혁신은 난망한 상황이었기 때문이다. 그렇기에 무엇보다 중요한 것은 국가와 학문 간 "양자의 관계에 대한 올바른 관점"[90]을 정립함으로써, 양자 간 "매번 새롭게 설정되는 관계에 적절히 부합하는 경로로 나아가는 것"[91]이다. 슐라이어마허의 경우 적어도 대학과 학문에 대해 그 자율성과 자기 목적성의 원칙을 고수한다는 전제하에, 최소한의 적절한 개입과 관리를 요청하는 일종의 '야경국가' 모델, 즉 "국가는 학문에 모든 것을 맡기고, 그 모든 내부 기관들을 학자들에게 의탁하며, 자신의 역할은 단지 재정적 관리, 치안 유지, 그리고 대학이 국가 직무에

---

89 Humboldt, "Ueber die innere", p. 258.

90 같은 글, p. 260.

91 Schleiermacher, "Gelegentliche Gedanken", p. 90.

미치는 직접적인 영향과 결과를 관찰하는 데에만 국한"[92]할 것을
제안하고 있다. 훔볼트 또한 대학 자체도 자신의 특수한 이해관계
로부터 자유롭지 못하게 되어 버리는 "부작용"을 방지하기 위해
국가 개입의 필요성을 제한적으로나마 제기한다. 즉 "자유는 국가
로부터뿐만 아니라, 어떤 특정한 정신을 택하면서 다른 정신의 도
래를 질식시키기 시작하는 대학 그 자체로부터도 위협을 받는다.
국가는 이로부터 유래하는 부작용을 방지해야 한다".[93] 즉 국가는
학문이 지니는 정신의 보편적 측면이 한갓 특수 이해에 국한됨으
로써 "질식"하는 것을 방지하고 학문이 다양한 차원을 띠는 것을
보장할 수 있도록 "교정책"Correktiv[94]을 마련해야 한다는 것인데,
이를 위해 가장 중요한 사안으로 그는 교원 인사를 든다. 이에 훔
볼트는 바로 대학 교원의 인사 권한이 "오직 국가에 보유되"[95]어
야 함을 자신의 대학 설립 문서에서 적시하고 있다.[96]

---

92 같은 글, p. 100.

93 Humboldt, "Ueber die innere", p. 259.

94 같은 글, p. 265.

95 같은 글, p. 264.

96 이를 대학에 대한 국가 개입을 전적으로 옹호하고자 하는 시도로 오해해서는 곤
란하다. 이를 온전히 이해하기 위해서는, 훔볼트가 잇따르는 구절에서 동시에 아
카데미 소속 학자의 인사는 오직 아카데미에 귀속된다고 적시했다는 점을 반드시
덧붙여야 한다. 이렇게 대학과 아카데미의 조직 구성에 차이를 두었던 그의 의도
는 "다양성"을 촉진하고 양자 간에 부각되는 차이로 말미암아 촉발될 경쟁을 통해
상호 발전을 도모한다는 데 그 핵심이 있다. 왜냐하면 양자 간에 성립하는 "대립과
마찰"이나 심지어 "충돌"이라는 것은 마냥 부정적으로 작용하는 것이 아니라, 반
대로 그 둘을 위해서도 "유익하고 필수적"이기 때문이다.

    학술 기관으로서의 대학에 대해 국가는 기본적으로 위협이 된다고 당대 대학론자들이 누차 경고했음에도, 이들은 동시에 대학과 국가 간에 맺어져야 할 관계의 필연성도 간과하지 않고 있다. 그렇다면 근본적인 대립적 속성에도 불구하고, "양자의 관계에 대한 올바른 관점"에 의거한 최적의 상을 일반적인 차원에서 정식화할 수 있을까? 당연히 양자 간의 결합 양상은 해당 국가와 대학이 처해 있는 역사적·사회적·정치적·학문적 제반 조건을 변수로한 복합적인 상호작용의 산물일 터이다. 그러나 분명한 것은 바로이 최적 지점을 결정하는 동인은 궁극적으로는 학문과 대학 그 자체에 달려 있다는 점이다. 왜냐하면 부르주아 시민사회와 국가라는 외적 목적이 아무리 강고하더라도, 이로부터 자유로운 대학의자율성이란 바로 그 대학과 학문의 자기 목적성을 관철하는 스스로의 힘과 역량 그 자체에 의해 확보될 수 있기 때문이다.

    이런 핵심 요목을 대학론자들은 또한 이미 간파하고 있었다. 슐라이어마허는 "부분적으로는 대학을 국가의 힘과 명령으로부터탈피하게끔 하고, 부분적으로는 국가에 대한 대학의 영향력을 제고함으로써 되도록 국가로부터 독립성을 확보하기 위해 노력해야한다"는 원칙을 확인하면서도, 이를 가능케 하기 위해 대학 자체적으로 거꾸로 국가에 영향을 미칠 수 있는 학문적 '권위'를 요청하고 있다. 즉 국가에 대한 대학의 영향력 제고가 "가능하게 된다면, 대학은 더욱 존중받을 가치가 있는 학문적 사유 방식을 국가에 불어넣게 된다". 그러나 그렇지 않은 경우에는 어떻게 되는가? "그렇지 않은 경우, 대학은 적어도 스스로 믿음과 위신을 확보하는 데 노력"[97]해야 한다. 말하자면 외적으로는 "점점 지배적이 되어 가는 국가 영향력의 범위를 재차 그 자신이 지닌 본연의 경계 안으로 제한"하는 것이 필요한 반면, 대학 내적으로는 "학술 조직의 본래적인 고유한 성격이 이 국가의 기관[즉 대학] 내에서 두드러지게끔 만드는 것"[98]이 외적인 국가 영향력의 제한 못지않게, 아니 그보다 더 중요하게 요청되는 것이다.

4. '참된' 유용성 : 목적 없는 합목적성

프로이센 내무부 소속 문화 및 공공교육부장이라는 직책으로 베를린 대학 설립의 총책임을 맡은 훔볼트만큼 대학과 국가 양자 간에 구체적으로 어떻게 최적의 접합 지점을 형성할 것인가라는 사안에 대해 절치부심한 사람은 찾기 힘들 것이다. 그러나 가장 결정적인 문서인 「베를린 고등학술기관의 내적 및 외적 조직에 관하여」의 서두에서부터 강조되는 것은 역시 학문 그 자체이다. 즉 "그러나 핵심 사안으로 남는 것은 오직 학문이다. 왜냐하면 학문이란 바로 순수하게 존재할 때만이 그 자신으로부터, 그리고 총체적인 견지에서 올바로 파악되기 때문이다".[99] 그리고 오직 학문 그 자체의 내재적 자기 목적에 대해 충실함이란 동시에 국가에도

---

97 Schleiermacher, "Gelegentliche Gedanken", p. 89f.

98 같은 글, p. 123.

99 Humboldt, "Ueber die innere", p. 255.

더 큰 이익으로 돌아오는 것이기에, 국가는 대학과 학문 사이의 관계 설정에서 학문과 대학의 자율성 보장이라는 대원칙하에 "항상 더욱 신중하게 개입"[100]하는 태도를 취하는 것이 바로 자신의 영향력을 확보하기 위해서도 중요한 사안이 되는 것이다.

셸링 또한 그 자체의 총체성 내에서 모든 것이 '원인이자 결과'이며 또한 '수단이자 목적'이 되는 학문의 유기체적 성격을 설파하고 있다. "모든 이들은 자신의 학문을 총체성이라는 정신 속의 관계 내에서 수행하는데, 거기에서 모든 이들은 학문을 그 자체 목적으로서, 그리고 절대적인 것으로서 간주한다. 거기에선 한갓 수단으로 작용하는 것조차 이미 그 자체로서 참된 총체성의 일부라는 것 외의 다른 것으로 파악될 수 없다. 모든 국가는 개별 구성원들이 국가의 총체성에 대해 수단이 되지만 동시에 자기 자신 내에서 목적이 되는 관계 속에서 비로소 완전한 것이 된다. 특수자 스스로가 절대적인 것이 됨으로써 특수자는 또한 다시 절대적인 것 안에서 그 절대적인 것의 불가결한 부분이 되며, 그 역 또한 성립한다."[101]

슐라이어마허 역시 당시 유행하던 관방학Kameralistik과 같은 전문 공무원 양성 체계를 통해 관료들을 충당하는 것보다 더 효율적이고 충실한 방안은 대학으로 하여금 "학문의 신성함"이라는 자기 본연의 목적에 충실하게끔 국가가 제반 조건을 마련하는 것임

---

100 같은 글, p. 257.

101 Schelling, *Vorlesungen*, p. 26.

을 지적한다. 바로 이를 통해서만 국가도, 그리고 대학도 '윈-윈'하며 결과적으로 국가에 더 큰 기여를 할 수 있게 되기 때문이다. 즉 "국가는 또한 …… 오직 이런 학문의 신성함을 갖춘 자들만을 미래 자신의 종복들[관료들]로 받아들이게 될 것이다. 학술 기관으로서 대학의 자격이란, 그것이 학술 기관 본연의 목적에 부합하도록 엄격하게 부여될 때, 결국 국가도 이를 가장 최선의 것으로 신뢰하게 될 성질의 것이 아닐까?"[102]

외적 목적에 좌고우면함 없이 대학 본연의 내재적 합목적성에 충실함으로써 학문 내외에 두루 걸치는 기여를 더욱 "집약적이고도 고도의 차원"에서 행할 수 있다는 점은 훔볼트의 대학 계획 문서에 더욱 간명하게 정식화되고 있다. "국가는 곧바로 자신의 이해와 직접적으로 관련된 그 어떤 것도 대학에 요구하면 안 된다. 국가는 대학이 그 최종 목적에 도달했을 때 국가의 목적을 더욱더 집약적이고도 고도의 차원에서 충족할 수 있으며, 국가가 할 수 있는 것과는 완전히 다른 힘과 수단을 동원할 수 있다는 내적 확신을 품어야 한다."[103]

학문과 대학에 대해 실용적이고 직접적인 유용성을 충족해야 한다는 저 오래된 요청은 이렇게 먼 우회로를 돌아, 다시 자기 목적을 요체로 삼는 학문 그 자체의 '절대적이고 보편적 이념'의 충족이라는 첫 출발점으로 되돌아오게 되었다. 두 세기도 더 전에

---

102 Schleiermacher, "Gelegentliche Gedanken", p. 139.
103 Humboldt, "Ueber die innere", p. 260.

확립되었고 종내 관철되었던 이 학문과 대학의 모델은 독일뿐만 아니라 근대 대학 일반의 모델을 제공했다고 평가받는다. 반면 이 땅의 시간표는 어찌된 일인지 250년 전의 유용성-공리주의 모델에 여전히 머무른 채, 대학과 학문의 보편적 목적을 '4차 산업혁명'이니 '인공지능'이니 하는 상투어와 유행어를 양념으로 곁들이면서 '사회 수요 맞춤형'이라는 허울 아래 기실 사적인 이윤 추구 집단의 이해관계에 종속시키려는 어설픈 시도를 행하고 있다. 그러나 이런 기동은 역사적·논리적으로 애당초 성립될 수 없는 명백한 한계를 지닌다. 돈 몇 푼 집어넣으면 곧바로 원하는 물건이 나오기를 기대하는 '자판기 모델' 내지 '당구공 인과성'과 같은 일차원적인 구상을 21세기의 대학에 적용하려는 시도가 여전히 꾸준하게 시도되고 있다는 점은 한탄스럽다. 무지함이 인류 역사에 기여한 적은 단 한 번도 없었다. 그럼에도 무지몽매함이란 기실 인류사에서 변수가 아닌 상수였으며, 이는 대학과 학문 외부의 제반 조건과 환경에도 그대로 해당된다. 문제는 이런 무지함에 대해 왜 대학이 자기 '계몽'의 시도조차 없이, 이런 외적 목적에 무반성적으로 자신을 종속시키는 것을 당연시하고 있느냐는 점이다. 모든 위기는 근본적으로 내부로부터 비롯되는 것이며, 현재 한국 대학이 처한 '위기' 또한 마찬가지다. '목적 없는 합목적성'의 역설, 혹은 '노벨상을 타려면 노벨상을 잊어라'라는 상식 차원에서의 슬로건은 한국의 대학에서는 여전히 낯선 전언으로만 머물러 있다. 이는 대학은 물론, 국가와 기업 모두에게 손실이다.

5. 남은 문제들

이 글은 학문과 대학의 본질에 외적으로 존재하는 부르주아 시민사회와 국가의 목적을 위해 전자가 도구화된다면, 양자 공히 자신의 목적을 달성하는 데 실패하리라는 점을 19세기 초반 독일 베를린 대학 설립에 즈음해 제출된 제반 대학 개혁 모델을 거울삼아 설명하고자 했다. 그런데 앞서 학문 외적 목적을 지니는 단위와 대학 간의 관계 설정을 위한 주된 독립변수가 바로 대학과 학문의 내부 그 자체에 있다면, 바로 이 대학 개혁 담론의 핵심이 되는 학문론의 구성과 작동 원리가 좀 더 적극적으로 제시되어야 한다. 이는 이론과 실천의 통일, 개별적 보편성, 무한성으로서의 학문 행위, 연구와 교육의 통일, 행위로서의 언어, 대학의 민주주의 등과 같은 여러 관련 주제로 파생되는데, 지면이 한정된 만큼 유감스럽게도 이 작업은 차후의 과제로 미룰 수밖에 없다. 이런 주제는 대학의 본질이 무엇이며, 특히 한국 대학이 어떤 모습이 되어야 하는지에 대해 적극적으로 참조해야 하는 일종의 범례를 제시한다 할 수 있다. 물론 이 '근대' 대학의 모델이 바로 독일과 더불어 서구의 근대를 추동한 핵심 요목이었던 휴머니즘과 교양 개념과도 긴밀히 연동되기에, 특히 20세기 들어 현재까지 진지한 문제 제기의 대상이 되고 있는 이 주요 개념과 사유에 대한 대결 및 비판적 영유 가능성을 타진하는 것은 필수 불가결한 과제가 된다. 그렇다면 이 글은 문제의 해결보다는, 오히려 해결해야 할 더 많은 문제를 제기하게 된 셈이다. 일단 근대성의 경험과 사유가 일천하고, 인문주의, 자유와 자율, 대학의 이념 등에 대한 논의는 주변화되기 십상인 채 한낱 '미래의 먹거리' 따위의 상투어만이 횡행하는 이 땅의 대학 상황에서 문제를 제기하는 것만으로도 큰 첫발을 뗀 셈이라고 자평할 수도 있겠다. 물론 이 글의 문제 제기와 그 "요청"은 구체적인 학문과 대학의 일상적 삶 속에서의 개별적 수행을 통해 부단히 현실화되어야 한다는 점 또한 불문가지일 터이다.

참고문헌

게오르크[죄르지] 루카치 지음, 박정호·조만영 옮김, 『역사와 계급의식』, 거름, 1986.
헤르베르트 마르쿠제 지음, 박병진 옮김, 『일차원적 인간: 선진산업사회의 이데올로기 연구』, 한마음사, 2009.
존 스튜어트 밀 지음, 서병훈 옮김, 『자유론』, 책세상, 2005.
매슈 아널드 지음, 윤지관 옮김, 『교양과 무질서』, 한길사, 2016.
소스타인 베블런 지음, 홍훈·박종현 옮김, 『미국의 고등교육』, 길, 2014.
한나 아렌트 지음, 이진우·태정호 옮김, 『인간의 조건』, 한길사, 1996.

Anrich, Ernst (ed.), *Die Idee der deutschen Universität. Die fünf Grundschriften aus der Zeit ihrer Neubegründung durch klassischen Idealismus und romantischen Realismus*, Darmstadt, 1956.

Anrich, Ernst, *Die Idee der deutschen Universität und die Reform der deutschen Universität*, Darmstadt, 1960.

Ash, Mitchell G. (ed.), *Mythos Humboldt. Vergangenheit und Zukunft der deutschen Universitaten*, Wien, 1999.

Berglar, Peter, *Wilhelm von Humboldt*, Reinbek bei Hamburg, 1970.

Boockmann, Hartmut, *Wissen und Widerstand. Geschichte der deutschen Universität*, Berlin, 1999.

Burtscheidt, Christine, *Humboldts falsche Erben. Eine Bilanz der deutschen Hochschulreform*, Ffm/N.Y., 2010.

Demirović, Alex, *Wissenschaft oder Dummheit? Über die Zerstörung der Rationalität in den Bildungsinstitutionen*, Hamburg, 2015.

Derrida, Jacque, *Die unbedingte Universität*, Ffm, 2001.

Fichte, Johann Gottlieb Fichte, "Deducirter Plan einer zu Berlin errichtenden höheren Lehranstalt"[1807], In: Immanuel Fichte (ed.), *Johann Gottlob Fichte's sämmtliche Werke*, Bd. 8, 1960, pp. 95-204.

Henningsen, Bernd (ed.), *Humboldts Zukunft. Das Projekt Reformuniversität*, Berlin, 2007.

Horkheimer, Max, "Zur Kritik der instrumentellen Vernunft", In: Schmidt, Alfred (ed.), *Gesammelte Schriften*, Bd. 6, 1991.

Horst, Johanna-Charlotte (ed.), *Unbedingte Universitäten. Was passiert? Stellungnahmen zur Lage der Universität*, Zürich, 2010.

Humboldt, Wilhelm von, "Ueber die innere und äussere Organisation der höheren wissenschaftlichen Anstalten in Berlin"[1810], In: Flitner Andreas, Klaus Giel (eds.), *Wilhelm von Humboldt. Werke in fünf Bänden*, Bd. 4, Darmstadt, 1960.

Jaspers, Karl, *Die Idee der Universität*[1923], Berlin/Heidelberg, 1946.

Kant, Immanuel, *Kritik der Urteilskraft*[1790/1793], Ffm, 1974.

König, René, *Vom Wesen der deutschen Universität*[1935], Berlin, 1970.

Kosellek, Reinhart, "Einleitung - Zur anthropologischen und semantischen Struktur der Bildung", In: Kosellek (ed.), *Bildungsbürgertum im 19. Jahrhundert. Teil II. Bildungsgüter*, Stuttgart, 1990, pp. 11-46.

Menze, Clemens, *Die Bildungsreform Wilhelm von Humboldts*, Hannover u.a., 1975.

Müller, Ernst (ed.), *Gelegentliche Gedanken über Universitäten*, Leipzig, 1990.

Münch, Richard, *Akademischer Kapitalismus. Über die politische Ökonomie der Hochschulreform*, Ffm, 2011.

Paletscheck, Sylvia, "Erfindung der Humboldtschen Universität. Die Konstruktion der detuschen Universitätsidee in der ersten Hälfte des 20. Jahrhunderts", *Historische Anthropologie* vol. 33 (2002), pp. 183-205.

_____, "zurück in die zukunft? Universitätsreformen im 19. Jahrhundert", *Das Humboldt-Labor: Experimentieren mit den Grenzen der klassischen Universität*, Freiburg, 2007, pp. 11-15.

Schelling, Friedrich Wilhelm Joseph, *Vorlesungen über die Methode (Lehrart) des akademischen Studiums*[1803], Hamburg, 1990.

Schelsky, Helmut, *Einsamkeit und Freiheit. Idee und Gestalt der deutschen Universität und ihrer Reformen*, Düsseldorf, 1971.

Schiller, Friedrich, "Was heißt und zu welchem Ende studiert man Universalgeschichte?" [1789], In: Peter-André Alt (ed.), *Friedrich Schiller. Sämtliche Werke*, Bd. 4, München, 2004, pp. 749-767.

Schleiermacher, Friedrich, "Gelegentliche Gedanken über Universitäten in deutschem Sinn"[1808], In: Erich Weniger (ed.), *Pädagogische Schriften 2. Pädagogische Abhandlungen und Zeugnisse*, Ffm, 1984, pp. 81-139.

Schultheis, Franz, Paul-Frantz Cousin, Marta Roca i Escoda (eds.), *Humboldts Albtraum. Der Bologna-Prozess und seine Folgen*, Konstanz, 2008.

Spranger, Eduard (ed.), *Fichte, Schleiermacher, Steffens über das Wesen der Universität*, Leipzig,

1910.

Weber, Max, *Wirtschaft und Gesellschaft*[1921], Tübingen, 1976.

Weischedel, Wilhelm (ed.), *Idee und Wirklichkeit einer Universität. Dokumente zur Geschichte der Friedrich-Wilhelm-Universität zu Berlin*, Berlin, 1960.

찾아보기